Cool boek

afgeschreven

Geheimen in het duister

Van Virginia Andrews® zijn de volgende boeken verschenen:

Virginia Andrews®

Geheimen in het duister

 DE KERN

Sinds de dood van Virginia Andrews werkt haar familie met een zorgvuldig
uitgekozen auteur aan de voltooiing van haar nagelaten verhalen en ideeën
en aan het schrijven van nieuwe romans, waartoe ook deze behoort, die zijn
geïnspireerd op haar vertelkunst.

Alle namen, personen, plaatsen en gebeurtenissen in dit boek zijn bedacht door
de auteur. Elke gelijkenis met feitelijke gebeurtenissen of bestaande personen,
nog in leven of overleden, berust op puur toeval.

Oorspronkelijke titel: *Secrets in the Shadows*
Original English language edition © 2008 by The Vanda General Partnership
All rights reserved including the right of reproduction in whole or in part in any
form
This edition published by arrangement with the original publisher,
Pocket Star Books, a division of Simon & Schuster, Inc., New York
V.C. ANDREWS and VIRGINIA ANDREWS are registered trademarks of
The Vanda General Partnership
Copyright © 2008 voor deze uitgave:
Uitgeverij De Kern, De Fontein bv, Postbus 1, 3740 AA Baarn
Vertaling: Parma van Loon
Omslagontwerp: Mesika Design, Hilversum
Opmaak binnenwerk: ZetSpiegel, Best
ISBN 978 90 325 1117 3
NUR 335

www.virginia-andrews.nl
www.dekern.nl

Proloog

Stel dat je een meisje van zestien bent dat opgroeit in een kleine gemeenschap waar iedereen die je kent en die jou kent zich ervan bewust is dat je moeder iemand vermoord heeft toen ze zo oud was als jij en dat die moeder zich sindsdien in een psychiatrische inrichting bevindt.

Stel dat mensen naar je kijken en met elkaar fluisteren, en zich waarschijnlijk afvragen of je die zonde en waanzin van haar hebt geerfd, zodat jij mettertijd ook iets verschrikkelijks zult doen.

Stel dat je je dat elke keer dat je in een spiegel kijkt weer afvraagt.

Stel dat je je best doet een goede vriendin te hebben, geaccepteerd en vertrouwd te worden, maar daar nooit in slaagt omdat alle ouders bang zijn dat je hun kinderen op de een of andere manier zult besmetten.

Stel dat je, als iemand die luistert naar een inwendig tikkende tijdbom, wacht op de explosie, als plotseling, zonder enige waarschuwing, je slechte genen zich ten slotte samenvoegen tot een genetische zweep die je knallend de nacht in jaagt om iets afschuwelijks te doen, en daarmee te bevestigen wat iedereen al dacht – dat ondanks alle warmte en liefde die je werd gegeven, je niet kunt loochenen dat je de dochter van je moeder bent. Je kunt jezelf en je eigen bestemming niet loochenen.

Als je je dat allemaal in kunt denken, zul je misschien begrijpen wie ik was en wie ik probeerde te zijn.

En waarom ik er zo lang over deed om mijn eigen vleugels te kunnen uitslaan en weg te vliegen.

I

Mijn moeders dochter

Ik zit bij het raam op de zolder die uitkijkt over het beboste terrein achter Doral House, precies zoals ik me voorstel dat mijn moeder meer dan zestien jaar geleden heeft gedaan toen ze ongeveer zo oud was als ik. Dit jaar waren door de zware regens in maart en de vroege regen in april de bomen en struiken in het noorden van de staat New York zo dicht en weelderig gegroeid, dat de zon nauwelijks de grond in het bos kan bereiken. Terwijl ik daar zit, probeer ik me voor te stellen en te begrijpen hoe het geweest moet zijn om je als een vogel in een kooi te voelen, vooral een vogel die doelbewust de kooi was binnengevlogen, want dat was wat mijn moeder had gedaan. Maar, anders dan een vogel, kon zij niet zingen of te luidruchtig rondfladderen.

Mijn moeder had zich gemetamorfoseerd in een zwijgende gevangene, geluidloos en spookachtig. Ik was op die zolder verwekt door de zoon van mijn grootouders, Jesse, toen hij en mijn tante Zipporah mijn moeder daar verborgen hielden nadat ze haar stiefvader, Harry Pearson, had vermoord. Maar toch had ik praktisch gesproken geen ouders.

Bijna vanaf de eerste dag dat ik gevoed werd en mijn relatie begon met de mensen die voor me zorgden, de mensen die van me hoorden te houden, en van wie ik hoorde te houden, begreep ik dat ze oma en opa waren, niet mama en papa.

Geen van beiden beweerde iets anders te zijn.

Natuurlijk kan ik me niet precies herinneren wanneer ik de woorden *mama* en *papa*, *moeder* en *vader*, *mammie* en *pappie* hoorde. Misschien voor het eerst toen ik op de televisie zag hoe andere meisjes en jongens van mijn leeftijd verzorgd werden door jongere mensen. Zelfs toen al begon ik te voelen dat ik anders was en begon het tot me door te dringen dat er iemand, iemand die heel belangrijk was, in mijn wereld, mijn leven, ontbrak. Nu, jaren later, voel ik me nog steeds als iemand die al vóór haar geboorte deels geamputeerd is. Misschien zou een kinderpsycholoog dit alles als een buitenkansje beschouwen. Hij of zij zou misschien zelfs besluiten een artikel aan mij te wijden in een of andere therapeutisch tijdschrift. Mijn klasgenoten – en zelfs mijn docenten – zouden niet verbaasd opkijken als mijn foto verscheen op de voorpagina van Child Psychology of een soortgelijke publicatie. Ik weet zeker dat ik er geen goed aan doe, of hun mening over mij zal veranderen door mijn zwijgen, of – vooral – door de manier waarop ik me kleed. Ik kan er niets aan doen dat ik me aangetrokken voel tot donkere kleuren en blouses, rokken en schoenen die niet bepaald flatteus zijn voor mijn uiterlijk. Ik draag kleren die me meestal een of twee maten te groot zijn, dingen die vrouwen van de leeftijd van mijn grootmoeder zouden dragen. De andere meisjes noemen mijn kleding dan ook omakleren. Ze knikken met hun hoofd en klakken met hun tong als ik voorbijkom in de gangen van het schoolgebouw.

Mijn haar was met opzet altijd een beetje te kort geknipt, en, in tegenstelling tot de meeste meisjes van mijn leeftijd, gebruikte ik nooit lippenstift en make-up en plukte mijn wenkbrauwen niet. Ik had geen moeder of oudere zus die me vertelde hoe ik het moest doen, en mijn grootmoeder bood het nooit aan, maar ik weet zeker dat ik die dingen ook om andere redenen achterwege liet.

Eén reden geef ik mezelf grif toe. Ik ben me er heel goed van bewust dat ik keuzes heb gemaakt die jongens ervan weerhouden me op te merken of me ook maar enigszins aantrekkelijk te vinden, onder meer door het dragen van kleren die me oninteressant maken. De reden is domweg dat ik maar al te graag onzichtbaar zou willen zijn of op z'n minst langzaam verdwijnen, en genegeerd worden draagt ertoe bij me het gevoel te geven dat het ook werkelijk zo is. Ik weet dat ik door dat alles bizar word gevonden, dus eigenlijk, neem ik aan, is het mijn eigen schuld. Ik ben een beetje gestoord. En het zijn niet alleen mijn medeleerlingen die opmerkingen over me maken. In de afgelopen zestien jaar heb ik zeker meer dan tien keer een volwassene horen fluisteren: 'Dat kind moet naar een psychiater', en zelfs al zeiden ze het niet hardop, dan dachten ze het. Ik kon het in hun ogen zien als ze me nakeken terwijl ik met gebogen hoofd door het dorp Sandburg sloop of naar Doral House. Symptomatisch was dat ik de plek waar ik woonde niet als 'thuis' betitelde. Tot de dag van vandaag noem ik het Doral House, alsof ik instinctief wist dat ik ergens woonde dat net zo'n tijdelijk verblijf was voor mij als de kleine hotelletjes en toeristenpensions in dit heuvelachtige gebied in New York waren voor vakantiegangers.

Andere jongens en meisjes van mijn leeftijd zouden zeggen dat ze naar huis moesten, terwijl ik zei: 'Ik moet terug naar Doral House'. Ik deed het klinken alsof het een veilige haven was, een privéambassade waar ik diplomatieke privileges en immuniteit bezat. Als ik eenmaal daarbinnen was, kon niemand me lastigvallen, niemand met hun ogen beschuldigende pijlen op me afschieten en kon hun valse gefluister niet door de muren heendringen.

Feitelijk had mijn moeder, de vrouw die ik nog moest ontmoeten, ook mij dus in een gevangene veranderd. Daarom viel het mè niet zo verschrikkelijk moeilijk zoveel tijd hierboven in mijn eentje door te brengen en daarom zat ik bij het zolderraam uren naar de buitenwereld te staren zoals zij had gedaan. De vragen die ik mezelf stelde vanaf het moment dat ik het verhaal begreep, evenals de vragen waarvan ik wist dat ze ieder ander door het hoofd speelden, waren: Wat heb ik nog meer van haar geërfd? Welke identieke demon sluimert er in mijn borst? Wat zal er van me terechtkomen? Zal ik eindigen op een zolder van eigen makelij?

Zoals ik me voorstelde dat zij had gedaan, ging ik languit liggen en legde mijn oor op de grond om te luisteren naar de gesmoorde geluiden en stemmen beneden, zodat ik me een beeld kon vormen van wat ze deden. Ik wilde me net zo voelen als zij zich had gevoeld. Het grootste deel van de dag was dit haar enige contact met wie dan ook. Ik dacht dat de eenzaamheid voldoende moest zijn geweest om haar gek te maken, zelfs al was ze hierboven gekomen toen ze nog geestelijk gezond was.

De enige foto's die ik had van mijn moeder waren de kiekjes die mijn tante Zipporah had van hen beiden. Als het staren naar die foto's het beeld had kunnen vervagen, zouden ze lang geleden al verdwenen zijn. Het was alsof ik de *Mona Lisa* bestudeerde als ik probeerde aanwijzingen te vinden in die glimlach, die ogen, de trek om haar mond, de houding van haar hoofd. Ik bestudeerde zelfs de manier waarop mijn moeder op één foto haar vingers komvormig tegen haar heup hield. Deed ze dat altijd? Betekende het dat ze altijd gespannen was, bang? Wie was ze? Hoe klonk haar stem? Leek de mijne op die van haar? En haar lach? Was die kort en onzeker zoals die van mij, of was ze juist spontaan en ongeremd?

Baby's klampen zich vast aan alle magische kleine dingen van hun moeder. Ze worden gerustgesteld door de glimlach van hun moeder. De liefde en de melodieuze stroom van loftuitingen van hun moeder helpt ze om zich veilig en gerust te voelen en, wat het belangrijkste was, nooit alleen. Ik moest me dat alles verbeelden, doen alsof ik het gehoord had. Maakte het deel uit van mijn waanzin dat ik dacht dat ik haar hierboven kon horen fluisteren of dacht dat ik een glimp van haar had opgevangen in de beweging van een schaduw, veroorzaakt door de zon en wolken en vooral de maan? Of was het alleen maar mijn wanhopige behoefte om iets te weten?

Ik kon de verdrietige uitdrukking zien op het gezicht van mijn grootouders als ik de moed opbracht naar mijn moeder te vragen, en ik kon vooral de angst zien in de ogen van mijn grootmoeder. Het was of ik naar de duivel informeerde. Het was beter niets te vragen, niet nieuwsgierig te zijn, maar welk kind zou het niet willen weten? Dat was wat weeskinderen ertoe dreef op zoek te gaan naar hun oorsprong, want zoveel mogelijk te weten komen over je ouders betekende dat je zoveel meer wist over jezelf.

Het was in feite de manier om het antwoord te vinden op de obsederende vraag die we allemaal stellen over onszelf, misschien wel ons leven lang. Wie ben ik? En niet alleen wie ben ik voor anderen, maar wie ben ik voor mijzelf? Voor mij lag het antwoord verborgen in de verwrongen, kronkelige manier waarop mijn geschiedenis verstrengeld was. Om het antwoord te ontdekken moest ik die ontwarren.

Aanvankelijk werd alles me op eenvoudige wijze verteld, bijvoorbeeld toen mijn grootmoeder me uitlegde wat een grootmoeder geacht werd te zijn en wat ze nu was. Of het haar bedoeling was of niet, ze maakte me duidelijk dat, ook al nam ze de taak van de moeder over, ze die moeder nooit volledig kon vervangen. Natuurlijk wilde ik, zodra ik het begreep, weten waarom ik geen moeder of vader had bij wie ik woonde, zoals andere meisjes en jongens van mijn leeftijd.

'De reden dat je geen vader en moeder hebt is dat mensen eerst horen te trouwen en dan pas plannen wanneer ze hun kinderen willen hebben, zodat ze goed voor ze kunnen zorgen,' zei ze. 'Die van jou hebben dat niet gedaan.'

Ze zei niet rechtstreeks dat ik een vergissing was. Ze vertelde me dat ik zo onverwacht was als een zomerse onweersbui. Ik dacht echt dat ik uit de lucht was komen vallen, omlaag was gedwarreld als een blad van een boom en voor hun deur was blijven liggen. Soms wenste ik dat het waar was, wenste ik dat ik op hun drempel was achtergelaten. Het was allemaal zoveel gemakkelijker te accepteren als je geloofde dat je door een ooievaar was gebracht. Op die manier was een baby een onafhankelijk mensje dat zonder bagage arriveerde en vooral zonder een duister verleden. Ooievaarskinderen waren als Adam en Eva, geboren zonder verleden, met alleen een toekomst.

Maar op jeugdiger leeftijd dan de meeste meisjes om me heen werd ik op de hoogte gesteld van de 'bloemetjes en de bijtjes', en dus werd de ooievaar, zoals zoveel van de fantasieën die andere meisjes werden verteld, de deur gewezen. Het was te gevaarlijk, vooral voor mij, om niet zo gauw mogelijk de harde, kille werkelijkheid te leren kennen. Volgens mijn grootmoeder, die nog steeds als verpleegkundige in het ziekenhuis werkte, was zwangerschap bij pubers een alomtegenwoordige plaag, en was dat uiteindelijk niet wat er in dit huis was gebeurd? De kans dat het mij ook zou overkomen was groter vanwege mijn moeder. Niemand zei het openlijk, maar ik hoorde het gefluister in elke donkere hoek. Ik kon het voelen. Het was tastbaar in elke angstige blik. Als Karen Stokers dochter, was ik ontvankelijker voor zwakte en wellust dan de meeste meisjes van mijn leeftijd. Ik moest me daarvan te allen tijde bewust zijn en extra op mijn hoede blijven.

Misschien was dat nog wel een voornamere reden waarom ik al het mogelijke deed om te beletten dat jongens me opmerkten. Ik was bang dat het waar was, bang voor mijzelf. 'Blijf uit het water, dan kun je niet verdrinken,' hield ik me voor. Lange tijd was het niet zo moeilijk dat vol te houden. Jongens keken niet naar me met begeerte maar met vermaak.

Omdat ze verpleegster was, kon mijn grootmoeder altijd goed de techniek van seks uitleggen. Ze deed het zo onpersoonlijk alsof ze het over een automotor had, misschien om te voorkomen dat ik ook maar enigszins nieuwsgierig of geïnteresseerd zou zijn. Tot ik in de puberteit kwam, hadden haar pogingen succes. Ik vond haar lessen saai en vervelend en vroeg me af waarom de mensen zich er zo over opwonden.

'Maar,' vertelde ze me met een bedekte waarschuwing, 'zelfs al leg je je zoon of dochter alles duidelijk uit, dan kun je er niets aan doen als je kind zijn of haar lichaam toestaat zijn of haar geest te beheersen. Je kunt er niets tegen beginnen,' zei ze, en haar stem stierf weg onder de druk van een intense spijt. Ik wist dat ze zich voelde als een politievrouw wier zoon bankrover is geworden. Ik wist niet of ik hem al dan niet moest haten als de oorzaak dat ik geboren was. Ik zag hem zo zelden en had weinig gelegenheid om aan hem te denken als mijn vader. Ik had geen duidelijk idee hoeveel van hem ik had geërfd.

Ik kromp elke keer ineen als ik iemand iets hoorde zeggen over andere meisjes of jongens die als twee druppels water op hun vader of moeder leken.

Wie het zei in mijn aanwezigheid, zei het gewoonlijk luid genoeg dat ik het kon horen. Natuurlijk vermoedde ik dat diegene dacht dat mijn moeder en ik als twee druppels water op elkaar leken, en niet mijn vader en ik. Mijn grootouders hadden me zo weinig verteld. Hoe moest ik weten wat waar was of niet?

Feitelijk was ik het meeste over mijn moeder en de tragische gebeurtenissen te weten gekomen van mijn tante Zipporah, die mijn moeders beste vriendin was ten tijde van de tragedie en die me tegen de wil van mijn grootmoeder de twee foto's had gegeven. Van tante Zipporah hoorde ik dat, voordat er iets verschrikkelijks was gebeurd, zij en mijn moeder de zolder hadden herschapen in hun denkbeeldige privéwereld. Dat zou ik anders nooit geweten hebben, omdat noch mijn grootmoeder noch mijn grootvader erover wilde praten en mijn grootvader en mijn vader alles hadden weggehaald van de zolder en die hadden gerenoveerd. Ik veronderstel dat het een poging was om het verleden uit te wissen. Maar tante Zipporah hielp me te begrijpen waarom en hoe het hun speelterrein was geweest voordat het een gevangenis werd.

Ze beschreef hoe ze hierboven gefantaseerd hadden, net hadden gedaan of de bank een auto was waarin ze door het land toerden. Ze vertelde me over de oude kleren die ze in kisten hadden gevonden, waarin ze zich verkleedden, hoe ze de zware schoenen aantrokken, en dan rondstommelden, pretenderend iemand anders te zijn. Ze verzonnen verhalen bij de portretten van vorige bewoners die ze hadden ontdekt in laden van kasten, in kisten en dozen.

'We waren verbaasd dat de vorige bewoners zoveel hadden achtergelaten. Je moeder noemde de zolder een "nest van weeskinderen". Ze kon zich zo goed verbeelden hoe hun leven geweest was. Ze spon verhalen van liefde en bedrog, verlies en vreugde, avontuur en romantiek op een magisch weefgetouw. De muren van de zolder zijn vol van ons gelach en voorgewend gesnik en gejammer. Wij vonden het heel wat leuker dan de televisie of de bioscoop.'

Ik hing aan haar lippen, luisterend naar elk woord dat ze gebruikte om mijn moeder te beschrijven. Ik was als iemand die verhongert en zich voedt met kruimels. De verhalen die ze me vertelde over hen beiden vervulden mijn hart met warmte en vreugde. Ik wenste dat ik zo'n goede vriendin had die dezelfde dingen zou doen met mij, een vriendin wier ouders niet bang zouden zijn dat ze hier kwam, dat we de tijd zouden hebben om elkaar onze intieme gevoelens en gedachten toe te vertrouwen. Hoe heerlijk moest het zijn om iemand te hebben van wie je op aan kon, iemand met wie je vreugde en geluk kon delen.

Tante Zipporah beschreef hoe inventief, fantasievol en onvoorspelbaar mijn moeder was geweest, zelfs buiten de zolder, en hoeveel plezier dat haar had gedaan.

'Als je moeder er niet geweest was, zou ik het leven in dit kleine dorp saai hebben gevonden. We waren verhuisd van een veel steedsere omgeving dicht bij New York City, waar zoveel meer te doen was, maar je moeder zorgde ervoor dat niets ooit was wat het in werkelijkheid was. Karen richtte haar verbeelding op huizen, mensen, zelfs honden en katten en spon er fantasieën over. Mensen zeiden dat we op wolken liepen en ronddansten alsof we helium hadden geslikt. In die vroegere tijd glimlachten ze altijd naar ons, schudden hun hoofd en lachten om onze grenzeloze energie. Ze vonden ons aardig en amuseerden zich met ons.'

Ze zei dat andere meisjes jaloers waren op hun vriendschap.

'Ze staarden ons aan met een halve glimlach, wensend dat we hen toe zouden laten in onze wereld,' vertelde ze me, zelf met zo'n halve glimlach.

Ze vond het zo prettig zich die dingen te herinneren, maar was ook bedroefd over de wijze waarop het was afgelopen.

Als ze dat alles opnieuw beleefde, maakte haar glimlach plaats voor een gepijnigde uitdrukking, alsof ze hevige hoofdpijn had. Ik kreeg onwillekeurig het gevoel dat ze zich verraden voelde, dat haar liefde en vertrouwen dingen waren waarmee ze voorzichtig om had moeten gaan, vooral als je nagaat hoe het verhaal van haar en mijn moeder is geëindigd.

Haar tijd op high school hier was tante Zipporah later moeilijk gevallen, maar ze had zich voldoende hersteld om haar examen met goed gevolg af te leggen en te gaan studeren aan de universiteit in New Paltz, waar ze kennismaakte en trouwde met Tyler James, een jongeman die zijn eigen café had geërfd in de stad waar de staatsuniversiteit was gevestigd. Ze haalde haar universitaire diploma maar ging niet lesgeven zoals ze van plan was geweest. In plaats daarvan werkte ze in het café, en in de afgelopen twee zomers werkte ik daar ook als hulpserveerster, ruimde tafels af en viel soms in als hostess.

Ik voelde me daar gelukkiger omdat ik ver weg was van de geschiedenis van mijn moeder, die als een smerige vlek bleef plakken, niet alleen aan mij maar ook aan de straten en gebouwen. Zelfs mensen die te kortgeleden in het dorp waren komen wonen of te jong waren om mijn moeder en grootmoeder van moederszijde, Darlene Pearson, te hebben ontmoet, kenden het verhaal. Het was het meest beruchte verhaal in het dorp. De apotheek van mijn moeders stiefvader, Pearsons Apotheek, was praktisch een historisch monument door alles wat er gebeurd was. Zoals ik hoorde was de gevel niet veranderd, en het interieur nauwelijks.

Niet lang na mijn geboorte had Darlene Pearson (ik kan alleen maar aan haar denken als Darlene Pearson) de zaak verkocht. Ze was verhuisd, of, zoals ik vaak had gehoord, gevlucht, had letterlijk haar biezen gepakt en was midden in de nacht weggereden. Niemand, zelfs mijn grootouders niet, wist waar ze uiteindelijk naartoe was gegaan. De huizenmakelaar had geheimhouding gezworen en handelde al het administratieve werk af met haar en de koper, de familie Harrison, eigenaar van de hout- en ijzerhandel in Sandburg. Voor zover ik wist hadden mijn grootouders nooit een telefoontje of briefje gehad van Darlene Pearson waarin ze naar mij informeerde.

Zij noch mijn echte moeder had iets te maken met mijn naamgeving, evenmin, voor zover ik wist, als mijn echte vader. Toen ik vroeg waarom mijn moeder geen belangstelling voor me toonde, vertelde mijn grootmoeder dat ze niet wist dat ik bestond.

'Hoe kan het dat ze dat niet weet?' vroeg ik. 'Ze wist toch zeker dat ze zwanger was en dat ik geboren werd.'

'Ik kan je alleen maar vertellen wat ik gehoord heb van de dokters in de kliniek. Je moeder is niet goed bij haar verstand. Ze heeft elke herinnering aan jou geblokkeerd. Het is beter als we er niet over praten. Het maakt mij net zo overstuur als jou,' zei ze en sloeg met haar hand in de lucht, alsof ze alle vragen en antwoorden het huis uit wilde jagen.

Wat ze ook zei, ik kon me onmogelijk voorstellen dat je het je niet kon herinneren dat je zwanger was en een kind had gebaard. Ze doet natuurlijk net alsof ze het zich niet herinnert, dacht ik. Volgens mijn tante Zipporah was mijn moeder zo goed in doen alsof, dat ik geloofde dat ze zelfs briljante dokters voor de gek kon houden.

Mijn grootmoeder besloot me Alice te noemen. Toen ik haar eens vroeg waarom, antwoordde ze: 'Omdat je misschien net als Alice op een dag in Wonderland terecht zult komen.'

Als gevolg daarvan werd *Alice in Wonderland* een van de eerste boeken die ik ooit heb gelezen en spoedig daarna werd het mijn droom om te ontsnappen in een andere wereld. Ik kon me niet onttrekken aan het gevoel dat niemand, zelfs mijn tante Zipporah niet, erg blij was me in deze wereld te zien. Darlene Pearson was er zeker niet blij mee. Het was de laatste druppel die haar midden in de nacht op de vlucht had gejaagd.

Natuurlijk was ik bijna even nieuwsgierig naar mijn grootmoeder van moederszijde als naar mijn moeder. Hoe kon ze zo totaal geen belangstelling hebben voor haar eigen vlees en bloed? Hoe kon ze tenminste niet een klein beetje nieuwsgierig zijn? Later, toen ik ouder was, zette het me aan het denken en vroeg ik me af of de details van het tragische verhaal van mijn moeder wel helemaal juist waren. Misschien was ze niet gek toen ze Harry Pearson vermoordde en waren de dingen die ze beweerd had dat hij haar had aangedaan ook werkelijk zo gebeurd. Ik kende de specifieke details niet, maar ik wist dat het te maken had met seksueel misbruik. Misschien liep Darlene Pearson juist wel weg omdat ze zich verantwoordelijk voelde, schuldig omdat het in haar huis met haar dochter gebeurd was.

Natuurlijk had ik een egoïstische reden om te hopen op die mogelijkheid. Als het allemaal zo gebeurd was als mijn moeder beweerd had, zou er geen kwaad zijn dat ik van haar kon erven. Ik zou de dochter zijn van een slachtoffer, niet van een krankzinnige, en de mensen zouden sympathie voor me voelen, geen minachting. Ze zouden hartelijk zijn, niet angstig. Ik zou veel vrienden hebben. Ik zou worden uitgenodigd om feestjes bij te wonen en te blijven logeren, en de sombere wolk die altijd boven mijn hoofd had gehangen zou worden weggeblazen. Ik zou een kind van de zon zijn. Ik zou glimlachen en lachen en, het allerbelangrijkste, niet meer zo bang zijn voor de schaduwen die zich in het maanlicht aftekenden en steeds verder kropen, steeds dichter naar Doral House en naar mij. Als ze daar waren, zou ik zijn als Dr. Jekyll en veranderen in Mr. Hyde, tenzij ik werkelijk de dochter was van een slachtoffer.

Maar als ik mijn moeder of mijn grootmoeder nooit ontmoette, hoe zou ik dan ooit te weten kunnen komen wat waar was en wat niet? Het was alsof ik geen familie van moederszijde had. Ik kende alleen de familie van mijn vader, en zelfs zij waren afstandelijk en onpersoonlijk. Omdat ik hem nu en dan zag, wist ik tenminste iets over mijn vader. Ik wierp soms een vlugge blik in zijn jaarboeken van high school en de universiteit, en dan waren er natuurlijk nog alle foto's in het kantoor van mijn grootvader.

Ik wist dat mijn vader intelligent en knap was en vroeger een heel goede atleet was geweest, de ster van het honkbalteam van de universiteit, maar hij verhuisde toen hij als jurist was afgestudeerd, en mijn contact met hem werd veel minder en onregelmatig. Ik had begrepen dat mijn grootvader en mijn vader op een dag hun eigen advocatenkantoor hadden willen openen hier in de staat New York, maar de gebeurtenissen die leidden tot mijn geboorte maakten dat vrijwel onmogelijk. Er werd een zogenaamd verstandig zakelijk besluit genomen en mijn vader legde het examen af om zijn beroep als advocaat in Californië te kunnen uitoefenen en schiep zoveel mogelijk afstand tussen hem en het verleden, dus ook tussen hem en mij.

Niet lang daarna was hij getrouwd met Rachel Petersen, een andere advocaat van het kantoor waarvoor hij in Los Angeles was gaan werken, en ze kregen een tweeling, Justin en Austin, die nu vijf waren. Ze waren natuurlijk mijn halfbroers, maar om de vrede te bewaren in zijn huwelijk en met zijn nieuwe familie, hadden mijn vader en mijn grootvader besloten dat ze mij in aanwezigheid van de tweeling zouden behandelen als het kind van mijn grootouders. Anders zouden ze te veel in de war raken. Justin en Austin groeiden op in het geloof dat ik hun tante was. Ze woonden ver weg en werden nooit geconfronteerd met de waarheid.

Toen ik ouder werd, besefte ik dat het verzinsel meer was ter wille van Rachel dan van de tweeling. De vrouw van mijn vader wilde er niet aan denken dat hij een buitenechtelijk kind had bij een vrouw die een moord had gepleegd en was opgenomen in een psychiatrische inrichting. Natuurlijk hadden hun vrienden en zakenrelaties geen idee van de waarheid. Ze was onverbiddelijk in haar eis dat het geheim zou blijven.

'Ik wil niet dat Jesse je ooit als zijn dochter beschouwt,' vertelde Rachel me een keer tijdens een van hun laatste bezoeken, toen we alleen waren. 'Het is beter voor ons allemaal als we blijven pretenderen dat wat gebeurd is nooit gebeurd is. Dat is vooral beter voor mijn kinderen.'

'Ik weet het. Ik ben gewoon op magische wijze verschenen,' antwoordde ik. 'Op een dag had mijn moeder hoofdpijn en ik schoot omhoog uit haar hoofd zoals Athena uit het hoofd van Zeus.' Ik had de mythe net gelezen tijdens de Engelse les.

Ze had me niet aangekeken toen ze sprak, maar ze draaide haar hoofd met een ruk om toen ik antwoord gaf. Ik had nog nooit zo'n toon tegen haar aangeslagen. Ze sperde haar ogen open van woede en angst. Mijn stiefmoeder, want dat was ze in feite, al erkende ze dat nooit, voelde zich nooit op haar gemak met mij. Ik hoorde haar eens tegen mijn vader zeggen dat ze vond dat ik haar op een heel onnatuurlijke manier aanstaarde omdat ik mijn ogen samenkneep en mijn lippen straktrok.

'Ik voel haar rancune,' zei ze tegen hem.

'Dat is mal, Rachel. Hoe zou dat nou kunnen? Ze begrijpt hier allemaal niets van.'

Ik was toen zelf pas een jaar of vijf, maar daar trok ze zich niets van aan. Ik had twee kunnen zijn wat haar betrof. Ze wilde dat ik onnatuurlijk was; ze wilde dat ik vreemd was.

'O, ja, dat doet ze wél,' hield ze vol. 'Dat doet ze wél.' Ik dacht dat als íémand geloofde dat ik iets slechts geërfd had, het Rachel was.

Ze was een lange, magere, donkere brunette met lichtbruine ogen en die zonnig bruine Californische teint. Ik begreep waarom ze een succesvolle advocaat was. Ze had een zorgvuldige precisie in alles wat ze deed en zei, alsof ze een ingebouwde redactionele machine had die haar dialoog bijschaafde, zodat ze nooit een overbodig woord zei. Niemand hoefde zich af te vragen wat ze bedoelde als ze het woord voerde. Zo sprak ze zelfs tegen de tweeling, en vooral tegen mijn vader.

Ik vroeg me af of ze verliefd waren geworden of domweg getrouwd waren.

Het was gemakkelijk te zien dat hij elke keer dat ze bij ons op bezoek kwamen, in het nadeel was. Ik wist zeker dat er vóór hun komst allerlei beloftes waren gedaan, stipulaties, zoals zij ze waarschijnlijk zou noemen. Ik kon me gemakkelijk voorstellen wat die waren. Volgens mij had mijn vader ze praktisch op zijn voorhoofd geprint of ze met bloed ondertekend. Nog voordat ze aankwamen, hoorde ik ze gefluisterd in de wind.

Breng niet te veel tijd door alleen met Alice, of zonder de jongens.

Toon niet meer belangstelling voor haar dan voor hen.

Sta niet toe dat ze haar iets anders noemen dan tante Alice en laat ze niet te lang met haar alleen.

Neem de tweeling nooit mee naar de zolder.

Vraag nooit iets over Karen Stoker of haar moeder in bijzijn van mij of de jongens.

En denk eraan, we blijven niet te lang en we mogen Alice nooit, maar dan ook nooit de geringste reden geven om te hopen dat ze op een dag bij ons zou kunnen wonen.

Ik vermoedde dat mijn vader nooit zou ophouden met te boeten voor zijn zonden. En ik vermoedde ook dat hij met opzet met een vrouw was getrouwd die daarop zou toezien, omdat hij nooit wílde ophouden met zichzelf te straffen voor het feit dat hij zijn eigen ouders had teleurgesteld.

In ieder geval had mijn bestaan een doel. Ik maakte het lijden van mijn vader eeuwigdurend.

Hoe zou jij het vinden als dat de reden was voor je geboorte?

2

Je moet me alles vertellen

Ik draaide me af van het raam toen ik beneden stemmen en gelach hoorde en het enthousiaste gegil van de tweeling. Ik wist zeker dat mijn grootvader ze allebei had opgetild en liet paardjerijden op zijn knie, net deed of hij wilde weten wie zwaarder woog, en in hun biceps kneep om te zien wie sterker was. Tot misnoegen van mijn grootmoeder, plaagde hij ze altijd om ze met elkaar te laten wedijveren. Ik wist dat hij bang was dat Rachel ze te volgzaam maakte; soms ging hij zo ver dat hij ze beschuldigend kleine verwende prinsjes noemde zonder kasteel of koninkrijk.

'Ze zijn in het nadeel als ze te gedwee zijn,' zei hij, toen Rachel zich beklaagde.

'Ze moeten met anderen wedijveren, niet met elkaar,' wierp Rachel tegen. Zij was niet bang om wie dan ook uit te dagen; ik bewonderde die kracht in haar en wilde dat ik die zelf ook had, maar ik hoorde mijn grootvader eens tegen mijn grootmoeder zeggen: 'Die vrouw geeft nooit blijk van zwakte, huilt nooit. Ze heeft geen traanbuizen.'

'Je traint thuis voor komende oorlogen,' zei mijn grootvader tegen Rachel. 'En reken maar dat die komen.' Evenmin als zij deinsde hij terug voor een woordenwisseling.

Rachel kon beter opschieten met mijn grootmoeder, wat ik vreemd vond, omdat zowel mijn grootvader als Rachel advocaat was. Je zou denken dat ze meer met elkaar gemeen hadden, elkaar beter begrepen. Maar de laatste tijd begon ik te vermoeden dat hij niet gelukkig was met de manier waarop ze mij behandelde. Hij beschermde me meer dan mijn eigen vader.

Maar dan, afgezien van de biologische redenen, zou hij best mijn vader kunnen zijn. Wat mij betrof, kon de tweeling het eeuwig blijven geloven. Natuurlijk wist ik dat ze allemaal kwamen tijdens de voorjaarsvakantie. Hun bezoek was al maandenlang gepland. Ik wist alleen niet dat er een belangrijkere reden voor hun komst was, en die reden had met mij te maken. Hoewel ik ze beneden hoorde, holde ik niet meteen de trap af om ze te begroeten. Ik vond de tweeling aardig, maar vanwege Rachel en mijn vader zat ik altijd op hete kolen, bang dat ik iets tegen ze zou zeggen of iets zou doen dat een stroom van kritiek en verwijten zou uitlokken.

Ik wist dat de komst van mijn vader en zijn gezin verondersteld werd een gezellige tijd te zijn, waarin je leuke dingen deed, maar zodra ik hoorde dat ze op bezoek zouden komen, trok ik me nog meer in mezelf terug en bracht nog meer tijd door op zolder. Altijd als ze hier waren, maakte ik van elke gelegenheid gebruik om hun gezelschap te vermijden. Ik kon merken dat mijn grootmoeder, die altijd zenuwachtiger was als ze kwamen, dat niet erg vond, maar mijn grootvader voelde het en stond er gewoonlijk op dat ik overal bij betrokken werd, soms als het niet eens nodig was, alleen maar om er de nadruk op te leggen.

'Ze heeft net zoveel recht om hier te zijn als een van ons,' mompelde hij dan.

Om er verder voor te zorgen dat ik niet werd genegeerd, vertelde hij gewoonlijk, wanneer hij maar de kans kreeg, trots over mijn prestaties, over mijn rapport en over de laatste schilderwerken die ik had gemaakt. Toen ik twaalf was, en de tekenleraar op school hem had verteld over mijn aanleg voor schilderen, was hij er onmiddellijk op uitgegaan om verf en penselen en een ezel te kopen en veranderde toen, zonder instemming van mijn grootmoeder, de zolder in een schildersatelier en zorgde zelfs voor beter licht.

'Ze brengt daar toch al veel te veel tijd door, Michael,' klaagde mijn grootmoeder.

'Waarom zouden we die ruimte verspillen? Bovendien heeft ze daar de privacy die een schilder nodig heeft,' hield hij vol.

'Ja, we weten maar al te goed wat die privacy inhoudt en welke creatieve dingen zich daar afspeelden,' antwoordde ze.

Ze was veel minder vergevensgezind, maar mijn grootvader negeerde haar en zette door. Hij kocht zelfs een schilderskiel en een Franse baret voor me. Soms dacht ik weleens dat hij enthousiaster was dan ik. Ik weet dat ik vaak beter mijn best deed ter wille van hem, omdat ik hem een plezier wilde doen. Ik wist dat hij graag wilde dat ik succes had met alles wat ik ondernam, als een manier om zijn eigen geweten te sussen. Goed kwam voort uit slecht. Wat er ook gebeurt, ouders geven zichzelf de schuld van wat hun kinderen doen.

Ik begon met eenvoudige aquarellen van het landschap rond ons huis, maar toen besloot ik te proberen een schilderij te maken van het Doral House zelf. Van jongs af aan begreep ik het verschil tussen een foto en een schilderij. Ik probeerde nooit domweg een foto op het doek te schilderen. Ik liet me door mijn gevoelens leiden om de lijn aan te geven, schaduwen en licht aan te brengen. In het schilderij dat ik maakte van Doral House had ik een schaduw aangebracht in het zolderraam dat onmiskenbaar de vorm had van een meisje dat naar buiten keek. Mijn grootmoeder werd nerveus toen ze het zag. Ze zorgde ervoor dat ik het niet van de zolder mee naar beneden nam. Ze haalde het schilderij aan als bewijs dat mijn grootvader geen atelier had moeten maken van de zolder.

'Er is iets met die zolder,' beweerde ze. Ze deed het voorkomen alsof het iets bovennatuurlijks was.

Hij vond het belachelijk. Maar toch had ik onwillekeurig het gevoel dat mijn grootmoeder de plank niet zo ver missloeg. Wat voor band ik ook voelde met mijn moeder, dat gevoel was hier sterker. Er was iets blijven hangen. Er leefde iets voort in de muren van die zolder.

'Alice!' hoorde ik mijn grootvader roepen. 'Kom beneden. Iedereen is er.'

Ik haalde diep adem, alsof ik elke keer dat ik de zolder verliet en naar beneden ging, onder water dook. Alleen hierboven kon ik vrij ademhalen en ongestoord denken. Leek ik daardoor ook meer op mijn moeder?

Ondanks mijn pogingen het gemakkelijker te maken voor mijn vader door te proberen zo onverschillig mogelijk voor hem te blijven, kon ik het niet nalaten om met een steelse blik naar hem te kijken en me af te vragen welke eigenschappen ik van hem had geërfd. Mijn haar was het lichte bruin dat ik op de foto's van mijn moeder zag, maar ik had de blauwe ogen van mijn vader. We hadden ook allebei hoge jukbeenderen. En onze oren hadden dezelfde vorm. Feitelijk had ik liever geweten of hij ook maar enigszins benieuwd naar me was. Stelde hij mijn grootvader vragen over me als ze met elkaar konden praten zonder dat Rachel het wist? Was hij op de hoogte van mijn prestaties op school, van mijn interesses? Maakte hij zich weleens zorgen over me? Zou hij me ooit terzijde willen nemen om me te vertellen over mijn moeder en hem, en vooral hoe het was begonnen? Kortom, zou hij ooit, al was het maar vijf minuten, mijn vader zijn?

Rachel bracht de tweeling naar hun kamer om te gaan slapen toen ik de trap afkwam. De rit vanaf de luchthaven had de kinderen uitgeput, en als ze moe waren, waren ze meestal lastig en onrustig. Ze naar bed brengen om te slapen was altijd haar methode om ze te berispen. Ze vonden het vreselijk om te moeten slapen en jammerden en gilden in de gang, zwegen pas even toen ze mij de trap af zagen komen. Ik wist dat ze hoopten dat mijn komst hun verbanning zou voorkomen, maar Rachel was onverbiddelijk als ze besloten had iets te doen. Ze tilde ze bijna omhoog toen zij ze aan de hand meesleurde. Ik dacht dat ze een imponerende advocaat moest zijn in de rechtszaal. Ik vond haar precies het soort vrouw dat ik bewonderde en aan wie ik tegelijk een hekel had.

En ik wist dat zij het ook wist.

'Hallo, Alice,' zei ze. 'Ik kom zodra ik die twee lastposten naar hun bed heb gebracht om een tijdje te slapen.'

Ik knikte en liep door naar de zitkamer, waar mijn vader zat met mijn grootmoeder en mijn grootvader. Zolang ik me kon herinneren, voelde ik me niet op mijn gemak als ik naar mijn vader toeging om hem een zoen te geven en hij, vooral in aanwezigheid van mijn grootmoeder, was al even verlegen als ik. Ons compromis was gewoonlijk dat hij me ter begroeting omhelsde en mijn wang beroerde met zijn lippen. Deze keer deed hij zelfs dat niet. Hij bleef zitten, glimlachte en zei: 'Hoe gaat het, Alice?'

'Goed.'

'Je bent een paar centimeter gegroeid sinds ik de laatste keer hier was.'

'Ze is helemaal niet gegroeid,' zei mijn grootmoeder. Ondanks de overeenkomsten tussen mijn vader en mijzelf, legde ze vaak de nadruk op de gelijkenis tussen mij en mijn moeder, alsof ze probeerde zich ervan te overtuigen dat ik gekloond was en haar zoon niets te maken had met alle ellende die erop gevolgd was. Lengte was een van de dingen die ik met mijn moeder gemeen had, en naar wat ik kon afleiden uit de foto's, kreeg ik ook hetzelfde figuur als zij.

'Tja,' zei mijn vader, 'dan moet ze magerder zijn geworden of zoiets. Ze lijkt langer.'

'Ze is het laatste spoortje babyvet kwijt,' zei mijn grootvader glimlachend.

'Belachelijk,' mompelde mijn grootmoeder. 'Een meisje van haar leeftijd hoort geen babyvet meer te hebben. Ze is al ouder dan zestien.'

'Precies. Een hele jongedame,' antwoordde mijn grootvader knikkend. 'Werk je aan een nieuw schilderij?' vroeg hij snel. Hij wist dat ik de hele dag op zolder was geweest. 'Ze schildert uitstekend,' zei hij tegen mijn vader, die even glimlachte.

Wat triest, dacht ik, als een glimlach zo'n risico inhoudt. Ik vroeg me af of Rachel het aantal keren telde dat hij naar me glimlachte als hij hier was, en hoe vaak hij me aanraakte. Ze telde beslist alle zoenen, het beroeren van de lippen meegerekend.

'Je moet iedereen dat schilderij laten zien van de boom in de wei. Ik meen het. Elke keer dat ik ernaar kijk lijkt hij veranderd. Die boom lééft op het doek!' zei mijn grootvader.

Aan het gezicht van mijn grootmoeder kon ik zien dat het haar niet beviel als hij op die manier sprak over mijn schilderkunst. Ze leek zelfs een beetje bang, alsof mijn kunst een soort hekserij was. Geloofde ze echt dat mijn moeder zich via mij uitte in mijn kunst? Ik vroeg me af of dat mogelijk kon zijn.

'Je kunt geen betere promotor hebben, Alice. Ik denk dat ik het dus zal moeten zien,' zei mijn vader.

'Wat zien?' vroeg Rachel, die net binnenkwam.

'Papa vertelde me over een van Alice' nieuwe schilderijen en hoe mooi hij dat vindt.'

Ze meesmuilde. 'Ze maakten een hoop herrie, maar ze lagen nog niet in bed of hun ogen vielen dicht en ze waren vertrokken,' zei ze tegen mijn grootouders, alsof er geen woord was gezegd over mij. Toen richtte ze zich tot mijn vader. 'Breng je me nu naar de apotheek, Jesse?'

'We zijn er net,' protesteerde hij.

'Ik wil er graag heen terwijl zij slapen,' zei ze. 'En ik wil niet dat de winkel straks gesloten is. Ik heb mijn spullen nodig.'

'Nou ja, oké dan,' zei hij en stond op. Zag hij ertegenop om haar naar wat vroeger de apotheek van mijn moeders stiefvader was geweest te brengen? Rachel was zich er niet van bewust of trok zich er niets van aan.

'Ze zullen wel een tijdje blijven slapen,' zei ze tegen mijn grootmoeder, 'maar als ze wakker worden...'

'Maak je geen zorgen. Ik let wel op ze,' antwoordde mijn grootmoeder.

Mijn vader keek even naar mij.

'Ik zal je schilderij later bekijken, Alice.'

Ik haalde mijn schouders op en draaide me om tot ze weggingen. Even leek het of alle lucht samen met hen uit de kamer verdwenen was.

'Ik ga even bij de tweeling kijken,' zei mijn grootmoeder. Ze stond op en liep in de richting van de logeerkamers.

Waarom had ik de moeite genomen beneden te komen?

Mijn grootvader staarde me aan met een peinzende, zelfs enigszins verdrietige uitdrukking op zijn gezicht. Hij sloeg op zijn knieën en stond op.

'Laten we een eindje gaan wandelen, Alice,' zei hij.

'Wandelen? Waarheen?'

Doral House stond op een bijna verlaten landweg en het volgende huis lag ongeveer een kilometer verder naar het oosten.

'Gewoon een wandelingetje. Het is prachtig weer en je bent nog niet buiten geweest om ervan te profiteren. Misschien doe je een idee op voor een nieuw schilderij. Ik kan altijd het best denken tijdens het wandelen.'

Ik volgde hem de zitkamer uit en naar buiten.

'Ik dacht niet dat we hier zo lang zouden blijven wonen,' zei hij. Hij bleef staan op de drempel en staarde naar de weg. Hij was nog steeds een aantrekkelijke, fysiek fitte man en hij zag er jaren jonger uit dan zijn leeftijd. Hij hield van golf, maar was begonnen met squash om op gewicht te blijven. Hij vertelde me dat de meeste advocaten die hij kende te dik waren. 'Te veel uitgebreide lunches,' zei hij. 'En martini's.'

'Waarom niet?' vroeg ik.

'O, ik weet niet. Toen allebei de kinderen het huis uit waren, maakte Elaine plannen om te verhuizen naar Monticello, naar een huis in de stad. Zij zou dichter bij het ziekenhuis zijn en ik dichter bij mijn kantoor en de rechtbank. En we zouden ons geen zorgen hoeven te maken over het onderhoud van het landgoed.'

'Waarom hebben jullie dat dan niet gedaan?'

'Geen idee. Het idee vervaagde langzamerhand en ze had zoveel gedaan om dit huis en de grond eromheen te verbeteren. Ik denk dat we het geen van beiden in de steek wilden laten.'

'Maar er zijn zulke slechte herinneringen aan verbonden,' waagde ik.

'Nee. Dat kun je het huis niet verwijten. Het is maar een huis,' zei hij glimlachend. 'Je hebt hier toch geen geesten zien rondwaren, hè?'

'Nee. En als ik ze zag zou ik niet bang voor ze zijn,' voegde ik er-aan toe. Hij lachte.

'Dat geloof ik onmiddellijk.'

Nee, dat zou ik inderdaad niet, dacht ik. Geesten waren waarschijnlijk net zo eenzaam als ik, gevangen tussen twee werelden. Hij liep over het pad naar de oprijlaan en toen naar de weg. Ik volgde hem. Hij keek achterom en spoorde me met een hoofdknikje aan hem in te halen. Ik deed het, en we slenterden langzaam door de straat. Het was een mooie dag met een lucht van verschoten blauw, doorspekt met kleine donzige wolkjes die meer leken op flarden rook. Toen ik klein was, noemde mijn grootvader die wolkjes Gods adem, vergeleek ze met de kleine dampwolkjes van onze adem als het 's winters heel koud was.

We bleven lopen. De warme wind deed de bladeren van de bomen zachtjes ritselen. Een klein zwart vogeltje voerde een dansje uit op de weg, vloog toen het bos in en verdween in de donkere schaduwen. Nu en dan zag ik een hert op deze weg dat in de war gebracht leek door de strook asfalt die door zijn natuurlijke woongebied liep. Er waren altijd veel konijnen die haastig wegrenden alsof ze te laat waren voor een belangrijke afspraak. Eén keer zag ik een vos, en mijn vader beweerde bij hoog en bij laag dat hij een lynx had gezien. Hij liep nu met gebogen hoofd, maar plotseling bleef hij staan en haalde diep adem voor hij me aankeek en naar me glimlachte.

'Ik maakte niet alleen gekheid dat je je babyvet kwijt was, Alice,' zei hij. 'Soms groeit een meisje – of een jongen – van de ene dag op de andere op. Zo lijkt het althans. Elaine is daar bang voor. Ik veronderstel dat dat logisch is voor moeders en grootmoeders. Zo was ze ook met Zipporah.'

'Waarom?'

'O, ik denk dat ze niet willen dat hun kinderen en kleinkinderen alle problemen onder ogen moeten zien die ze weten dat daarmee gepaard gaan.'

'Zoals?'

'Jongens, om te beginnen,' zei hij met een brede glimlach. 'Zorgen over relaties, hun uiterlijk, de hele reutemeteut, zoals ze zeggen. Heb je de uitdrukking weleens gehoord: "Kleine kinderen, kleine zorgen, grote kinderen, grote zorgen?"'

'Nee. Waar zou ik dat moeten horen?'

'Gelijk heb je. Waar zou je dat moeten horen? En dat is iets waarover ik met je wil praten, Alice.'

Hij bleef doorlopen.

'Wat dan?'

'Je moet proberen meer te doen met de kansen die je school je biedt. Je bent te veel alleen. Word lid van een club, wat dan ook, alles wat maakt dat je vaker uitgaat. Al lijkt ze soms nog zo beschermend en bezorgd, ik weet zeker dat je grootmoeder dat graag zou willen, en ook dat je meer aan sociale activiteiten deelneemt. Het is niet goed om op jouw leeftijd zoveel alleen te zijn.'

Ik voelde de tranen in mijn ogen springen. Vond hij dat het allemaal mijn schuld was?

Hij keek me even aan omdat ik bleef zwijgen.

'Ik klaag niet en het is niet als kritiek bedoeld, lieverd. Ik wil alleen dat je gelukkiger bent. Je hoort leuke dingen te doen, dingen die kinderen van jouw leeftijd doen. Ik bedoel, ik vind je schilderijen erg mooi en ik denk dat je iets kunt bereiken met je kunst, maar je moet ook dingen doen waardoor je met andere kinderen van jouw leeftijd kunt omgaan.'

'Het is niet dat ik het niet wil,' zei ik, wat tenminste een halve waarheid was.

'O?'

Hij moest al veel eerder hebben gezien dat ik altijd alleen was, dacht ik. Dit was gewoon zijn manier om me uit te horen.

'De school is vol met kleine groepjes. Bij de meeste daarvan hoor ik niet thuis.'

'Onzin. Vertel de waarheid, Alice. Heb je uitnodigingen afgeslagen, want...'

'Nee,' zei ik fel.

'Hm, soms moet je mensen halverwege tegemoetkomen. Het is moeilijk om een goede vriendin of vriendenkring te vinden. Je moet ze hun fouten vergeven. Waarom sluit je je niet bij iets aan? Is er niet een club, een activiteit waarvoor je belangstelling hebt, buiten je schilderwerk? Als je eenmaal aan iets meedoet, zul je zien hoeveel gemakkelijker het is om vrienden te maken, want dan heb je een gemeenschappelijke interesse.'

Ik zei niets. We liepen door.

'Het is maar een suggestie,' zei hij. 'Ik wil dat je gelukkiger bent.' Hij bleef even staan en keek naar een veld hoog wild gras. 'Ik heb erover gedacht dit stuk grond te kopen. Een bescheiden woningproject te ontwikkelen. Het zal gauw gaan gebeuren. Steeds meer mensen uit New York denken aan dit gebied voor een tweede huis. Misschien doe ik het nog. Ik heb een balletje opgegooid bij een paar makelaars.'

Hij keek even naar mij.

Ik had er niet veel belangstelling voor. Hij wist het. Hij probeert van onderwerp te veranderen, dacht ik.

'Niemand heeft je de laatste tijd toch lastiggevallen, hè, Alice?' vroeg hij nadrukkelijk.

Afgelopen april had zich een akelig incident voorgedaan. Twee meisjes uit mijn klas, Peggy Okun en Mindy Taylor, hadden gemene briefjes in mijn kastje gestopt, waarin ze dingen vroegen als: Hoe kun je daar slapen? Hoor je het gekreun van Brandon-Doral? (Brandon zou vermoord zijn door zijn vrouw en op het landgoed zijn begraven.) Het ergste briefje luidde: Wie verschuilt zich nu op je zolder? Is je moeder terug?

Ik vertelde het aan niemand, maar toen ik op een middag thuiskwam viel een van de briefjes uit het wiskundeboek waarin ik het had geborgen, en mijn grootmoeder vond het bij de voordeur. Ze liet het aan mijn grootvader zien en hij werd des duivels. Ik moest bekennen dat het al een tijdje aan de gang was. Op zijn aandringen liet de directeur de decaan onderzoek doen. Door de kastjes te observeren ontdekten ze wie het deed door ze op heterdaad te betrappen. Het kabaal dat daardoor ontstond vond ik nog verontrustender dan de briefjes. Mindy en Peggy werden twee dagen geschorst en moesten toen een week nablijven, maar het bezorgde hun alleen maar meer sympathie en maakte mij nog afschrikwekkender.

'Nee,' zei ik.

'Je vertelt het me toch als het zo is?'

'Ja,' antwoordde ik zonder enig enthousiasme. Hij wist dat ik het niet zou doen.

'Misschien hadden we toch moeten verhuizen,' mompelde hij. Ik dacht niet dat het zijn bedoeling was dat ik het zou horen.

Maar hij zette zijn sombere stemming weer snel van zich af en zei dat hij de familie morgenavond zou meenemen naar een gezellig nieuw restaurant in Middletown.

'Je grootmoeder heeft ervoor gezorgd dat ze niet hoefde te werken zolang Jesse en de kinderen hier zijn.'

'Komt tante Zipporah niet op bezoek?'

'O, jawel. Ze komt morgenochtend,' zei hij. 'Maar Tyler moet in het café blijven. Ze blijft een paar dagen logeren.'

'Fijn,' zei ik. Ik verheugde me erop tante Zipporah weer te zien, vooral nu mijn vader en Rachel er waren.

We keerden om en liepen terug naar het huis.

'Hm,' zei mijn grootvader, 'ik zal er toch eens serieus over moeten gaan denken de oprijlaan opnieuw te laten asfalteren. Ik heb me er al die jaren tegen verzet, maar je grootmoeder vindt het gênant worden. Ik denk dat de vogels slechte dingen over ons hebben gezegd,' grapte hij. 'Ik kan me niet voorstellen dat iemand anders zich er iets van aantrekt. De konijnen schijnen het niet erg te vinden, toch?'

Ik lachte. Hij was zoveel gemakkelijker in de omgang dan mijn grootmoeder. Waarom maakte hij er zich niet ongerust over wat ik al dan niet van mijn moeder geërfd zou hebben, zoals zij deed? Zag of wist hij meer dan ik? Had hij al die jaren de waarheid gekend?

'Mag ik je wat vragen, opa?'

'Natuurlijk. Wat je maar wilt. Vraag me alleen niet om te laat aan tafel te komen.'

'Ik meen het serieus.'

'O, nee. Als een van de Stein-vrouwen serieus gaat worden, kom ik in de problemen.' Hij zweeg even. 'Wat is er, Alice?'

'Weet je heel zeker dat de beschuldigingen van mijn moeder tegen Harry Pearson vals waren?'

Hij keek even naar het huis, alsof hij absoluut zeker wilde weten dat we ver genoeg weg waren en mijn grootmoeder ons gesprek niet kon horen.

'Ik zou echt willen dat je daar niet zoveel over nadacht, lieverd.'

'Ik kan het niet helpen.'

Hij knikte.

'Tja, helaas moet ik zeggen dat er nooit enige twijfel heeft bestaan dat ze erg in de war was.'

Het leek of hij me meer wilde vertellen. Ik wachtte met ingehouden adem.

'Haar verhaal was heel bizar en er was geen enkel concreet bewijs. Zou het misschien toch waar kunnen zijn? Wel, ik veronderstel dat we nooit iets helemaal moeten uitsluiten. Het is zo lang geleden en er is aan de waarheid, wat die ook mag zijn, zo getornd, dat er onmogelijk enige conclusie kan worden getrokken die je zou bevredigen – of mij, wat dat betreft. Het zou nu niets meer veranderen.'

'Wel voor mij,' merkte ik op.

'Ik bedoelde voor je moeder.' Hij draaide zich naar me om. Zijn gezicht versomberde door de ernst van zijn gedachten. 'Ik weet niet of je het kunt of ooit zult doen, maar ik zou willen dat je het allemaal losliet, Alice. Wees jezelf en zet het van je af.'

'Ik weet niet wie ik ben, opa. Ik weet niet hoe ik mezelf moet zijn.'

'Je zult het te weten komen,' zei hij. Hij sloeg zijn arm om me heen en drukte me dicht tegen zich aan. 'Op een dag zul je het weten. Dat is mijn vaste overtuiging.'

We zagen de auto die mijn vader en Rachel hadden gehuurd over de weg naar het huis rijden.

'Waarom haat Rachel me?' waagde ik te vragen.

We zagen mijn vader de oprijlaan inrijden.

'Ze haat je niet, Alice,' zei mijn grootvader op vermoeide, gefrustreerde toon. 'Ze voelt zich bedreigd door jou. Ik denk dat je oud genoeg bent om dat te kunnen begrijpen. Je bent een deel van Jesse waarvan ze het bestaan weigert toe te geven. Op den duur zal ze zich meer op haar gemak gaan voelen met je, vooral als je zelfstandig zult zijn. Tot die tijd moet je haar behandelen als eierschaalporselein. Wees maar niet bang, ik zal er altijd voor je zijn,' voegde hij eraan toe.

Zelfs al is mijn vader dat niet, wilde ik eraan toevoegen, maar ik deed het niet.

'Hé,' riep mijn vader tegen ons toen hij uit de auto stapte. 'Weet je hoe diep die gaten in de oprijlaan al zijn?'

'Is het heus? Dat is me nooit opgevallen,' zei mijn grootvader met een knipoog naar mij.

Ik lachte en we liepen terug om ons bij hen te voegen. Rachel liep als eerste het huis binnen.

'Waar zijn jullie geweest?' vroeg mijn vader.

'Ik heb Alice het Bedik-perceel laten zien. Ik denk er toch nog steeds over om het te kopen voor een woningproject. Als schilderes heeft Alice er een beter oog voor dan ik.'

Mijn vader keek naar mij.

'En wat vind je ervan, Alice?' vroeg hij. 'Is je grootvader gek?'

'Nee.'

'En zelfs al was ik het, dan zou ze het nog niet zeggen,' zei mijn grootvader. Ze lachten.

'Ik zou graag dat schilderij willen zien waarover we het hadden voor ik wegging,' zei mijn vader. 'Waar is het?'

'Op zolder,' antwoordde ik. Hij keek even naar mijn grootvader en toen naar mij, eerst met verwarring en toen met een plotselinge opwinding.

'Oké. Laten we gaan kijken.'

Hij was nog nooit met mij alleen boven geweest. Mijn hart bonsde niet, het klopte zenuwachtig, en toen, terwijl we naar de voordeur liepen, voelde ik plotseling een opgetogen verwachting.

Rachel ging opbergen wat ze in de apotheek had gekocht. Mijn grootmoeder was in de keuken, de tweeling sliep nog.

'Ik moet een paar telefoontjes afhandelen,' zei mijn grootvader. Hij keek naar mij. Ik denk dat hij het mijn vader mogelijk wilde maken met mij alleen te zijn.

Mijn vader knikte. Hij keek een beetje nerveus, maar liep de trap op. Ik keek de gang in om te zien of Rachel soms terugkwam en liep hem toen haastig achterna. Op de overloop en bij de korte trap naar de deur van de zolder deed hij een stap opzij en liet mij voorgaan. Mijn blik liet hem niet los toen hij achter me aan de zolder opliep. Natuurlijk wist hij hoe die veranderd was, maar toch moest die zolder een speciale betekenis voor hem hebben. Toen hij om zich heen keek kon ik hem bijna zien veranderen in de jongen die hij jaren geleden was geweest. Herinneringen moesten als fotografische opnamen voor zijn ogen flitsen. Verlegen met zijn houding draaide hij zich snel naar me om.

'Pa heeft voor beter licht gezorgd, zie ik.' Hij knikte naar de rijen spotjes in het plafond. 'Waar is het nieuwe schilderij?'

Ik liep naar een ezel en haalde de lap van het doek. Hij bestudeerde het schilderij of hij een kunstcriticus was, en knikte glimlachend.

'Ik zie wat mijn vader bedoelt. Het is heel goed, Alice. Je hebt die kleuren mooi gemengd en ik hou van dat soort kinetische energie in de draaiing van de bladeren. Is het een speciale boom?'

'Ja.' Ik liep naar de ramen aan de achterkant van het huis.

Hij kwam naast me staan.

'Aan de overkant van het veld links.'

'O, ja.'

'Als ik een tijdje hierboven ben en geconcentreerd uit het raam kijk, zie ik dingen die je normaal zouden ontgaan,' zei ik.

'O? Bijvoorbeeld?'

'Dingen,' zei ik. Ik haalde diep adem. 'Dingen die ik me voorstel dat mijn moeder moet hebben gezien als ze hier uren in haar eentje was en naar hetzelfde landschap keek.'

Hij zweeg.

Had ik een ongeschreven regel overtreden door haar naam te noemen? Was dit het eind van ons speciale moment samen?

'Eigenlijk,' zei hij, 'zou ik graag over dat alles met je willen praten.'

Hoorde ik het goed? Ik durfde geen woord te zeggen, durfde zelfs geen adem te halen.

'Pa en ma maken zich zorgen over je, Alice. Dat is deels de reden waarom ik deze korte vakantie voor Rachel, de jongens en mijzelf heb geregeld.'

'En die is?'

'Jij.'

'Hoe bedoel je, ik?'

'Je moet gaan nadenken over je toekomst. Zelfs al wil je professioneel gaan schilderen, dan moet je toch meer ervaring opdoen. Elke schilder, schrijver en songwriter, iedereen op creatief gebied, moet ervaringen opdoen waaruit hij kan putten voor zijn creaties.'

'Emily Dickinson heeft dat niet gedaan,' zei ik. 'Zij was een kluizenaarster. Ze schreef gedichten op kussenslopen.'

'Maar denk je eens in wat ze had kunnen bereiken als ze zich onder de mensen had begeven, dingen had meegemaakt.'

'Ze staat in ons Engelse boek over literatuurgeschiedenis. Zo belangrijk is ze voor onze literatuur. Ze had geen echte ervaringen nodig. Ze bedacht ze, beleefde ze in haar verbeelding.'

'Je bent een slimme meid, Alice, heel wat slimmer dan ik op jouw leeftijd was, denk ik. Maar, geloof me, je hebt andere mensen veel te geven en veel van hen te ontvangen. Je moet jezelf laten gaan. Doe mee met dingen. Duik erin.'

'Dat is wat opa me net vertelde,' zei ik. Ik knikte bij mezelf. Dit is een samenzwering.

'Je moet naar hem luisteren. Hij heeft me nooit slecht advies gegeven.'

Al die tijd dat we met elkaar spraken keken mijn vader en ik uit het raam en niet naar elkaar. We keken elkaar zelden recht aan.

'Ik weet dat je een moeilijke tijd hebt gehad,' ging hij verder. 'Je hebt een hoop ballast geërfd, maar je moet die achterlaten.'

'Zoals jij hebt gedaan?' vroeg ik en draaide me naar hem om teneinde zijn reactie te zien.

Zijn lippen trilden even en ik dacht dat hij kwaad zou worden, maar toen verzachtte zijn gezicht en hij knikte.

'Ja,' zei hij. 'Het was egoïstisch van me, maar een mens doet soms egoïstische dingen om te overleven. Wat ik jou verschuldigd ben kan ik onmogelijk goedmaken. Je grootouders hebben mijn plaats ingenomen en het er beter afgebracht dan ik zou hebben gedaan. Dat staat als een paal boven water, maar zoals ik zei, ze maken zich allebei zorgen over je en het wordt tijd dat ik ook mijn plicht nakom.'

'Om wat te doen?'

'Om je zoveel ik kan te helpen,' zei hij, en ik wist dat dat betekende: voor zover Rachel het goedvond. 'Ik bedoel, ik wil je advies geven, leiding, een klankbord zijn. Ik hoop dat het niet te weinig is en te laat, maar... nou ja, je begrijpt wel wat ik wil zeggen, hè?'

Ik wendde me af en keek weer uit het raam. Ik begreep het, maar ik wist niet zeker of wat hij me aanbood ook maar enigszins voldoende was.

'Pa heeft gelijk,' ging hij verder. 'Je moet uit de duisternis komen, Alice.'

'Wil jij me daarbij helpen?'

'Ja. Heel graag. Als ik kan.'

'Oké,' zei ik, en draaide me langzaam naar hem om, blauwe ogen in blauwe ogen. 'Als je dat echt meent, moet je me alles vertellen.'

'Alles?'

'Vertel me precies wie ze was en wat hierboven gebeurd is.'

3

Geef jezelf een kans

Natuurlijk verwachtte ik dat mijn vader zijn hoofd zou schudden, een paar excuses mompelen en de zolder zou ontvluchten, maar in plaats daarvan liep hij naar de kleine bank die mijn grootvader hier had geplaatst en ging zitten. Ik bleef bij het raam staan.

'Als ik je zo bij dat raam zie staan, in het licht van de middag, dan doe je me heel erg aan haar denken. Er is een opvallende gelijkenis. Vroeger vond ik dat ik daarmee bofte. Niemand die jou zag zou denken dat je Jesse Steins dochter was. Ik kon blijven doen alsof ik niet verantwoordelijk was. Ik was toen nog heel onvolwassen.'

'Ik ben ongeveer net zo oud als zij toen ze hier op zolder leefde, hè?'

'Ja, maar natuurlijk kende ik haar al langer. De waarheid, en zelfs je tante Zipporah kent de volle omvang daarvan niet, is dat ik je moeder een paar keer heimelijk ontmoet had voor ze hier kwam. Ik wist hoe close je tante en je moeder waren, en ik was bang dat het je tante van streek zou brengen.'

'Dus toen dacht je niet dat ze gek was, anders zou je niet met haar hebben afgesproken, hè?'

'Nee, dat dacht ik niet,' antwoordde hij glimlachend. 'Maar ze was nogal ongewoon, onvoorspelbaar. Je wist nooit wat ze zou zeggen of doen. Ze kon van de ene seconde op de andere van stemming veranderen en vond het heerlijk om dingen te doen en te zeggen die shockeerden. Ik had nog nooit een meisje gekend zoals zij en heb ook nooit meer zo iemand ontmoet. Ze was als een wilde merrie die onmogelijk te temmen was. Ze kon er niet tegen om te worden opgesloten, niet fysiek of mentaal of emotioneel. Daarom weet ik zeker dat ze het hier verschrikkelijk vond.'

Hij lachte.

'Waarom is dat zo grappig?'

'Dat is het niet, maar ze vertelde me eens dat ze nooit verliefd zou worden, want verliefdheid maakte een slavin van je, beroofde je van je onafhankelijkheid. Ze zei dat ze liever hopen keren verliefd werd, zelfs op dezelfde man, wat ik denk dat bij mij het geval was.'

'Waarom wilde je haar helpen? Waarom verborg je haar hier stiekem toen je hoorde wat ze had gedaan?'

Hij wendde zijn blik af en bleef zo lang zwijgen dat ik dacht dat het hiermee gedaan was. Hij had me alles verteld wat hij ooit zou willen of kunnen. Ik staarde uit het raam en toen weer naar hem.

'Ik was egoïstisch,' zei hij ten slotte.

'Egoïstisch? Hoe?'

'Ik had een manier gevonden om haar onder controle te houden. Macht over haar te hebben. Ze had me nodig, was van me afhankelijk. De korte tijd die we hier hadden voordat alles misliep, was ironisch genoeg de gelukkigste tijd die ik met haar beleefd heb. We deden net of we getrouwd waren en in ons eigen huis woonden. Feitelijk voelde ze zich het meest op haar gemak als ze iets fantaseerde.

'Het was heel verkeerd en later heel pijnlijk. Ik had de mensen verraden die het meest van me hielden, me vertrouwden en in me geloofden. Om die reden alleen al wilde niemand liever dan ik dat Karen de waarheid vertelde over wat er bij haar thuis was voorgevallen. Het zou geen volledig excuus zijn voor wat ik had gedaan, maar het zou helpen het te verklaren en het in zekere zin te rationaliseren. Niemand was meer teleurgesteld dan ik toen je tante en ik die avond ontdekten dat het verhaal van je moeder een totaal verzinsel was.'

'Totaal?'

'Het was gewoon te fantastisch, te bizar. Ze had haar stiefvader afgeschilderd als een soort Norman Bates uit Psycho. Ze vertelde Zipporah en mij over een paar dingen bij haar thuis die, zoals we ontdekten, niet klopten. Alle verhalen over een gescheiden appartement voor

Harry Pearsons moeder bleken bijvoorbeeld gelogen, en daarom was alles waarvan ze beweerd had dat daar gebeurd was, niet waar.'

'Maar waarom zou ze haar stiefvader dan zoiets verschrikkelijks aandoen?'

'Zoals ik al zei, ze was een heel gecompliceerd persoontje. Ik denk dat er gewoon iets in haar knapte. Die vraag zal beantwoord moeten worden door mensen die ervoor opgeleid zijn, door ervaren psychologen, of misschien hebben ze dat al gedaan.'

'Weet je dat niet?'

Hij schudde zijn hoofd en iets van schaamte was te zien op zijn gezicht.

'Nee, ik heb me niet op de hoogte laten houden van haar toestand.'

'Heb je haar ooit verteld dat je wist dat wat ze jou en tante Zipporah had verteld niet de waarheid was?'

'Ja, natuurlijk. Hier op zolder,' zei hij, om zich heen kijkend. 'Ze stond bij dat raam toen we het haar vertelden.'

'Wat zei ze?'

'Ze zei dat haar moeder loog, dat de politie loog, dat iedereen loog behalve zij.'

'Wat deed ze toen?'

'Ze liep gewoon de deur uit en ging naar huis, of probeerde dat. Je tante en ik belden je grootvader, en hij belde de politie. Ze pakten haar op toen ze over straat liep alsof er niets aan de hand was, er niets gebeurd was. Ik denk dat ze in een soort shocktoestand verkeerde. Ze werd naar een psychiatrische inrichting gebracht, en hun diagnose was dat ze aan waandenkbeelden leed, en, nou ja, de rest weet je.'

'Nee, dat weet ik niet. Praten over mijn moeder is praktisch verboden in dit huis. Oma raakt zo overstuur als haar naam genoemd wordt, dat ze bijna flauwvalt. Ben je haar nooit gaan opzoeken? Niet één keer?'

Hij staarde me aan en ik zag dat hij naar de deur van de zolder keek.

'Dat héb je gedaan, hè?' zei ik agressief.

'Niemand weet het,' zei hij bijna fluisterend. 'Zelfs je grootvader niet.' Hij dacht even na en zei toen: 'Misschien heeft het geen zin meer om het nog geheim te houden.'

'Vertel me erover. Alsjeblieft,' smeekte ik en schoof dichter naar hem toe. 'Hoe was ze toen je haar bezocht?'

'Ze was weer de oude Karen,' begon hij. 'Ze deed wat ze zo goed kan om opgewassen te zijn tegen de realiteit die ze meer dan wat ook haatte.'

'Hoe bedoel je?'

'Ze had een heel nieuw scenario ontworpen om te verklaren waar ze was en waarom ze daar was. Ze gedroeg zich totaal niet als een patiënte in een kliniek. Het was of alles, en iedereen die daar werkte, er uitsluitend was om haar op haar wenken te bedienen.

'Om te beginnen zag ze er heel mooi uit – stralend zelfs. Ik had verwacht een verslagen, timide jonge vrouw aan te treffen, verdiept in haar eigen waanzin, ontoegankelijk, zo gesloten als een oester. Ik was bang dat ze me niet alleen zou negeren, maar zich misschien tegen me zou keren, woedend zou worden.'

'En?'

'Ze was precies het tegenovergestelde, opgewekt, vrolijk, weer zoals ze was toen Zipporah haar leerde kennen. Ze kwam haar kamer uitgestormd, de gang op, om me te begroeten. Haar haar was langer en ze had iets slims gedaan met haar pony. Ze stak haar hand uit en – ik zal het nooit vergeten – zei: "Jesse, wat lief van je om die hele reis te maken om mij te bezoeken. Hoe gaat het met je ouders en je zus? Je moet me alles vertellen wat je gedaan hebt. Je mag niks achterwege laten."

'Ik keek even naar de verpleegster die met me mee was gelopen door de gang en zag dat ze glimlachte. Later kwam ik erachter dat iedereen dol was op je moeder. In tegenstelling tot wat ik had verwacht, was ze niet alleen niet depressief, maar vrolijkte ze de andere patiënten op en maakte het zelfs het verplegend personeel gemakkelijk. Het was opmerkelijk. Ik had het gevoel dat een mantel van schuldgevoelens van me was afgenomen. Ik moest onwillekeurig zelf ook lachen.'

'Wanneer was dat? Ik bedoel, was ik al geboren?'

'Ja. Het was bijna een jaar later.'

Ik aarzelde om het te vragen, maar flapte er toen uit: 'Herinnerde ze zich dat ze van mij was bevallen?'

'Ze heeft er met geen woord over gerept en ik was bang iets te zeggen voordat zij het deed.'

'Dus ze heeft helemaal niet naar mij gevraagd?'

'Nee. Het spijt me, Alice. Ik weet zeker dat het te maken had met haar geestestoestand.'

Ik knikte. Mijn grootmoeder had me de waarheid verteld, maar ik voelde me daardoor niet opgewekter. Integendeel, ik voelde me nog eenzamer, nog verlorener.

Ik ging op de bank zitten.

'Het lijkt zo ongelooflijk,' mompelde ik teleurgesteld.

'De psychiaters schrijven het toe aan het defensiemechanisme van de hersenen. Het was te moeilijk voor haar om het onder ogen te zien, het te erkennen, wat dan ook. Ik heb het eens selectieve amnesie horen noemen. Dat hebben we allemaal in zekere zin.'

'Wat herinnerde ze zich dan wél?'

'Schijnbaar al het andere, maar niets specifieks in verband met Harry Pearson. Ze vermeed nare dingen, babbelde over het dorp, de mensen, lachte over dingen die ze had gedaan met Zipporah. Na een tijdje besefte ik dat ze gedeeltelijk zo onophoudelijk praatte om mij te beletten te praten, vragen te stellen waarschijnlijk.'

'Hoe verklaarde ze dat ze daar was?'

'Dat was waarop ik zinspeelde. Ze vertelde me dat ze werd bestudeerd door een paar van 's werelds beroemdste psychotherapeuten. Ze had ermee ingestemd omdat ze iets waardevols wilde doen in haar leven. Ze vertelde me dat ze als gevolg daarvan werd behandeld als een soort prinses, en dat alles wat ik zag, al die mensen, tot haar beschikking stonden. Ze kon alles bestellen wat ze wilde eten. Ze had haar eigen televisietoestel, kleren, tijdschriften, boeken, alles. "Ik hoef maar iets te vragen en het gebeurt," vertelde ze me. Ze verzekerde me dat ik op een dag over haar zou lezen in tijdschriften en boeken.

'Ze gedroeg zich alsof de kliniek een paleis was. Haar paleis. Ze leidde me rond en stelde me aan iedereen voor, zei dat ik haar eerste liefde van high school was. De manier waarop sommige leden van het personeel reageerden deed me denken dat ze dachten dat ze de waarheid vertelde. Ze was in die inrichting omdat ze zich vrijwillig daarvoor had opgegeven. Het leek inderdaad of ze kon doen en laten wat ze wilde.

'Tegen het eind van mijn bezoek vroeg ze me of ik niet vond dat ze geluk had gehad dat ze uit ons slaperige dorp ontsnapt was en iets interessants deed met haar leven. Natuurlijk zei ik ja en ze zei dat ik niet bang hoefde te zijn, dat ik ook wel een manier zou vinden om daar weg te komen en iets waardevols te doen.

'Ik vroeg haar of ze iets nodig had – wat ze maar wilde. Ze glimlachte en vroeg op haar beurt: "Maar, Jesse, wat zou ik in vredesnaam willen dat ik nog niet heb?"

'Ik gaf haar een zoen op haar wang en liep naar buiten. Voor ik bij de deur was hoorde ik haar praten en lachen met een paar verpleegsters, alsof mijn bezoek niet meer dan een korte onderbreking was geweest, alsof wat ze gezegd had waar was. Ik was de jongen op wie ze als jong meisje verliefd was geweest, een souvenir dat in een oud album was geplakt en in essentie vergeten.

'Maar dat bezoek heeft me veel goed gedaan. Zoals ik zei, ik voelde me ontheven van mijn schuld. Misschien wist ze wat ze deed. Misschien was dat haar geschenk aan mij. Ik ben nooit teruggegaan, heb haar nooit geschreven of gebeld. Daarom weet ik niets over haar huidige toestand. Het spijt me,' ging hij verder, toen ik bleef zwijgen. 'Sorry dat ik je niets kan vertellen om je te helpen meer begrip te krijgen.'

'Jesse!' hoorden we Rachel roepen.

Hij keek naar mij.

Ik moest het snel kwijt, ik moest kwijt wat knaagde aan mijn hart, mijn ziel.

'Als de enige verklaring voor wat ze deed waanzin is,' zei ik, 'dan ben ik bang dat wat die waanzin ook mag zijn, op een dag ook van mij bezit zal nemen.'

Ik geloofde niet dat hij er ooit aan gedacht had dat ik die angst zou kunnen hebben. Even keek hij geschokt.

'Jesse!' riep Rachel weer.

'Ik kom!'

Hij stond op. 'Het wonder van de genetica is dat we allemaal verschillend zijn, Alice,' zei hij zacht. 'Je lijkt op haar, maar je bent haar niet, en bovendien groei je op onder andere omstandigheden, andere condities. Ook dat speelt een rol.'

Hij keek naar de deur.

'We zullen er nog wat meer over praten als we kunnen, maar wat je voelt en denkt is wat oma en opa bang maakt, Alice. Je moet dit doorbreken. Stort je in het leven, zodat je al je mogelijkheden kunt ontwikkelen.'

'Ik weet het. Word lid van een club, maak vrienden.'

'Er is niks mis met gelukkig zijn,' zei hij en liep naar de deur.

'Tenzij het allemaal maar schijn is,' merkte ik op. Hij bleef staan bij de deur.

'Dat zal het voor jou niet zijn,' zei hij. 'Geef jezelf een kans.' Hij knikte naar het schilderij. 'Dat is een opmerkelijk doek voor iemand die zo jong en onervaren is als jij. Opa heeft gelijk: je gaat iets doen met je kunst.'

Hij liet de deur open en liep de trap af. Ik keek weer naar het raam. Denkend aan de foto's zag ik in mijn verbeelding mijn moeder daar staan, luisterend naar mijn vader en mijn tante, die haar onthulden dat ze tot de conclusie waren gekomen dat ze het hele verhaal had verzonnen en daarom iets heel slechts en verschrikkelijks had gedaan. De twee mensen die ze vertrouwde en van wie ze afhankelijk was verstootten haar en zetten haar op zee in een klein bootje overboord. Ze zou weldra aan de genade van wind of storm zijn overgeleverd, en er zou niemand zijn om haar te redden, zelfs haar eigen moeder niet. Geen wonder dat ze versuft was weggelopen.

Ik had mijn moeder nooit ontmoet, maar ik kon om haar huilen, want in mijn hoofd en hart huilde ik om mijzelf.

Ik stond op en verliet de zolder, deed de deur zachtjes achter me dicht. Ik kon de tweeling beneden horen. Ze waren wakker geworden en holden door het huis, speelden verstoppertje met mijn grootvader. Ik realiseerde me al snel dat mijn vader en Rachel in hun kamer waren en de deur hadden gesloten. Moest hij nu al de prijs betalen voor het kwartier dat hij mijn vader was geweest?

Toen hij de kamer uitkwam, zag ik dat hij rode oren had. Wat er onder vier ogen ook was gezegd, het had hem geraakt. Het was gemakkelijk je Rachel voor te stellen als een bij of een horzel. Er lag een scherpte in al haar bewegingen en gebaren, een bijtende precisie in haar woorden. Ik ging mijn grootmoeder helpen met het avondeten en vermeed Rachel zo lang mogelijk.

Het was niet de gezelligste maaltijd die we met z'n allen hadden. Niets wat de tweeling aan tafel deed deugde in Rachels ogen, en het duurde niet lang of we voelden ons allemaal nerveus en geprikkeld. Er lag een verontschuldigende blik in de ogen van mijn vader. Ik zag dat ook mijn grootvader zich ongelukkig begon te voelen. Ik was blij toen we klaar waren met het dessert en ik mijn grootmoeder kon helpen in de keuken en een tijdje kon ontsnappen. Terwijl ik haar hielp drong het tot me door hoe goed gepland de samenzwering was. Ze deed me verbaasd staan met haar nieuwe aanbod.

'Heb je zin om morgen te gaan shoppen met mij en Rachel en Zipporah? Zipporah komt tegen het eind van de ochtend. We willen samen lunchen en dan naar een paar warenhuizen.'

'Wat wil je kopen?'

'Je hebt nieuwe kleren nodig, Alice.'

'Wil Rachel ook mee?'

'Ja. Je weet hoeveel gevoel voor mode Rachel heeft. Ze is beter op de hoogte dan Zipporah en ik. Je grootvader en Jesse gaan met de tweeling naar het pretpark. Oké?'

Ik haalde mijn schouders op.

'Mij best.'

'Je zult je beter voelen als je nieuwe kleren hebt, Alice. Dat is bij mij altijd het geval. Soms geven nieuwe kleren je meer zelfvertrouwen.'

'Nieuwe kleren zorgen niet voor nieuwe vrienden, oma,' zei ik.

Ze sloeg zo hard op de keukentafel, dat ik zeker wist dat haar hand pijn deed.

'Moet je altijd zo negatief zijn, Alice? Moet je elke hand bijten die probeert je te voeden?'

Ik gaf geen antwoord, maar ik voelde de tranen branden onder mijn oogleden.

'We zullen allemaal plezier hebben,' zei ze vastberaden. 'Of we willen of niet.'

Ik moest bijna lachen.

'Oké, oma. Het spijt me.'

'Goed. Ik maak het hier wel af. Ga jij maar met de tweeling spelen.'

Ze lagen tegen en op opa Michael in zijn studeerkamer en keken televisie alsof hij een groot menselijk kussen was. Maar zodra ze me zagen sprongen ze overeind om met het mechanische bowlingspel te gaan spelen dat in zijn studeerkamer stond.

'Goddank! Versterking,' riep mijn grootvader uit.

Ik vond het niet erg met de tweeling te spelen. Ondanks Rachels voortdurende geklaag over hun gedrag, vond ik ze heel intelligent en opmerkzaam. Natuurlijk vroeg ik me af wat – zo al íéts – we gemeen zouden hebben omdat we dezelfde vader hadden. Hun extraverte, uitbundige persoonlijkheid was zo heel anders dan die van mij. Op een dag, dacht ik, zouden ze te horen krijgen dat ik niet hun tante was maar hun halfzus. Hoe zouden ze reageren, wat zouden ze voelen? Zouden ze me dan een griezel vinden? Zouden ze dan niet veel met me te maken willen hebben? De banden die me met de familie verbonden, waren zo broos dat er niet veel voor nodig zou zijn om ze te breken.

Die avond ging ik slapen, denkend aan alles wat mijn vader me eindelijk verteld had. Ik vroeg me af of dit betekende dat er andere deuren voor me open zouden gaan en ook tante Zipporah wat openhartiger zou worden. Van allemaal was zij het minst onwillig geweest om over mijn moeder te praten, maar toch had ik het gevoel dat ze dingen verzweeg. Misschien, heel misschien, hadden ze over me gediscussieerd en besloten dat ik nu oud genoeg was om te weten wat zij wisten. Weer had ik het gevoel dat dit geen gewone familiebijeen-komst was. Dit leek het begin van een nieuw tijdperk, en ik popelde van verlangen om te weten wat dat me precies zou brengen en hoe het me zou veranderen.

Gelukkig kwam tante Zipporah nog voordat de dag begonnen was, dus hoefde ik niet te vechten tegen de ernstige gedachten van de vorige nacht. Toen ik beneden kwam om te ontbijten, zat ze in de keuken met mijn grootmoeder en vertelde het ene verhaal na het an-dere over alles wat er in het café was gebeurd. Onwillekeurig was ik jaloers op hun relatie. Zelfs met mijn geringe ervaring wat betreft an-dere moeders en dochters, kon ik zien en begrijpen dat tante Zippo-rah en mijn grootmoeder een speciale band hadden. Ze leken zelfs meer op zussen als ze lachten en praatten en hun ervaringen uit-wisselden alsof ze leeftijdgenoten waren. Soms vond ik het leuk om erbij te zitten en naar hun gebabbel te luisteren, en dacht er dan aan hoe het voor mij geweest zou zijn als ik was opgevoed door mijn moeder. Zou mijn relatie met haar net zo intiem zijn geweest?

'Alice!' riep tante Zipporah zodra ze me zag. Ze holde naar me toe om te omhelzen en te zoenen. Niemand begroette me zo hartelijk en blij. En het was absoluut niet geveinsd. Ik vroeg me vaak af of het kwam omdat ze zoveel van mijn moeder in mij zag en ze zo oprecht van haar had gehouden.

Ze pakte mijn hand en liet me naast haar zitten aan de keukentafel. 'Vertel me alles wat er in je leven gebeurt. Het kan me niet schelen hoe onbelangrijk jij het vindt.'

'Er gebeurt niets, tante Zipporah. Er is niets veranderd,' zei ik en haar gezicht vertrok in een overdreven masker van teleurstelling.

'Dat kan niet. Niet op jouw leeftijd.'

Ik haalde mijn schouders op.

'Ik ben saai,' zei ik.

'Dat kun jij nooit zijn.' Ik zag dat mijn grootmoeder grijnsde en haar hoofd schudde terwijl ze bezig was ons ontbijt klaar te maken. 'Echt, lieverd? Niemand in het verschiet?' vroeg ze met rollende ogen. Ik moest lachen. 'Kom nou.'

'Niemand. Ik heb het te druk gehad,' voerde ik aan als excuus.

'Waarmee?'

'Met schilderen.'

Ze keek naar mijn grootmoeder.

'Dat is geen leugen. Ze is vaker op die zolder dan ergens anders.'

'O, Alice. Je moet –'

'Wat?' vroeg ik. Haar gezicht verzachtte.

'Jezelf een kans geven,' zei ze.

'Dat proberen we haar allemaal aan het verstand te brengen,' mengde mijn grootmoeder zich in het gesprek.

'We zijn allemaal bang om gekwetst en afgewezen te worden, maar zelfs al zou dat gebeuren, dan overleef je het, Alice. Het is mij vaak genoeg overkomen, geloof me,' zei ze.

'Ik ben niet bang om afgewezen te worden,' antwoordde ik. 'Daar ben ik aan gewend.'

'O, Alice.'

Ze staarde me even aan. Tante Zipporah leek niet zoveel op haar moeder als ik blijkbaar op die van mij leek. Ze had het gezicht van mijn grootvader, met zijn smallere wangen en scherpere kaak, maar ze had fijne gelaatstrekken en ik vond dat ze perfect gevormde oren had. Haar donkerbruine haar was nu lang, reikte tot zeker vijf centimeter onder haar slaap. Grootvader Michael noemde haar zijn persoonlijke hippie omdat ze altijd een geweven hoofdband droeg en Indiaanse sieraden: turkooizen kettingen en oorringen, armbanden en ringen, hopen ringen. Meestal had ze niet één kale vinger.

Wat ik had begrepen van haar leven na mijn moeder, waarover soms werd gesproken als AK, *After Karen*, raakte tante Zipporah in een diepe depressie en kwam daar langzamerhand uit tevoorschijn met een andere kijk op zichzelf en de wereld. Ze was cynischer en een tijdlang baarde ze mijn grootouders ernstige zorgen. Uiteindelijk hervond ze zich, maar dat bracht haar ertoe meer over te hellen naar de kant van de rebellen – de buitenbeentjes, zoals grootvader Michael ze graag noemde. Het leek alsof ze de levenswijze van mijn moeder wilde voortzetten en zo buitensporig mogelijk zijn. Ze vertelden me dat ze op een gegeven moment bijna haar studie eraan had gegeven, maar zich toen had vermand en met goede cijfers was afgestudeerd.

Ik wist dat mijn grootouders erg teleurgesteld waren dat ze niet ging lesgeven, maar ze waren gesteld geraakt op Tyler, een hardwerkende jonge zakenman die gek genoeg een stabiliserende invloed had op tante Zipporah. Het enige raadsel dat ik nog moest oplossen was waarom ze geen kinderen hadden, tenminste nog niet. Ze was nog jong genoeg ervoor. Haar vaste antwoord was: 'Ik ben er nog niet klaar voor.' Als zij en Tyler daarover onenigheid hadden, dan wisten ze dat goed te verbergen. Niet één keer in al de tijd die ik met hen doorbracht zag ik ze ooit serieus ruziemaken. Als Tyler het niet met haar eens was, schudde hij slechts zijn hoofd en glimlachte, alsof hij wist dat ze zich uiteindelijk tot zijn mening zou bekeren. Meestal was dat ook zo.

Wat me meer amuseerde was de manier waarop ze Rachel behandelde – of moet ik zeggen manipuleerde. Hoewel de meeste mensen moeite hadden tante Zipporah te doorgronden, was dat voor mij geen probleem. Zoals ze een speciale relatie had met haar moeder, had ze een soortgelijke speciale relatie met mijn vader, haar broer. Altijd als ze samen waren, waren ze vrolijk en opgewekt, lachten en maakten grapjes. Het was bijna onmogelijk iets serieus te zeggen of te doen als zij bij elkaar waren. Ik wist dat het Rachel dwarszat. Ze was jaloers, maar wat Rachel ook tegen haar zei of hoe ze haar ook behandelde, tante Zipporah bleef altijd even vriendelijk. Ik lachte heimelijk omdat ik kon zien dat ze haar naar de mond praatte, alsof Rachel degene was die tederheid en liefde nodig had en niet ik, of Jesse, of zijzelf.

Als het op een directe confrontatie aankwam, was Rachel ongetwijfeld een geduchte tegenstandster. Ze was gewoon niet voorbereid op vriendelijke, geweldloze reacties en trok zich terug of zuchtte gefrustreerd en ging op een ander onderwerp over. Ik wist dat mijn vader, net als ik, er stiekem om moest lachen.

Rachel kon agressief zijn en iets zeggen als: 'Je ziet er werkelijk belachelijk uit in die jurk met zoveel sieraden, Zipporah, vooral op jouw leeftijd.'

Dan knikte en glimlachte tante Zipporah en antwoordde: 'Ja, ik weet het, maar de meeste mensen zien er belachelijk uit waar ik woon, dus niemand valt het op of trekt zich er iets van aan, maar dank je dat je je bezorgd maakt over mij.'

Hoe kun je zo iemand bestrijden? Was ík maar zo, dacht ik, maar iets in mij wilde klauwen en bijten als een wilde kat en niet poeslief en vriendelijk zijn als een vrouwelijke Gandhi.

'Hallo!' zei mijn vader die de keuken binnenkwam. Ze omarmden en knuffelden elkaar. 'Wanneer ben je vertrokken? Zodra het licht werd?'

'Het leek me beter om te vertrekken voordat Tyler een karweitje voor me had. Waar is de tweeling?'

'Rachel kleedt ze aan. Goeiemorgen, mam, Alice. Waar is papa?'

'Hij gaat een paar verse bagels halen.'

'Ik mag ze nooit meebrengen uit New Paltz,' zei tante Zipporah, 'alleen omdat ze een roze, blauwe en groene kleur hebben.'

Ons gelach voerde de tweeling naar de keuken, en tante Zipporah hield zich uitvoerig met hen bezig. Ze had zelfgemaakte fluiten voor ze meegebracht die iemand op straat verkocht in New Paltz.

'Ik wil niet dat ze die dingen in hun mond steken voordat ze zijn afgewassen,' zei Rachel en trok een misprijzend gezicht naar mijn vader.

'Hoi, Rachel,' riep tante Zipporah en gaf haar een stevige knuffel.

Rachel schudde haar hoofd. 'Weet je, Zipporah, als je steeds één ding draagt, je altijd op dezelfde manier kleedt, gaat het eruitzien als een uniform,' zei ze.

'Ik weet het. We hebben daar ons eigen kleine leger. Niemand weet dat want het is uiterst geheim, maar we zijn lid van de National Guard.'

Jesse lachte.

Rachel schudde weer haar hoofd, zette de tweeling aan tafel en beval ze zich goed te gedragen, anders mochten ze niet naar het pretpark. Mijn grootvader kwam terug met de verse bagels en onze ontbijtreünie begon. Tante Zipporah en mijn vader beheersten de conversatie; zij vertelde het ene verhaal na het andere over mensen, over studenten en het café, en hij herinnerde zich dingen die ze samen hadden gedaan toen ze niet veel ouder waren dan de tweeling nu. Zelfs de tweeling was geïntrigeerd.

Ten slotte kondigde mijn grootmoeder aan dat we moesten afruimen en ons klaarmaken om te gaan. Ik maakte me zenuwachtig over onze shoppingexpeditie. Ik vond het niet prettig om als enige de aanleiding daarvoor te zijn, maar ik hield mijn mond. Eindelijk kon Rachel ook weer wat zeggen en de leiding weer in handen nemen, want mijn grootmoeder was vastbesloten zich aan Rachels advies te houden als het op mijn nieuwe garderobe aankwam.

'Ik wil dat ze er modern uitziet en toch als een meisje van haar leeftijd,' verordonneerde mijn grootmoeder.

'Ik weet precies wat je bedoelt,' zei Rachel.

'Daar ben ik juist zo bang voor,' fluisterde tante Zipporah. 'Werk maar mee. Mam wil dat je er leuk uitziet, Alice. Ik heb beloofd dat ik aan hun kant zal staan.'

De samenzwering breidt zich uit, dacht ik en maakte me gereed voor onze winkeltocht.

Tijdens de rit naar de winkelcentra praatte Rachel over kleren, maar feitelijk meer over zichzelf dan ik haar ooit had horen doen. Tante Zipporah en ik zaten achterin en luisterden naar wat Rachel begon als een wijze les, die geleidelijk overging in de meest onthullende anekdotes over zichzelf.

'Ik wilde opstandig zijn en me excentriek kleden toen ik zo oud was als jij, Alice, en zelfs nog toen ik al ouder was. Maar niet zo oud als Zipporah, toen was ik er overheen. Maar ik had een tante die tot de beau monde behoorde, tante Dorothea. We mochten haar nooit tante Dorothy noemen. Het moest Dorothea zijn, en god beware je als iemand het waagde haar Dot te noemen. Over het algemeen vond ik haar duf en snobistisch, maar als ik mezelf toestond naar haar te luisteren besefte ik dat ze iets te bieden had.'

'En wat was dat?' vroeg tante Zipporah.

Rachel draaide zich om.

'Iets dat Alice zal kunnen appreciëren, als schilderes. Zoals een schilderij beter uitkomt door een mooie lijst, komt een vrouw beter uit door mooie, goedpassende kleren. Tante Dorothea was een vrouw met klasse.' Ze keek me indringend aan. 'Je bent heel aantrekkelijk, Alice, mooi, om eerlijk te zijn.'

Het was het eerste echte compliment dat ze me ooit had gegeven. Ik kreeg het er bijna benauwd van.

'Dank je,' zei ik, met een blik op tante Zipporah die met een brede glimlach terugkeek.

'Maar het is zonde om jezelf niet mooi in te lijsten,' ging ze verder. 'Je wilt toch ook geen afbreuk doen aan een schilderij door het lelijk in te lijsten?' Ze keek afkeurend naar tante Zipporah.

'Daar gaan we vandaag iets aan doen,' zei mijn grootmoeder. Ik zag dat ze in de achteruitkijkspiegel keek om mijn reactie te zien. 'We zullen aan een hoop dingen iets gaan doen,' mompelde ze.

Tante Zipporah pakte mijn hand en kneep er even in.

Zolang zij naast me zat was ik niet bang. Het gaf me een heel klein beetje het gevoel dat mijn moeder bij me was.

Later, toen ik een designerbroek paste en een bijpassende blouse, waagde tante Zipporah het in mijn oor te fluisteren: 'Je bent mooi, Alice, net zo mooi als zij was. Rachel heeft gelijk. Het wordt tijd dat je je plaats op het toneel inneemt.'

Om wat te doen? vroeg ik me af.

Ik had het al moeilijk in de coulissen, laat staan op het toneel.

Het zou niet veel langer meer duren voor het doek opging en ik erachter zou komen.

4

Craig Harrison

Ook al wist ik dat iedereen in mijn familie er blij mee was, toch voelde ik me een bedriegster in mijn nieuwe kleren. De lichtere kleuren, de snit, de dure kleding en nieuwe schoenen waren een radicale verandering voor me. Gedeeltelijk moest ik toegeven dat ik er inderdaad aantrekkelijker in uitzag, maar net als daarvóór maakte die gedachte, die mogelijkheid, me nerveus, zelfs bang. Ik wist wat er zou gebeuren zodra de voorjaarsvakantie was afgelopen en ik in de schoolbus verscheen en daarna op school. Alle ogen zouden op mij gericht zijn en wie weet met wat voor verschrikkelijke dingen ze nu voor de dag zouden komen? Ik voelde me dodelijk verlegen.

Ik droeg mijn nieuwe kleren naar elk restaurant en ik trok zelfs iets nieuws aan als we thuis aten. Alsof ze een stier was en ik al die tijd rood had gedragen, leek Rachel vriendelijker te worden en zich minder met me te bemoeien toen ik mijn nieuwe, lichtere, minder hobbezakkerige kleren droeg. Het leek bijna of ik naar haar kant was overgelopen, de kant waar vrouwelijkheid het belangrijkst was. Ik was verbaasd en zelfs een beetje geschokt toen ze op een avond met haar make-upkoffertje naar mijn kamer kwam en aanbood me te laten zien hoe ik mijn toch al knappe uiterlijk nog mooier kon maken.

'Nu je je beter kleedt, moet je ook nog wat meer doen. Het is belangrijk dat je het ene voordeel aanvult met het andere, om het evenwicht goed te bewaren,' zei ze, staande in de deuropening.

Even wist ik niet wat ik moest antwoorden. Was dit dezelfde vrouw die mijn schaduw niet naast zich leek te kunnen verdragen, laat staan mijn ware ik? Was dit dezelfde vrouw die elke blik, elk woord tegen mij leek te rantsoeneren? Waarom zou ze iets dat met mij te maken had plotseling zo belangrijk vinden? De gedachten tolden door mijn hoofd, zochten naar een boosaardige motivering.

Misschien wilde ze me veranderen in een promiscue jong meisje, zodat ze kon zeggen: 'Zie je wel, ik heb het je gezegd.'

Misschien hoopte ze dat ik in moeilijkheden zou komen, net als mijn moeder, en worden weggehaald of weggestuurd.

Misschien gebeurde dit allemaal tegen de wens van mijn vader en zou mijn volgzaamheid hem afkerig van me maken, wat ze altijd gewild had.

Misschien hoopte ze dat ik haar zou afwijzen, zodat ze zou kunnen zeggen: 'Ik heb geprobeerd aardig tegen haar te zijn, maar er is geen land met haar te bezeilen.'

Ik leek niet veel keus te hebben.

'Dank je,' zei ik, en ze kwam binnen en zette haar koffertje op de toilettafel, na eerst de boeken te hebben weggeruimd. Ik had die tafel eigenlijk nooit voor iets anders gebruikt dan voor mijn huiswerk. Anders dan de meeste meisjes op school, haalde ik in minder dan een minuut een borstel door mijn haar en ging meer dan één keer naar school met restjes van het ontbijt in mijn mondhoeken of op mijn kin.

'Ga zitten,' zei ze en schoof een stoel bij.

Ik gehoorzaamde, en een paar minuten staarde ze me aan in de spiegel. Te oordelen naar de uitdrukking op haar gezicht dacht ik dat ze haar koffertje dicht zou klappen en zeggen: 'We kunnen niet veel aan je doen.' In plaats daarvan frutselde ze aan mijn haar, pakte toen de borstel en veranderde iets aan mijn lokken. Het was voor het merendeel lukraak, maar met een paar flinke slagen van de borstel wist ze er enige stijl aan te geven.

'Zie je wat ik wil doen?' vroeg ze.

'Ja.'

'Laat het een tijdje groeien, maar hou deze stijl. Die past bij de vorm van je gezicht. Je lijkt veel op een actrice in Los Angeles die we kennen, een jonge actrice.'

53

Niemand had me ooit vergeleken met een actrice of een model, zelfs mijn grootvader niet.

'Er zijn een paar elementaire dingen wat betreft make-up die je moet weten,' ging ze verder. Ze demonstreerde hoe ik de nadruk kon leggen op mijn ogen. Op dat moment kwam het schokkendste van alles. 'Je hebt Jesses ogen,' zei ze.

Het scheen haar niet van streek te brengen en ze zei het niet kwaad. Het kwam er heel nuchter uit.

'Hij heeft mooie ogen,' ging ze verder.

Ik geloof niet dat ik een spier bewoog of zelfs maar ademhaalde. Mijn hart stond misschien zelfs even stil, elk onderdeel van me, elk orgaan van mijn lichaam, scheen te wachten tot de bom zou vallen, tot ze er iets afschuwelijks aan zou toevoegen. Maar er kwam niets.

'Dat was het eerste wat me in hem aantrok,' ging ze verder. 'Goed dan,' vervolgde ze, 'omdat je zoveel thuis bent, zie je een beetje bleek, dus iets hiervan op je wangen kan geen kwaad.'

Ze liet me zien hoe ik de make-up moest combineren en aanbrengen en ging toen over op de lippenstift. Ik had wel een lippenstift, maar die was verdroogd en ze zei dat de kleur niet alleen verkeerd was maar zelfs onflatteus.

'Je moet geen koplamp maken van je lippen. Subtiel is het sleutelwoord, Alice. Het enige wat een gezicht als het jouwe nodig heeft zijn hier en daar een paar suggesties. Je moet alles zien als een vinger die naar dit of dat aspect wijst en niets meer. De meeste meisjes van jouw leeftijd overdrijven. Hun gezicht schreeuwt, en evenmin als je in één kamer wilt zijn met iemand die tegen je schreeuwt, wil je naar iemand kijken alsof je in een spotlight kijkt.'

Ze deed een stap achteruit om me op te nemen.

'Nou?' vroeg ze. 'Wat denk je van jezelf?'

'Ik... keurig,' stotterde ik, en ze lachte.

'Nee, Alice, het is niet keurig. Het is mooi. Jesse kijkt soms naar een meisje in Californië en zegt dan iets als: "Ze is zo mooi, ze zou zich moeten laten registreren, zoals iemand een vuurwapen moet registreren." Dat zal hij nu ook over jou zeggen.'

Ik staarde haar aan in de spiegel. Was dit een droom? Of een valstrik? Ze was zo vriendelijk en praatte tegen me alsof ze mijn oudere zus was. Ik wist echt niet wat ik moest zeggen. Mijn gedachten draaiden in mijn hoofd rond als een draaimolen. Ik voelde me zelfs een beetje duizelig.

'Waar heb je dat allemaal geleerd?' vroeg ik ten slotte.

Ze lachte.

'Wat een malle vraag. In mijn familie waren de vrouwen vastbesloten op de cover van een tijdschrift te komen. Ik had tantes die door een nieuwe rimpel in zo'n diepe depressie raakten dat ze bijna moesten worden opgenomen. In mijn familie legden we geld opzij voor plastische chirurgie zoals andere mensen geld opzij leggen voor een brand- of levensverzekering. Oud en lelijk worden was net zo'n bizarre gedachte als je huis tot op de grond toe zien afbranden. Dat was de wereld waarin ik ben opgevoed.'

'Maar zo lijk je nu helemaal niet,' zei ik, niet zeker wetend of dat wel de juiste opmerking was. Het beviel haar; ze glimlachte.

'Om de een of andere stomme reden, die ik niet kan peilen, denken de meeste vrouwen die ik ken dat ze een keus moeten maken tussen hersens en uiterlijk. Ik ken andere vrouwelijke advocaten die zich met opzet zo mannelijk mogelijk kleden als ze naar de rechtbank gaan. Ze denken dat het belangrijk is. Misschien is het wel zo, maar daar geef ik nooit aan toe. Ik moet de rechter, de jury en mijn getuigen tonen dat ik niet alleen een vrouw ben, maar ook een advocaat die het tegen alle anderen in de rechtszaal kan opnemen. Je mag nooit toegeven aan die bekrompen denkwijze,' ging ze verder. 'Je bent jezelf. Laat niemand je omvormen tot een simpel stereotype. Dat heb ik nooit toegestaan.'

Ik zat stil te luisteren. Ze zag mijn verbijstering.

'Sorry,' zei ze. 'Het is niet mijn bedoeling om te preken, maar het is een van mijn vaste ergernissen. Denk je dat je dit voortaan zelf kunt?' vroeg ze, met een knikje naar me in de spiegel.

'Ja.'

'Mooi. Vergeet het niet. Geef je haar volume en gebruik ook een conditioner.' Ze betastte een paar lokken. 'Het zou best wat zachter en soepeler kunnen. Hoe vaak was je je haar?'

'Niet vaak.'

'Verander dat in vaak. Weet je, ik heb een paar smaragden oorbellen die je goed zouden staan. Ik zal ze voor je achterlaten.' De volgende ochtend gingen ze terug naar Californië.

'Dank je.'

'Graag gedaan.' Ze draaide zich om en wilde weggaan.

'Je make-upkoffertje,' riep ik haar na toen ze bij de deur was. Ze draaide zich om en schudde haar hoofd.

'Nee, dat is nu jouw make-upkoffertje. Ik heb het voor je gekocht toen we met z'n allen gingen shoppen.'

Mijn kaak leek met scharnieren vastgeschroefd. Ze glimlachte niet. Ze knikte en liep weg.

Ik bekeek mezelf in de spiegel. Het was of iemand die binnen in me had liggen slapen was ontwaakt. Ik kon haar bijna horen zeggen: 'Hallo. Mag ik me even voorstellen?' Alleen was het mijn moeder en niet ikzelf.

'Ik ben Karen Stoker.'

Ik duwde me van de tafel af en pakte de spons om die naar mijn gezicht te brengen zodat ik alle make-up eraf kon vegen, maar iets sterkers pakte me bij mijn pols en belette het me. Ik bleef bijna een volle minuut naar mijn spiegelbeeld staren voor ik de spons neerlegde en het koffertje sloot. Toen stond ik op en liep als in trance de trap af.

Tante Zipporah was twee dagen nadat ze gekomen was teruggekeerd naar New Paltz, omdat ze zich ongerust maakte dat ze Tyler zo lang alleen liet in het café. Natuurlijk beloofde ik haar vaker te bellen. Ik wist niet wat voor nieuwe krantenkoppen ze verwachtte, maar ik kon zien dat ze er op een paar hoopte.

Rachel bracht de tweeling naar bed, maar mijn grootouders en mijn vader zaten in de zitkamer zachtjes te praten toen ik beneden kwam. Ze zwegen en keken verbaasd op toen ik binnenkwam. Ik was het meest geïnteresseerd in de reactie van mijn vader. Hij sperde zijn ogen open en glimlachte toen. Als ik op mijn moeder leek joeg hem dat geen angst aan en stootte het hem niet af.

'Zo, wie hebben we hier?' zei mijn grootvader schertsend. 'Ik wist niet dat we gasten hadden vanavond.'

'Je ziet er fantastisch uit, Alice,' zei mijn vader. 'Rachel heeft er verstand van, hè, ma?'

'Ja. Heel goed. Niet te veel en niet te weinig.'

'Misschien moet Rachel jou ook eens les geven, Elaine,' zei mijn grootvader. Op het moment dat hij het zei, konden we allemaal met hem meevoelen. Hij had een enorme blunder gemaakt.

Ik kon me niet herinneren dat het gezicht van grootmoeder Elaine ooit zo vuurrood was geweest. Ik wist zeker dat ik uit elk oor een rookpluim zag komen. Mijn grootvader liet zich op de grond vallen en smeekte om vergeving. Hij begon haar voeten te kussen.

'Ik meende het niet. Ik maakte maar gekheid.'

'Sta op, idioot,' zei ze tegen hem.

Mijn vader lachte hysterisch. Zelfs ik begon te lachen en een ogenblik, een lang en kostbaar ogenblik, waren we werkelijk een familie, lachten om elkaars zwaktes en onze liefde.

Ik wachtte tot het allerlaatste moment voor ik die avond mijn make-up verwijderde. Ik was nu bang dat ik niet na zou kunnen doen wat Rachel voor me gedaan had, maar ze verzekerde me dat het niet moeilijk was.

'Het is geen hersenchirurgie,' zei ze. 'Hoewel, als je ziet hoe de meeste meisjes van jouw leeftijd zich opmaken, zou je denken dat ze een lobotomie hebben gehad.'

Iedereen moest erom lachen. Voor het eerst sinds ik me kon herinneren speet het me werkelijk Rachel, mijn vader en de tweeling te zien vertrekken. Ik had het gevoel dat ik net een reis met hen had ondernomen die te snel geëindigd was.

De volgende ochtend stonden we allemaal buiten op de oprijlaan terwijl mijn vader de huurauto inlaadde. Er was geen wolkje aan de lucht te bekennen, en er stond een zachte bries in een periode van een late-voorjaarswarmte, die de naderende zomer aankondigde. Ik had nog bijna twee maanden school voor de boeg voordat ik naar New Paltz zou gaan om in het café te werken van tante Zipporah en oom Tyler. Deze zomer zou ik worden gepromoveerd tot serveerster. Voordat ik naar beneden ging om te ontbijten, maakte ik me weer op, zodat Rachel me kon controleren voor ze wegging. Ze vertelde me dat ik het perfect had gedaan.

'Uitstekend,' zei ze. 'Het zal prima gaan.'

We genoten weer van een uitvoerig ontbijt, stelden het eind ervan zo lang mogelijk uit, maar eindelijk moesten ze naar het vliegveld, wilden ze op tijd zijn voor hun vliegtuig.

De tweeling wilde niet weg en jammerde en smeekte om langer te mogen blijven. Ze werden een beetje gesust door de belofte om gauw terug te komen en het vooruitzicht dat ze misschien zelfs een tijdje zouden mogen blijven zonder hun ouders. Het was duidelijk dat ze wisten dat ze met heel wat konden wegkomen als ze alleen waren met hun grootouders.

Ik gaf allebei de jongens een knuffel, toen holde mijn grootvader een paar keer achter ze aan om de auto heen in de verwachting dat ze daardoor uitgeput zouden raken en ze rustig zouden blijven tijdens de rit naar de luchthaven. Zoals gewoonlijk vergiste hij zich in hun energie, en ze smeekten hem om achter hen aan te blijven rennen.

'Haal ze weg voor ze mijn dood op hun geweten hebben!' riep hij hijgend.

Hij en mijn vader omhelsden elkaar en mijn vader omhelsde en zoende mijn grootmoeder en hield haar nog wat langer vast. Rachel omarmde en zoende mijn grootvader en grootmoeder en pakte toen mijn hand en trok me een eindje opzij.

'Denk aan je leven als een pleidooi in de rechtszaal. Wees zorgvuldig in het leggen van de fundering en houd dan een krachtig pleidooi voor jezelf. De rest van de wereld is de jury, en ze hebben één duidelijk vermogen. Ze kunnen onoprechtheid zien, maar een gebrek aan zelfvertrouwen zien ze veel gemakkelijker. Veel geluk, Alice.'

Ze omhelsde me niet echt. Ze hield mijn schouders even vast en draaide zich toen om en zette de tweeling in de auto.

'Hé,' zei mijn vader. Hij keek naar mijn grootouders, pakte mijn hand en samen liepen we de oprijlaan af.

'Ik hoop dat onze komst je goed heeft gedaan, Alice. Ik ben blij dat we de kans kregen voor dat gesprek op zolder en we elkaar een paar heel persoonlijke geheimen konden toevertrouwen.'

'Ik ook.'

'Ik denk dat je nu wel weet dat je grootouders een SOS voor je hadden gestuurd. Niemand kan het ze kwalijk nemen dat ze om hulp vroegen, zeker ik niet. Ze hebben hun taak als ouders volbracht toen ze mij en Zipporah opvoedden. Ik denk dat het enige wat we nu voor je wensen is dat je jezelf een kans geeft. Trek de wereld in en vecht. Je bent te jong om je op te sluiten. Je hebt geen reden om je voor iets of iemand te verstoppen.

'Ik weet dat ik dat allemaal gemakkelijk kan zeggen. Ik heb het recht niet je iets voor te schrijven. In zekere zin heb ik me zelf verstopt en jou in de steek gelaten, maar ik probeer het zoveel mogelijk goed te maken. Ik beloof je dat ik het zal blijven proberen.'

'Waarom was Rachel deze keer zo aardig tegen me?' vroeg ik, achteromkijkend naar de auto. 'Ik dacht dat ze kwaad op je was omdat we samen op die zolder waren.'

'Dat was ze eerst ook, maar... kun je een geheim bewaren?'

Daar moest ik om lachen, en hij ook.

'Je grootmoeder en ik hebben wat psychologie op haar toegepast. We zijn naar haar toegegaan om hulp te zoeken voor jou, en er is niets waar Rachel zo dol op is als op verantwoordelijkheid. Ze is een beetje een controlfreak, maar een ander geheim is dat ik dat nodig heb. Ik ben niet dom. Ik besef wat haar sterke punten zijn en hoe die ons allebei helpen om succes te hebben. Toen jij haar project werd, kwam alles in een heel ander licht te staan.

'Dus,' eindigde hij, 'stel haar niet teleur. Ze is een harde.'

'Oké,' zei ik.

'Ik heb het je nooit met zoveel woorden gezegd, Alice, maar ik hou van je en ik wil dat je gelukkig bent.'

Ik knikte, kneep mijn ogen samen om de tranen onder mijn oogleden gevangen te houden. Ze stonden op het punt om los te breken.

Hij kuste mijn wang en liep toen haastig naar de auto.

Mijn tranen ontsnapten.

Hij zwaaide. Ze reden achteruit, zwaaiden door de ramen en reden toen snel weg, verdwenen zoals een droom dat kan; hun beeld bleef een ogenblik hangen, herinneringen die werden meegevoerd door de wind en ons met lege ogen achterlieten.

Mijn grootvader sloeg zijn arm om mijn grootmoeder en zij legde haar hoofd op zijn schouder en ze liepen terug naar het huis. Op dat moment begreep ik pas goed hoe moeilijk het is om een ouder en een grootouder te zijn en weer een afscheid te moeten incasseren. Ook al hadden ze elkaar, toch konden ze de leegte in hun hart niet vullen. Het was tegelijk de vloek en de zegen van zo'n liefde.

In plaats van hen te volgen naar binnen begon ik aan een wandeling naar het dorp. Ik was niet van plan de hele weg af te lopen, maar ik was zo in gedachten verdiept dat ik niet lette op tijd en afstand en voor ik het besefte was ik in het dorp.

Ik ging zelden alleen naar het dorp. Ik had er niet veel te doen en ik voelde me vooral niet op mijn gemak onder de spiedende blikken van de oudere inwoners die mijn hele verhaal kenden. Sommigen spraken tegen me, vroegen hoe het met mijn grootouders ging. Misschien was het mijn verbeelding, maar ik had het gevoel dat ze vroegen hoe ze het volhielden met een kleindochter als ik in huis. Een van de huizen waarvoor ik onwillekeurig belangstelling had was het huis dat van mijn moeder was geweest. De mensen die er nu woonden, de Harrisons, waren al jaren eigenaar van de houthandel. Onlangs hadden ze die uitgebreid met een supermarkt voor ijzerwaren en gereedschap. Ze waren nu een van de rijkste families, niet alleen van het dorp maar van de hele county. Natuurlijk, ook al hadden ze hier niet gewoond, hadden de Harrisons de geschiedenis van het huis moeten kennen. Ik had begrepen van mijn grootvader dat de dood van Harry Pearson in het rapport vermeld moest zijn dat een makelaar aan een potentiële koper aanbood.

Het huis maakte een welvarende indruk, met bakstenen muren en perfect gesnoeide heggen. Mijn grootvader zei dat het gazon een obsessie was van Dan Harrison, die het groenste, weligste gras wilde hebben van het hele dorp. Zijn gazon bleef inderdaad langer groen dan dat van wie ook. Ze hadden een paar veranderingen aangebracht aan de ramen, het dak gerenoveerd en een vlaggenstok neergezet, maar verder was het huis, althans aan de buitenkant, nog hetzelfde als toen mijn moeder en mijn grootmoeder, Darlene Pearson, er woonden met Harry. Ik was nieuwsgierig hoe het er vanbinnen uitzag, vooral de voormalige kamer van mijn moeder. Ik voelde een overweldigende behoefte om in die kamer te staan en uit dezelfde ramen te kijken. Dat was míjn obsessie.

Craig, de zoon van de Harrisons, zat bij mij op school en was een van de populairste leerlingen. Momenteel was hij klassenvertegenwoordiger van onze klas, captain van het baseballteam en een van de vijf sterren van het honkbalteam. Hij was een van die mensen die in alles gezegend lijken te zijn. Hij was intelligent, knap en stamde uit een rijke familie. Onwillekeurig vroeg ik me af wat het was dat bepaalde dat hij geboren zou worden in de wereld waarin hij verkeerde en ik in die van mij. Waren we zondaren voordat we geboren werden? Of was die Bijbelse uitspraak die ik gehoord had waar: de zonden van de vaderen zullen bezocht worden aan de zoons, maar in mijn geval, de zonden van de moeder aan de dochter?

Ik slenterde over het trottoir en bleef staan voor het huis van de Harrisons. Ik geloof niet dat ik er ooit langsliep of -reed zonder ernaar te kijken en eraan te denken. De vlag klapte en wapperde in de wind. Ik zag hoe de gazonsproeiers het graszaad en de blaadjes van het opkomende voorjaarsgras doordrenkten. Mevrouw Harrison had een rij bontgekleurde bloemen aan de voorkant van de veranda geplant. Het was een perfect huis, zoals afgebeeld kon staan in een huis-en-tuintijdschrift. Niets deed denken aan het kwalijke verleden.

Ik wilde omkeren en weggaan toen ik iemand hoorde vragen: 'Ben jij dat?'

Ik draaide me naar links en zag Craig Harrison achter een heg tevoorschijn komen. Hij had een heggenschaar in de hand. Hij droeg een heel strak T-shirt, dat zijn gespierde borst benadrukte, een honkbalpet achterstevoren op zijn hoofd en jeans. Een paar pieken lichtbruin haar staken onder de zijkanten van zijn pet uit en het haar over zijn voorhoofd leek erboven te zweven zonder zijn huid te raken. Zijn ogen waren lichtgroen, maar in het zonlicht kregen ze een warmere smaragdgroene kleur. Met zijn een meter vijfentachtig, brede schouders en smalle middel leek hij een prima kandidaat voor Mr. Tiener America. Ik vond altijd dat zijn flauwe glimlachje iets ondeugends had. Hoewel ik de meeste jongens op school probeerde te negeren, vooral degenen die grijnzend loerden en fluisterden als ik langskwam, vond ik Craig wel een blik waard.

'Nee,' zei ik. 'Het is iemand anders.'

Ik begon weg te lopen.

'Hé, wacht even,' riep hij en kwam haastig om de heg heen naar het trottoir. 'Waarom zo'n haast?'

'Ik heb een afspraak met de tandarts,' zei ik.

'Hè?' Hij staarde me even aan en toen lachte hij. 'Oké. Sorry. Ik herkende je niet zo gauw. Leuke outfit,' zei hij en nam me langzaam van top tot teen op, alsof hij me wilde opslaan in een geheugenbank. 'Ik wist wel dat er een leuk meisje school in die aardappelzakken die je draagt.'

'Dat zijn geen aardappelzakken.'

'Wat dan ook.' Hij kwam dichterbij. 'Ik heb je nog nooit met lippenstift en zo gezien. Wat is er aan de hand? Ben je jarig of zo?'

'Nee. Wat heeft dat er nou mee te maken?' vroeg ik spottend.

Hij haalde zijn schouders op. 'Ik heb gehoord dat sommige moeders hun dochters pas toestemming geven om zich op te maken als ze een bepaalde leeftijd hebben bereikt.'

Ik wilde niet zeggen dat ik niet bij mijn moeder woonde, maar ik kon zien dat die gedachte bij hem postvatte.

'Of grootmoeders,' voegde hij er snel aan toe.

'Nee, ik heb het zelf besloten.'

'Wijs besluit. Dus wat ga je doen?'

'Niks. Ik ging gewoon een eindje wandelen.'

Hij knikte, keek naar zijn huis en toen naar mij.

'Ik heb je al eerder naar het huis zien kijken, weet je.'

'Fijn voor je. Veel plezier,' zei ik en liep door. Snel haalde hij me in.

'Kalm maar. Ik klaagde er niet over.'

'Zou me een zorg zijn.'

'Jee.'

'Wat is er?' Ik draaide me met een ruk naar hem om.

'Ik heb gehoord dat je zonder enige reden behoorlijk rottig kan doen.'

'Ik doe niet rottig.'

Hij lachte. 'Als je nu niet rottig doet, zou ik je niet graag meemaken als je dat wél doet.'

Ik staarde hem even aan. 'Oké,' zei ik. 'Ik beken schuld. Dus ik heb al eerder naar je huis gekeken.'

'Niet meer dan logisch dat je er nieuwsgierig naar bent. Ik was het ook toen we het net gekocht hadden. Ben je weleens binnen geweest?'

'Nee.'

'Wil je naar binnen?'

'Wat denk je?' viel ik tegen hem uit. Ik dacht dat hij me plaagde en een geintje met me uithaalde, waarover hij later zou opscheppen, maar ik zat er niet echt mee.

'Ik denk van wel, ja. Maar ik moet je waarschuwen. Het is nu heel anders dan toen we het huis kochten. Mijn moeder heeft het van onder tot boven gerenoveerd. Ze heeft zelfs de keuken verbouwd, aanrechten eruit gehaald, groter gemaakt, nieuwe kasten erin laten maken. We zijn pas acht maanden nadat we het gekocht hadden erin gaan wonen.'

Ik wist niet wat ik daarop moest antwoorden. Ik dacht dat iedereen het zou hebben veranderd. Dat verbaasde me niets.

'Er was niets meer achtergebleven van je moeder en grootmoeder,' ging hij verder. 'Geloof maar dat ik in alle kasten en laden heb gekeken.'

'Wat had je verwacht te vinden?'

Ik had er iets aan toe willen voegen als 'lijken' maar ik deed het niet.

'Ik weet het niet. Hé,' zei hij. 'We hebben iets met elkaar gemeen.'

'O? Wat dan?'

'We wonen allebei in een huis waar een moord is gepleegd.'

Ik zei niets. Hij had gelijk, als het legendarische verhaal over de Dorals klopte.

'En?' vroeg ik ten slotte.

'En niks. Kom mee. Ik zal je het huis laten zien.'

'Misschien vinden je ouders dat niet goed,' zei ik aarzelend. Nu hij me echt uitnodigde, voelde ik me nerveus en zelfs een beetje bang.

'Ze zijn er niet. Ze zijn in New York, naar een show. Ze hebben mij hier gelaten om een paar karweitjes op te knappen. Kom. Maak je niet ongerust.'

Hij liep weg, in de verwachting dat ik hem zou volgen. Na een ogenblik liep ik hem achterna. Hij wachtte bij het tuinpad en toen liepen we samen naar de voordeur.

'Weet je het zeker?' vroeg ik toen hij de deur opendeed.

'Waarom niet? Je wil me toch geen kwaad doen?' vroeg hij plagend.

'Daar ben ik het nog niet over eens,' antwoordde ik. Hij lachte.

'Weet je, ik heb altijd al met je willen praten, maar eerlijk gezegd dacht ik dat je me zou beledigen of voor gek zetten.'

Ik grijnsde sceptisch en gooide mijn hoofd in mijn nek.

'Nee, ik meen het in alle ernst,' zei hij. 'Serieus. Ik heb een paar keer op het punt gestaan een gesprek met je aan te knopen in de gang als ik dacht dat je naar me keek, maar ik wist nooit of het belangstelling of minachting was.'

Zoals hij in de deuropening bleef staan leek het me dat mijn antwoord zou bepalen of hij me al dan niet binnen zou laten.

'Ik ken je niet goed genoeg om een hekel aan je te hebben,' zei ik. Het antwoord beviel hem. Hij glimlachte en deed een stap achteruit.

'Kom binnen.'

Langzaam liep ik naar binnen, bleef in de entree staan. De vloer was warm bruin betegeld en aan beide kanten zag ik kleerhaken en een hoedenrek. In de gang lag fraai parket, en de trap was bekleed met dik donkerbruin tapijt in de kleur van de balustrade. Alles zag er splinternieuw, smetteloos, onberispelijk uit. Recht boven de entree hing een kroonluchter met kristallen druppels.

'Links zijn de keuken en de eetkamer,' zei Craig. 'Dit is de zitkamer.' Hij liep verder de gang in. Ik wierp een blik in de kamer, keek naar de meubels, de schilderijen, de mooie marmeren haard en schouw.

'Wat zijn dat voor meubels?' vroeg ik. Ik was niet in veel andere huizen geweest dan mijn eigen huis, maar ik had nog nooit zulke elegante banken, stoelen, tafels en lampen gezien.

'Allemaal geïmporteerd uit Frankrijk. Dat heeft ook nog ongeveer een jaar geduurd, maar mijn moeder wilde het. Hun slaapkamer is in dezelfde stijl ingericht. Die van mij is heel anders, maar de logeerkamers zijn hetzelfde, net als de eetkamer en het kantoor van mijn vader, waar we eigenlijk onze zithoek hebben gemaakt. Zoals je ziet, staat er geen televisietoestel in de zitkamer. Ik heb mijn eigen tv en mijn ouders ook, maar het grootste scherm is in mijn vaders studeerkamer. Daar kijken hij en ik naar alle sporten. Het is ook de enige kamer in huis waar van mijn moeder gerookt mag worden. Ik rook niet. Jij?'

'Nee.'

'Ik bedoel sigaretten,' zei hij met een spottend glimlachje.

'Ik rook helemaal niks,' zei ik nadrukkelijk. Ik wist wat hij bedoelde. Hij haalde zijn schouders op.

'Weleens geprobeerd?' vroeg hij.

'Het interesseert me niet.'

Hij lachte en keek toen weer ernstig.

'Je weet dat mijn kamer verondersteld wordt die van je moeder te zijn geweest, hè?'

'Nee, hoe zou ik dat moeten weten?'

'Ik dacht dat je het misschien wist. Wil je hem zien?'

Eigenlijk had ik me willen omdraaien en weggaan, maar iets sterkers trok me naar die trap. Ik keek hem aan.

'Kom mee,' zei hij zonder op mijn antwoord te wachten.

Onder het tapijt lagen de treden waarover mijn moeder zo vaak had gelopen. Langs deze trap was ze weggevlucht. Ik voelde me bijna teruggaan in de tijd, zag haar het huis uit hollen, de duisternis in die ook mij zou omringen.

Hij bleef staan op de trap en boog zich naar me toe.

'Ik weet alles over de moord,' zei hij. 'Ik weet precies wanneer ze Harry Pearsons lichaam hebben gevonden en hoe hij er toen uitzag.'

Hij liep verder naar boven.

Mijn voeten leken aan de trede vastgekleefd. Ik vond de achteloze manier waarop hij over dit alles praatte morbide, maar ondanks alles ook fascinerend.

'Hé,' zei hij. Hij bleef weer staan en draaide zich naar me om. 'Er drong net iets tot me door. Weet je wat zo verbijsterend, zo ongelooflijk is van je komst hier vandaag?'

Ik schudde mijn hoofd. Plotseling, omdat ik me hier bevond, letterlijk op een meter afstand van de kamer van mijn moeder, voelde ik me te zwak om een woord te kunnen uitbrengen.

'Vandaag. De datum. Snap je het niet?'

'Nee.'

'Het is de datum van de moord!'

5

De plaats delict

Plotseling begreep ik het begrip selectieve amnesie heel goed. Natuurlijk wist ik op welke datum Harry Pearson gestorven was, maar noch mijn grootmoeder, noch mijn grootvader, noch iemand in de familie noemde die ooit of zinspeelde erop. Misschien leden zij ook aan selectieve amnesie, of misschien vonden ze het verstandiger erover te zwijgen, zelfs tegen zichzelf. Ik had gehoord dat toen ik nog heel jong was, niet ouder dan drie misschien, een van de kranten een artikel had gewijd aan de moord, wat de belangstelling weer had doen opleven, maar sindsdien was er nooit meer over geschreven.

'Ik dacht dat je daarom vandaag hiernaartoe was gekomen,' zei Craig.

Ik schudde ontkennend mijn hoofd. Hij keek sceptisch.

'Wil je soms beweren dat je niet wist dat het op de dag van vandaag gebeurd is?'

'Ik was het vergeten.'

'Wauw. Interessant. Maar goed, vandaag is de datum. Ga mee naar boven. We zijn een soort historische onderzoekers of zoiets.'

Langzaam, met zwaar aanvoelende benen, liep ik de trap op, de trap die mijn moeder zo vaak beklommen had. Ik had het gevoel dat ik mijn grootmoeder achter me aan sleepte, omdat ze me bij mijn middel had vastgepakt en probeerde me te beletten verder te gaan. Ik wist dat ze overstuur zou zijn als ze wist dat ik hier in huis was.

'Boven is ook alles veranderd,' legde Craig uit toen ik op de overloop stond. 'Mijn moeder heeft overal nieuwe verlichting laten aanbrengen, waaronder die kroonluchters.' Hij wees naar de twee in de gang boven. 'Ze heeft de vloeren laten vernieuwen, de muren beplakt met dit behang, andere deuren erin laten zetten en alles in de badkamer vervangen. Mijn kamer werd van boven tot onder veranderd, alles werd weggebroken, ook alle leidingen en sanitair en kasten. Ze heeft een deel van de muur laten weghalen om de kamer groter te maken. En daarna liet ze de muur aan de andere kant uitbreken om daar een badkamer te kunnen bouwen voor mij. Dat was een enorm karwei. Mijn vader klaagde dat de verbouwing net zoveel kostte als hij voor het huis had betaald.

'Maar omdat we al het materiaal tegen groothandelsprijs konden krijgen en goede afspraken konden maken wat het arbeidsloon betreft, had hij geen poot om op te staan.' Hij boog zich naar me toe en fluisterde, alsof er nog meer mensen in huis waren: 'Eerlijk gezegd zou mijn moeder hier nooit zijn komen wonen als hij al die verbouwingen niet had goedgekeurd. Een lijk in je huis is een lijk. De meeste mensen zouden de koude rillingen krijgen, maar dit huis was te mooi om het te laten schieten. Zeker voor die prijs.'

'Ik begrijp het,' zei ik. 'Ik denk dat het heel slim was van je ouders om het te kopen.'

Hij knikte.

'Mijn vader is een goede zakenman. Het schijnt in de familie te zitten, dus is er alle hoop voor mij.'

Hij ging naar rechts en deed de deur van zijn kamer open. Toen spreidde hij zijn armen uit en riep: 'Ta-da. Dit is het. De plaats delict.'

Hij deed een stap opzij. Ik aarzelde. Hoe vaak had ik me niet verbeeld dat ik hier was, had ik gedroomd dat ik die kamer zag en Harry Pearson op de grond zag liggen terwijl mijn moeder over hem heen gebogen stond? Het was mijn ergste nachtmerrie.

'Het lichaam van Harry Pearson lag languit bij de deur. Hij lag met zijn gezicht omlaag, beide armen boven zijn hoofd gestrekt.' Craig keek naar de grond alsof het lichaam daar werkelijk lag. Er liep een ijskoude rilling over mijn rug en ik huiverde. Hij draaide zich naar me om. 'Je weet hoe ze het gedaan heeft, hè?'

Ik knikte, al kende ik geen van de gruwelijke details. Ik had het gevoel dat er een zware steen op mijn tong lag.

'Ze heeft hem met een mes in zijn keel gestoken,' zei hij.

Ik hoefde dat niet te horen. Ik wilde al die bijzonderheden niet weten. En toch luisterde ik, gevangen in een web van een afgrijselijke tegenstrijdigheid. Ik was als een mot die naar de vlam werd getrokken. Kom er te dichtbij en je steekt jezelf in brand. Craig glimlachte.

'Ik ken natuurlijk het hele verhaal. Ik kon niet anders dan nieuwsgierig zijn naar iets dat zich had afgespeeld in het huis dat we hadden gekocht en waar we gingen wonen, en in de eerste plaats naar de kamer waar ik zou slapen,' ging hij verder, alsof hij me een excuus verschuldigd was.

Ik knikte, maar kon mijn blik niet afwenden van de plek waar Harry Pearsons lichaam zou zijn gevonden.

'Hij lag niet half in de kamer, maar met zijn hele lichaam.'

Ik keek naar hem op.

'En?'

'Er stonden geen foto's van je moeder in de kranten,' ging hij verder, mijn vraag negerend. 'Ze werd nog steeds beschouwd als een minderjarige, maar ik vond haar foto in een van de oude jaarboeken in de schoolbibliotheek. Ga je daar weleens heen om ze te bekijken?'

'Nee.'

Omdat mijn vader eindexamen had gedaan aan een high school in Yonkers, New York, zou ik geen foto van mijn moeder hebben gevonden in zijn jaarboek, en tante Zipporah had me nooit een foto van haarzelf in een jaarboek laten zien.

'Er waren alleen groepsfoto's van haar met de klas, en haar gezicht is zo klein dat je een vergrootglas nodig hebt om het te onderscheiden. Ze was heel mooi,' zei hij. 'Nu je uit je schulp gekropen bent, zie ik dat jij ook heel mooi bent, je lijkt op haar.'

'Ik zat niet in een schulp.'

'O nee?' Hij glimlachte.

'Nee!'

'Oké. Niet dan.' Hij draaide zich weer om naar zijn kamer. 'Ik geloof dat mijn bed op dezelfde plaats staat waar dat van haar heeft gestaan, tussen die twee ramen. Mijn moeder heeft de ramen laten vervangen door meer praktische ramen, maar daar waren ze toen en daar zijn ze nu nog.'

Ik liep langzaam naar binnen en keek om me heen. Het was moeilijk je voor te stellen dat dit ooit de kamer van mijn moeder, of van welk meisje dan ook, was geweest. De meubels waren van zwaar, donker eikenhout. Op een standaard in de hoek hingen een paar halters. Boven het hoofdeinde van het bed hing een spandoek van school ter ere van het kampioenschap van het basketballteam van vorig jaar. Op de boekenkast stonden zijn trofeeën.

Het meest interessante vond ik een olieverfschilderij van een honkbalspeler met opgeheven bat. De schilder had zijn beweging en de spanning in de onderarmen, hals en schouders goed getroffen. Er was net genoeg te zien van zijn profiel om zijn intensiteit weer te geven.

'Dat is mooi,' zei ik, met een knikje naar het schilderij. 'Prachtig in de details.'

'Ja. Ik zag het in een galerie in New York en mijn vader heeft het voor me gekocht. Het heet Hitter's Dream. Ik heb gehoord dat jij ook schildert.'

'Van wie heb je dat gehoord?'

'Dicky Steigman zit in je schildersklas. Meneer Longo is onder de indruk van je prestaties. Ik ben het met hem eens. Ik heb een van je schilderstukken gezien.'

'Wanneer?'

Niets van wat ik ooit had gedaan werd tentoongesteld.

'O, op een dag toen er niemand in het lokaal was. Ik ging er in mijn eentje naar binnen en vond het op Longo's lessenaar. Het was van een havik of een andere grote vogel die boven een vijver vliegt.'

'Dat is stiekem,' zei ik.

Hij haalde zijn schouders op.

'Zou je het me hebben laten zien als ik het gevraagd had?'

'Waarschijnlijk niet,' bekende ik. Het laatste wat ik wilde was dat de andere leerlingen de draak zouden steken met mijn schilderwerk.

'Zaak geseponeerd.'

Ik draaide me om en keek uit het raam. Het bood uitzicht op de voorkant van het huis, maar vanaf hier kon ik ook de straat en een stukje van het dorp zien. Had mijn moeder zich hier net zo gevangen gevoeld als op onze zolder? Het was een ruime kamer, maar lang zo groot niet als de zolder.

'Wat weet je precies van de zaak Pearson?' vroeg hij.

'Niet veel. Mijn grootouders praten er niet graag over,' zei ik.

Hij staarde me aan met het gezicht van iemand die niet zeker weet of hij nog meer moet zeggen.

'Nou?' drong ik aan.

'Zoals ik al zei, ik woon in dit huis en slaap in haar kamer. Ik was onwillekeurig nieuwsgierig. Maar zelfs mijn ouders hebben geen idee wat ik allemaal te weten ben gekomen. Dat is trouwens maar beter ook. Ze beschuldigden me ervan dat ik een macabere nieuwsgierigheid aan de dag legde, en mijn moeder wil er niets over horen.'

'Wat ben je dan te weten gekomen?'

'Ik weet wat ze beweerde dat er met haar gebeurd was en dat uiteindelijk niemand haar geloofde omdat ze zoveel dingen verzon. Sommige dingen waren echt te ongeloofwaardig. De meeste trouwens, denk ik.'

'Ik moet weg,' zei ik. Praten over mijn moeder alsof ze iemand anders was stoorde me, en ik was bang voor wat hij nog meer zou kunnen zeggen. 'Ik heb mijn grootouders niet verteld dat ik een eindje ging wandelen.'

'Rustig maar,' zei hij. 'Ik rij je wel naar huis. Misschien interesseert het je te horen wat ik van dit alles denk.'

'Nee,' zei ik en liep naar de deur.

'Waarom niet?'

'Om te beginnen heb ik genoeg van mensen die de spot met me drijven,' zei ik, terwijl ik even bleef staan. 'Briefjes in mijn kastje stoppen, achter mijn rug over me fluisteren. Stiekem naar mijn schilderstukken kijken,' voegde ik er als laatste aan toe.

'Wacht even,' zei hij toen ik naar buiten liep. Hij volgde me naar de trap. 'Ik drijf niet de spot met je en ik fluister niet achter je rug. Ik wil niet zeggen dat ik andere meisjes dat niet heb horen doen, maar dat zijn idioten.'

'Wat wil je nou precies?' vroeg ik en draaide me boven aan de trap om.

'Ik wilde je alleen mijn ideeën vertellen, dat is alles.'

'Wat voor ideeën?'

'Over je moeder, de zaak. Ik heb je verteld waarom het me intrigeert, en dat wil beslist niet zeggen dat ik me vrolijk zou maken over jou. Niet alles hoeft over jou te gaan. Dat zegt mijn moeder altijd tegen me over mijzelf,' voegde hij er glimlachend aan toe.

'Oké. Wat dan?' Ik sloeg mijn armen over elkaar en verplaatste mijn gewicht op mijn rechterbeen. Tante Zipporah vertelde me dat mijn moeder hetzelfde deed als ze zich ergerde.

'Ga een paar minuten mee terug naar mijn kamer. Ik moet je iets laten zien,' zei hij. Hij draaide zich om en liep terug alsof hij er niet aan twijfelde dat ik hem zou volgen.

Hij is wel verrekte zeker van zichzelf, dacht ik, maar in plaats van te concluderen dat hij een arrogante knul was, benijdde ik hem om zijn zelfvertrouwen en liep achter hem aan. Hij ging aan zijn bureau zitten.

'Kom binnen,' zei hij. 'Ik bijt niet.'

'Ben je niet bang dat ík dat zal doen?'

Hij lachte. 'Misschien vind ik dat wel prettig.'

'Leuk, hoor. Wat wil je me laten zien?' vroeg ik en liep naar hem toe. Hij opende een la rechts van hem en haalde er een dossier uit. Hij legde het op zijn bureau en sloeg het open. De bovenste pagina was een kopie van een artikel over de moord op Pearson. Ik vond de kop gruwelijk ironisch: 'Recept voor moord. Apotheker vermoord in Sandburg.'

'Heb je dit weleens gelezen?'

Ik schudde mijn hoofd.

'Ik heb zoveel mogelijk gekopieerd in de openbare bibliotheek.

Hier,' zei hij, en stond op. 'Ga zitten en lees. Je zult nog meer vinden in die map. Zelfs het politierapport.'

Ik keek hem verbaasd aan.

'Hoe ben je daaraan gekomen?'

'Iemand van het politiebureau heeft een broer die bij ons in de houthandel werkt en hij heeft me een gunst bewezen. Wist je dat jouw grootvader voor mijn grootvader heeft gewerkt in de houthandel?'

Ik schudde mijn hoofd.

'Dat is zo. Hij is jong gestorven. Dat wist je toch?'

Ik schaamde me te bekennen hoe weinig ik wist over de familie van mijn moeder, dus gaf ik geen antwoord.

'Ga je gang. Lees maar. Wil je wat drinken? Frisdrank, sapje?'

'Wat koud water graag,' zei ik, starend naar de papieren op het bureau. Mijn ogen werden er als door een magneet naartoe getrokken. Langzaam ging ik op de stoel zitten.

'Ik kom zo terug. Neem de tijd ervoor.'

Ik kon zien hoe opgewonden hij was dat ik dit alles zou gaan lezen. Ik hoorde hem haastig de trap afgaan om mijn water te halen en zo gauw mogelijk terug te komen. Ik glimlachte in mezelf en begon toen te lezen. Het was of ik een verboden deur opende.

Het eerste artikel ging over de ontdekking van Harry's lichaam en toen de speurtocht naar mijn moeder. Er waren volgende artikelen over de voortgezette zoektocht, en in elk artikel werden de gruwelijke details herhaald. Te oordelen naar de data van de kranten leek er geen dag voorbij te zijn gegaan zonder dat er over de zaak geschreven werd. De verslaggever die de artikelen schreef maakte zinspelingen op de Doral-zaak, alsof ze op de een of andere manier met elkaar in verband stonden. Het was de enige andere beruchte moord in het dorp en de ironie was dat ik in Doral House woonde en met beide misdaden in aanraking was geweest.

Mijn tante Zipporah werd nooit met name genoemd, maar er werd gezinspeeld op een 'intieme vriendin' die dit en dat beweerde. Het was me duidelijk wie die vriendin was. Er werden veel uitspraken toegeschreven aan Darlene Pearson, die volgens de verslaggever aanvankelijk in een shock had verkeerd. Hoe dan ook had ze geen verklaring voor het gebeurde. Volgens haar was het als een donderslag bij heldere hemel. Een tijdlang, in het begin, had ze er zelfs aan getwijfeld of mijn moeder het gedaan had en was ze ongerust dat ze was ontvoerd door de dader. Dat idee verdween snel toen iemand met de informatie kwam dat mijn moeder naar New York City gevlucht was.

En ten slotte kwam het verhaal dat ze was opgepakt door de politie. Iemand op het politiebureau meldde dat hij uit anonieme bron had vernomen dat ze zich schuil had gehouden op de zolder van Doral House, en weer werd de eventuele moord op Brandon Doral geciteerd alsof er een direct verband bestond met de Pearson-zaak.

Craig had alles bewaard, ook de daaropvolgende artikelen over de rechtszaak en ten slotte de eis dat mijn moeder zou worden opgenomen in een psychiatrische inrichting.

'Wat vind je ervan?' vroeg hij, terwijl hij me een glas water overhandigde.

Ik pakte het aan en nam een slok. 'Hoe bedoel je?'

'Staat er iets in wat je niet wist?'

Hoe moest ik verklaren dat ik het meeste ervan niet had geweten?

'Nee.'

'Heb je het politierapport gelezen?'

Eerlijk gezegd was ik ervoor teruggedeinsd. Ik stelde me de bloederige feiten voor. Hij pakte het rapport op en bekeek het.

'Harry Pearson was niet klein, weet je. Hij was een meter vijfentachtig en woog ongeveer vijfennegentig kilo. Je moeder was ongeveer even lang als jij, een meter zestig. Ik ben een meter tweeentachtig.'

'En?'

'Ga eens staan,' zei hij.

'Waarom?'

'Doe het nou maar.'

Ik deed wat hij vroeg en hij pakte mijn schouders beet en draaide me naar zich toe.

'Oké. Hier,' zei hij en stopte een pen in mijn rechterhand. 'Doet net of dat een mes is. Zwaai ermee naar mijn hals. Stoot me in mijn hals.'

'Hè?'

'Doe het! Wees maar niet bang. Doe het hard en snel. Doe het!' Hij schreeuwde het bijna.

Ik stond in de kamer die van mijn moeder was geweest en speelde de misdaad na die mijn moeder had gepleegd, beeldde een nachtmerrie uit. Was het een ziekelijk genoegen van hem? Zou hij erover opscheppen tegen zijn vrienden en me nog belachelijker maken op school?

'Ik probeer je iets duidelijk te maken. Alsjeblieft, doe het nou maar.'

Ik begon mijn hoofd te schudden en toen, ik kan niet uitleggen waarom, hief ik mijn hand op en stootte naar hem. Hij wist mijn uitval gemakkelijk te pareren. Hij hield mijn pols vast en glimlachte.

'Dat bewijst niets,' zei ik. 'Hij kan een andere kant hebben opgekeken, het geen moment verwacht hebben.'

'Een andere kant opgekeken?'

'Ja. Laat me los.'

Hij liet me los en ik legde de pen neer.

'Waarom sloeg je naar me met je rechterhand?' vroeg hij.

'Hoe bedoel je? Je stopte de pen erin en zei dat ik het moest doen.'

'Ben je rechtshandig?'

'Nee.'

'Weet je waar de wond was?'

'Dat heb ik je gezegd. Ik ben niet aan het politierapport toegekomen.'

'De wond was aan de linkerkant van Harry Pearson.'

'Nou en?'

'Ze moet het mes dus in haar rechterhand hebben gehouden. Daarom zei ik dat je het moest doen.'

'Geweldig,' zei ik. Ik wilde nu alleen nog maar weg uit deze kamer en dit huis. Ik bewoog me weer in de richting van de deur.

'Wacht. Net als jij, was je moeder linkshandig en ik was er niet bij om het in haar rechterhand te stoppen. Toe dan. Lees,' drong hij aan en schoof het politierapport naar me toe.

Ik staarde hem even aan, liep toen langzaam weer terug en ging op de stoel zitten. Hij gaf me het politierapport en ik las het snel door. Toen keek ik naar hem op.

'Wil je zeggen dat je niet gelooft dat ze het heeft gedaan?'

'Nee. Waarschijnlijk heeft ze het wel gedaan, maar niet met voorbedachten rade zoals die verhalen suggereren. Als je in paniek raakt of bedreigd wordt of met iemand worstelt, doe je alles wat maar in je vermogen ligt. Eigenlijk denk ik dat Harry al op de grond lag toen ze in paniek op hem toestak.'

'Op de grond lag?'

'Misschien worstelde hij met haar en greep ze naar het mes. Daarom hield hij zijn armen uitgestrekt.' Hij haalde zijn schouders op. 'Mijn theorie.'

'Waarom heeft de politie daar niet aan gedacht – dat ze linkshandig was en hebben zij zich niet hetzelfde afgevraagd als jij?'

'Ze vonden het niet belangrijk. Ze wisten dat ze Harry gedood had. Ze vertelde een verhaal dat zo onwaarschijnlijk was dat ze niets meer geloofden. Er was geen reden om iets te geloven van wat ze zei, er was geen bewijs, en niemand die een slecht woord zei over Harry Pearson. Bovendien sluit de politie graag een zaak af, ze maken het zich liever gemakkelijk. Er werd een diagnose gesteld en ze werd naar een psychiatrische inrichting verbannen. Wat deed de rest er nog toe? Ik krijg de indruk dat haar advocaat in slaap viel in de rechtszaal.'

Ik keek weer naar het rapport en een paar van de koppen boven de artikelen. Zou hij gelijk kunnen hebben? Als dat zo was... Ik voelde me duizelig worden en legde mijn hand op het bureau om te beletten dat de kamer om me heen draaide. Toen haalde ik diep adem.

'Gaat het een beetje?'

'Ja,' zei ik snel. 'Dank je.' Ik stond op.

'Hé, geen probleem. Ik ben blij dat ik er met iemand over heb kunnen praten, vooral met jou. Ik heb dat dossier al een tijd niet meer ingekeken, maar er vaak aan gedacht.'

'Ik moet weg.'

'Kom,' zei hij. 'Ik heb gezegd dat ik je thuis zou brengen.'

'Dat hoeft niet.'

'Ik weet dat het niet hoeft. Ik ben een Amerikaanse staatsburger,' zei hij lachend. 'Ik heb de vrijheid om mijn eigen keus te maken, maar ik doe het graag, oké? Ontneem me dus niet mijn grondwettelijke rechten.'

Ik moest zelf ook lachen. Na al die ernst was het een opluchting om gekheid te kunnen maken over iets.

'Oké,' zei ik. 'Ik wil er niet van beschuldigd worden dat ik een slecht staatsburger ben.' We liepen de kamer uit.

Voor ik hem volgde de trap af keek ik nog even naar de kamer en de gang.

'Deze kant op,' zei hij en liep met me naar de deur in de keuken die naar de garage leidde, waar de auto stond.

'Toen we het huis kochten, was er een kaal stuk grond achter de garage waar ze waren begonnen te bouwen aan wat mijn moeder vermoedde dat een personeelsverblijf moest worden. Ze vond het geen prettig idee dat een hulp bij ons zou inwonen, dus liet ze het verbouwen tot een kleine werkplaats voor mijn vader. Hij zette er een tv-toestel in en gebruikte het om zich in terug te trekken,' voegde Craig er glimlachend aan toe. 'Al doet hij net of hij aan kleine projecten werkt.'

We reden de garage uit.

'Weet je,' zei hij toen we op de weg waren, 'ik ben altijd nieuwsgierig naar je geweest. Niet,' voegde hij er snel aan toe, 'zoals de anderen op school. Ik weet wat Mindy en Peggy hebben gedaan, maar die heb ik altijd oenen gevonden.'

'Waar was je dan zo nieuwsgierig naar?'

'Waarom je zo eenzelvig was bijvoorbeeld. En waar je in de zomer naartoe gaat.'

'Ik heb nooit iemand gevonden met wie ik bevriend zou willen zijn,' antwoordde ik.

Hij glimlachte. 'Kom nou. Je hebt het zelfs nooit geprobeerd, Alice.

Je bent geen lid van een club, van een team. Je gaat niet naar toneel-stukken, je zingt niet in een koor, niets.'

'Nu praat je net als mijn grootouders. Als je zoveel over me weet, waarom vraag je het dan?'

'Ik weet niet zoveel over je. Dat is het 'm nou juist. En verder,' hij keek me weer aan, 'vooral nu ik je zo opgetut zie, zou ik het graag willen.'

Ik zei niets. Ik voelde de hitte naar mijn gezicht stijgen en ik wilde niet dat hij me zou zien blozen, dus keek ik weer uit het raam.

'Ik ga elke zomer naar het café van mijn tante in New Paltz om daar te werken.'

'O. En daar blijf je de hele zomer?'

'Ja.'

'Ga je dat deze zomer ook doen?'

'Ja, ik ga werken als serveerster.'

'Nou, dat is niet zo ver weg.'

Ik keek naar hem.

'Te ver weg voor wat?'

'Een paar bezoekjes,' zei hij.

Als er zoiets bestond als een magische, innemende glimlach, dan had Craig Harrison die, dacht ik. Ik kon mijn ogen bijna niet van zijn gezicht afwenden. Weer voelde ik de warmte via mijn hals omhoog-kruipen.

'Vind je het prettig om met de bus naar school te gaan?' vroeg hij.

'Ik vind het niet erg. Ik gebruik de tijd om te lezen.'

'Zal ik je morgen komen ophalen?' vroeg hij toen we Doral House naderden.

'Waarom zou je? Dat is een omweg.'

'Hangt ervan af welke weg de mijne is,' zei hij en glimlachte weer. 'Ik ben er om zeven uur. De bus komt toch pas om kwart over zeven?'

'Ja.'

Hij reed onze oprijlaan op en keek omhoog naar Doral House.

'Jullie huis is het interessantste in deze hele omtrek. Dat vind ik tenminste. Kom je weleens op de zolder?'

'Natuurlijk. Daar schilder ik.'

'O? Mag ik die eens zien?'

'Niet nu, maar misschien een andere keer,' antwoordde ik.

'Ik wil me zelfs aanbieden als model,' voegde hij er met een ondeugend lachje aan toe.

'Dat geloof ik graag. Bedankt. Voor alles.' Ik stapte uit.

'Tot morgenochtend.'

Hij zwaaide en reed weg. Ik keek hem na. Waarom deed hij dit? Was hij werkelijk in me geïnteresseerd of wilde hij me gebruiken als een amusante afleiding voor hemzelf en zijn vrienden? Hoe weet je of je iemand kunt vertrouwen, vooral iemand als hij, die, voor zover ik het kon beoordelen, elk meisje op school kon krijgen?

Het was aardig van hem om te denken dat mijn moeder niet zo slecht was als ze was afgeschilderd, en toch vroeg ik me af of hij me dat allemaal alleen maar zei en liet zien om mijn vertrouwen te winnen. Mijn familie had gelijk, dacht ik, ik moest meer uitgaan, zodat ik niet zo naïef en hulpeloos zou zijn in de omgang met mensen, en vooral met jongens.

'Ben jij dat, Alice?' hoorde ik mijn grootvader roepen toen ik binnenkwam. Hij zat in de zitkamer te lezen. Mijn grootmoeder was in de keuken, waar ik haar kon horen rondscharrelen. Ze stak haar hoofd om de hoek van de deur om me te zien.

'Ja, opa.'

'Waar was je?' vroeg mijn grootmoeder. 'We wisten niet of je nog buiten was.'

'Ik ben een eindje gaan wandelen en eindigde in het dorp.'

'O?'

'Zou ik het wagen hun te vertellen dat ik in het huis van mijn moeder en zelfs in haar kamer was geweest? Zou ik het wagen hun te vertellen over het onderzoek van Craig Harrison? Ik zou in ieder geval iets over hem moeten vertellen. Hij zou me morgenochtend komen halen, dat had hij tenminste gezegd. Misschien zou hij niet komen.

'Ja. Ik kwam Craig Harrison tegen,' zei ik. 'Hij heeft me thuisgebracht.'

'Werkelijk?' hoorde ik mijn grootvader zeggen. Hij verscheen in de deuropening van de zitkamer. Hij keek de gang door naar mijn grootmoeder en toen weer naar mij. 'We wisten niet dat je bevriend was met hem.'

'Niet vóór vandaag,' antwoordde ik. 'Hij wil me morgenochtend komen afhalen om naar school te gaan. Ik heb gezegd dat het goed was. Oké?'

'Natuurlijk,' zei mijn grootvader snel. Toen keek hij naar mijn grootmoeder. 'Oké, Elaine?'

'Ik denk van wel,' zei ze. Ze keek nerveus naar mij. 'Al heb je kennelijk erg snel toegehapt.'

'Hé,' zei hij tegen haar. 'Jij bent degene die haar door Rachel heeft laten omtoveren in Miss America.'

'Dat heb ik niet gedaan. Wat wil je daarmee zeggen, Michael Stein?'

Hij lachte en gaf me een knipoog.

'Ik kom direct helpen met het eten,' zei ik tegen mijn grootmoeder.

'Er valt niets te helpen. Ik was net bezig een beetje op te ruimen. Je grootvader gaat met ons eten bij de Chinees in Monticello. We gaan om halfzes weg.'

'Oké,' zei ik en liep haastig de trap op naar de zolder. Plotseling had ik het gevoel dat ik daarheen moest. Het was de enige plek waar ik helder kon denken en me op mijn gemak voelde. In mijn hoofd draaide een caleidoscoop van allerlei emoties. Het meisje in me was opgewonden over de manier waarop Craig Harrison met me had gepraat en naar me had geglimlacht. Ik had geen idee gehad dat hij me had gadegeslagen, al die tijd aan me had gedacht. En natuurlijk geen idee dat hij zo'n belangstelling had voor de geschiedenis van mijn moeder en heimelijk zoveel onderzoek had gedaan.

Toen ik dat dossier pas zag, voelde ik me onrustig over wat hij had gedaan. Ik dacht, net zoals zijn moeder hem had verweten, dat het een macabere obsessie van hem was, maar hij leek zo eerlijk en openhartig toen ik er met hem over sprak. Het was niet alleen troostvol, maar ook intrigerend. Als zijn theorie eens juist was?

Was dat niet precies wat ik al zolang had gewenst?

Zijn verklaring waarom niemand iets van wat ze had gezegd wilde geloven was ook logisch. Ik had niet de minste moeite met de mogelijkheid dat mijn moeder had overdreven en zoveel meer in haar verhaal had verweven dan wat er in werkelijkheid was voorgevallen. Craig had mijn tante Zipporah niet over haar horen praten. Hij begreep niet hoe afhankelijk ze was van haar verbeeldingskracht en die gebruikte.

Maar dat betekende niet dat alles wat ze had gezegd per se onwaar was. Nee toch?

Zou er ooit een tijd komen dat ik oog in oog met haar zou staan en haar vertrouwen zou kunnen winnen zodat ik het haar kon vragen?

En als dat zou kunnen en ze vertelde me haar kant van het verhaal, zou ik haar dan geloven?

Ik was geneigd dat te doen. Ik kon toch niet objectief zijn – of wel?

Ik ging op de bank zitten waar mijn vader had gezeten toen hij met me hierboven was en keek uit het raam. Ik gebruikte al mijn verbeeldingskracht om haar te zien zoals hij kennelijk had gedaan. Ik zag in gedachten hoe ze zich naar me omdraaide en glimlachte.

'Ik wist dat je boven op zolder zou komen,' zou ze zeggen. 'Ik heb er altijd op vertrouwd dat je me op een dag te hulp zou komen, mijn enige echte bondgenote, mijn dochter. Je zult een manier vinden om ze allemaal de waarheid te tonen. Je zult me bevrijden zodat ik hier weg kan en weer buiten kan zijn. Ik zal de zolder verlaten.

'Eindelijk zullen we verenigd zijn, moeder en dochter, we zullen wandelen en praten en lachen over alles wat er met je gebeurt als je opgroeit. Ik zal naast je staan als je verliefd wordt en trouwt en zelf kinderen krijgt.

'En dan zal ik ervoor zorgen dat je nooit, maar dan ook nooit gevangen komt te zitten op een zolder.'

De tranen stroomden over mijn wangen toen ze zich van me afwendde. Ik was haar zo snel weer kwijtgeraakt.

Wat kon ik doen om haar weer terug te brengen?

Ik keek om me heen en zag het schilderij dat mijn grootvader en vader zo bewonderd hadden, en toen kreeg ik een idee. Misschien was het wel van haar afkomstig.

Ik zou haar schilderen zoals ze bij dat raam stond. Ik zou het niet aan mijn grootouders, aan Zipporah, mijn vader, aan niemand vertellen voordat het schilderij af was.

Op die manier zou ik haar voor eeuwig in mijn ogen, mijn geest en mijn hart sluiten.

En dan zou ze nooit meer verdwijnen.

6

Ik laat Craig de zolder zien

Ik was net klaar met de opzet van het schilderij toen mijn grootmoeder riep dat ik me moest gaan kleden voor het etentje. Ik wilde mijn werk eigenlijk niet in de steek laten, maar ik wist dat het precies de verkeerde boodschap zou overbrengen als ik zei dat ik liever thuisbleef om te schilderen. Ze waren zo vastbesloten me uit huis weg te krijgen, en speciaal van deze zolder.

Op weg naar het restaurant plaagde mijn grootvader me met Craig Harrison, tot mijn grootmoeder hem met grote ogen aankeek, een blik die hem gewoonlijk deed verstarren. Hij vertelde me dat zelfs de topartsen voor haar vluchtten als ze dat deed.

In mijn achterhoofd was ik trouwens toch nog steeds niet zeker van Craigs motieven. Ik was doodsbang dat ik bedrogen werd en me nog belachelijker zou maken op school. Mijn nieuwe modieuze verschijning zou al genoeg commentaren uitlokken; daarbij gevoegd het feit dat Craig me naar school bracht zou me stellig tot nummer één van het roddelcircuit maken. Op de achtergrond verdwijnen zou straks onmogelijk zijn.

De volgende ochtend, toen ik buiten stond op de plek waar ik altijd op de bus wachtte, hoopte ik bijna dat Craig niet zou komen, maar hij verscheen om exact een paar seconden over zeven. Ik keek achterom naar de ramen van het huis en wist zeker dat ik mijn grootmoeder even door de gordijnen zag kijken toen hij stopte aan de kant van de weg waar ik stond.

'Vergeet die schoolbus maar. Uw rijtuig staat voor, madame,' zei hij. Hij sprong uit de auto en liep eromheen om het portier voor me open te houden. Hij maakte een maffe, diepe buiging en ik stapte in.

'Je ziet er fantastisch uit,' zei hij toen hij weer achter het stuur zat en wegreed.

'Dank je.'

'En wat is nu werkelijk de reden dat je bent veranderd, als ik dat mag vragen? Ik bedoel je kleren, je haar, je make-up...'

'Laat ik alleen maar zeggen dat het dit was of verbanning.'

Hij lachte. 'En ik dacht nog wel dat het alleen maar was om mijn hart te veroveren.'

Ik keek hem even aan. 'Bedoel je dat je hart zo gemakkelijk te veroveren is?'

'Wauw,' zei hij. 'Ik kan maar beter versterkingen laten aanrukken. Zo gemakkelijk zul jij niet zijn.'

'Je bedoelt niet zo gemakkelijk als de anderen?'

'De anderen? Weer een valse beschuldiging?'

Hij deed of hij zich beledigd voelde en toen de macht over het stuur verloor.

Ik gilde en hij lachte.

Toen werd hij weer ernstig.

'Weet je wanneer je voor het eerst echt mijn aandacht trok?' vroeg hij.

'Hoe moet ik dat nou weten? Ik wist niet eens dat het zo was.'

'Het was tijdens de Engelse les toen Feldman je vroeg jouw mening te geven over de reden waarom Frost de laatste zin herhaalde in zijn gedicht "Stopping by Woods on a Snowy Evening." Je weet welke regel ik bedoel: "And I have promises to keep and miles to go before I sleep. – En ik heb beloftes na te komen en nog mijlen te gaan voor ik kan gaan slapen." Ieder ander zei of zou zeggen dat hij het herhaalde omdat hij de nadruk wilde leggen op zijn verantwoordelijkheden, maar jij zei dat de reden was dat hij zich onzeker voelde ten aanzien van wat hij moest doen. Hij moest zichzelf ertoe brengen door het te herhalen. Toen je daaraan toevoegde: "zoals de meesten van ons", dacht ik bij mezelf. Wauw, dát meisje wil ik leren kennen.'

'Dat is maanden geleden,' zei ik. 'Wat is er sindsdien gebeurd?'

'Wat kan ik daarop antwoorden? Ik ben verlegen.'

Ik keek hem sceptisch aan.

'Dat bén ik! Ik ben het schoolvoorbeeld van iemand die probeert door overcompensatie zijn verlegenheid te camoufleren. Bovendien, zoals ik je heb verteld, heb ik naar je geglimlacht, zelfs geknikt, maar je leek recht door me heen te kijken, dus dacht ik, vergeet het maar. Ze heeft geen interesse.'

Zou dat waar kunnen zijn? vroeg ik me af.

'Ik verwijt het je niet. Waarschijnlijk dacht je dat ik net zo was als de anderen, alleen maar een spelletje met je wilde spelen.'

'Misschien is dat precies wat je op het ogenblik doet,' zei ik, en hij deed net of hij zich weer beledigd voelde, en reed deze keer zo dicht langs de kant van de weg dat ik ervan overtuigd was dat we in de greppel zouden belanden.

'Versterking! Versterking!' schreeuwde hij, en ik gilde weer.

Toen we parkeerden op het schoolterrein naast de auto van een andere leerling, zaten we allebei te lachen. Dat alleen al weerhield sommige meisjes ervan het schoolgebouw binnen te gaan. Ze staarden ons ongelovig aan.

'Wat zijn jullie aan het doen? Naar vliegen happen?' vroeg Craig toen we langsliepen en ze met open mond bleven staan.

Ik lachte bij mezelf.

Misschien, dacht ik, heel misschien. Misschien zou ik het één keer leuk vinden om op school te zijn. Maar dat maakte de mogelijkheid om teleurgesteld en bedrogen te worden nog afschrikwekkender. Ik voelde me of ik de hele dag mijn adem zou moeten inhouden en op mijn tenen van klas naar klas lopen, uit angst dat, als ik te snel liep, de illusie van geluk zou verbrijzelen en mijn wereld van hoop zou instorten.

Zo ging het niet. Craig trad op als mijn lijfwacht, weerde alle plagende commentaren van zijn vrienden af.

'Wie is het nieuwe meisje?' was de vraag nummer één van de top tien.

'Dat zou je wel willen weten,' was Craigs antwoord, en dan gaf hij me een arm en voerde me weg, pratend en lachend alsof we elkaar al maanden en niet pas uren kenden.

'Zin om vandaag naar de honkbaltraining te komen om mij te zien opscheppen?' vroeg hij me tijdens de lunch. 'Ik breng je meteen daarna thuis.'

Ik was nog nooit naar een wedstrijd geweest, laat staan naar een training, waar, dat wist ik, de vriendinnen van de andere spelers rondhingen om te kijken. Ik kon gemakkelijk het excuus aanvoeren dat mijn grootmoeder zich ongerust zou maken als ik niet uit de schoolbus stapte of meteen na schooltijd thuiskwam. Craig wist niet dat ze een late middagdienst had in het ziekenhuis en niet thuis zou zijn. Mijn grootvader zou tot laat in de middag op kantoor zijn. Ons eten hoefde alleen maar te worden opgewarmd, en dat zou ik doen, of anders hij, omdat ik zo opging in mijn werk in het atelier.

Mijn aarzeling voor ik antwoord gaf maakte hem bezorgd.

'Ik zal beter spelen als jij er bent,' zei hij, 'dus profiteert het team ervan. Je zult je school helpen.'

'O, ja, natuurlijk.'

'Je zult het zien,' zei hij. 'Nou, wat vind je ervan?'

Ik raak er steeds meer bij betrokken, dacht ik, maar is dat niet precies wat ik eigenlijk wil? 'Misschien,' antwoordde ik, en dat was voldoende.

Toen de bel ging voor het eind van het laatste uur had ik nog steeds geen besluit genomen. Mijn hart bonsde. Ik liep naar mijn kastje en besefte dat ik me overdreven langzaam bewoog. Als ik de bus miste, moest ik wel naar de honkbaltraining. Misschien was het een laffe manier om een besluit te nemen, maar ik deed het toch. Ik miste de bus.

Aan het eind van de dag liep de school zo snel leeg dat het leek op het verlaten van een zinkend schip. Deuren werden dichtgesmeten, en behalve een paar leerlingen die moesten nablijven of bijles kregen van een docent, was er niemand te zien. Ik liep door de gang naar de deur die toegang gaf tot het sportveld. De vriendinnen en meisjes die graag de vriendin van een speler wilden worden, verschenen al op de tribune om naar de training te kijken. Met geen van de aanwezige meisjes had ik veel contact op school. Met de meesten had ik nauwelijks een woord gewisseld, al zaten sommigen in mijn klas.

De spelers kwamen uit de kleedruimte gestormd, met de coach en de twee leerlingen die hem assisteerden. Toen Craig me naar de tribune zag lopen, bleef hij staan om te zwaaien, en ik zwaaide terug. Ik trok onmiddellijk de aandacht van alle meisjes die er al zaten. Ze zagen me naderen, maar niemand riep me om naast haar te komen zitten. Ik zat twee rijen achter en boven ze en legde mijn boeken op de bank. Of het kwam omdat ik zenuwachtig was of door iets anders weet ik niet, maar ik sloeg mijn schetsboek open en deed eerst net alsof ik iets tekende dat met de training te maken had. Ik wist dat ze allemaal naar me keken. Ze kwekten met elkaar als een stel kakelende kippen. Mindy en Peggy waren er ook bij, dus ik verwachtte niet dat er veel complimenteuze opmerkingen over me gemaakt zouden worden.

Toch maakte een van de Afro-Amerikaanse meisjes zich los van de groep en kwam mijn richting uit. Ze was een heel lang, knap meisje, en had waarschijnlijk het mooiste figuur van alle meisjes op school. Ik wist dat ze de vaste vriendin was van een ouderejaars, Bobby Robinson, de beste pitcher van het team. Ik had genoeg gehoord in de gangen en de kantine om te weten dat hem een beurs was aangeboden, net als mijn vader, om in een honkbalteam te spelen van een vooraanstaande universiteit in het middenwesten.

'Hallo,' zei Charlene, toen ze dichterbij kwam. 'Waarom zit je zo ver weg?'

'Beter zicht,' zei ik en trok nog een paar lijnen.

'Is dat de enige reden waarom je naar de training bent gekomen?' vroeg ze glimlachend en met een knikje naar mijn schetsboek.

Ik keek naar haar op.

'Misschien.'

'Vast wel,' zei ze lachend. Ze ging op de bank zitten en keek naar mijn schets. Het was een willekeurig overzicht van het veld. Ik had nog geen speler getekend. 'Je weet dat jij en Craig het gesprek van de dag zijn?'

'Ik kan me niet voorstellen waarom.' Ze lachte.

'Mooie outfit. Waar heb je die jeans vandaan?'

'Ik geloof dat die zaak Bottoms Up heet, zoiets tenminste, in Middletown.'

'Geloof je? Herinner je je de winkel niet?'

'We zijn in zoveel winkels geweest. Het duizelt me.'

Ze hief haar hoofd achterover.

'Meid, je doet iedereen hier verbaasd staan.'

'Ik kan me niet voorstellen waarom,' zei ik weer, en ze lachte opnieuw. Ik hield even op met tekenen en keek haar aan. 'Weet je, als je een vooroordeel over iemand hebt, dan sta je verbaasd als ze plotseling iets anders doet. Wiens schuld is dat? Ik dacht dat jij wel bekend zou zijn met vooroordelen en jij beter weet dan een van hen waarom dat zo onaangenaam en kwetsend is,' ging ik verder, knikkend naar het groepje onder ons.

De uitdrukking op haar gezicht veranderde zo snel, dat ik ervan overtuigd was dat ze zou opspringen, iets lelijks zou zeggen en haastig weggaan, maar in plaats daarvan knikte ze, glimlachte weer en ontspande zich.

'Ik heb een excuus gezocht om te kunnen ontsnappen aan dat stelletje misbaksels. Blij dat je bent gekomen,' zei ze.

We keken naar de spelers die begonnen met batten. Haar vriend stond op de heuvel om te pitchen.

'Bobby is zo sierlijk op het veld. Als je ziet hoe hij zich uitrekt en gooit, is het soms net of je naar een ballet kijkt,' zei ze.

Ik keek aandachtig naar haar vriend en was het met haar eens.

'Maar, alle gekheid terzijde, hoe komt het dat je van stijl bent veranderd en hoe heb je Craig Harrison zo snel aan de haak geslagen? Niemand heeft jullie beiden vóór vandaag zelfs maar met elkaar zien praten.'

'Even zonder gekheid,' zei ik. 'Hebben ze je hiernaartoe gestuurd om daarachter te komen?'

Ze lachte. 'Min of meer.'

Ik stelde het op prijs dat ze zo eerlijk was.

'Ach, ik besloot dat ik eens nieuwe kleren moest proberen, en toen heb ik Craig behekst en hem verleid,' antwoordde ik. 'Ik heb toverkunst gestudeerd in het souterrain. Ik zou ze maar waarschuwen. Ik kan een vloek over ze uitspreken en ze in vliegen veranderen.'

'Meid, je bent me d'r een!' zei ze lachend.

'Dat zijn we allemaal, Charlene.'

Ze knikte. 'Gaan jullie samen uit in de vakantie?'

'Niet echt. Ik krijg veel familiebezoek.'

'Daar heb je hem,' zei ze met een knikje naar het veld. Craig was aan slag. 'Bobby zegt dat hij de enige is van wie hij geen hoogte kan krijgen. Ze wedijveren altijd met elkaar.'

Ik boog me naar voren.

Bobby's eerste pitch leek dwars door Craigs bat te gaan.

'Hij wil te graag indruk maken voor jou,' zei Charlene. 'Bobby krijgt hem te pakken.'

Ik krijg nu al de schuld van iemands fouten, dacht ik. Dat heeft niet lang geduurd.

Craig sloeg en miste ook de volgende pitch.

Hij stopte even, liep van de plaat af, staarde een ogenblik naar de grond en leek een schietgebedje te doen of zoiets. Toen kwam hij terug. Bobby Robinson was gespannen. Hij richtte zich op en gooide een bal die weer een strike leek te worden, maar Craig had het deze keer precies goed getimed. De bal vloog in een hoge boog naar de tribune en kwam in de buurt van het groepje meisjes terecht, die gillend uiteenstoven.

'Die jongen is absoluut verliefd,' zei Charlene. 'Bobby zal geen andere verklaring accepteren.'

Ze lachte, kneep zachtjes in mijn arm en ging terug naar de groep.

De wedstrijd deed een idee bij me ontstaan en ik begon als een razende te werken aan een nieuwe tekening. Ik concentreerde me zo intens dat ik me er niet van bewust was hoeveel tijd er verstreken was of dat ik had zitten werken tot het moment waarop de coach op zijn fluitje blies en zei dat de training was afgelopen. De groep meisjes spatte uiteen naar de diverse spelers. Craig kwam naar me toe geslenterd en wachtte tot ik klaar was met het schetsen van een lijn. Voor hij iets kon zeggen draaide ik me om zodat hij mijn schetsboek kon zien.

Het was een tekening van hem terwijl hij aan het batten was, zijn hele lichaam was in beweging, maar toen de bal het bat verliet veranderde die in een vogel.

'Wauw,' zei hij en bekeek de tekening wat aandachtiger. 'Mag ik hem hebben?'

'Ja, hoor,' zei ik.

Hij gaf hem weer terug. 'Je moet hem signeren. Op een dag is die tekening een ton waard.'

Ik lachte en schreef rechts onderaan mijn naam.

'Zie je wel,' zei hij. 'Ik wist dat je je zou amuseren bij de training. Hoe vond je mijn eerste hit?'

'Het leek wel of je op die meisjes mikte.'

'Deed ik ook.' Hij stak zijn hand naar me uit.

Ik pakte die aan en we liepen terug naar het schoolgebouw.

'Geef me een kwartiertje om even te douchen en me aan te kleden, dan breng ik je naar huis.'

'Oké,' zei ik. Voor ik me omdraaide om naar binnen te gaan, bukte hij zich en kuste me zacht op mijn mond.

'In honkbal,' zei hij, zijn lippen nog vlak bij de mijne, 'noemen we dat op het eerste honk komen. Was het een hit, een vrije loop of een fout?'

'Het voelde als een hit,' zei ik. Hij keek me stralend aan, kuste me weer en liep haastig naar binnen.

O, alsjeblieft, alsjeblieft, smeekte ik zwijgend, laat dit geen bedrog zijn.

Terwijl ik op hem wachtte, keek ik achterom naar het veld en vroeg me af waarom tante Zipporah me nooit had verteld of zij en mijn moeder vriendjes hadden op school. Werden ze nooit door iemand gevraagd om uit te gaan? Keken ze niet naar vriendjes tijdens basketbal- of honkbaltraining? Waarom traden ze nooit op in een toneel-stuk van school? Daar hadden ze toch zeker jongens kunnen ont-moeten? Ze deden net zo min mee aan activiteiten van school als ik. Zou dat misschien iets te maken kunnen hebben met wat er gaande was en wat er later gebeurde?

Als ik diep in gedachten verzonken raakte over mijn moeder, leek het alsof ik tijd en plaats in de steek liet en me volkomen onbewust was waar ik was of hoe lang ik daar geweest was. Het volgende wat ik hoorde was dat Craig me riep. Ten slotte voelde ik dat hij me aan-stootte.

'Hé, wat is er? Ik heb me een ongeluk staan schreeuwen,' zei hij.

'O, sorry, ik dacht na.'

'Zo diep? Ik hoop dat het over mij ging,' zei hij en pakte mijn hand.

'In zekere zin wel, ja.'

'Oké. Ik ben tevreden met alles, zelfs met "in zekere zin".' We lie-pen om het gebouw heen naar het parkeerterrein. Bijna iedereen had zich aangekleed en was verdwenen. Er stonden nog maar een stuk of zes auto's waaronder die van Craig.

'Ik zag dat je op de tribune met Charlene Lewis zat te praten,' zei hij, toen we bij zijn auto waren.

'Concentreerde je je niet op de training?'

Hij lachte. 'Nee, maar ten slotte wel. Ze is een aardige meid. Ik mag Bobby ook. Misschien kunnen we eens met z'n vieren uitgaan.'

Ik zei niets. Hij deed het portier voor me open en ik stapte in.

'Je zei niets toen ik voorstelde eens met z'n vieren uit te gaan,' zei hij toen we wegreden.

'Wat moest ik zeggen?'

'Of je het leuk vindt of niet bijvoorbeeld.'

'Ik weet het niet. Ik heb nog nooit zoiets gedaan. Ik heb zelfs nog nooit een date gehad,' bekende ik zonder schaamte.

'Geen geheime liefdes?' vroeg hij plagend.

'Als die er waren, dan waren ze zo geheim dat zelfs ik het niet weet,' antwoordde ik.

'Je bent een interessant meisje, Alice. Ik heb het je al eerder gezegd, wat ik zo aantrekkelijk vind van je is dat ik nooit weet wat je gaat zeggen of doen. De meeste meisjes hier zijn blauwdrukken, bijna massaproducten. Ik dacht aan ze toen Kasofsky laatst beschreef hoe Henry Ford de lopende band creëerde, en toen keek ik naar jou en dacht, uniek, op maat gemaakt, van top tot teen.'

'Niet vreemd?'

'Nee.' Hij glimlachte. 'Nou ja, een beetje misschien.'

Ik lachte.

'Maar dat vind ik juist leuk,' ging hij verder.

Ik zei niets. Word ik verleid? Hoor ik wat ik graag wil horen? Hoe voorzichtig moet ik zijn? Hoeveel vertrouwen moet ik hebben? Hoe eerlijk moet ik zijn? Wat zijn de regels, de richtlijnen? In hoeverre moet je op je eigen instinct vertrouwen? En wat voor risico loop ik eigenlijk? Mijn deugdzaamheid, mijn maagdelijkheid, mijn reputatie? Wat stelt dat hier voor? Of is het iets dat me zo erg zal veranderen dat ik mezelf zal haten, ongeacht wat anderen denken?

'Je raakt weer zo in gedachten verdiept, Alice, dat ik het idee krijg dat je van tijd tot tijd heel ergens anders bent. Heeft iemand anders je dat weleens verteld?'

'Mijn grootouders zeggen dat soms.'

'Misschien zijn alle kunstenaars, alle creatieve mensen zo. Jij bent het eerste meisje dat ik ken dat iets creatiefs doet, iets dat echt creatief is, bedoel ik. Sorry, het was niet mijn bedoeling zo persoonlijk te worden.'

'Dat was het wél,' zei ik. Toen lachte ik omdat hij dacht dat ik kwaad was. 'Het geeft niet. Ik kan niet op alles over mijzelf antwoord geven, omdat ik zelf de antwoorden niet ken.'

Hij trok zijn wenkbrauwen op en knikte.

'Dat is goed,' zei hij. 'Slim opgemerkt. Ik denk dat het ook voor mij geldt. Misschien niet in dezelfde mate als voor jou, maar toch. Ik vind het een goed idee dat we nog steeds ontdekkingen doen over onze eigen identiteit. We staan zo onder druk op onze leeftijd. Wat wil je worden? Wat vind je prettig? Waarom heb je belangstelling voor dit of voor dat? Het is bijna alsof we ons hele leven uitgestippeld moeten hebben als... als die verdomde lopende band. Ik weet dat mijn ouders plannen voor me hebben die niet precies de mijne zijn.'

Over zijn ouders gesproken – ik vroeg me af wat ze zouden zeggen als ze wisten dat hij met mij omging, vooral zijn moeder, die zo van streek en verontrust was geweest over wat mijn moeder in haar huis had gedaan. Zou ze niet denken dat ik dat alles nu weer terugbracht?

Ik denk dat ik er gauw genoeg achter zal komen, dacht ik toen we over de oprijlaan van Doral House reden.

'Bedankt voor het thuisbrengen,' zei ik.

Hij keek naar het huis.

'En je belofte?'

'Wat voor belofte?'

'Me de zolder, je atelier, te laten zien?'

'Wil je die echt zien?'

'Ja, graag.'

'Oké.'

Hij zette de motor af en volgde me naar binnen.

'Mijn grootmoeder is nog op haar werk,' zei ik. 'Mijn grootvader komt waarschijnlijk pas over een uur thuis,' voegde ik eraan toe, en ik kreeg de indruk dat hij zich opgelucht voelde.

Ik zag hoe hij alles in zich opnam.

'Ik wist dat dit huis interessant zou zijn. De plafonds zijn niet zo erg hoog maar de kamers zijn groot. In die tijd maakten ze de plafonds niet zo hoog omdat het moeilijk en duur was om de kamers te verwarmen,' legde hij uit. 'Wauw. Die haard lijkt wel een eeuw oud,' mompelde hij toen hij in de zitkamer keek. 'Dit is echt een historisch huis.'

Ik moest lachen over zijn enthousiasme. 'Je slaat de plank niet zo ver mis. Soms doet mijn grootmoeder alsof het een museum is. Hierheen.'

Ik ging hem voor de trap op naar de paar treden die naar de zolderdeur leidden. Voor ik de deur opendeed, aarzelde ik. Heel even had ik het gevoel dat ik iemand verraadde, een geheim verraadde dat achter slot en grendel bewaard moest worden. Ik kende Craig eigenlijk nauwelijks, maar iets in me verlangde zo naar zijn gezelschap en genegenheid dat ik bereid was het te doen. Was dat egoïstisch? Zou ik daarvoor worden gestraft?

'Is er iets?' vroeg hij toen hij mijn aarzeling zag.

Ik schudde mijn hoofd en deed de deur open.

'Heel aardig,' zei hij zodra hij binnen was. 'Het zal wel erg veranderd zijn.' Hij klonk een beetje teleurgesteld. Verwachtte hij alles precies zo aan te treffen als toen mijn moeder zich hier schuil had gehouden?

'Ja, totaal,' zei ik.

Hij liep rond, bekeek mijn schilderijen en bleef toen staan bij het doek van mijn moeder, waaraan ik begonnen was.

'Dat moet je moeder voorstellen? Hierboven?'

'Ja,' gaf ik toe. Ik keek zowaar om me heen, bestudeerde de hoeken, dacht dat ik werd gadegeslagen, gehoord, terwijl ik een geheim onthulde.

'Ik wil het dolgraag zien als het af is. Ik vind het mooi wat je hebt gemaakt, Alice, wat ik ervan heb gezien, bedoel ik.'

Hij ging op de bank zitten en knikte terwijl hij om zich heen keek. 'Ik kan me indenken dat iemand zich hier een tijdje verstopt kan hebben gehouden. Niet zonder hulp natuurlijk,' voegde hij eraan toe.

'Zo is het niet altijd geweest. Mijn tante en mijn moeder gebruikten het als een soort clubhuis.'

'O ja? Waarom niet?' Hij glimlachte. 'Dat zou ik ook doen.'

'Dit is niet dezelfde bank, maar er stond wel een bank, en ze deden net of ze in een auto zaten en rondreisden door Amerika.'

'Zou jij dat willen?'

'Doen alsof?'

'Nee, malle. Door Amerika reizen.'

'Waarom niet? Wie zou dat niet willen?'

'Precies. Ik heb een paar plaatsen bezocht in de vakanties,' zei hij en leunde achterover. Ik kwam afgunstig dichterbij.

'Waar ben je geweest?'

'Een deel van de zomer waren we in Cape Cod. We zijn naar de

Finger Lakes geweest, één keer naar Wyoming en in de winter na-tuurlijk vaak naar Florida. Mijn moeder wilde naar Nashville, en we zijn een keer op bezoek geweest bij familie in Chicago. En jij?'

Ik schudde mijn hoofd.

'Niet zo ver. New York City.'

'Is dat alles?'

'En waar mijn tante woont, New Paltz.'

'Geen wonder dat je op de bank zit.'

'Ik zei niet dat ík dat doe. Ik zei dat mijn tante en mijn moeder dat deden,' zei ik verontwaardigd.

'Zou niet erg zijn als je het wél deed,' antwoordde hij, niet in het minst uit het veld geslagen door mijn reactie. 'Kom,' zei hij en klopte op de plaats naast hem. 'Ik ga een eindje met je rijden.'

Ik aarzelde.

'Gewoon voor de lol. Denk eraan, ik bijt niet.'

'Nee, toch maar niet,' zei ik hoofdschuddend.

'Wees toch niet zo bang voor alles,' vermaande hij. 'Je zult nooit de antwoorden die je zoekt vinden als je zo timide en bang blijft.'

Ik had dat al eerder gehoord – en niet zo lang geleden. Hij was een scherpschutter die precies in de roos schoot, dacht ik. Weer vroeg ik me af of het allemaal deel uitmaakte van een slimme verleidings-manoeuvre. Ik schoof wat dichterbij. Hij pakte mijn hand en ik ging naast hem zitten. Hij sloeg zijn arm om mijn schouders, trok me dichter tegen zich aan en gaf me een zoen op mijn wang en toen op mijn mond voor hij achteroverleunde en net deed of hij één hand op een stuur legde.

'Oké,' zei hij, 'we rijden nu Provincetown, Cape Cod, binnen. Het ligt op de punt van de kaap. Als je naar links en naar rechts kijkt, zie je de duinen... Het lijkt een woestijn die doorloopt tot aan de zee. Nu zien we huizen en straks komen we in het dorp. Ruik je de zee?' Hij haalde diep adem. 'Nou?' Hij keek naar me en ik lachte.

Was dit hetzelfde wat mijn moeder en tante Zipporah zestien jaar geleden hadden gedaan?

'Is dit niet adembenemend? Vanavond gaan we kreeft eten. Kijk maar naar het bord boven dat restaurant... "The Lobster You Eat Today Last Night Swam in Cape Cod Bay" – de kreeft die u vandaag eet zwom gisteren in de baai van Cape Cod.'

Ik lachte weer en opnieuw gaf hij me een zoen, maar deze keer langer en intenser, een kus die me naar hem toe trok, die mijn schouders ontspande, me voldoende verzwakte om me naar hem toe te draaien. Zijn hand gleed omlaag langs mijn rug. Hij trok zich een eindje terug om me een kus op mijn neus te geven, op mijn gesloten ogen en toen weer op mijn mond.

'Alice,' zei hij, maar hij zei het niet gewoon, hij riep me, riep tegen iets dat diep binnen in me school, een verlangen dat de slapende nieuwsgierigheid deed ontwaken die sluimerde in mijn dromen en rustige momenten, de nieuwsgierigheid naar mijn eigen lichaam en de manier waarop het worstelde om dingen te ontdekken en antwoorden te vinden over mijzelf.

Zijn handen lagen om mijn middel, kropen onder mijn blouse, gleden over mijn ribben naar mijn goed ingepakte borsten die erom schreeuwden te worden bevrijd. Hij frutselde even achter mijn rug om mijn beha los te maken, en toen kreunde ik bij de eerste aanraking van zijn vingers op mijn borst en tepels. Ik deed mijn ogen dicht alsof ik niet wilde zien wat hij deed, omdat ik hem dan zou beletten de knoopjes van mijn blouse open te maken en met zijn lippen mijn borsten te liefkozen. Toen trok hij mijn blouse en beha uit en trok met zijn lippen een spoor van zoenen over mijn lichaam terwijl hij mijn rok losritste.

Ik had gevoel dat ik wegzonk in een warm erotisch bad van genot. Zijn mond volgde de omlaaggaande beweging van mijn rok en slipje. Mijn armen en handen waren boven mijn hoofd geheven. Het leek of ik me aan een rekstok vasthield om te voorkomen dat ik te diep zonk, maar langzaamaan raakte ik mijn houvast kwijt en zonk omlaag, steeds verder omlaag...

'Alice,' zei hij weer. 'Je bent zo mooi.'

Alle vermaningen van mijn grootmoeder over seksuele promiscuïteit galmden door mijn hoofd als kerkklokken in de verte en zonden alarmsignalen en waarschuwingen uit, maar ik sloeg er geen acht op, ook al kon ik vlak onder de kakofonie van klokgelui en geroep horen hoe hij zijn eigen broek losmaakte, zich voorbereidde...

En toen, als een soort Lone Ranger, een of andere stripheld die op het laatste moment verschijnt als redder in de nood, hoorden we mijn grootvader roepen.

Een ijzige realiteit deed ons allebei verstarren. De sensuele vingers die me van binnen en van buiten hadden vastgegrepen lieten me los. Craig ging snel rechtop zitten en bracht zijn kleding in orde. Haastig volgde ik zijn voorbeeld.

'Alice? Ben je boven?'

'Ja, opa,' riep ik terug, terwijl ik mijn beha en blouse vastmaakte. Craig sprong van de bank af en streek zijn haren glad. Toen we de voetstappen van mijn grootvader op de zoldertrap hoorden, liep Craig naar een van mijn schilderijen en staarde ernaar alsof hij hier gekomen was om een aankoop te doen.

Ik ging weer op de bank zitten en wachtte. Mijn grootvader kwam binnen en keek om zich heen.

'O, ik vroeg me al af wiens auto dat was op de oprijlaan.'

'O, het spijt me, meneer Stein. Heb ik u de weg versperd?'

'Geen probleem,' zei mijn grootvader. Hij keek me vragend aan.

'Craig wilde graag mijn atelier en een paar van mijn schilderijen zien.'

'Ze zijn heel goed,' viel Craig me bij.

Iedereen, zelfs de grootste idioot, dacht ik, kon zien hoe zenuwachtig we waren. Mijn grootvader knikte glimlachend.

'Ja. Ze is goed. Kom, ik ga mijn juridische uniform uittrekken,' zei hij. 'Blijf je eten, Craig?'

'O, nee, dank u. Ik moet naar huis. Mijn ouders waren in de stad en zijn vanmorgen teruggekomen toen ik al naar school was, dus kan ik maar beter opschieten,' antwoordde Craig.

'Natuurlijk,' zei mijn grootvader. Hij knikte even naar mij en ging toen weg.

Craig en ik keken elkaar aan. Hij kwam naar me toe toen ik opstond.

'Dit is een magische plek,' zei hij. Toen kuste hij me en liep naar de deur. 'Ik bel je later. En ik kom je morgen afhalen voor school.' Hij gebaarde naar mijn ezel. 'Maak dat af,' zei hij en vertrok.

Mijn hart bonsde zo hard en snel dat ik een ogenblik het gevoel had dat ik ging flauwvallen. Ik sloot mijn ogen, haalde diep adem en verliet de zolder. Toen ik bij de deur was, meende ik twee meisjes te horen giechelen. Ik draaide me om en zag mijn tante en moeder op de bank zitten en de scène repeteren die ik net gespeeld had.

'Ze is net als ik, Zipporah,' kon ik haar horen zeggen. 'Zie je? Ze lijkt precies op mij.'

Ik vluchtte de trap af, als iemand die voor zichzelf wegloopt, met spijt over wat ik had gedaan en wat ik niet had gedaan, want deels was ik blij dat ik gered was, en deels niet.

Verschil ik dan werkelijk zo veel van andere meisjes van mijn leeftijd? vroeg ik me af.

Of leg ik gewoon een langere, gecompliceerdere weg af naar dezelfde antwoorden, gedreven door dezelfde vragen?

Wie ben ik?

Wat wil ik?

Waar ga ik heen?

Wanneer zal ik weten of ik thuis ben?

7

Een date voor het schoolbal

Ik warmde het eten op voor mijn grootvader en mij en dekte de tafel. Hij kwam uit zijn studeerkamer toen ik hem riep. Ik hield mijn adem in en wachtte tot hij commentaar zou leveren op het feit dat hij Craig en mij op de zolder had aangetroffen. Even dacht ik dat hij er niets over zou zeggen. Hij praatte over een rechtszaak die hij onder handen had en over een paar ideeën om de gevel van het huis op te knappen, maar toen legde hij zijn vork neer, sloeg zijn handen ineen en keek naar me met die doordringende blik die in zijn ogen verscheen als hij iets heel ernstigs en belangrijks te zeggen had.

'Ik ben blij dat je een vriend hebt, Alice. Of je nu of straks het woord *vaste* voor *vriend* wilt plaatsen is geen probleem. En ik zal geen preek geven zoals je grootmoeder zo graag doet. Het enige advies dat ik je zal geven bestaat uit één woord.'

'En dat woord is?' vroeg ik, toen hij te lang bleef zwijgen naar mijn zin.

'*Langzaamaan.* Zoals met alles, met de meeste dingen in het leven, ben je gewoonlijk beter af als je de tijd ervoor neemt. Sommige van die oude adagio's zijn volkomen waar. Bezint eer gij begint. Voorkomen is beter dan genezen. Een gram preventie is beter dan een pond medicijnen. Je weet beslist wel wat ik bedoel. Dat is mijn vaderlijke en grootvaderlijke advies. De rest ligt aan jou. Amuseer je. Heb plezier. God weet dat we ons altijd zorgen maken dat je dat niet doet. Ik wil niets verkeerd interpreteren en je weer in een kooi stoppen. Weet alleen dat ik vertrouw dat je altijd het juiste besluit neemt.'

'Waarom vertrouw je me?' vroeg ik uitdagend.

'Ik vertrouw je gewoon.'

'Je bedoelt dat je hoopt dat je dat kunt,' wierp ik tegen. Hij lachte.

'Daarom is het vertrouwen en niet slechts hoop.'

'Waarom?'

'Je bent slim genoeg. Je hebt iets bijzonders. Je hebt het inzicht van de schilder, dat derde oog.'

Ik deelde zijn vertrouwen in me niet. Ik wist niet waarom hij dat zou hebben. Ik twijfelde er niet aan of ik zou te ver zijn gegaan met Craig als mijn grootvader niet precies op dat moment tussenbeide was gekomen, en ik kon niet beweren dat ik blij was dat we waren gestopt. Ik was op zijn minst een beetje teleurgesteld. Wat zei dat over mij?

Mijn grootvader kon of wilde dat niet in me zien. Uiteindelijk ziet en gelooft iedereen wat ze graag wíllen zien en geloven, dacht ik. Misschien was mijn moeder niet zo verschillend van alle anderen. Ze had alleen een verschillend getinte roze bril.

Craig belde toen mijn grootmoeder terug was van haar werk in het ziekenhuis. Haar gezicht was een filmreclame van vragen over hem en mij. Ze stelde ze indirect door te vragen: Hoe was het op school? Wat had ik na schooltijd gedaan? Ik wist dat mijn grootvader haar had verteld dat Craig bij me was geweest op zolder. Ze hadden nooit geheimen voor elkaar. Omdat mijn antwoorden zo simpel waren, informeerde ze ten slotte naar hem, en ik vertelde dat hij erg aardig was en me de volgende ochtend weer naar school zou brengen. Ze keurde het niet goed en niet af. Ze knikte slechts en ik ging naar boven om mijn huiswerk te maken. Dat was het moment waarop hij belde.

'Alles goed thuis?' vroeg hij. Hij was ervan overtuigd dat mijn grootvader op zijn minst achterdochtig was.

'Ja.'

Ik kon zijn opluchting bijna voelen.

'Goed. Hoor eens, ik weet dat je misschien denkt dat ik te hard van stapel loop, maar ik heb nooit geloofd in uitstel.'

'Dat hoef je mij niet te vertellen,' zei ik. Hij lachte.

'Ik weet nooit wat je gaat zeggen of doen,' merkte hij op. Het begon een soort mantra te worden. 'Maar ik vind het prachtig,' ging hij snel verder.

Was het zijn manier van omgaan met mijn nuchtere eerlijkheid, of was ik werkelijk zo? Was ik spontaan en onvoorspelbaar, dezelfde woorden die tante Zipporah had gebruikt om mijn moeder te beschrijven?

'In ieder geval,' zei hij, 'heb ik de hele avond aan je liggen denken en ik wilde je vragen of je met mij naar het schoolbal wilt.'

'Het schoolbal?'

'Het is pas over een maand, maar ik weet dat een meisje tijd nodig heeft om zich voor te bereiden. Je hebt waarschijnlijk gehoord dat het dit jaar gehouden wordt in het Cherry Hill Hotel. Als een soort dienstverlening aan de gemeenschap hebben de hoteleigenaren hun balzaal dit jaar afgestaan. Je weet dat we er allemaal een enorme hekel aan hebben om naar dansfeesten op school te gaan. Je bent er de hele dag al. Wie wil er nou 's avonds graag weer terugkomen om te gaan dansen? Dit lijkt meer op een avondje uit. Het wordt geweldig, waarschijnlijk het beste schoolbal dat de school ooit gehad heeft.'

Ik wist niet hoe ik moest reageren. Een van de populairste jongens op school vroeg me met hem naar het schoolbal te gaan. Omdat ik niet onmiddellijk antwoord gaf, bleef hij snel doorpraten.

'Er komt een band van vier man die fantastisch schijnt te zijn, en het hotel zorgt voor het eten. Sommige jongens willen een limousine huren, maar ik weet nog niet of ik met ze meedoe. We kunnen natuurlijk ook gewoon samen erheen gaan. Wat je wilt. Dat hoeven we nu niet meteen te beslissen.

'Het is traditie dat we de hele nacht wegblijven,' ging hij in één adem door. 'De volgende dag rijden we naar Bear Mountain en houden een picknick. De jongens zorgen voor eten en drinken. We spreiden plaids uit en luisteren naar muziek, houden een barbecue. Maar ik klets je de oren van je hoofd,' zei hij ten slotte.

Ik moest even glimlachen. Toen dacht ik aan zijn ouders en hoe die zouden reageren. Zouden ze schrikken als ze hoorden dat hun zoon uitging met de dochter van de vrouw die een moord had gepleegd in hun huis?

'Weet je zeker dat je met mij naar het schoolbal wilt?' vroeg ik.

'Zo zeker als ik ooit iets heb gedaan of wilde doen. Wat zeg je ervan?'

'Goed,' antwoordde ik. 'Ja.'

'Mooi. Ik zal even stoppen om op adem te komen.'

Ik lachte en daarna praatten we over zijn honkbalrooster, de uitwedstrijden, wat speciaal bedoeld was om me te laten weten wanneer hij me wel en niet thuis kon brengen na school. Ten slotte, voor we ophingen, vroeg ik of zijn ouders wisten dat hij me afhaalde om naar school te gaan en dat hij me vroeg voor het schoolbal.

'Ze zullen het gauw genoeg weten. Maak je maar geen zorgen,' voegde hij eraan toe, maar ik meende een nerveuze klank in zijn stem te horen.

'Oké. Ik moet mijn huiswerk afmaken. Tot morgenochtend.'

'Tot morgen. Welterusten, Alice, en...'

'Ja?'

'Ik verheug me op een volgende rit op de bank op zolder.' Hij lachte, maar ik voelde een scherpe koude stroom door me heen gaan van tegelijk opwinding en angst.

Hoe zag hij me? Hoe dacht hij werkelijk over me? Was mijn gebrek aan ervaring duidelijk en was ik daardoor in het nadeel? Had ik die uitnodiging voor het schoolbal zo snel moeten accepteren of had ik moeten zeggen: 'Ik zal erover denken'? Moest ik het langzaamaan doen, zoals mijn grootvader had geadviseerd? Heel kort na zijn advies had ik dat al in de wind geslagen. Mooi derde oog, dacht ik. Zelfs al had ik die magische visie, dan had ik geslapen terwijl ik juist klaarwakker had moeten zijn.

Ik besloot het langzaamaan te doen met mijn grootouders te vertellen over Craigs uitnodiging voor het schoolbal. Per slot wist ik niet zeker of ik me niet zou bedenken. Zoals hij had gezegd, was het pas over een maand. Als ik eens tot de conclusie kwam dat ik hem achteraf toch niet zo aardig vond? En toch kon ik het niet veel langer geheimhouden. Daarin had Craig gelijk. Ik moest denken aan een jurk, mijn haar, alles.

Ik wist dat tante Zipporah enthousiast zou zijn. Ik vroeg me af hoe Rachel en mijn vader zouden reageren op het nieuws. Zou ze denken of zeggen dat mijn nieuwe romantische succes aan haar te danken was? Aan haar hulp bij het uitzoeken van mijn nieuwe garderobe? Misschien zou dat juist goed zijn; misschien zou ze me dan niet zo volledig uit hun leven willen bannen.

Craig was de volgende ochtend precies op tijd. Tot mijn verbazing was zijn eerste vraag: Wat vonden je grootouders van mijn uitnodiging voor het schoolbal? Ik beantwoordde zijn vraag met een wedervraag: Wat vonden jouw ouders ervan?

'Ik heb nog niet de kans gehad er met ze over te praten,' antwoordde hij diplomatiek.

'Ik ook niet,' zei ik. Hij keek me verbaasd aan en glimlachte toen.

'Wat kan het ons trouwens schelen hoe volwassenen erover denken? Het is óns besluit, toch?'

'Precies.'

Maar in de kleine gemeenschap waarin we beiden leefden zou onze omgang niet lang onopgemerkt en onbesproken blijven. Ik wist zeker dat hij dat nog beter wist dan ik. Hij zat er middenin. We brachten elk moment dat we vrij hadden op school met elkaar door, of we nu van de ene klas naar de andere liepen of naar de kantine om te lunchen. Donderdag had hij een belangrijke uitwedstrijd en ging ik met de bus naar huis. Het was de eerste keer die week dat we niet samen waren. Ik kon de ogen en de aandacht voortdurend op me gericht voelen.

Behalve Charlene Lewis, begonnen ook een paar andere meisjes tegen me te praten. Meestal was het vriendelijk gebabbel over iets dat ik droeg, over een lippenstift of huiswerk. In hun gesprekken vielen enkele opmerkingen over Craig. Ik kon zien dat sommige meisjes jaloers waren en sommigen nog steeds niet konden begrijpen waaruit mijn aantrekkingskracht voor hem bestond. Op alle mogelijke manieren probeerden ze te ontdekken hoe het mogelijk was dat ik de aandacht had getrokken van een van de populairste jongens van school. Ik wist dat ik ze frustreerde met mijn zwijgen of raadsel-achtige korte antwoorden. Maar over het algemeen probeerde ik, als ik niet met Craig samen was, alleen te blijven. Ik vertrouwde ze niet, vertrouwde zelfs Charlene niet genoeg om iets van mijn gevoelens of gedachten over Craig prijs te geven.

Voor het eind van de week lekte het uit dat hij me had gevraagd met hem naar het schoolbal te gaan, en dat veroorzaakte een heel nieuwe golf van gesprekken in de meisjeskleedkamer en in het gymlokaal. Plot-seling vonden ze het interessant te weten wat ik van plan was aan te trekken, wat we daarna gingen doen en of we al dan niet met de limou-sine gingen. Ze wilden allemaal dolgraag weten of ik toestemming zou krijgen om de hele nacht weg te blijven en de volgende dag naar de pick-nick te gaan. Ik wilde niet bekennen dat ik er feitelijk nog steeds niet he-lemaal zeker van was óf ik wel zou gaan. Ik moest het mijn grootmoe-der en grootvader nog vertellen, dus kon ik ze geen antwoord geven.

'Ik weet het nog niet zeker,' was mijn steevaste antwoord.

Craig vroeg me vrijdag met hem een pizza te gaan eten en naar een film te gaan. Het zou onze eerste officiële afspraak zijn. Ik besloot dat ik, als alles goed ging, de volgende dag mijn grootouders zou ver-tellen over de uitnodiging voor het schoolbal. Ons team had de uit-wedstrijd gewonnen, wat betekende dat ze in de finale kwamen voor het kampioenschap. Iedereen was in een feeststemming. Ik wist niet wat we in feite zouden doen die vrijdagavond, tot Craig me afhaalde en vertelde dat de plannen gewijzigd waren.

'Mickey Lesman houdt open huis om te vieren dat we in de finale zitten,' vertelde hij zodra ik in zijn auto zat. 'De meeste teamleden gaan erheen. Zijn ouders zijn met vakantie en zijn jongste zusje slaapt bij een vriendin. Oké?'

Ik haalde mijn schouders op. Hoe kon ik zeggen dat ik niet wist wat ik kon verwachten? Het zou de eerste open houseparty zijn die ik ooit had bijgewoond.

'We kunnen natuurlijk ook gewoon een pizza eten en naar de film gaan als je dat wilt,' zei hij. 'Of we gaan naar de party en gaan weg als het ons niet bevalt,' voegde hij eraan toe.

Ik wist dat hij het graag wilde en mijn eigen nieuwsgierigheid was groot genoeg om niet nee te zeggen.

'Oké,' zei ik.

Mickey Lesmans huis was een laag, duur uitziend modern gebouw in de stijl van een ranch, even buiten Hurleyville, een dorp dat niet veel groter was dan Sandburg, waar ik woonde. Zoals op de meeste landwegen stonden er geen straatlantaarns op Mickeys weg, en de huizen lagen op flinke afstand van elkaar; sommige met een terrein van wel 40.000 vierkante meter. Mickeys vader was de eigenaar van een groot warenhuis. Toen we aankwamen, stonden er meer dan twintig auto's voor het huis geparkeerd. Zodra we uit Craigs auto stapten, hoorden we luide muziek. Ik voelde de grond onder mijn voeten trillen door de vibraties uit de grote speakers buiten. Het was maar goed dat de buren zo ver weg woonden, dacht ik.

Als mijn grootvader en ik 's avonds over deze achteraf gelegen wegen reden, dacht ik vaak aan de overeenkomsten met de manier waarop wij leefden, vooral zoals ik leefde. In mijn gedachten wikkelden mensen hun huis om zich heen en trokken hun ophaalbruggen op, zoals de bewoners van een vestingstad in de middeleeuwen. In plaats van door de ramen naar de buitenwereld te kijken en zich in te denken wat er zich daarbuiten allemaal afspeelde in het donker, zaten ze rond de televisie en keken naar wat een ander voor hen bedacht had.

Mijn grootvader vertelde me dat toen hij jong was, een paar jaar jonger dan ik nu, zijn ouders naar de radio luisterden en zich hun eigen beelden moesten vormen aan de hand van de woorden en geluiden die ze hoorden.

'Daarvóór,' zei hij, 'zaten de mensen rond kampvuren en vertelden elkaar verhalen. Niets is veranderd behalve de manier waarop die verhalen worden doorgegeven. 'Waar het op aankomt is dat je niet alleen bent in het donker.'

Ik luisterde en keek naar hem en dacht: Maar, opa, dat is wat ik het grootste deel van mijn leven ben geweest, alleen in het donker.

Ik wilde zo graag niet langer alleen zijn. Misschien wilde ik het zo graag dat ik eindelijk bereid was risico's te nemen, en misschien, heel misschien, was dat wat mijn moeder was overkomen. Ze was alleen geweest en ze had iemand vertrouwd en ze was verraden. Waarom zou ze anders zo creatief zijn geweest en zo afhankelijk van die fantasie van haar? Het was het enige wat ze had. Het was haar privévesting, en als ze deed alsof, fantaseerde, creëerde, trok ze haar ophaalbrug op en voelde ze zich veilig.

'Je kijkt bezorgd,' zei Craig, toen we in het licht van het huis kwamen. 'Niet doen. Het is gewoon een stel stomme kinderen, net als wij.'

'Daar maak ik me niet bezorgd over,' zei ik. 'En ik ben geen stom kind.'

Hij lachte en sloeg zijn arm om mijn schouders voor we naar binnen gingen.

Toen ze ons zagen leek het alsof alles plotseling stilstond; ze stopten midden in een zin, of zelfs midden in een kus. Even bleef het stil en toen ging er hier en daar een gejuich op.

De meisjes dromden om me heen toen Craig even met zijn teamgenoten stond te praten. Iedereen praatte door elkaar. En plotseling wilde ook iedereen mijn vriendin zijn, me advies geven over daten, kleren en jongens in het algemeen. Ik voelde me net een buitenlandse studente op een uitwisselingsprogramma die eindelijk geaccepteerd werd. Met een glimlach op mijn lippen geplakt, luisterde en knikte ik, maar zei weinig. Eén meisje, Marlene Ross, die óf jaloers was op de aandacht die ik kreeg, óf gewoon gefrustreerd was door mijn vrijblijvende knikjes en glimlachjes, vuurde plotseling de vraag op me af: 'Vertel eens wat jou eindelijk de eenentwintigste eeuw heeft binnengebracht?'

Iedereen zweeg, wachtte op mijn antwoord.

'Waarschijnlijk hetzelfde wat jou heeft gebracht, Marlene, het samenkomen van een zaadje en een eitje. Wist je dat nog niet?'

Even was het stil, alsof iedereen de adem had ingehouden, en toen barstte een luid gelach los, en Marlene droop mokkend af met een rood gezicht. Craig en zijn vrienden hoorden het tumult en hij kwam haastig naar me toe.

'Wat is er aan de hand?'

'Niks. Gewoon meisjespraat,' zei ik, nu vol zelfvertrouwen.

Hij trok zijn wenkbrauwen op, keek even naar de andere meisjes en sloeg toen zijn arm om mijn middel.

'Laten we iets gaan eten en drinken,' zei hij.

Een stuk of dertig gevarieerde pizza's waren bezorgd en iedereen verdrong zich rond de tafel. De jongens dronken voornamelijk bier, maar sommigen ook sterkere drankjes. De party begon zich uit te breiden naar buiten, naar de achtertuin, waar het zwembad was van de Lesmans, dat nu verlicht was. Het was niet echt warm genoeg om te zwemmen, maar ik kon raden dat voordat de avond ten einde was, een paar erin geduwd zouden zijn of zelfs gesprongen. Er werd al wat gestoeid met precies dat doel voor ogen.

Craig en ik gingen terzijde staan om toe te kijken, alsof we door een krant waren gestuurd om een reportage te maken over het gedrag van een primitieve stam. De muziek werd ook uitgezonden in de achtertuin, zodat de feestgangers konden dansen op de patio. Ik werd weer zenuwachtig toen Craig me ten dans vroeg. Als ik alleen was op zolder speelde ik soms bandjes af en danste voor de spiegel, maar ik had geen vertrouwen in mijn bewegingen en ritme. Ik wist dat we nog steeds het middelpunt van de aandacht waren, vooral ik, en ik voelde me dan ook allesbehalve op mijn gemak.

'Je moet je ontspannen, Alice,' zei hij. 'Je danst te stijf, te gespannen.'

Hij stelde voor een wodka met sinaasappelsap te drinken.

'Een beetje kan geen kwaad,' zei hij. 'Ze noemen het een screwdriver. Een lekker drankje zal je goed doen.'

Behalve de glazen wijn die ik nu en dan met mijn grootouders aan tafel dronk, had ik geen enkele ervaring met alcohol. Mijn grootvader drong er bij mijn grootmoeder op aan mij van de wijn te laten proeven zodat ik mijn grenzen zou leren kennen in huis en niet op straat, zoals hij het uitdrukte, en ze gaf toe. Ik genoot wel van een enkel glas wijn, maar kon er heel goed buiten.

De wodka was zo goed vermomd door het sinaasappelsap dat ik zelfs een beetje teleurgesteld was. Ik liep in de val en dronk meer, en na een tijdje begon ik me te ontspannen, lachte meer en gaf me over aan de muziek. Ik herinner me nog dat ik dacht: Ik heb plezier. Eindelijk heb ik plezier.

Toen de eerste jongen in het zwembad werd geduwd, keek Craig naar mij en fluisterde: 'Misschien kunnen we er beter stilletjes en beleefd vandoor gaan. De inboorlingen beginnen onrustig te worden.'

Ik had nog wel even willen blijven om naar dat malle gedoe te kijken, maar ik wist dat hij verantwoordelijk was en me beschermde. Ik knikte en we slopen langzaam rond de nu luidruchtige menigte feestgangers door een zijdeur naar buiten. Hij pakte mijn hand en haastig liepen we door het donker naar de auto.

'Kun je nog rijden?' vroeg ik. Ik voelde me een beetje duizelig en ik dacht dat hij net zoveel screwdrivers had gedronken als ik.

'Ja, hoor. Ik voel me prima. Zo sterk waren die drankjes trouwens niet. Ik drink bovendien niet graag te veel. Ik heb de pest in als ik een kater heb. Jij niet?'

'Ik heb er nog nooit een gehad,' zei ik. 'Ik hoop niet dat ik er morgen een heb.'

'Ik denk het niet. Zoveel heb je niet gedronken.'

We reden weg. Het was nog niet zo laat, maar ook al had mijn grootvader niet gezegd hoe laat ik precies thuis moest zijn, ik wist dat hij en mijn grootmoeder op me zouden wachten.

'Breng je me naar huis?'

'Zo vroeg al? Het is nog niet eens halftwaalf. Bovendien wil ik je een lievelingsplekje van me laten zien.' Hij nam een bocht en trapte het gaspedaal in. Na een tijdje reed hij een weg op die door het bos liep. We hotsten over een ongeplaveid pad.

'Waar gaan we naar toe?' riep ik lachend.

'Nog een eindje verder,' zei hij, en toen waren we aan de rand van een meer. Een nieuwe maan scheen tussen een paar wolken door op het rimpelloze water en trok een gouden streep van de ene oever naar de andere. Hij zette de motor af en knikte naar het fraaie landschap. 'Nou, heb ik gelijk of niet?'

'Het is prachtig, Craig. Wat is dat daar op het water?' Met samengeknepen ogen tuurde ik naar een paar donkere spikkels die zachtjes op en neer deinden.

'Eenden, denk ik, misschien ganzen.'

'Hoe ben je aan deze plek gekomen? Niemand zou die zijweg opgemerkt hebben.'

'Ik heb hier een paar keer gevist met mijn vader. We hebben een boot die we op een trailer vervoeren.'

'Ben je erg close met je vader?'

'Min of meer, ja. Hij is een workaholic, dus altijd als hij even vrij wil nemen, ga ik mee. Maar hij was dit jaar maar één keer bij een honkbalwedstrijd. Mijn moeder komt nooit. Ze houdt niet van stof en ze heeft er een hekel aan om op een harde tribune te zitten. Een kieskeurige dame. Ben jij kieskeurig?' vroeg hij terwijl hij zich naar me omdraaide.

'Nauwelijks. Misschien zou ik het moeten zijn.' Hij lachte.

'Besef je wel dat we nu echt in een auto zitten, en niet net doen alsof op een bank op zolder? Dit is het ware werk. Maak het enig verschil?'

'Waarom zou het?' vroeg ik. Waar wilde hij heen? vroeg ik me af.

'Ik wil alleen dat je je hier net zo op je gemak met me voelt als boven op zolder.'

'Ik voel me prima,' zei ik. Ook al wist ik dat hij me plaagde, toch was ik niet blij met de suggestie dat ik mijn fantasie nodig had om me gerust te voelen. Ik wist niet eens zeker of hij wel besefte wat hij suggereerde.

'Laat eens zien,' tartte hij, en hij boog zich naar me toe om me een zoen te geven. Zijn lippen gingen over mijn wang en omlaag naar mijn hals. Ik voelde zijn handen onder mijn blouse en op mijn rug om mijn beha los te maken, en toen schoof hij mijn blouse omhoog. Ik begon me van hem af te wenden.

'Hé, kom nou,' zei hij. 'Ik heb een echte triple, een driehonkslag, geslagen.'

Ik voelde me nog duizeliger worden, en plotseling begon mijn maag rond te draaien. Ik voelde me ook niet op mijn gemak door de manier waarop hij over me heen lag. Ik had een brandende gewaarwording in mijn keel en toen moest ik plotseling kokhalzen.

'Gaat het goed met je?'

'Nee,' zei ik en pakte gauw de knop van het portier. Ik viel bijna naar buiten toen het portier openging, maar ik hervond snel mijn evenwicht en legde de palm van mijn hand tegen de auto om tot rust te komen. Ik kon er niets aan doen. Ik begon over te geven. Hij sprong uit de auto en liep eromheen om me vast te houden.

'O, verdomme,' zei hij. 'Misschien hebben we te snel gegeten en gedronken.'

Ik schudde mijn hoofd en gaf weer over. Ik had pijn in mijn maag. Het was niet hoe snel ik had gedronken, dacht ik, maar hoe veel. Ten slotte was het voorbij en hij hielp me weer in de auto.

'Hoe voel je je nu?'

'Beter. Het spijt me.'

'Geeft niet. Ik heb eigenlijk de pest aan drank. Volgende keer zorg ik voor wat beters.'

Ik luisterde met een half oor. Ik probeerde mijn hoofd te beletten als een tol rond te draaien. Ik sloot mijn ogen en leunde achterover.

'We zullen een eindje rondrijden tot je je beter voelt,' zei hij. 'Laat het raam open voor wat frisse lucht. Ik wil je zo niet thuis afleveren, anders vermoordt je grootvader me nog.'

Ik zei niets. Hij had natuurlijk gelijk. Ik kon niet binnenkomen in de toestand waarin ik nu verkeerde. We reden heel langzaam terug naar Sandburg. Na een tijdje gedroeg mijn maag zich weer normaal en was mijn hoofd weer helder. Ik trok mijn kleren recht en we stopten. Ik stapte uit en liep een eindje heen en weer.

'Oké,' zei ik. 'Heus, ik voel me weer prima.'

'Het voordeel van wodka,' zei hij, 'is dat je het niet ruikt. Maar dat is voortaan van de baan. Ik moet voor je zorgen. Geen drank meer. We hebben een belangrijke date voor de boeg.'

Ik stapte weer in de auto en hij bracht me naar huis, terwijl hij zich voortdurend verontschuldigde.

'Het was niet jouw schuld, Craig. Niemand verplichtte me om door te drinken.'

'Nee. Ik had meer aandacht aan jou moeten besteden in plaats van aan dat stel idioten,' hield hij vol. 'Weet je zeker dat je weer in orde bent?'

'Ja. Sorry.'

'Niks sorry. Ik vond het fijn met je.'

Hij gaf me een afscheidszoen toen we stopten op de oprijlaan en reed weg, terwijl ik langzaam naar de voordeur liep, in de hoop dat mijn grootouders in hun slaapkamer zouden wachten, zodat ze me niet al te nauwkeurig zouden opnemen. Ik had nog een beetje hoofdpijn, en mijn maag was nog gevoelig.

Ik bofte. Mijn grootvader riep me vanuit de slaapkamer toen ik de trap opliep.

'Hoe was de film?' vroeg hij. Ik bleef staan bij hun deur en keek naar binnen. Beiden hadden in bed liggen lezen, waarschijnlijk om te beletten dat ze te veel aan mij zouden denken.

Ik zag geen reden om te liegen.

'We zijn niet naar de bioscoop geweest. Een van Craigs teamgenoten gaf een feest om te vieren dat het team de finale heeft gehaald.'

'Wie?'

'Mickey Lesman.'

'O, ja. Eerste honk, niet?'

'Hoe weet je dat?' vroeg ik verbaasd.

'Ik volg het team in de krant. Leuk feest?'

'Ja, maar ze begonnen een beetje wild te worden en elkaar in het zwembad te gooien, dus vond Craig dat het tijd was om weg te gaan.'

'Je meent het? Heel volwassen van hem. Goed zo,' zei mijn grootvader.

Mijn grootmoeder luisterde slechts en keek naar mij.

Ik besloot hun alles te vertellen.

'Craig vroeg of ik met hem naar het schoolbal wilde en ik heb ja gezegd.'

'Naar het schoolbal, hè? Nou, dat is niet mis, hè, Elaine?'

'Dat is leuk, Alice,' zei ze. 'Ik zal je helpen een mooie jurk te vinden. Wanneer is het?' Ik vertelde haar de datum.

'We blijven allemaal de hele nacht en gaan dan naar Bear Mountain om te picknicken.'

'De hele nacht?'

'Kom, Elaine, zo zijn kinderen. Wij deden het ook, weet je nog?'

Ze zweeg.

'Ik wil alleen alle bijzonderheden weten,' zei ze toen.

'Die krijgen we heus wel te horen, hè, Alice?'

'Ja,' zei ik.

'Schoolbal, hè?' zei mijn grootvader. 'Ik herinner me nog dat ik er-uitzag als een pinguïn in mijn smoking. Ik bewoog me zo stijf dat ze me voor een etalagepop hadden kunnen houden. Ik weet zeker dat Craig een betere indruk zal maken.'

Ik wenste hen welterusten en ging naar mijn kamer. Ik besefte niet hoe moe ik was tot ik mijn hoofd op het kussen legde. Eén keer werd ik 's nachts wakker door een nachtmerrie waarin ik voetstappen boven me hoorde, en de volgende ochtend sliep ik langer dan gewoonlijk. Ik had een doffe hoofdpijn die ik zo goed mogelijk probeerde te verbergen voor mijn grootouders.

Mijn grootmoeder was enthousiast over het schoolbal en praatte aan het ontbijt over de diverse kledingwinkels waar we naartoe zouden gaan. Omdat ze het weekend vrij was, kon ik onze winkelsafari moeilijk uitstellen, al had ik het gevoel dat ik de hele dag kon slapen. Ik was Rachel nu meer dan dankbaar dat ze me geleerd had hoe ik mijn gezicht toonbaar kon maken. Het had de make-up, lippenstift en eyeliner hard nodig. Mijn grootvader zou een deel van zijn zaterdag besteden aan zijn werk op kantoor, dus voor het eerst sinds lange tijd zouden mijn grootmoeder en ik alleen zijn.

Vol ongeduld belde ze tante Zipporah om haar het nieuws van het schoolbal te vertellen, en voor we weggingen sprak ik haar aan de telefoon.

'Ik heb mam nog nooit zo enthousiast gehoord over je, Alice.'

'Ik geloof dat ze meer zenuwachtig is dan enthousiast.'

'Allebei. Zo is ze nu eenmaal. Is het een aardige jongen?'

'Ja,' zei ik. 'Ik geloof het wel, maar ik ben niet precies de aangewezen persoon om iets te kunnen zeggen over dates en dating.'

'Misschien niet, maar je hebt een goed instinct, Alice.'

'Ik weet niet waarom iedereen dat zegt,' antwoordde ik.

'Denk niet te min over jezelf, liever,' waarschuwde ze me. 'Je moeder had één ding, ze stond nooit toe dat iemand op haar neerkeek. Ze kon iedereen aan. Feitelijk was zij degene die mij meestal beschermde.'

'Had ze veel afspraakjes voordat... voordat het allemaal gebeurde?'

'Niet veel,' antwoordde ze. Maar het klonk alsof ze informatie achterhield. 'We waren niet veel ouder dan jij nu. Ik weet zeker dat ze immens populair zou zijn geweest als... als alles anders gelopen was.'

'Was ze van plan om naar de universiteit te gaan?'

'O, ja, daar hadden we het vaak over. We besloten bij dezelfde colleges een aanvraag in te dienen en dat we niet naar een universiteit zouden gaan die ons niet allebei accepteerde. We hadden een eed afgelegd, weet je nog?

'*Vogels van dezelfde pluimage.*'

'Ja,' zei ze triest.

'Hoe was die ook weer?'

'We blijven vriendinnen voor eeuwig en altijd en we zweren elkaar te beschermen en elkaar te helpen zoals we onszelf zouden helpen.'

'Dat is een mooie belofte,' zei ik. 'Ik hoop dat ik iemand vind die samen met mij zo'n eed wil afleggen.'

'Die heb je.'

'Wie dan?'

'Mij. Altijd.'

Ik was haar dankbaar en we babbelden nog een tijdje over de komende zomer en een paar plannen die zij en Tyler hadden voor het café. Ze zouden een nieuw zomermenu samenstellen. Mijn grootmoeder riep dat ik me klaar moest maken om te gaan shoppen, en ik moest ophangen.

'Ik wou dat ik erbij was,' zei tante Zipporah. 'Ik vind het spannend.'

Ik was opgewonden maar ook onzeker. Ik wist dat ik binnenkort meer in de schijnwerpers zou komen te staan, en onwillekeurig maakte dat me ongerust.

Op weg naar de winkels praatte mijn grootmoeder over haar eerste schoolbal. Ik luisterde gretig naar haar beschrijving van haar vriend-je en vroeg of ze hem erg aardig had gevonden.

'Ach, Alice, op jouw leeftijd ben je altijd verliefd.'

'Hoe moet je weten of het gewoon een verliefdheid is of niet?'

Ze knikte. 'Goeie vraag. Ik denk dat het antwoord ligt in het idee dat liefde substantiëler is, gecompliceerder. Je voelt je niet alleen fy-siek tot iemand aangetrokken, maar je voelt dat je de rest van je leven met hem samen wilt zijn, dag en nacht. Dat is veel ingrijpender.'

'Dus zouden mensen eigenlijk eerst samen moeten wonen,' mom-pelde ik.

'Hm, daar ben ik geen voorstander van.'

'Waarom niet?' drong ik aan. Plotseling voelde ik me meer Rachel dan mijzelf.

'Hoe hechter je verbintenis met iemand, hoe moeilijker het wordt je van hem los te maken. Je moet –'

'Ik weet het. Je moet het langzaamaan doen.'

'Precies. Langzaamaan.'

'Heb jij dat gedaan?' waagde ik het te vragen, weer op Rachels toon.

Ze keek me even aan. 'Dat heb je je grootvader niet gevraagd, hè?'

'Nee. Waarom?'

'Hij zou je vertellen dat ik het zo langzaamaan deed in onze relatie dat hij al zat te ontbijten terwijl ik nog bezig was met het diner.'

Ze lachte, en ik glimlachte en dacht: Fantastisch! Voor het eerst voelde ik me echt haar kleindochter. Ze was niet bang me intieme dingen toe te vertrouwen. Uitgaan en de donkere schaduwen waar-mee ik me met zoveel gemak had omhuld, van me afgooien, was het beste wat ik had gedaan.

De rest van de dag leken we meer op moeder en dochter, bijna twee zussen, precies zoals ze omging met tante Zipporah; ze lachte om een paar van de jurken die ik aantrok en gaf me raad over elk aspect van mijn outfit voor het schoolbal. Ze beschreef me haar eigen jurk en vertelde zelfs bijzonderheden van de avond en hoe opwindend ze alles had gevonden.

'Natuurlijk bleven we niet de hele nacht weg, wat je grootvader ook suggereert hoe wij op jouw leeftijd waren. Maar ik neem aan dat we met onze tijd mee moeten gaan. Zorg alleen dat ik weet waar je bent en wanneer, oké?'

'Ja,' beloofde ik.

Sommige jurken die we bekeken waren erg duur, vond ik, maar de prijs scheen haar niet te interesseren. Ten slotte viel de keus van ons allebei op een pauwblauwe jurk met een hartvormig decolleté en een uit stroken bestaande tulen rok met kraaltjes.

'Ik heb de perfecte ketting ervoor,' zei mijn grootmoeder. 'En bijpassende oorbellen.'

Ik bekeek mezelf in de passpiegel, jammerend over mijn korte haar omdat in het modetijdschrift dat in de winkel lag, de jurk gedragen werd door een model met prachtig opgestoken haar en pijpenkrullen langs haar gezicht.

'Ik heb een idee,' zei mijn grootmoeder, toen ze zag hoe ongelukkig ik me voelde met dat haar van me. 'Maak je geen zorgen. We gaan eerst je schoenen kopen.'

Daarna reed ze me naar een kapper waar ze haarstukjes hadden in mijn kleur. De stylist die ze kende bracht me naar een stoel en bekommerde zich om mijn haar. Ik was verbaasd toen ik zag hoe mijn nieuwe kapsel mijn uiterlijk veranderde.

'Nu zijn we klaar,' zei mijn grootmoeder. 'Als ik je zo zie, zou ik weer zo oud willen zijn als jij.'

Ze omhelsde me en ik vond het plotseling een perfecte wereld.

Ik had echt het gevoel dat ik een veilige haven had gevonden, een bolwerk van geluk. Langzaam, met steeds minder aarzeling, liet ik de ophaalbrug zakken, breidde mijn armen uit om de wereld welkom te heten en uit te nodigen om binnen te komen.

En toen schoven die dreigende schaduwen die me mijn leven lang achtervolgd hadden, al het andere opzij en galoppeerden de brug over om me mijn vreugde en geluk te ontnemen, te plunderen en een zoete wraak te nemen.

8

Er zal niets veranderen

Er moesten een paar dingen vermaakt worden aan mijn baljurk, die eind van de week werd bezorgd. Craig was druk doende met de halve finale van het honkbalkampioenschap, die vrijdag op een neutraal veld zou worden gespeeld. Hij had me elke dag opgehaald om naar school te gaan maar kon me niet één dag die week thuisbrengen. Ik vond hem verstrooid en weinig spraakzaam, maar de reden ontdekte ik pas vrijdagochtend.

Die ochtend was hij nog stiller dan anders. Eerst dacht ik dat het was omdat hij zich zenuwachtig maakte over de wedstrijd, maar al gauw besefte ik dat het een ernstigere oorzaak had. Ik kende hem nu goed genoeg om te weten wanneer hij van streek was. Als hij in een sombere stemming was, zette hij die meestal van zich af zodra hij me zag en werd hij vrijwel onmiddellijk weer aardig en grappig. Hij deed altijd erg zijn best elke depressie of somberheid van mij te verjagen.

'Het laatste wat ik wil zien,' zei hij meer dan eens, 'is dat je weer dat timide, bange muisje wordt van vroeger. Je bent te mooi en hebt te veel te bieden om weg te kruipen op een zolder, Alice. Dat zal ik niet toestaan.'

Maar wat, zoals ik me altijd al had afgevraagd, kon hij nu doen als de schaduwen te donker en machtig werden en me terug wilden? Ik kon aan zijn gezicht zien dat hij er niet omheen kon me slecht nieuws te melden.

'Ik zit met een klein probleem,' begon hij, 'maar voor ik het je vertel, wil ik je verzekeren dat er niets zal veranderen.'

'Wat is er?'

'Er zal niets veranderen.'

'Oké, Craig, wat is het?'

'Mijn moeder is een snob. Ze is altijd een snob geweest. Nog voordat ze met mijn vader trouwde. Ze had geld en beschouwde zichzelf als een soort royalty. Haar vader was een heel succesvol civiel advocaat en zij en mijn oom Steve, haar jongste broer, werden enorm verwend. Mijn vader zal de eerste zijn om dat toe te geven. Ik bedoel, ik hou van mijn moeder, zoals je kunt verwachten, en ik hou ook van mijn oom, maar ik ben niet blind en stom.'

'Waar stuur je op aan, Craig?'

'Ik had haar moeten vertellen dat ik je gevraagd had voor het schoolbal en dat we elkaar geregeld zagen. Ze kwam erachter door een van de roddeltantes bij de kapper en was kwaad omdat ik het haar niet verteld had.'

'Ze heeft het recht om kwaad te zijn. Waarom had je het haar niet verteld?'

'Omdat ik precies wist hoe ze zou reageren. Ik wilde wachten met het haar te vertellen tot het te laat was voor haar om er iets over te zeggen of tegen te doen.'

'Wat bedoel je? Wat zei ze en wat kan ze ertegen doen?'

Hij zweeg terwijl we naar school reden. Ik zat geduldig te wachten. Als iemand wist hoe moeilijk het was om woorden en daden van onze ouders uit te leggen, te beredeneren en te verdoezelen, dan was ik het wel, dacht ik.

'Ik ben niet helemaal nauwkeurig en eerlijk geweest met wat ik je verteld heb.'

'Bijvoorbeeld?'

'De reden waarom ik begon de moord op Pearson in ons huis te onderzoeken. Het stoorde me totaal niet dat we in dat huis gingen wonen en ik dacht niet vaak aan je moeder tot –'

'Tot wat?'

'Tot ik aan jou begon te denken. Je hebt me al een tijd geïntrigeerd, Alice. Ik meende het toen ik zei dat ik voortdurend naar je keek en hoopte dat je enige belangstelling voor me zou tonen. Het kwam niet door het huis en wat daar gebeurd is dat ik probeerde alles over je moeder te weten te komen; dat kwam door jou. Ik dacht dat ik er op een dag misschien op een intelligente manier met je over kon praten en je belangstelling wekken.'

'Is dat niet wat er gebeurd is?' vroeg ik. Ik had het gevoel dat ik uiteindelijk toch gemanipuleerd was. Hij hoorde de geprikkelde klank in mijn stem.

'Ja, maar ik was al een tijdlang in je geïnteresseerd,' antwoordde hij snel. 'Maar goed, mijn moeder ontdekte het van dat onderzoek en werd kwaad en maakte allerlei rotopmerkingen. Alles wat ik je verder verteld heb is waar: hoe ze het huis heeft gerenoveerd om alle sporen van het gebeuren en die geschiedenis en alles wat eraan herinnerde, uit te wissen.'

'En dan begin je met mij uit te gaan en vraag je me voor het schoolbal,' zei ik begrijpend. Hij gaf geen antwoord, dus werd ik nijdig.

'Ze vindt dat gestoord, hè? Ze denkt dat ik gestoord ben, net als mijn moeder, en ze wil niet dat je iets met me te maken hebt en zeker niet met me uitgaat en me vraagt voor het schoolbal.'

Hij probeerde niet het te ontkennen.

'Wat zij denkt en wat zij wil vind ik niet belangrijk,' zei hij. 'Ik laat mijn leven niet door haar bepalen.'

'Geweldig,' zei ik en draaide me mokkend om. 'Wat word ik geacht te doen?'

'Niks. Zoals ik je in het begin zei, er zal niets tussen ons veranderen.'

'En je vader? Wat zegt hij ervan?'

'Mijn vader zoekt altijd de makkelijkste uitweg. Hij geeft haar haar zin en gaat zijn eigen gang.'

'Wat wil je nu precies zeggen, Craig?'

'Nou ja, ik kan je niet meer mee naar huis nemen. Ik wilde dat je begreep waarom niet.'

'En? Kom op, wat nog meer?'

'Mijn vader dreigt mijn auto af te nemen en mijn toelage. Maar,' ging hij snel verder, 'ik heb zelf geld. Ik heb een hoop geld opzijgelegd en daar kunnen ze niet aan komen. Ik kan gemakkelijk een auto huren voor de avond van het schoolbal, of we kunnen met de anderen meegaan in de limousine.'

Ik voelde me vanbinnen verschrompelen. Ik kreeg bijna geen adem meer. Ik was een paria in dit dorp. Hij had gelijk toen hij zei dat er niets veranderd was. Dat was er ook niet. Ondanks de verandering in mijn uiterlijk en mijn sociale verkeer, bleef ik een uitgestotene.

'Ik ben niet trots op mijn ouders,' ging hij verder. 'Eerlijk gezegd, Alice, brand ik van verlangen om uit huis te gaan, naar de universiteit, en mijn eigen leven te beginnen. Dus waag het niet om te denken dat iets van wat ik nu zeg of doe jouw schuld is.'

'Het geeft me niet zo'n prettig gevoel, Craig.'

'We negeren het gewoon,' zei hij. 'Vergeet mijn ouders. Het is trouwens niet jouw probleem. Het is mijn probleem en ik zal het oplossen. De enige reden dat ik het je nu vertel is dat ik dacht dat je misschien niet zou begrijpen waarom ik je niet aan mijn ouders voorstelde, of voor het geval –'

'Voor het geval wát?'

'– de roddels zich verspreiden en je grootouders het horen. Mijn moeder kan heel gemeen zijn als ze haar zin niet krijgt.'

'Fijn, hoor. Weer een hond in dit dorp die probeert me te bijten,' mompelde ik.

'Luister naar me, Alice.' Hij ging langzamer rijden en stopte aan de kant van de weg zodat hij zich naar me om kon draaien. 'Ik vertel je dat als de keus gaat tussen jou en mijn ouders, vooral mijn moeder, ik jou kies.'

'Dat waardeer ik, Craig. Ik vind het alleen vreselijk om de oorzaak te zijn van iemands verdriet.'

'Jij bent de oorzaak niet!' riep hij uit. De frustratie was te zien in zijn gezicht, zijn ogen. 'Zij is de schuld van haar eigen verdriet. En van dat van mijn vader. En van mij!'

Hij zag eruit alsof er elk moment een ader kon springen in zijn gezicht.

'Oké, oké.'

'Als je hierom het schoolbal afzegt, zal ik me nog veel ellendiger voelen, Alice.'

Ik knikte.

'Het spijt me,' zei hij. 'Maar we maken er toch iets leuks van, beter dan ooit, en als ze zich opvreet van narigheid, moet ze dat zelf weten.'

Ik haalde diep adem. Zou mijn leven altijd zo blijven, vol dramatische ups en downs? Mijn grootmoeder en ik waren zo gelukkig toen we mijn jurk gingen kopen. Iedereen in mijn familie was gelukkig. Als ze dit hoorden, zou het ook voor hen verschrikkelijk zijn. Ze zouden kwaad en verdrietig zijn ter wille van mij. Misschien zouden we het op de een of andere manier voor ze verborgen kunnen houden.

Ik zal net zo zijn als mijn moeder, dacht ik. Ik zal net doen alsof. Ik zal fantaseren. Ik zal verhalen verzinnen. Ik zal alles doen om de duisternis buiten ons bolwerk te houden.

'Oké,' zei ik knikkend. 'We zullen ze negeren. Hoe je het ook wilt doen, ik vind het best.'

Hij glimlachte. 'Goed zo. Ik wist dat je tegen de situatie opgewassen zou zijn. Daarom was ik niet bang je de waarheid te vertellen.'

'Dat moet je altijd doen, Craig, me de waarheid vertellen, wat het ook is. Als iemand ertegen kan, ben ik het wel.'

Hij lachte en boog zich naar me toe om me te kussen. 'Als vandaag niet de halve finale gespeeld werd, zou ik je vragen met me te spijbelen en een eind te gaan rijden, misschien wel naar New York City.'

'En ons nog dieper in de nesten werken? Laten we alsjeblieft geen olie op het vuur gooien.'

'Ja, je hebt gelijk. Bovendien mag ik niets doen waarvoor ik geschorst zou kunnen worden en uit het team gezet.'

'Zo, dus nu weten we eindelijk wat het belangrijkst voor je is,' zei ik plagend.

Lachend reed hij weer weg. 'Weet je wat ik heb gedaan nadat zij en ik die ruzie hadden gisteren?'

'Geen idee.'

'Ik heb de tekening die je van me hebt gemaakt toen ik aan het batten was, op de muur gehangen. Ze kreeg bijna een hartaanval.'

Dat is precies wat ik nodig heb, dacht ik. Nog een dode in dat huis.

Craig bleef zijn woord getrouw. Toen we parkeerden op het school-terrein liet hij me beloven dat ik nooit iets over zijn probleem zou zeggen. Hij zwoer dat hij het ook niet zou doen. Op school werd trouwens toch alleen maar gesproken over de honkbalwedstrijd. We speelden tegen een school die bijna twee keer zo groot was als de onze, een school die al vier keer het kampioenschap had gewonnen. Wij moesten het nog voor de eerste keer winnen. Bijna al onze do-centen eindigden hun les met de beste wensen voor het team.

Craig kon me niet naar de wedstrijd brengen. Zijn coach stond erop dat hij meereed in de teambus, maar hij gaf zijn auto aan een van zijn beste vrienden, Gerry Martin, met de uitdrukkelijke opdracht me naar de wedstrijd te brengen. Ik was net zo zenuwachtig als de spe-lers. De meeste leerlingen van onze school woonden de wedstrijd bij. Het was een keiharde strijd tussen twee werpers. Volgens Gerry gooi-de Bobby Robinson minstens even goed als hij altijd al deed, zo niet beter, maar de tegenstanders beschikten over een net zo getalenteer-de werper, en tegen de tijd dat de negende inning begon hadden bei-de teams twee hits gescoord. Mickey Lesman maakte een fout waar-door een van hun spelers bij het begin van de inning op het eerste honk kwam te staan en die door een bal hoog het verre veld in op het tweede kon komen. Daarna lukte het hun de bal voor de derde keer te raken en scoorden ze een run. Bobby stuurde de volgende twee spe-lers met drie slag naar de kant, maar wij hadden op dat moment al drie man uit. Een van onze kanshebbers was Craig. Hij was al een keertje uitgegaan omdat hij geen contact met het honk had gehou-den, uitgetikt was en met drie slag naar de kant gestuurd. Toen hij deze keer naar de slagplaat kwam, was er bij ons al één man uit. Ie-dereen van onze school hield zijn adem in. Ik zag sommige meisjes mijn kant uit kijken.

Craig nam alle tijd, taxeerde elke worp zorgvuldig, en wist het te brengen tot twee slag drie wijd. Helaas liet hij zich verleiden tot het uithalen naar een lage bal, en miste. Drie slag. Ik voelde hoe aan onze kant alle hoop vervloog. Het leek wel een fietsband die leegliep. Toen onze laatste speler werd uitgetikt, was de wedstrijd afgelopen en waren we uit de kampioenscompetitie gewipt.

Er heerste een begrafenissfeer toen Gerry en ik naar de auto liepen. Ik had het gevoel dat een paar van de andere leerlingen, vooral de meisjes, naar me keken alsof ik op de een of andere manier verantwoordelijk was voor Craigs mislukte batten. In zeker opzicht was het misschien wel waar, dacht ik, want ik wist dat, ook al deed hij onverschillig over zijn moeilijkheden thuis, het toch aan hem moest knagen.

Hij weigerde erover te praten. Hij gaf zichzelf en zijn gretigheid de schuld. Ik durfde niet te suggereren dat het iets te maken had met ons probleem met zijn ouders, of liever gezegd, zijn probleem. Ik wist wat hij wilde: we moesten doen alsof het probleem niet bestond, en al moest ik er voortdurend aan denken, toch praatten we er niet over. Het enige wat hij tijdens het weekend zei was dat er niet een echte wapenstilstand was, meer een korte periode van rust. Zijn vader had de dreigementen op tafel gelegd, en hij en zijn moeder spraken zo min mogelijk met elkaar. Het was een van die situaties waarin beide partijen wachtten tot de ander zou reageren.

Maar in de week van het schoolbal trok Craigs vader zijn privileges in omdat hij onverzettelijk bleef. Hij nam Craig zijn auto af, zodat hij me niet naar school of naar huis kon brengen. Hij hoefde niet met de bus. Hij had met een van zijn teamgenoten naar school gekund en mij zelfs laten afhalen, maar in plaats daarvan nam hij, uitdagend als hij was, dezelfde bus als ik en ging naast me zitten. Het wakkerde de roddels over ons aan, en omdat ik 's morgens niet langer afgehaald werd, raakten ook mijn grootouders ervan op de hoogte.

We waren er bijna in geslaagd hen buiten al het tumult te houden, maar toevallig was mijn grootmoeder thuis toen ik de eerste dag met de bus moest, en aan haar gezicht kon ik zien dat ze al een hoop vragen had. Het roddelnetwerk was in actie gekomen en hun oren tuitten toen ik thuiskwam uit school. Zoals gewoonlijk wachtten ze met de discussie tot we aan tafel zaten.

'Is er een probleem tussen jou en Craig, Alice?' begon mijn grootvader. Aan de blik van mijn grootmoeder kon ik zien dat zij en mijn grootvader hadden besproken hoe ze mij en Craig moesten aanpakken. Ze hadden een strategie ontworpen. Per slot was mijn grootvader niet voor niets advocaat.

'Niet tussen ons, nee,' antwoordde ik.

'Waarom komt hij je dan niet afhalen om naar school te gaan?'

'Zijn vader heeft zijn auto afgenomen.' Ik wilde niet liegen; ik wilde alleen niet alles er meteen uitflappen.

'Waarom?'

Ik legde mijn vork neer en vouwde mijn handen.

'Craigs moeder is overstuur omdat hij met mij omgaat. En vooral omdat hij me heeft gevraagd met hem naar het schoolbal te gaan.'

'Ik wist het,' zei mijn grootmoeder. Ze sloeg met haar platte hand op tafel en deed borden en bestek rinkelen. 'Ik wist het. Die vrouw –'

'Rustig,' zei mijn grootvader. Hij wees haar terecht en ze knipperde nauwelijks met haar ogen. 'Heeft Craig je verteld waarom ze zo overstuur is?' vroeg hij.

'Vanwege mijn moeder, om wat er gebeurd is in hun huis, omdat ze denkt dat ik slechte genen van haar geërfd heb of zo. Ze heeft het huis van onder tot boven gerenoveerd om de mogelijkheid uit te sluiten dat er iets in dat huis is dat mijn moeder kan hebben aangeraakt of waarover ze kan hebben gelopen of dat ze zelfs maar kan hebben gezien.'

'Ja, we wisten dat de Harrisons dat hadden gedaan,' zei mijn grootvader.

'Ben je daar in huis geweest?' vroeg mijn grootmoeder.

'Eén keer maar. De dag waarop Craig en ik elkaar in het dorp ontmoetten en hij me naar huis bracht. Zijn ouders waren er niet,' voegde ik er snel aan toe. Ik vroeg me af of ik ze moest vertellen over het onderzoek dat Craig had gedaan naar de moord op Pearson. Iets zei me dat ik daarover moest zwijgen.

'Heb je het hele huis gezien?' vroeg ze.

'Nee.'

Ze zweeg. Ik kon zien dat ze er verder liever niets over hoorde.

'En wat gaat Craig nu doen? Is hij teruggekomen op zijn besluit om met je naar het schoolbal te gaan?'

'Nee.'

'Daar zullen de Harrisons niet blij mee zijn,' zei mijn grootmoeder tegen mijn grootvader. 'Het is niet bepaald een aangename ervaring, Michael. Misschien moet je eens met Tom Harrison praten.'

'Om wat te zeggen? Ze hebben het recht om te controleren wat hun zoon doet, Elaine.'

'We gaan naar het schoolbal,' zei ik nadrukkelijk. 'Dat hebben we al besloten. Craig heeft het geld dat hij nodig heeft, en hij kan over een andere auto beschikken, of we kunnen met een paar anderen meegaan in een limousine.'

'Niet echt leuk,' mompelde mijn grootmoeder hoofdschuddend. 'Dat verdomde mens.'

'Elaine.'

'Het is niet eerlijk tegenover Alice,' zei ze, naar me gebarend alsof ze mijn grootvader moest vertellen waar en wie ik was. 'Als ik hoor dat ze verhalen rond gaat strooien...'

'Ik betwijfel of ze dat zal doen,' zei mijn grootvader, maar niet helemaal overtuigd.

'Het spijt me, lieverd,' zei mijn grootmoeder. 'Als je vindt dat je nu beter niet met Craig naar het schoolbal kunt gaan, maak je dan niet ongerust. Die jurk kun je wel een andere keer gebruiken, dat weet ik zeker.'

'O, nee, we gaan,' zei ik. Ik had samen met Craig gewerkt aan mijn zelfvertrouwen en wilskracht. Dit was niet het moment om terug te krabbelen. 'Ik laat me door niemand zeggen dat ik niet goed genoeg ben.'

'Goed zo,' zei mijn grootvader glimlachend. 'Greta Harrison zal vast wel inzien hoe dwaas ze zich gedraagt.'

'Reken er maar niet op. Als ze haar neus nog hoger in de lucht stak, zou ze zuurstof nodig hebben,' zei mijn grootmoeder en ze moesten allebei lachen.

Ik glimlachte. Craigs moeder keek inderdaad als iemand die dacht dat ze constant op een rode loper liep. De paar keer dat ik haar gezien had sinds Craig en ik met elkaar omgingen, kon ik haar alleen maar aanstaren en aandachtig opnemen. Per slot waren ouders toch minimaal de bron waaruit we onze eigen karaktertrekken putten. Wat zou Craig van die vrouw hebben? Haar arrogantie, die hij afzwakte tot een krachtig zelfvertrouwen? Dat had iedereen nodig; dat was prima. Hij had een paar van haar goede fysieke eigenschappen, haar haar en haar ogen. Maar ik stelde me voor dat hij zoveel meer van zijn vader had, die sterke, knappe man. Tussen de regels door en afgaande op zijn zinspelingen, meende ik begrepen te hebben dat zijn vader gevoel voor humor had en dat de meeste mensen hem graag mochten. Craig zei dat hij de perfecte politicus was, vooral met betrekking tot zijn moeder.

'Goed, maar laat het ons weten als er iets naars gebeurt, Alice,' zei mijn grootmoeder. 'En als jullie iets nodig hebben. Misschien kun je hem je auto lenen, Michael,' stelde ze voor.

Hij schudde zijn hoofd.

'We mogen ons er niet te veel mee bemoeien, Elaine.'

'Je denkt meer als een jurist en minder als een grootvader,' protesteerde ze, waarop hij een lichte kleur kreeg. 'Maar waarschijnlijk heb je gelijk,' ging ze snel verder. 'Laat het ons in ieder geval weten, Alice.'

Ik knikte en tijdens de rest van de maaltijd praatten we over andere dingen.

Toen de avond van het schoolbal naderde, werd de opwinding op school bijna tastbaar. Er hing een elektrische sfeer in de lucht, lachbuien, gegiechel, glimlachjes; iedereen die ieder ander verzekerde en beloofde dat het een fenomenale avond zou worden. Ik begon medelijden te krijgen met de meisjes die niet gevraagd waren en met een bleek en triest gezicht rondliepen. Het was bijna alsof ze zagen hoe hun jeugd aan hen voorbijging, hen eenzaam en verloren op een straathoek achterliet, bij een bushalte waar nooit een bus stopte.

Mijn grootouders bleven vragen hoe we de tijd wilden doorbrengen tussen het schoolbal en de picknick de volgende dag. Ik ontdekte eindelijk dat een groep van ons de nacht zou doorbrengen in het huis van Ruth Gibson. Haar ouders moesten naar het vijfentwintigjarige jubileum van de broer van haar vader in Dover, Maryland, zodat ze het huis voor zich alleen had, en ze hadden haar toestemming gegeven een paar vrienden uit te nodigen. Het was een van de grotere huizen in Centerville, het naburige dorp. Dat we zo dichtbij ons eigen dorp waren was een beetje een geruststelling voor mijn grootouders, al vond mijn grootmoeder het niet erg prettig dat er geen volwassene was om ons te chaperonneren.

'Laten ze zelf hun verantwoordelijkheid maar nemen,' zei mijn grootvader. 'Alice is een verstandige meid.'

Ze gaf toe, maar ze had minder vertrouwen in me dan hij, en bovendien, zei ze, zich nadrukkelijk tot mij richtend: 'Soms ben je het niet zelf, maar je vrienden die de moeilijkheden veroorzaken.'

'De teerling is geworpen op het moment dat je ze afzet bij de kleuterschool,' mompelde mijn grootvader.

Omdat ik mezelf zo'n beperkt, introvert, bijna kluizenaarsachtig bestaan had opgelegd, hadden ze het nu moeilijk. Ze hadden alles in het werk gesteld om me een socialer leven te doen leiden, en nu ik dat deed, wisten ze niet hoeveel beperkingen ze me moesten opleggen zonder me weer in een kluizenaarster te veranderen. Ik kon ze niet helpen. Ik bevond me zelf in onbekend vaarwater. Ik zou verdrinken of doorvaren. Grootvader Michael had waarschijnlijk gelijk – je gooit de dobbelstenen en je bidt.

Nu alles op een rijtje was gezet, begon onze avond vorm aan te nemen. Maar Craig vertelde me vrijdagavond dat we definitief niet met de limousine gingen.

'Om te beginnen voel ik er niks voor om naar ze te luisteren en uit te moeten leggen waarom ik niet met mijn eigen auto ben,' zei hij, 'en verder ben ik niet van plan mijn tijd met jou te delen met anderen, zelfs niet voor een paar minuten.'

'Wat doen we dan?'

'Maak je niet ongerust. Ik ben bezig met iets heel bijzonders,' zei hij met een knipoog.

De nacht vóór het schoolbal had ik een afschuwelijke nachtmerrie, waarin ik ontdekte dat Craigs ouders hadden besloten hem gevangen te zetten om hem te beletten met mij erheen te gaan. Hij zat aan een muur geketend, huilend en schreeuwend. Nu was ik net als die andere meisjes, die geen date hadden en hun jeugd voorbij zagen gaan. Ik werd badend in het zweet en met wild bonzend hart wakker. Niets maakte me zo gelukkig als te zien hoe de zon door mijn ramen scheen en de duisternis in flarden scheurde.

Hij belde me die dag twee keer, beide keren om me te verzekeren dat alles goed ging.

'Mijn moeder besloot vandaag de hele dag te gaan shoppen. Het is haar manier om wraak te nemen op mij en mijn vader, voornamelijk op hem, omdat ze waarschijnlijk een enorme hoop geld zal uitgeven aan allerlei onnodige dingen.'

'Wat zegt je vader ervan?'

'Niks. Hij kijkt alleen maar hoofdschuddend naar mij. Ik reageer niet. Ze komen er wel overheen. Ze heeft haar woedeaanval gehad en dat is dat. Zorg ervoor dat je je schoonheidsslaapje doet, zoals de jonge vrouwen in *Gejaagd door de wind*,' zei hij lachend.

'Alsof ik zou kunnen slapen.'

Hij lachte en toen vertelde hij me het geheim van ons vervoer. Hij had een Harold Echerts '57 Ford Thunderbird gehuurd, een gerestaureerde oldtimer.

'Het komt erop neer dat we in de meest opvallende auto op het schoolbal arriveren.'

'Mocht je die huren?'

De auto stond altijd geparkeerd voor de garage van Echert en trok de aandacht en bewondering van toeristen en dorpelingen. De auto was altijd gewassen en glansde prachtig. Er ging een verhaal dat een filmmaatschappij hem zelfs gebruikt had in een film. Hij was knalrood en had grote witte banden.

'Mocht? Ik heb er een flinke bom duiten voor neergeteld. Hij heeft een te gek interieur. Ik heb er gisteren een ritje mee gemaakt om te controleren of hij in tiptop conditie is. Wat een vermogen heeft die motor... Wacht maar tot ik je kom afhalen. Mijn vader heeft me een dienst bewezen door mijn auto af te nemen.'

'Oké,' zei ik lachend. 'We zullen hem een kaartje sturen om hem te bedanken.'

Zijn enthousiasme werkte aanstekelijk.

Later op de dag belde hij weer om te informeren of ik gerust had en klaar was voor wat hij de ervaring van ons leven noemde. Bijna twee uur voordat hij zou komen begon ik me al op te tutten. Mijn grootmoeder liep voortdurend mijn kamer in en uit, frutselde aan mijn jurk, mijn schoenen, controleerde mijn make-up en mijn haar en maakte zich drukker over het schoolbal dan ik. Ten slotte zei mijn grootvader dat ze me met rust moest laten.

'Je maakt haar gek,' zei hij.

'Ik wil alleen dat ze –'

'Dat is ze, dat is ze. Ontspan je nu maar, Elaine,' zei hij, en eindelijk liet ze zich meetronen om samen met hem te wachten tot ik beneden zou komen.

Ik deed mijn uiterste best om mijn eigen nervositeit onder controle te houden. Voordat ik mijn kamer uitging, belde tante Zipporah om te vragen hoe ik eruitzag en me veel plezier te wensen.

'Ik was bijna naar je toe gereden om je uit te zwaaien, maar Tyler zei dat ik je zenuwachtig zou maken.'

'Dat zou je inderdaad,' zei ik, en ze begon te lachen.

'Denk eraan dat ik een foto krijg!'

'Oké.'

'Veel plezier, schat.'

'Oké,' zei ik weer, alsof het allemaal van mij zou afhangen.

Eindelijk ging ik naar beneden. Craig kon nu elk moment komen. Mijn grootouders, die allebei net deden of ze verdiept waren in hun lectuur, sprongen overeind uit hun stoel. Mijn grootmoeder kon het niet helpen. Ze moest opstaan om twee haarlokjes vast te zetten die uit mijn haarstukje waren ontsnapt.

'Je ziet er fantastisch uit, Alice,' zei mijn grootvader. 'Het was alsof er een echte prinses de trap afkwam.'

Ik glimlachte naar hem. Als ik iemand kon vinden die maar half zoveel van me hield als hij, dan zou ik een gelukkig mens zijn, dacht ik. We hoorden de deurbel overgaan. Mijn grootmoeder keek even naar mijn grootvader en hij haastte zich om hun camera te halen. Toen liet ze Craig binnen.

Hij zag er erg knap uit in zijn smoking. Hij straalde van opwinding en toen hij me zag keek hij alsof hij geen adem meer kon halen.

'Wauw! Ik heb de koningin van het bal, dat staat vast. Ik weet wat schoonheid en intelligentie is, of niet soms?'

'Ach, hou je mond. En geef jezelf niet zoveel complimentjes.'

Hij lachte en overhandigde me mijn corsage. Toen hij me die opspeldde, begon mijn grootvader foto's te maken. We poseerden voor een paar opnamen en toen volgden mijn grootouders me om de auto te bekijken.

'Wat een beauty,' zei mijn grootvader. 'Ik ben al jaren jaloers op de Echerts vanwege die auto.'

'Hij rijdt als een droom,' zei Craig. Mijn grootvader keek door het raam naar de stoelen en het dashboard en floot zachtjes.

'Wekt oude herinneringen,' zei hij. 'Avonden in de drive-in, rondrijden...'

'Hou die herinneringen maar liever voor je,' zei mijn grootmoeder.

Hij moest lachen en ze omhelsden me en Craig holde om de auto heen om het portier voor me open te houden.

'Veel plezier jullie,' zei mijn grootvader.

'Bel ons morgenochtend,' zei mijn grootmoeder. 'Alsjeblieft. En wees voorzichtig.'

'Dat zullen we zijn,' zei Craig.

Hij startte de motor, knikte naar hen en toen reden we weg. Ik voelde me alsof ik de hele tijd mijn adem had ingehouden, wachtend tot ik wakker zou worden en ontdekken dat het allemaal een droom was geweest. Craig gaf een zacht kneepje in mijn hand.

'We hebben het voor elkaar,' zei hij. 'En je bent zo mooi, Alice. Je bent als een ontdekking, een gevonden schat, iemand die te lang weggestopt is geweest. Als we echt tot de society behoorden,' ging hij lachend verder, 'zou dit je debutantenbal zijn en jij een echte debutante.'

Ik glimlachte en dacht: Het is waar. Het is alsof we opbloeien. Ik breek los uit de zolder. De schaduwen waren gevlucht. Ons geluk straalde te fel voor ze.

We zweefden weg als twee meteoren op weg naar een ander universum waar geen duisternis en verdriet bestonden. Geen van beiden zeiden we iets. Het was of we slechts aan elkaar hoefden te denken en naar elkaar te kijken om te weten wat er in ons hart school.

'Ik ben altijd bang om zo gelukkig te zijn,' zei ik luid fluisterend.

Hij draaide zich om en glimlachte naar me. 'Waarom?'

'Ik weet het niet. Het is alsof...'

'Alsof je alles wat slecht is loslaat?'

'Ja.'

'En dat maakt dat je je schuldig voelt?'

'Ja.'

'Dan moeten we ons allebei schuldig voelen,' zei hij. 'Net als Adam en Eva. We zullen allebei de regels overtreden.'

Hij lachte.

Maar was dat zo grappig? Moesten we erom lachen en gelukkig zijn?

Per slot hadden zij het paradijs verloren.

9

Het ongeluk

Het Cherry Hill was een van de bekendste en meest luxueuze hotels in de vakantieregio van in het noorden van de staat New York. Het was een groot, laag gebouw met een eigen golfbaan, een zwembad met Olympisch afmetingen, nachtclub en indoorschaatsbaan. De leerlingen die er anders om wat voor reden ook naartoe gingen waren al enthousiast, maar vanavond mochten we de golfclub gebruiken als onze privédans- en feestzaal en dat maakte het allemaal nog opwindender.

Het hotel had parkeerservice en er waren spotlights geïnstalleerd, zodat het leek of er beroemdheden zouden komen. Er was zelfs een rode loper voor ons uitgelegd. Toen we voorreden in de oldtimer, kwamen de leerlingen die er al waren naar de deur om te kijken, en degenen die net vóór ons waren gearriveerd, wachtten tot wij gestopt waren. Er werd zelfs geapplaudisseerd. De klas had een fotograaf gehuurd om foto's van het schoolbal te maken, en hij klikte erop los met felle flitslichten toen Craig en ik uit de auto stapten. De muziek klonk door de buiten opgehangen speakers, zodat ik het gevoel had dat het feest begon zodra ik was uitgestapt. Om nog meer de aandacht te trekken van zijn vrienden, nam Craig me in zijn armen en wervelde met me rond op de rode loper alsof we twee professionele dansers waren. Er volgden gelach en applaus.

Craig leek het heldere licht van de flitslampen in zich op te zuigen. Zijn schouders gingen omhoog en hij zwol van trots. Ik had me afgevraagd of de woede van zijn ouders, hun verzet tegen zijn voornemen met mij naar het schoolbal te gaan, op de een of andere manier zou doordringen in de avond en die voor ons bederven. Ik wist zeker dat hij dat ook had gedacht.

'Ik wist dat ik het juiste meisje voor het schoolbal had gevraagd. Ik zei je toch dat je "koningin van het bal" zou zijn,' fluisterde hij toen hij me een arm gaf en me begeleidde over de rode loper.

Craigs vrienden wilden weten hoe het hem gelukt was die auto te bemachtigen. Niemand vroeg waarom hij het had gedaan, ze namen gewoon aan dat hij iets bijzonders wilde. Iedereen gaf hem een hand en klopte hem op de rug alsof hij een homerun had geslagen in de halve finale en niet was uitgegooid.

Ik had het gevoel of ik door een raket van de aarde was geschoten. Nog maar een paar weken geleden, vóór de voorjaarsvakantie, was ik minder dan een schaduw geweest op school – een voorbijvliegende schaduw. Nu was ik het middelpunt van een kring jaloerse meisjes die probeerden mijn aandacht te trekken en met me te praten. Meisjes als Mindy Taylor en Peggy Okun, die vroeger geprobeerd hadden me te vernederen, waren nu teruggedrongen in de verste hoeken van de zaal. Verbijsterd over die ommekeer stonden ze er kleintjes en met zure gezichten bij. Ze waren beslist net zo versuft over dit alles als ik, alleen genoten zij er niet van.

Craig en ik begaven ons onmiddellijk naar de dansvloer, gevolgd door de anderen. Het leek wel of we de meeste feestgangers aan een lijntje hadden en dat ze precies deden wat wij wilden. Als wij naar de punchschaal gingen, gingen zij ook. Als wij een hapje namen van het buffet, deden zij dat ook. Als wij dansten, dansten zij, en als wij bleven staan om te praten, kwamen ze om ons heen staan om geen woord te missen.

Hoe zou het leven van mijn moeder zijn verlopen als ze dit soort dingen had meegemaakt? vroeg ik me af. Zou het haar hebben veranderd, geholpen, haar hebben behoed voor een ramp? Als er zoiets bestond als een injectie van zelfvertrouwen, dan was dit het wel. Ik voelde me door niemand geïntimideerd, niemand danste beter dan ik of zag er beter uit. Plotseling leek het niet zo moeilijk meer om in deze wereld te wedijveren met meisjes van mijn leeftijd. Craig en ik waren het mooiste, meest bewonderde paar op de dansvloer, en niet alleen vanwege die auto en onze kleding.

Craig was al enorm populair op school, hij was klassenvoorzitter en een sportheld. Onze opvallende entree en de energie die we uitstraalden droegen daar alleen nog maar toe bij. Nu ik hier was, had ik werkelijk het gevoel dat ik ontdekt was, en terecht. Ik koesterde me in de aandacht van de andere jongens en meisjes. Ik wist dat ik spraakzamer was dan ooit, meer lachte dan ik ooit gedaan had en dat ik blij was met wie ik was. Ik was nooit echt tevreden geweest over mijzelf, maar deze avond was ik dat wel en ik dacht dat ik dat van nu af aan zou blijven. Het was van ons allebei een goede beslissing geweest om bij elkaar te blijven en samen naar het schoolbal te gaan.

'Het is gewoon ongelooflijk zo mooi als je eruitziet. Je lijkt wel een actrice of zo,' zei Marsha Green tegen me. Ik glimlachte slechts naar haar. Ik wist niet wat ik zeggen moest tegen iemand die zo dweperig tegen me deed, vooral tegen haar niet. Ze zat naast me in het wiskundelokaal en had me hiervóór zelfs nog niet geeuwend aangekeken.

Een tijdje later trok Craig me opzij en pakte het glas punch uit mijn handen.

'Ik heb net ontdekt dat iemand er wodka bij heeft gegooid.'

'Heus? Ik heb het niet geproefd.'

'Dat is precies de bedoeling. Het is goed gecamoufleerd, maar ik wil geen herhaling van Mickeys party. Ik heb iets beters voor ons,' zei hij en tikte op zijn jasje.

Voor ik hem kon vragen wat het was, werd hij meegetrokken door Bobby Robinson die hem een grap wilde laten horen. Hoewel alle jongens aandacht moesten schenken aan hun date, zochten ze toch graag elkaars gezelschap op om hun verhalen kwijt te kunnen. Waarom werden meisjes als kletstantes beschouwd? vroeg ik me af. Ik moest heimelijk lachen. Ik deed zoveel nieuwe en wonderbaarlijke ontdekkingen over de wereld waarin ik verkeerde, over de mensen die ik kende.

Even later stopte de band, die de taak had gekregen om de koning en koningin van het bal te kiezen, om aan te kondigen wie ze hadden uitverkoren. Mijn hart begon te bonzen. Aan de manier waarop de anderen naar Craig en mij keken, kon ik zien dat ze verwachtten dat wij zouden worden gekroond. Maar toch, toen de leider van de band onze namen noemde, begonnen mijn knieën te knikken.

'Kom,' drong Craig aan. 'Laten we die kronen gaan halen voor ze ontdekken dat ze zich vergist hebben.'

Ik verkeerde in zo'n shocktoestand dat ik als een zombie naar het podium liep. Ik de koningin van het bal? Ik? De paria van het dorp?

In een quasi-serieuze plechtigheid, met veel pracht en praal, trompetgeschal en tromgeroffel, werden we gekroond, en iedereen juichte en klapte. De fotograaf maakte van alle kanten foto's, en sommige leerlingen die een camera hadden meegebracht, deden hetzelfde. Ik zag zelfs een van onze chaperons, meneer Kasofsky, een paar opnamen maken.

Na de kroning moesten we samen dansen, als een bruid en bruidegom op hun huwelijksfeest, terwijl we door een spotlight werden gevolgd. Ik was doodsbang dat ik zou struikelen of op de een of andere manier een dwaze, stuntelige indruk zou maken, maar in Craigs sterke armen voelde ik me veilig. Hij leidde me sierlijk over de dansvloer.

'Ik was bang dat ze Bobby en Charlene zouden kiezen,' fluisterde Craig. 'Zij waren de serieuze concurrenten.'

Ik keek even naar Charlene. Ook al lag er een vriendelijke glimlach op haar gezicht, ik wist zeker dat ze teleurgesteld was. Ik had medelijden met haar. Volgens mij was zij het mooiste meisje op school, en ook Bobby was een knappe, aantrekkelijke jongen.

'Uiteindelijk moesten ze het toch tegen ons afleggen,' voegde Craig eraan toe.

Ik keek hem aan. Zelfvertrouwen begon snel over te gaan in arrogantie, dacht ik. Misschien kwam die karaktertrek van zijn moeder nu toch naar boven.

'Ik voel me er niet helemaal prettig bij,' zei ik. 'Charlene danst beter dan ik en ze is mooier.'

'Dat vond de band niet, en daar gaat het om,' antwoordde hij. 'Doe niet zo mal. Geniet ervan.'

Hij koesterde zich in alle aandacht.

'Mijn ouders zullen met hun mond vol tanden staan als ze het horen,' mompelde hij. 'Pa's klanten zullen hem gelukwensen en hij zal moeten lachen en dankjewel zeggen. Ik weet dat mijn moeder van die roem zal willen profiteren, ook al zal ze nooit toegeven dat ze het mis had. Hun verdiende loon. Ik hoop dat ze er moeite mee zullen hebben om door het stof te gaan.'

Ik wou dat hij niet zo verbitterd was jegens zijn ouders. Het zat me nog steeds dwars dat het gedeeltelijk, zij het niet totaal, mijn schuld was, en het gaf me een raar gevoel dat hij het prettiger vond zijn ouders in een pijnlijke situatie te brengen dan te genieten van onze triomf.

De aandacht die we hadden gekregen bij onze aankomst werd nog verhoogd door de kroning. Iedereen wilde weten wat onze plannen waren na het schoolbal en de volgende dag. Een uitnodiging bij Ruth Gibson thuis werd algauw zo waardevol als een uitnodiging op het Witte Huis. Ik stond verrast over het aantal meisjes dat naar me toekwam met de vraag of ik ervoor kon zorgen dat zij en hun date werden uitgenodigd.

'Het is niet mijn huis en niet mijn party,' zei ik, en hun vleiende glimlach verdween als sneeuw voor de zon.

'Wat kan iemand toch gauw verwaand worden,' mompelde Jennifer Todd luid genoeg dat de andere meisjes in haar buurt het konden horen. Er werd geknikt en de welkomstmat werd snel onder mijn voeten vandaan getrokken en opgerold.

Afgunst leidt vaak tot rancune, dacht ik. Ik wilde dat we ons minder opvallend hadden gedragen. Ik had een leuke avond willen hebben, een herinnering voor later, een gekoesterd souvenir om in een album te plakken. Ik was er niet op uit om de school te veroveren en Miss Popularity te worden.

Kort daarna besloot de groep die naar Ruths huis ging dat het tijd werd om te vertrekken. Sommigen vroegen het aan Craig, die ja zei. Het schoolbal was over zijn hoogtepunt heen, vooral voor hem. Wat viel er verder nog te doen als je eenmaal tot koning gekroond was?

'Nu begint het echte feest,' fluisterde hij in mijn oor toen we weggingen. 'Nu gaan we echt plezier hebben,' zei hij op zangerige toon. 'Het is mijn ouders niet gelukt deze avond voor me te bederven. We hebben ze mooi op hun nummer gezet.'

Zijn woorden hadden weer diezelfde wrange klank. Ik wilde me niet amuseren om iemand te ergeren. Ik wilde gewoon zelf plezier hebben, maar Craig was kwaad en niet meer te stuiten. Het laatste uur op het schoolbal had ik trouwens al gemerkt dat zijn gedrag veranderd was. Hij liet me voortdurend in de steek om met zijn vrienden bij de punchschaal te gaan staan, waarvan ik wist dat er wodka in zat. In de club mocht niet gerookt worden, dus degenen die wilden roken moesten naar buiten. Craig ging met hen mee, ook al rookte hij niet. Hij liet me zeker tien minuten alleen en toen hij terugkwam was hij opgewonden en enthousiast. Kort daarna werd het besluit genomen om weg te gaan.

We stapten snel in de auto en volgden de rij auto's die naar Ruth Gibsons huis reden. We droegen nog steeds onze kroon. Ik vond het mal om die dingen op te houden, maar Craig stond erop.

'We moeten die kroon de hele nacht ophouden, zelfs als we gaan slapen,' grapte hij.

Het was net na middernacht. De groep in Ruths huis bestond uit tien mensen, maar slechts drie ervan bleven slapen. We namen een zijweg die korter was en ons sneller bij ons doel zou brengen. Met slechts onze koplampen en de achterlichten van de auto's voor ons om ons pad door het beboste terrein te verlichten, had ik plotseling het gevoel dat we ons in een griezelige processie bevonden. Het maakte me nerveus.

'Hier,' zei Craig, en haalde zijn hand van het stuur om me een donkere sigaret te overhandigen. 'Steek een van deze op.'

'Ik rook niet en ik dacht dat jij dat ook niet deed.'

'Het is geen sigaret, Alice. Weet je niet wat het is?'

Ik schudde mijn hoofd, maar ik rook het.

'Is het... hasj?' vroeg ik.

'Ja,' zei hij lachend. 'Je wordt er niet misselijk van en het ontspant je.' Hij pakte de aansteker en hield die voor me. Ik aarzelde. 'Kom, schiet op. Ik wil ook wat. We hebben het recht om iets te vieren. We zijn royalty.'

Nog zenuwachtiger stak ik de joint aan en nam een trekje. Snel blies ik de rook uit en hoestte. Hij lachte me uit.

'Je moet de rook inhouden,' zei hij en nam de joint van me over om te laten zien hoe ik moest roken.

'Hier, probeer het nog eens.'

'Liever niet.'

'Kom, Alice. Ontspan je. We hebben een geweldige avond voor de boeg.'

'Zo wil ik het graag houden,' zei ik.

'Wauw.'

Teleurgesteld schudde hij zijn hoofd, maar hij drong niet aan. Ik kon zien dat hij zich aan me ergerde, maar hij maakte geen onaangename opmerking. In plaats daarvan rookte hij sneller en hield de rook langer binnen. 'Je weet niet wat je mist,' zei hij en wipte op en neer op zijn stoel, boog zich naar me toe om me te zoenen en bood me steeds opnieuw de joint aan.

Ik probeerde hem te negeren. Ten slotte zette hij de radio harder en lachte weer.

'Kijk eens hoe hard Jack Montgomery rijdt,' zei hij met een knikje naar een van de auto's, een eind voor ons. 'Ik weet wel wat hij van plan is. Hij wil de beste slaapkamer voor hem en Brenda. De klootzak.

'Maar wacht even, wij zijn de koning en koningin van de avond. Wij horen hen niet te volgen. Zij horen ons te volgen.'

Met die woorden verliet hij de rij en trapte op het gaspedaal. Hij passeerde de twee auto's die voor ons reden en toeterde luid. Zij deden hetzelfde. De auto van Jack Montgomery was de laatste vóór ons. Craig toeterde weer, maar Jack weigerde opzij te gaan. Craig reed tot aan zijn bumper, botste bijna tegen hem op en hield zijn vinger op de claxon. Jacks enige reactie was gas te geven.

'De schoft,' zei Craig en accelereerde ook.

'Je rijdt te hard,' zei ik. 'Het is niet belangrijk, Craig. Laat hem gaan.'

'Het is wél belangrijk. Iedereen probeert me in een hoek te dringen. Je zou haast denken dat mijn moeder in die auto zit.'

'Wát?'

Wat een vreemde opmerking, dacht ik.

Hij gaf geen antwoord en ging nog harder rijden.

De zijwegen waren veel smaller dan de hoofdwegen in onze regio. Sommige waren al jaren niet meer onderhouden en waren hier en daar opgebroken. De berm was zacht en aan beide kanten van de weg waren diepe greppels, maar omdat de greppels al geruime tijd niet meer waren schoongemaakt, waren ze gecamoufleerd met modder, bladeren en dode takken.

Craig zat achter het stuur met de joint hangend in zijn mondhoek, als een gewone sigaret. Toen hij een diepe trek nam, blies hij de rook uit door zijn neusgaten, wat hem op een kwade stier deed lijken.

Geleidelijk haalde hij Jacks auto weer in, maar deze keer probeerde hij hem niet naar rechts te dringen, maar schoot naar links en begon hem te passeren. We reden naast elkaar en toen ik opzij keek, zag ik dat Jack lachte, maar dat zijn vriendin Brenda net zo angstig keek als ik. Ze sloeg hem op zijn schouder om hem langzamer te laten rijden. Ik zag dat hij zich omdraaide om haar weg te duwen, maar door die manoeuvre kwam zijn auto gevaarlijk dicht bij de onze. Craig probeerde dat goed te maken door nog verder naar links uit te wijken, waarop zijn linkervoorwiel in de greppel terechtkwam.

Het was alsof iemand, een of andere grote onzichtbare reus, naar ons reikte, onze auto in zijn reusachtige hand nam en ronddraaide. De wielen verloren hun greep op het asfalt, de auto werd letterlijk van de grond getild en omgegooid, en botste tegen de grote eiken- en notenbomen. Ik gilde. Ik hoorde het geluid van versplinterend glas en scheurend metaal en voelde me omhooggetild en in het rond gesmeten. Mijn ogen waren gesloten. Ik voelde geen pijn toen we tot stilstand kwamen. Ik viel in de duisternis.

Toen ik mijn ogen weer opendeed, keek ik naar een wit plafond en hoorde ik een soort gepiep. Langzaam begon ik te focussen, maar toen voelde ik een scheut van pijn in mijn linkerzij, mijn been en mijn heup. Ik kreunde. Toen ik mijn hoofd omdraaide zag ik dat mijn grootvader naast me zat in wat kennelijk een ziekenhuiskamer was. Hij hield zijn hoofd omlaag; zijn kin rustte bijna op zijn borst. Ik sloot en opende mijn ogen en riep hem. Eerst dacht ik dat ik droomde en riep in mijn slaap, omdat hij niet reageerde. Toen hief hij langzaam zijn hoofd op en keek me aan.

Hij zag er uitgeput uit, als iemand die dagenlang op de been was geweest. Hij was ongeschoren en zijn ogen vielen halfdicht, maar hij wist een glimlach tevoorschijn te toveren en stond langzaam op, liep naar het bed en pakte mijn hand vast.

'Hallo, prinses, hoe gaat het?'

'Waar ben ik?'

'In het provinciale ziekenhuis. Je lag al twee dagen in een coma. Je grootmoeder staat op de gang met een dokter te praten.'

'Wat is er gebeurd?'

'Herinner je het je niet meer?'

Ik schudde mijn hoofd. Was dit weer die beroemde selectieve amnesie?

'Je hebt een ernstig auto-ongeluk gehad, Alice. Heel ernstig. Het is een groot geluk dat je nog bij ons bent. Herinner je je er helemaal niets meer van?'

Ik staarde hem aan. Ik voelde een doffe pijn en zag voor het eerst dat er iets in mijn arm stak. Ik volgde de slang tot aan een zak die aan een standaard hing. Ik wilde ernaar informeren, maar voelde dat mijn oogleden dichtvielen. Ik deed een vergeefse poging ze open te houden. Een ogenblik later viel ik in slaap.

Toen ik weer wakker werd, stond mijn grootmoeder met een dokter naast mijn bed. Mijn grootvader liep de kamer in en kwam naast hen staan.

'Alice,' zei mijn grootmoeder. 'Alice, hoor je me?' Ze draaide zich om naar de dokter. 'Ze schijnt me niet te horen of zelfs maar te zien.'

'Ze is nog steeds in een toestand van verdoving,' zei hij.

Droomde ik? Ik scheen naar hen te kijken door een dichte mist, die langzaam begon op te trekken.

'Wat is er met me gebeurd, oma?'

'Je hebt je heup lelijk bezeerd,' zei ze. 'Je moet geopereerd worden om te zien wat eraan te doen is. Je hebt een hersenschudding, maar volgens de dokter is die niet levensgevaarlijk. Je hebt verwondingen over je hele lichaam, Alice. Het is een wonder dat je geen ernstiger letsel hebt opgelopen.'

Terwijl ze sprak keek ik naar mijn grootvader en vervolgens naar de dokter. Ik zag nog iets in hun gezicht, iets dat me angst aanjoeg. Ik sloot mijn ogen en deed mijn best me alles te herinneren. Het leek of ik uit een poel van inkt langzaam opsteeg naar het licht. Deels wilde ik dat beletten. Ik schudde mijn hoofd, smeekte om niet verder te gaan naar het licht, maar ik kon het niet voorkomen. De herinneringen stormden plotseling op me af als woedende kleine dieren, die me wilden bijten. Kreunend bracht ik mijn linkerhand naar mijn gezicht.

'Rustig,' zei de dokter.

'Wat... waar is Craig?' vroeg ik.

Niemand gaf antwoord. Ze keken me alleen maar aan. Toen keek mijn grootmoeder naar mijn grootvader, en hij kwam naar voren.

'Craig heeft het niet gehaald, Alice.'

'Wat niet gehaald?'

'Zijn verwondingen waren veel ernstiger.'

Ik bleef naar hen staren, wachtte tot hij eraan toe zou voegen: 'Maar hij zal weer herstellen.'

Hij voegde er niets aan toe. Hij sloeg zijn ogen neer.

'Bedoel je dat Craig dood is?'

'O, god,' zei mijn grootmoeder. Haar lippen trilden. Haar gezicht leek op een aardbeving. De tranen stroomden over haar wangen.

'Hij is dood?' vroeg ik weer.

'Ja, Alice. Hij is overleden,' zei mijn grootvader.

Ik sloot mijn ogen, viel terug in de poel van inkt en zakte verder omlaag.

Toen ik weer wakker werd, was mijn tante Zipporah er. Ze staarde uit het raam.

'Tante Zipporah?'

'O, Alice. Ik ben zo blij dat je wakker bent. Arm kind.'

'Waar zijn opa en oma?'

'Ze zijn iets gaan eten in de kantine van het ziekenhuis. Hoe voel je je?'

'Suf,' antwoordde ik. Ik dacht even na. Was ik wakker geweest en had ik met mijn grootouders gesproken en hadden ze werkelijk gezegd wat ik dacht dat ze hadden gezegd?

Tante Zipporah schoof een stoel naar het bed en pakte mijn linkerhand in haar beide handen. Ze glimlachte naar me.

'Het komt goed met je,' zei ze. 'Bont en blauw, maar niets ernstigs.'

'Ik heb een auto-ongeluk gehad.'

'Een verschrikkelijk ongeluk, ja. Je grootvader zegt dat iemand die dat wrak had gezien, niet zou geloven dat je nog leefde.'

'Maar Craig...'

'Ik weet het. Het is heel erg. Kun je je herinneren wat er is gebeurd?'

Ik dacht even na. Woorden en beelden tolden in mijn hoofd door elkaar als stukjes van een legpuzzel. Langzaam begonnen er een paar in elkaar te passen.

'We gingen naar een feestje bij iemand thuis.'

'Ja, ik weet het,' zei ze en knikte om me aan te moedigen. 'Dat was na het schoolbal.'

'Craig wilde er als eerste zijn. We werden gekozen tot koning en koningin van het bal.'

'Ik weet het,' zei ze weer. Ze wreef glimlachend over mijn hand.

'Hij reed te snel en toen gebeurde er iets... het leek of de auto wegvloog.'

'Hij verloor de macht over het stuur,' zei ze. 'Alice,' begon ze. Ze keek naar de deur en toen weer naar mij. 'Hebben jullie... hebben jullie hasj gerookt?' Ik staarde haar aan. Dat was de puzzel die ik gezien had. Ook die stukjes vielen snel op hun plaats. Ik knikte.

'Hij wel. Ik heb maar één trekje genomen en toen nam hij het weer terug.'

'Ze hebben het gevonden en ik denk dat ze bij de autopsie hebben geconstateerd dat hij gebruikt had.'

'Weten opa en oma het?'

'Ja. Maar het is niet jouw schuld,' zei ze snel. 'Wat er is gebeurd is niet jouw schuld. Laat niemand je proberen wijs te maken dat het wél zo was.'

Ik nam haar onderzoekend op. 'Beweert iemand dat?'

Ze gaf geen antwoord.

'Craigs moeder?'

'Je kunt het iemand niet kwalijk nemen dat ze het niet kan en wil begrijpen en dat ze kwaad is en probeert iemand of iets anders de schuld te geven en niet haar eigen kind, maar we weten allemaal dat jij op geen enkele manier aan hasj had kunnen komen. Hij moest wel degene zijn die het in zijn bezit had,' zei ze, maar ze zei het met een klank in haar stem alsof ze het vroeg en niet zei.

'Ja, hij had het. Ik wist het pas toen we in de auto zaten en op weg waren naar het feest.'

'Verdomme. Hasj roken terwijl je rijdt. Dat kun je niet maken.'

Mijn grootouders kwamen terug in de kamer. Mijn grootvader glimlachte toen hij zag dat ik wakker was, maar het gezicht van mijn grootmoeder stond erg bezorgd. Ze keek naar tante Zipporah.

'Het is waar van de hasj,' zei ze tegen mijn grootmoeder. Hij had het bij zich,' voegde ze er nadrukkelijk aan toe.

'O, Alice,' zei mijn grootmoeder.

'Wat kon zij eraan doen? Híj had het,' zei tante Zipporah.

'Mijn god.'

'Het heeft geen zin haar nog meer overstuur te maken, Elaine,' zei mijn grootvader.

'Ze geeft mij de schuld? Craigs moeder geeft mij de schuld?' vroeg ik.

'Ze is niet het soort vrouw dat ooit schuld zou bekennen, zelfs niet als ze op heterdaad betrapt werd,' zei mijn grootmoeder.

'Denk daar nu niet aan,' zei mijn grootvader tegen mij terwijl hij dichter naar het bed toe liep. 'Ik wil dat je je concentreert op beter worden. Op niets anders.'

'Zodra je sterk genoeg bent, gaan ze je heup opereren,' zei tante Zipporah glimlachend. 'Het komt helemaal in orde. Je ontkomt er niet aan om van de zomer te komen werken, denk daaraan.'

Ik wendde me af.

Ik kon nu alleen nog maar denken aan Craigs stralende lach op het schoolbal en de blijdschap en opwinding die we allebei hadden gevoeld. Hoe snel waren we van de wolk gevallen waarop we zweefden. Het was of het allemaal een droom was geweest, en nu was die droom een nachtmerrie geworden.

Ik hoefde niet naar het gezicht van mijn grootouders te kijken om te weten wat me daarbuiten te wachten zou staan. Ik kon de dreiging en het onheil als een naderend onweer op me af voelen komen. Als Craigs moeder een manier vond om mij de schuld te geven van het ongeluk, zouden alle hoofden instemmend knikken en de mensen in ons dorp zouden zeggen dat ze altijd wel geweten hadden dat er zoiets zou gebeuren. Ze konden net zo goed een spandoek hangen boven Main Street waarop stond DE APPEL VALT NIET VER VAN DE BOOM.

Ik hoopte dat ik zou sterven op de operatietafel en er aan alle ellende een eind zou komen.

'We moeten haar laten rusten,' zei mijn grootmoeder.

'Ik zal tijdschriften voor je meenemen, iets om te doen, Alice,' beloofde mijn grootvader. 'Misschien, als je weer op kunt zitten, kan ik je een paar penselen, verf en wat tekenpapier brengen.'

Ik draaide me met een ruk naar hem toe.

'Ik wil niet meer schilderen,' zei ik.

'Wat? Natuurlijk wil je dat wel. Zoiets geef je niet op, Alice.'

'Het is niet belangrijk.'

'Natuurlijk is het belangrijk.'

'Denk daar nu niet meer aan. Je bent nu niet in een conditie om welk besluit dan ook te nemen,' zei tante Zipporah. 'Ik weet dat het je kil en wreed in de oren zal klinken, maar mettertijd gaat alles voorbij en ga je door met je leven. Je kunt niet veranderen wat er gebeurd is, maar als je jezelf eraan onderdoor laat gaan, zal al het slechte waarvan ze je betichten waar lijken te zijn.'

Het klonk logisch wat tante Zipporah zei. Ik was nu alleen niet in de stemming om het te accepteren. Ik sloot mijn ogen. Ze kusten me op de wang voor ze weggingen, maar ik opende mijn ogen niet. Ik wilde dat ik ze eeuwig gesloten kon houden.

Even later kwam de verpleegster binnen om me te onderzoeken, en toen kwam de chirurg die me zou opereren met me praten over mijn verwondingen en me vertellen wat er met mijn heup moest gebeuren.

'Je heupgewricht is op vier plaatsen gebroken, Alice,' zei hij. 'Het wordt een lange operatie, maar je zult er niets van merken omdat het onder narcose gebeurt. Het zal jou niet langer dan een paar minuten lijken,' zei hij glimlachend.

Ik wilde hem vragen of hij me nu niet meteen onder narcose kon brengen. Ik denk dat hij het aan mijn gezicht zag.

'Hoor eens, Alice, je bent nog erg jong. Je zult herstellen en weer sterk worden.'

'De jongen die bij me was zal nooit meer herstellen.'

'Nee. Ik vind het heel erg. Geloof me, ik wilde dat ik de kans had om ook hem te helpen. Ik heb zelf een zoon die niet veel jonger is. Maar op het ogenblik moeten we ons concentreren op jou. Ik wil dat je sterker wordt en een goede instelling hebt ten aanzien van je genezing. Dat helpt.'

'Oké. Dank u,' zei ik. Hij gaf een klopje op mijn hand, bekeek mijn patiëntenkaart en ging weg.

Het is gemakkelijker om oké te zeggen dan iets anders, dacht ik. De mensen laten je met rust als je het met ze eens bent.

Mijn operatie was vastgesteld op een latere datum. Tot die tijd moest ik herstellen en aansterken. Tyler stuurde me bloemen en een doos bonbons. Tante Zipporah bezocht me minstens zes keer, en mijn grootmoeder kwam elke dag. Mijn vader belde op, en hij en Rachel stuurden me ook bloemen en bonbons, maar hij zei niet dat hij bij me op bezoek zou komen. Hij wenste me het beste met mijn operatie en beloofde contact te houden met mij en mijn grootouders.

Van school kwam niemand me bezoeken of belde zelfs maar tot twee dagen na mijn operatie.

Ik hoorde dat de operatie bijna tien uur geduurd had – zo verbrijzeld was de heup. Ze vertelden me dat we voorlopig niet zouden weten in hoeverre de operatie succesvol was en dat ik fysiotherapie nodig had.

De dag nadat ik terug was in mijn eigen kamer, kwam Charlene Lewis op bezoek. Mijn grootvader had schoolwerk voor me gevraagd waaraan ik zou kunnen werken zodra ik ertoe in staat was. Ik had heel weinig gedaan. De gedachte school in mijn achterhoofd dat ik misschien, heel misschien, niet meer terug zou gaan naar school. Ik wist niet wat het alternatief zou moeten zijn, maar ik vreesde de dag waarop ik dat gebouw weer binnen zou moeten gaan. Dus toen Charlene op de drempel van mijn ziekenhuiskamer verscheen kwam iets van die angst met haar binnen.

'Hoe gaat het met je?' vroeg ze.

Ik haalde mijn schouders op.

'Dat weet ik nog niet. Ze hebben me geopereerd en we moeten afwachten.'

'Er is niets over je naar buiten gekomen, maar we hebben wel gehoord dat er iets ernstigs is met je heup,' zei ze.

'Als ik weer kan lopen, zal ik waarschijnlijk kreupel zijn. Het dansen is snel afgelopen.'

Ze leek me erg ongelukkig. Zij en Bobby hadden in een van de auto's achter ons gezeten, dus hadden zij het ongeluk gezien of waren er als eersten bij geweest. Ik had ook gehoord dat zij degenen waren die naar een huis waren gelopen en de politie en de ambulance hadden gewaarschuwd.

'Bijna de hele senior high school was op Craigs begrafenis,' zei ze. 'Het honkbalteam was in uniform. Bobby en Mickey en twee anderen droegen de kist.'

Ik zei niets. Mijn grootouders – of eigenlijk mijn grootvader – hadden besloten de begrafenis niet bij te wonen. Mijn grootvader was bang voor een scène tussen Craigs moeder en mijn grootmoeder. Hij zei het niet ronduit, maar ik wist dat hij dat dacht.

'Het was vreselijk op school,' ging Charlene verder. 'De meisjes zitten voortdurend te huilen. Bobby is erg depressief. Iedereen is depressief.'

Ik perste mijn lippen op elkaar om niet in huilen uit te barsten.

'Ik denk dat je wel gehoord hebt dat er een politieonderzoek is geweest en dat ze de hasj in de auto hebben gevonden.'

'Ja, ik heb het gehoord,' zei ik.

'De meesten van ons wisten natuurlijk dat Craig die bij zich had. Het was niet de eerste keer, maar zijn moeder...'

'Ik weet het. Ze vertelt iedereen dat ik het bij me had, hè?'

Charlene knikte.

'De moeder van Jennifer Todd is een van de beste vriendinnen van Craigs moeder. Ze zei dat Craig een hoop ontdekt had over de moord die je moeder heeft gepleegd. Ze zei dat ze het in het bureau in zijn kamer had gevonden en dat jij het aan Craig hebt gegeven om hem ervan te overtuigen dat je moeder het niet gedaan had, zodat je hem kon overhalen je vriend te worden.'

'Dat is niet waar! Hij had het allemaal verzameld en liet het mij zien. Ze wist dat hij het had voordat hij zelfs maar met mij gesproken had. Ze wist het!'

'Ze vertelt haar vriendinnen dat jij hem er gek mee maakte. Ze doet het voorkomen of je hem volledig in je ban had. Sommige meisjes, nou ja, een paar zoals Mindy en Peggy, vertellen rond dat ze hebben gezien dat je aan hekserij deed. Herinner je je nog die dag van de honkbaltraining toen je daar gekheid over maakte? Ik had het niet moeten doen, maar ik heb het ze verteld. Dat gaf ze weer iets om over te roddelen. Het spijt me,' ging ze snel verder. 'Maar het deed er niet echt toe wat ik wel en niet zei. Je weet hoe sommige mensen zijn. Ze vinden het heerlijk om te luisteren en verhalen te verspreiden over andere mensen. Dan hebben ze het gevoel dat ze populair zijn.'

'Waarom kom je me dit allemaal vertellen, Charlene?' Ik kneep achterdochtig mijn ogen samen.

Ze keek naar de grond en toen weer naar mij.

'Ik had medelijden met je, Alice. Ik weet dat het ongeluk niet jouw schuld was. Bobby zat te schreeuwen dat Craig reed als een idioot, en ik geloof natuurlijk geen bal van dat stomme geklets over hekserij. Ik kom alleen hier om me ervan te overtuigen dat je het wist.'

'Om me te waarschuwen?'

'Ja.'

'Maak je geen zorgen. Zeg maar tegen iedereen dat ik niet terugkom op school. Ze hoeven niet langer over me te roddelen. Ze hebben gewonnen. Ik ben weg.'

Ze keek verbaasd. 'Hoe bedoel je? Waar ga je naartoe?'

'Kan me niet schelen. Ergens,' zei ik, en ik meende het. Toen keek ik weer naar haar. 'Ik wou dat ze jou als koningin van het bal hadden gekozen. Misschien was Craig dan niet zo roekeloos geweest, niet zo overmoedig, zo gezwollen van trots.'

Ze glimlachte. 'Je kunt het niet allemaal daaraan wijten.'

'O, nee? Wist iemand, zelfs Bobby, dat Craigs ouders hem hadden verboden met mij naar het schoolbal te gaan, dat ze zijn toelage hadden ingetrokken en zijn auto afgenomen?'

'Is het heus?'

'Hij huurde die auto niet om de branie uit te hangen, al voelde hij zich toen wel een hele piet. Hij moest een auto huren of meegaan in de limousine die sommige jongens hadden gehuurd, en dat wilde hij niet.'

'Dat wist ik niet. Niemand, denk ik.'

'Ja, nou ja, gooi dat maar in het roddelcircuit en laten ze er iets van maken.'

'Ik heb met je te doen, Alice. Ik meen het.'

'O, ja? Vertel eens, Charlene, als ik terugga naar school, wil jij dan mijn beste vriendin zijn?'

'Wat bedoel je?'

'Precies wat ik zeg – wil je dat?'

'Ik dacht dat je zei dat je niet meer terugkomt.'

Ik glimlachte naar haar.

'Ik kom ook niet terug. Nu kun je het middelpunt van de aandacht zijn en ze vertellen dat je me hebt gesproken en alles uit de eerste hand hebt gehoord. Verzin maar wat je wilt. Zeg maar dat ik kaarsen brandde in mijn kamer en dat ik toverspreuken zong in een vreemde taal.'

'Dat zal ik heus niet doen.'

'Wat dan ook. Ik ben moe. Bedankt voor je komst.'

Ze staarde me even aan en knikte toen. 'Het was niet mijn bedoeling je van streek te brengen. Het spijt me.'

Ik bromde iets en ze draaide zich om en wilde weggaan. Ik schaamde me. Waarom reageerde ik het af op haar, het enige meisje dat genoeg om me gaf om me te komen opzoeken?'

'Charlene.'

Ze draaide zich weer naar me om.

'Het spijt míj, Charlene. Ik wilde niet zo onaardig en verbitterd doen. Bedankt voor je komst.'

Ze glimlachte.

'Eén ding,' ging ik verder. 'Wens Bobby geluk met zijn studie en zijn honkbalcarrière. Als Craig hier was, zou hij dat zeggen.'

Haar glimlach werd stralender.

Ze was echt mooi. Ik wou dat alles anders was geweest en ik haar beste vriendin had kunnen worden. We hadden samen een geweldig laatste schooljaar kunnen hebben. Misschien hadden zij en ik net zulke goede vriendinnen kunnen worden als mijn tante en mijn moeder.

'Ik wens je het beste, Alice,' zei ze en vertrok.

De muren leken op me af te komen en al het geluid buiten te sluiten, elke piep, zelfs iemands gesnik in de verte.

Het duurde even voor ik besefte dat het mijn eigen gesnik was.

10

Een nieuw begin

Mijn heupoperatie was geen volledig succes. Zelfs toen de pijn verdwenen was, liep ik nog erg kreupel. Het gaf me het gevoel dat ik constant op een hellend vlak liep. Na bijna vijf weken verpleging, chirurgie en postoperatieve zorg en therapie, keerde ik terug naar Doral House. Mijn grootvader stelde voor dat ik een tijdje naar een kamer beneden zou verhuizen om te vermijden dat ik de trap op en af moest lopen, maar de dokter had nadrukkelijk gezegd dat ik trappen niet moest vermijden.

'Er is geen enkele reden waarom je geen trappen zou kunnen lopen. Als je jezelf als invalide gaat beschouwen, wórd je een invalide,' had hij glimlachend gezegd.

Ik kon mijn grootouders makkelijk genoeg duidelijk maken dat hij gelijk had. Ik kon net doen of mijn lichaam niet zoveel anders was dan zoals het was vóór het ongeluk. Ik was niet zo erg beperkt in het doen van de dingen die belangrijk voor me waren. Per slot had ik geen ballerina willen worden, wel? En zo'n sportvrouw was ik ook vóór het ongeluk niet. Toch kwam ik tot de conclusie dat ik mezelf voor de gek hield door voor te wenden dat ik niet gehandicapter was dan vóór het ongeluk. Niettemin wees ik de suggestie van mijn grootvader om de trap te vermijden van de hand. Ik bleef in mijn eigen kamer.

Tijdens mijn herstel had ik al het schoolwerk gedaan dat me was opgedragen en ze gaven me het recht mijn studie thuis af te maken. Mijn grootvader regelde dat ik mijn eindexamen mocht doen na schooltijd als iedereen al naar huis was. Ik weet niet wat hij het bestuur en mijn docenten vertelde, maar wat hij ook had gezegd, het had resultaat. Hij was goed in het overtuigen van jury's, dus hoefde ik niet verbaasd te staan over zijn succes in het overhalen van de schoolautoriteiten om mij te bevoorrechten. Ik vermoedde dat hij zwaar leunde op mijn psychologische trauma, wat niet helemaal een vals argument was.

Ik had nog steeds grote moeite me de exacte details te herinneren van het auto-ongeluk. Ik wist absoluut niet meer wat er onmiddellijk daarna was gebeurd. Een tijdlang kostte het me zelfs moeite me nauwkeurig te herinneren hoe het ongeluk zich had afgespeeld. Het ziekenhuis gaf een therapeut opdracht met mij te praten, en zij en ik werkten samen de details uit tot ik voelde dat alles weer bij me terugkwam. Ze keek verbaasd op toen ik suggereerde dat Craig roekeloos was en praktisch suïcidaal door zijn woede op zijn ouders. Maar toen ik gedetailleerd enkele dingen vertelde die hij had gezegd en hoe alles ertoe geleid had, knikte ze naar me met een waarderende blik.

'Je bent een intelligente jongedame,' zei ze. 'Doe je toekomst niet tekort.'

Welke toekomst? dacht ik. Behalve in mijn kunst was ik nooit ambitieus geweest, ik kon me onmogelijk opwinden over een of andere carrière. Wat mijn kunst betrof, had een vreemde nieuwe angst zich tijdens mijn herstel van me meester gemaakt. De eerste paar weken nadat ik uit het ziekenhuis was ontslagen, deed ik geen poging om naar boven te gaan naar de zolder. Mijn grootmoeder had daar geen probleem mee. Ze had altijd al elke gelegenheid aangegrepen om me van de zolder vandaan te houden.

'Ik weet wat de dokter heeft gezegd, maar je hoeft niet elke dag nog een extra trap erbij te nemen,' zei ze. 'Je grootvader kan al je schildergerei naar beneden brengen en een atelier voor je inrichten in de logeerkamer. Waarom zou je de moeilijkheden opzoeken? Je mag geen letsel oplopen voordat je volledig genezen bent.'

'Volledig genezen?' vroeg ik. 'Hoe kan ik ooit volledig genezen, oma?'

Ze wendde haar blik af en gaf geen antwoord. Niemand scheen in staat te zijn op de man af te zeggen: 'Sorry, maar je zult nooit meer normaal lopen. Je zult altijd onbeholpen lopen, altijd kreupel blijven.'

Uren, dagen, weken van therapie deden weinig om er iets aan te veranderen. Ik kon me daarna sneller bewegen, maar die kreupele loop raakte ik niet kwijt. Ik vond dat ik de indruk wekte van een oude reumatische dame, vooral als iemand me van achteren zag. Bijna als een geste van aanvaarding, of liever gezegd, van een vlucht, ging ik weer de kleren dragen die ik had voordat ik van de ene dag op de andere een metamorfose had ondergaan. Mijn zogenaamde omakleren, zoals mijn medeleerlingen ze hadden genoemd, leken nu meer bij me te passen.

Ik weet dat dit alles mijn grootouders, vooral mijn grootvader, nog meer deprimeerde. Ze beschouwden het als een grote achteruitgang, het stapelen van de ene teleurstelling op de andere, tot onze familie gedoemd was ten onder te gaan. Ik weet dat mijn grootmoeder mijn grootvader een beetje de schuld gaf van wat er gebeurd was. Ik hoorde hen op een avond er ruzie over maken. Ze verweet hem dat hij me te veel stimuleerde, te tolerant was. Pas toen ik hun gesprek had gehoord, wist ik dat ze er bij hem op had aangedrongen me over te halen niet naar het schoolbal te gaan omdat Craigs ouders er zo tegen waren.

'Het was van begin af aan gedoemd een mislukking te worden. Dat gezin was zo verdeeld, de arme jongen had geen kans om plezier te hebben, wat hij ook deed, en Alice zat tussen twee vuren. Bedenk eens hoe ze er nu aan toe zou zijn als ze niet gegaan was. En die arme jongen zou misschien ook nog leven.'

Ik vond dat niet eerlijk. Mijn grootvader kon niet de toekomst voorspellen en zij was ook niet helemaal vrij te pleiten. Zij had me ook aangemoedigd een socialer leven te gaan leiden. Alles droeg ertoe bij dat ik me een bron van verdriet en narigheid in dit huis voelde. Ik trok de conclusie dat wat ik ook deed, ik overal een duister stempel op zou drukken. Ik zag mezelf al op een ochtend wakker worden met de woorden TOT EEN RAMP GEDOEMD op mijn voorhoofd geschreven.

In die dagen en weken leek mijn grootvader erg verslagen. Hij liep met gebogen rug, wat ik nooit eerder bij hem gezien had, en hij was minder spraakzaam, kwam niet langer thuis met enthousiaste rechtbankverhalen. Onze maaltijden waren pantomimes, het enige geluid was het gerinkel van borden en glazen en bestek.

'Wil je echt nooit meer schilderen?' vroeg mijn grootvader op een avond.

Ik had de gewoonte aangenomen urenlang op de bank te liggen en televisie te kijken, me te verdiepen in de fantasieën van een ander. Als een oude dame in haar kleine, beperkte wereld, ontsnapte ik slechts via de buis.

'Ik weet het niet,' antwoordde ik.

'Je bent niet meer in je atelier geweest sinds je thuis bent gekomen uit het ziekenhuis?'

'Nee. Tussen de therapie en rust heb ik er geen tijd voor en ook geen zin in gehad.'

'Je schilderkunst zou een betere therapie voor je kunnen worden.'

Ik keek naar hem. Hij verlangde zo intens naar een glimp van geluk, vooral voor mij.

'Eerlijk gezegd, opa, ben ik bang geworden om te schilderen,' zei ik. Ik moest iemand vertellen over die nieuwe angst, en dat kon niemand beter zijn dan hij.

'Hoe bedoel je?' Hij boog zich naar voren om te voorkomen dat mijn grootmoeder dit gesprek zou horen. 'Waarom zeg je dat?'

'Ik ben bang voor wat ik zou kunnen tekenen, schilderen, wat eruit zou kunnen komen.'

'Hm, misschien is dat juist goed, is het een goede manier om alles van je af te zetten, Alice.'

'Een soort schildertherapie voor geestelijk gestoorde patiënten in klinieken, die mijn moeder nu waarschijnlijk krijgt?' vroeg ik. Het was gemeen, ik wist het, maar ik kon het niet helpen.

Hij gaf geen krimp. 'Als het voor hen werkt, zou het dat ook voor jou kunnen doen. Je moet terug in de wereld, Alice. Het is als het vallen van een fiets. Als je niet meteen weer op die fiets stapt, doe je dat misschien nooit meer.'

'Nou en? Waar moet ik naartoe?' mompelde ik. 'Wie kan het verder trouwens iets schelen?'

'Ik wou dat je niet zo dacht. Je moet ophouden jezelf van alles de schuld te geven. En,' voegde hij eraan toe, zich vooroverbuigend, zijn ogen vlammend van een felle innerlijke woede, 'je moet ophouden te denken dat je mensen alleen maar ongeluk brengt. Vertel me niet dat je dat niet denkt. Laat je dat door niemand wijsmaken.'

Ik wilde er niets meer over zeggen. Ik wilde vooral geen woordenwisseling met hem. Ik vond het erger hém verdriet te doen dan mijzelf. Het was beter om te zwijgen, terug te vallen op die altijd perfecte uitweg, het perfecte woord, het middel om te ontsnappen.

'Oké,' zei ik.

Hij ontspande zich en er ging weer een dag voorbij.

En weer een nacht. En weer een week, tot ik eindelijk zoveel vertrouwen had in mijn vermogen om te kunnen lopen dat ik me naar buiten waagde, op de weg te wandelen, vooral onze weg, een weg met weinig verkeer en mensen. Op mijn eigen manier hielp ik mezelf om sterker te worden, tot ik op een middag eindelijk naar de zolder ging. Het was echt of ik de deur opende naar een andere wereld, de beroemde ontsnapping naar Wonderland die mijn grootmoeder me ironisch genoeg ooit had toegewenst.

Daar wachtte me het portret van mijn moeder waaraan ik maanden geleden was begonnen. Ik werd ernaartoe getrokken, wilde het afmaken. Maar toen ik dat had gedaan en mijn grootvader, blij dat ik weer was gaan schilderen, de volgende zaterdagochtend bovenkwam om het te bekijken, wist ik dat ik weer een dolk in zijn hart had gestoken.

Het was niet langer mijn moeder die voor het raam stond en droomde om te ontsnappen.

Het was duidelijk ik het zelf was die daar stond met die immense behoefte, die hunkering. Hij zou niemand anders, zeker mijn grootmoeder niet, aanraden het schilderij te gaan bekijken. Hij prevelde een paar lovende woorden en zei toen: 'Zipporah kan elk moment hier zijn. Kom gauw beneden.'

Hij ging weg. Tante Zipporah kwam om te zien hoe het met me ging en met ons te lunchen. Ze had haar best gedaan zo vaak mogelijk op bezoek te komen, maar de zomer begon en daarmee alle nodige voorbereidingen voor het café. Ik verwachtte dat ze me zou aansporen daar te komen werken om mijn gedachten af te leiden van het ongeluk.

Ik ging op de bank zitten en dacht aan die eerste middag met Craig, die momenten toen ik me bijna aan hem had gegeven om een antwoord te krijgen op mijn vragen naar mijn eigen verlangens, mijn intieme behoeften. Ik was verwekt op deze zolder, misschien wel op de bank die er toen had gestaan. Het leek me niet alleen gepast maar ook noodzakelijk om hier de weg te vinden naar mijn seksuele identiteit en volwassenheid. Diep in mijn hart geloofde ik dat het min of meer was voorbestemd.

Voor tante Zipporah en mijn moeder was de bank een soort poort geweest, een plek waar ze konden ontsnappen. Ze vonden er beelden, dromen, plaatsen, misschien zelfs antwoorden. Plotseling, terwijl ik daar zat, verging het mij precies zo. Het kwam als een openbaring, een plan tot actie dat voortsproot uit een of andere spirituele energie of kracht die ik alleen maar kon associëren met de zolder. Snel stond ik op en ging naar beneden, eindelijk enthousiast over iets.

Tante Zipporah kwam ongeveer twintig minuten later, uitbundig, energiek, vrolijk en enthousiast als altijd, maar elke keer dat ze nu naar Doral House kwam leek ze dat nog iets meer te zijn dan daarvoor. Het leek of wij drieën, mijn grootouders en ik, dorstten naar vreugde en zij ons een rodekruispakket bracht met vrolijkheid en feestgedruis. Ik zag hoe mijn grootmoeder opleefde bij haar blijde lach. Ik kon bijna voelen hoe de zon de donkere wolken verjoeg, wolken die ik had meegebracht.

Ze praatte aan één stuk door, weigerde een stilte te laten vallen, vulde die snel met verhalen over het café, Tylers nieuwe recepten, de mensen die er kwamen en de manier waarop het kleine stadje zich opmaakte voor het komende nieuwe universitaire jaar. Ze had ambachtelijk gemaakte spulletje mee, sieraden, borduurwerk, houtsnijwerk, een tas vol verrassingen, en aan bijna alles was een verhaal verbonden.

De blijde en geamuseerde blikken van mijn grootouders overtuigden me ervan dat wat ik in een visioen had gezien terwijl ik op de bank op zolder zat, goed was. Ik besloot het tante Zipporah voor te stellen zodra ik alleen was. Toen ze vroeg of ik een eindje met haar wilde gaan wandelen, stemde ik onmiddellijk toe, want het zou me de kans geven haar mijn idee voor te leggen. Ik was bang dat mijn grootvader met ons mee zou willen, maar hij zag ons vertrek als een mogelijkheid een paar belangrijke telefoontjes af te handelen, en mijn grootmoeder was bezig de lunch klaar te maken.

'Je loopt een stuk beter,' zei tante Zipporah toen we over de oprijlaan liepen. 'Geen pijn?'

'Nee, maar ik vind het vreselijk dat ik kreupel loop. Het is net of mijn ene been korter is dan het andere.'

'Het is nauwelijks te zien.'

'Voor een blinde.'

Ze lachte. 'Je staat nooit iemand toe iets aannemelijk te maken. Je lijkt meer op je grootmoeder dan je beseft.'

'Daarom wilde ik met je gaan wandelen.'

'Dat begrijp ik niet. Wat heeft dat ermee te maken?'

'We moeten allemaal de waarheid onder ogen zien, en de waarheid, tante Zipporah, is dat ik nooit echt een bron van vreugde ben geweest voor opa en oma,' begon ik.

Natuurlijk probeerde tante Zipporah me van het tegendeel te overtuigen. Ze had de verbale energie waar ik van droomde. Onmiddellijk kwam ze met een stroom tegenargumenten; ze beschreef het plezier dat ze beleefden aan mijn schilderkunst, mijn goede prestaties op school, en gewoon het feit dat ik opgroeide onder hun beschermende vleugels.

'Je maakte dat ze zich weer jong voelden toen je hun weer een hap van de appel gaf,' eindigde ze.

'Op het ogenblik, tante Zipporah, is dat een hap van de verboden vrucht.'

'Hè? Maar dat is –'

'Ik zou meer willen doen dan alleen met jou teruggaan en in de zomer in het restaurant werken.'

'Meer?'

'Ik wil bij je komen wonen,' flapte ik eruit.

Ze bleef staan, eindelijk even sprakeloos. Toen glimlachte ze en zei: 'Nou, dat doe je toch, Alice. Je komt deze zomer.'

'Nee. Ik wil me daar inschrijven op school en ik wil niet meer in dit dorp wonen. Ik kan het niet.'

'Maar...'

'Als je me niet wilt hebben, kan ik dat heel goed begrijpen.'

'O, nee, Alice, dat is het niet. Als ik dat niet zou willen, zou ik je in de zomer toch ook niet bij ons willen hebben?'

'Dit is anders. Langer. En opa zal de eerste zijn om je te waarschuwen dat je voor mij verantwoordelijk zult zijn, mijn wettige voogd wordt of zoiets. Misschien zou Tyler dat niet willen. Ik zou het hem niet kwalijk kunnen nemen. Wie wil er nou verantwoordelijk zijn voor mij?'

'Tyler? Tyler houdt van je. Hij informeert voortdurend naar je. Nee, natuurlijk. Ik...'

'Ja?'

'Ik weet alleen niet hoe mam en papa dat op zullen nemen, Alice. Vooral na alles wat er gebeurd is zouden ze kunnen denken dat je niet meer van ze houdt of dat ze op de een of andere manier tegenover jou tekort zijn geschoten.'

'Het is precies andersom. Ik ben tekort geschoten en zal dat blijven doen zolang ik hier woon. Het is niet hun schuld. Het is niemands schuld. Het is gewoon een feit.'

Ze knikte maar bleef bezorgd kijken. We liepen door.

'Misschien moet je gewoon doen wat je altijd hebt gedaan. Je komt in de zomer en ziet wel hoe het loopt. Misschien wil je dan zelf niet langer blijven en –'

'Ik bedoel dit niet als een dreigement, tante Zipporah, dus vat het alsjeblieft niet zo op, maar als ik niet verhuis voor mijn laatste schooljaar, loop ik weg. Net als mijn moeder,' voegde ik eraan toe.

Ze sperde haar ogen open en schudde haar hoofd. 'Je moeder is nooit weggelopen, Alice. Dat is allemaal bedrog.'

'Ze kwam hier om zich te verstoppen. Dat was hetzelfde, en jullie liepen samen altijd weg op die zolder.'

'We waren gewoon een paar malle meiden die net deden alsof.'

'Nee. Voor mijn moeder was het niet net doen alsof. Ik ben vastbesloten, tante Zipporah. Je weet niet, kunt niet weten, hoe ik me voel en hoe het voor me zou zijn als ik terugging naar die school. Ik haat alleen al de gedachte dat ik het dorp in moet, mensen onder ogen moet komen, vooral na alles wat erover me gezegd is en nog steeds wordt gezegd.'

Ze knikte. 'Ik zou je grootmoeder dat alles niet precies zo vertellen als je het nu zegt, Alice. Als ze precies wist hoe je denkt over dit dorp en zijn bewoners zou ze met een hakmes op mevrouw Harrison afgaan.'

'Ze weet het. Ik hoef het niet voor haar uit te spellen. Het hangt allemaal in de lucht in dit huis. Jij woont hier niet en ervaart het niet zoals ik dat doe. Het is zo compact dat je het kunt voelen. Het is niet langer Doral House, het is het *Droef en Doem Huis*.'

Zwijgend liepen we verder terwijl ze nadacht. 'Goed,' zei ze ten slotte. 'Maar laat mij de eerste zijn die erover begint. Eigenlijk wil ik doen of het van begin af aan mijn idee is geweest en ik het je net tijdens onze wandeling verteld heb.'

'Nee,' zei ik, iets te fel. Ze bleef staan en haar gezicht vertrok even.

'Waarom niet?'

'Sorry, tante Zipporah, maar ik wil niet nog meer leugens of bedrog in mijn leven, hoe gering ze ook mogen lijken. Ze zijn als kankercellen die uiteindelijk groter worden en je lichaam vergiftigen.'

Ze glimlachte en trok haar wenkbrauwen op.

'Misschien heb je gelijk,' zei ze. 'Maar er bestaat zoiets als een leugentje om bestwil, Alice, een poging om iemand van wie je houdt te behoeden voor verdriet of schaamte.'

'Uiteindelijk zijn we allemaal beter af met de kille, harde waarheid. Misschien zou dat beter zijn geweest voor mijn moeder.'

'De situatie van je moeder was te gecompliceerd voor gemakkelijke oplossingen,' zei ze. Ze zweeg even en keek naar het huis. 'Wanneer wil je dit bespreken met je grootouders, Alice?'

'Vóór ik dat doe, weet je heel zeker dat jij en Tyler het hiermee eens zijn?'

'Ja, ik weet het heel zeker.'

'Dan nu meteen. Het heeft geen zin om het tot op het laatste moment uit te stellen en er dan onverwacht mee voor de dag te komen.'

'Hoe ben je zo verstandig geworden?'

'Ik ben niet erg verstandig.'

'Verstandiger dan ik was op jouw leeftijd.'

Ik keek achterom naar het huis. Hoe kon ik haar vertellen, uitleggen, dat over wat voor inzicht ik ook beschikte, dat op geheimzinnige wijze boven op die zolder in me opkwam? Ze zou beslist denken dat ik meer in de war was dan ze zich kon voorstellen. En toen dacht ik, misschien ook niet. Misschien geloofde zij vroeger ook in de magie van de zolder van Doral House. Maar ik besloot dat geheim voorlopig voor me te houden. Ik wilde niet dat ze enige reden zou hebben om bang te zijn voor het feit dat ik bij haar en Tyler zou komen wonen.

Ik begon terug te lopen naar het huis. Ze volgde me met over elkaar geslagen armen en gebogen hoofd. Ze maakte een nerveuze, zelfs enigszins angstige indruk. Ik bedacht dat tante Zipporah misschien zo haastig verhuisd was om dezelfde redenen als ik had. Haar schuldbesef omdat ze had bijgedragen tot wat er ten slotte met mijn moeder gebeurde en de impact daarvan op haar ouders, had littekens en schaamtegevoelens achtergelaten. Eén keer toen ik haar vroeg waarom ze het gedaan had, waarom ze zo'n geheim voor haar eigen ouders verborgen had gehouden, dacht ze even na en zei toen: 'Misplaatste loyaliteit. Ik had meer vertrouwen moeten hebben in mijn ouders.'

Dat was ik nooit vergeten en nu ik het me weer herinnerde, leek het nog juister dat ik bij haar zou zijn, wij beiden weg van de mensen die ons het liefst waren en die we het meest konden kwetsen, zij en ik emotionele vluchtelingen, op de loop voor onze zelfgemaakte oorlogen.

Mijn grootmoeder had een heerlijke lunch voor ons klaargemaakt. Alle ingrediënten en kruiden voor een verscheidenheid van sandwiches stonden in de keuken op het aanrecht. Ik zag dat mijn grootvader er ongeduldig naar keek.

'Ik rammel van de honger,' riep hij. 'Waar blijven jullie? Kom op.'

We maakten onze bordjes klaar en gingen naar de eetkamer. Ik besloot iedereen eerst te laten eten, maar voordat mijn grootmoeder over het dessert begon, legde ik mijn handen op tafel en zei: 'Ik zou graag iets willen bespreken.'

Mijn grootouders keken naar elkaar en toen naar tante Zipporah, die snel haar ogen afwendde in een vergeefse poging volkomen onschuldig te lijken.

'Wat is er, Alice?' vroeg mijn grootvader.

'Ik zou naar New Paltz willen verhuizen en bij tante Zipporah en oom Tyler gaan wonen voor mijn laatste jaar op high school,' zei ik. 'Ik zal in het café helpen zo veel en zo vaak als ze willen.'

'Je bedoelt volledig uit huis gaan?' vroeg mijn grootmoeder.

'Voor dat jaar, ja.' Ik zweeg even en ging toen verder. 'Misschien ga ik daar ook wel naar de universiteit.'

De stilte die om en over ons heen viel leek op een regen as van een laaiend vuur. Het was het soort stilte en het soort gewaarwording dat je hart doet stilstaan en je het spreken belet.

'Dus je wilt ons verlaten?' vroeg mijn grootmoeder ten slotte.

'Niet jullie. Ik zal hier op school niet gelukkig zijn, oma. Opa weet het. Anders zou hij niet zo zijn uiterste best hebben gedaan om ervoor te zorgen dat ik de laatste paar weken niet naar school hoefde en dat ik mijn examens apart kon maken. Er zal in de zomer weinig veranderen.'

Ze keek naar mijn grootvader. Hij knikte langzaam, richtte zich toen tot tante Zipporah en vertelde haar precies wat ik gezegd had dat hij zou doen.

'Ben jij het daarmee eens, Zipporah?'

'Als jullie dat zijn. Ik heb er geen probleem mee. Tyler ook niet, dat weet ik zeker.'

'Je beseft dat je dan de verantwoordelijkheden van een voogd op je moet nemen?'

'Ja, pap. Daarover maak ik me geen zorgen, maken wij ons geen zorgen, maar jullie moeten het er volledig mee eens zijn, anders –'

'Weet je zeker dat je dit graag wilt, Alice?' vroeg mijn grootmoeder. 'Graag uit huis weg wilt?'

'Ik wil jullie niet verlaten. Ik wil dit dorp verlaten, deze gemeenschap. Ik zou graag een nieuwe start willen maken.'

'We hebben voor je gedaan wat we konden. We hebben altijd net zoveel van je gehouden als ouders van hun kind.'

'Dat weet ik. Begrijp het alsjeblieft, oma. Er zweven nu te veel geesten rond in dit dorp.' Ze sperde verbaasd haar ogen open.

'Waarom doe je niet gewoon wat je van plan was,' zei mijn grootvader op zijn redelijke, rustige manier, 'en als je er tegen het eind van de zomer dan nog steeds zo over denkt, kan Zipporah je inschrijven op school en zullen we je alles komen brengen wat je nog nodig hebt. Wat vind je daarvan?'

'Het is alleen maar uitstel van het onvermijdelijke,' zei ik met kille vastberadenheid.

Mijn grootvader staarde me even aan en glimlachte toen.

'Ze is op en top je kleindochter, Elaine. Nooit iets verbloemen.'

'Wat dan ook.' Mijn grootmoeder stond op. Ik wist niet zeker of ze kwaad was of gewoon te moe om nog tegen te spreken of het zich aan te trekken. 'Wil iemand een stuk appeltaart? Ik heb ook vanille-ijs.'

'Ja, graag,' zei ik.

'Ik zal je helpen, mam,' zei tante Zipporah die eveneens opstond. Ik wist dat ze even alleen wilde zijn met mijn grootmoeder, dus bleef ik zitten.

Mijn grootvader boog zich naar voren.

'Ik zal de laatste zijn om voor obstakels te zorgen, Alice. Dat weet je. En ik besef heel goed wat je hebt doorgemaakt door al die laag-

hartige mensen. Misschien is wat je voorstelt voor jou de beste oplossing. Ik wil je alleen waarschuwen dat wat we soms beschouwen
als een ontsnapping niet meer dan een kortstondige afleiding is.
Soms helpt het niet om weg te lopen omdat je zoveel bagage mee-
draagt. Het is beter de confrontatie aan te gaan met je demonen op
de plek waar ze zich bevinden.'

'Het is niet de moeite waard, opa. Behalve om bij jou en oma te
zijn, is hier niets wat ik wil veroveren of bereiken.'

'Ik zeg alleen dat jezelf verbannen niet zo veelbelovend is als je misschien denkt. We bevinden ons allemaal op een soort vlot, en het enige wat ons wat stabiliteit geeft, wat hoop, zijn de verbindingslijnen
tussen ons en degenen die ons lief zijn.'

'Die verbreek ik niet. Ik rek ze alleen een beetje.'

Hij lachte. 'Oké.'

Even later brachten tante Zipporah en oma het dessert binnen.
Mijn grootmoeder leek iets opgewekter. Ik vertrouwde erop dat tante
Zipporah haar angst zou wegnemen en het pad voor me effenen. Ik
stelde natuurlijk voor na de lunch met tante Zipporah te vertrekken.

'Vandaag? Maar als je langere tijd weggaat, moet je pakken,' zei
mijn grootmoeder. 'En...'

'Ik heb niet veel nodig om mee te beginnen.'

'Ze heeft gelijk. We zullen de rest van haar spullen beetje bij beetje
brengen, Elaine. Volgende week rijden we erheen,' zei mijn grootvader.

Ik kon zien dat de realiteit langzamerhand tot mijn grootmoeder
begon door te dringen. Erover praten was tot daaraan toe, maar het
echt zien gebeuren was iets heel anders.

'Ik zou er binnen een week toch naartoe gaan om er in de zomer te
werken. Een paar dagen maken toch geen verschil?' merkte ik op.

Ze knikte. Ze wist het, maar het feit dat ik eraan vast had geknoopt
dat ik niet terug zou komen, leek haar weer schichtig te maken.

'Maak je geen zorgen over mij, oma. Alles zal goed gaan.'

Later kwam Zipporah in mijn kamer om me te helpen mijn spul-
letjes bij elkaar te zoeken. Mijn grootmoeder kwam langs om te con-

troleren of ik wel alles meenam wat ik absoluut nodig zou hebben. 'Voor een week of voor de rest van je leven,' voegde ze er een beetje mopperig aan toe.

Mijn grootvader kwam langs om te zeggen dat hij mijn schildergerei zou komen brengen.

'Ik denk niet dat ik daar veel tijd voor zal hebben,' zei ik, maar tante Zipporah was het niet met me eens.

'Je zult een paar prachtige landschappen kunnen schilderen, Alice. Tyler en ik willen allebei dat je ermee doorgaat. Misschien kun je een schilderij maken voor het café,' stelde ze voor. 'En vergeet niet dat we een atelier hebben achter het huis.' Haar vermogen om onder alle omstandigheden optimistisch te blijven was nog een reden waarom ik nu met haar mee wilde om daar te blijven.

'Ik vind het geen probleem om je schildermateriaal te komen brengen,' herhaalde mijn grootvader.

'Graag. Dank je, opa.'

Iedereen hielp met het inladen van de auto.

'Ze heeft al twee zomers bij ons gewoond, mam,' zei tante Zipporah tegen mijn grootmoeder, die op het punt stond in tranen uit te barsten.

'Ik weet het, maar het enige wat ik tegenwoordig schijn te doen is van iedereen afscheid nemen.'

'Het is geen afscheid, oma. Het is tot ziens. Ik kom jou opzoeken als jij niet naar mij komt,' beloofde ik.

'Ik heb altijd alles voor je gedaan wat ik kon, Alice. Dat hebben we allebei gedaan.'

'Ik weet het, en ik zal vandaag niet minder van jullie houden dan gisteren of morgen.'

Mijn grootvader liep naar haar toe en fluisterde luid genoeg dat ik het kon horen: 'Laat haar los, Elaine. Geef haar een kans.'

Ze knikte en liep toen naar voren om me te omhelzen. Ze hield me even stevig vast.

En toen zei ze iets wat ze nog nooit had gezegd: 'Je bent de regenboog na het onweer, Alice. Vergeet dat nooit.'

Ze draaide zich om en liep terug naar het huis.

'Hé, bel gauw,' zei mijn grootvader en gaf me een zoen. Toen draaide hij zich snel om en ging mijn grootmoeder troosten.

'Kom mee, miss Picasso,' zei tante Zipporah en stapte in de auto.

Snel ging ik in de auto zitten. Ik wilde niet omkijken naar Doral House. Ik zou sterk zijn en mijn ogen strak gericht houden op wat voor me lag. Maar ik kon er niets aan doen. Ik draaide me om. Ze waren al binnen. Ik schaamde me. Tante Zipporah had gelijk met haar leugentjes om bestwil en het zo lang mogelijk uitstellen van moeilijke beslissingen. Ik had niet zo koppig moeten zijn.

'Het komt best in orde met ze,' zei ze toen we over de weg reden die ik zo vaak gelopen had. 'Het is even wennen, leven in een rustiger huis met alleen jezelf. Maar ze zijn er altijd geweest voor elkaar, dus ik weet zeker dat het goed gaat.'

'Ze zijn er ook altijd voor mij geweest.'

'Ja, en voor mij en Jesse ook. Zelfs je vader was er voor je moeder,' voegde ze eraan toe.

Toen we het dorp binnenreden, keek ik gespannen naar alles, vooral naar het huis van de Harrisons. Hun huis was nu ook leeg. Ik keek omhoog naar wat Craigs kamer was geweest en daarvóór van mijn moeder. De gordijnen waren dicht en alles was donker. Ondanks de zon, leek het hele huis gevangen te zijn in schaduw, opgesloten achter tralies van tragedie en verdriet. Geen fleurige bloem, geen welig grasveld, geen strak gesnoeide heg, kon het redden van wat het was, wat het was geworden en misschien altijd zou zijn.

Nu begon ik me werkelijk af te vragen of iets mij zou kunnen redden van wie ik was en wat ik was.

Ik keek achterom toen we het dorp uitreden. Tante Zipporah betrapte me op mijn visuele afscheid.

'Grappig, hoe je moeder en ik altijd de draak staken met het dorp. We hadden maffe namen voor mensen en plaatsen, en ze kon een prachtige imitatie geven van sommige dorpsbewoners.'

'Soms klinkt het alsof het leuker was dan je dacht.'

'We deden ons best. Je moeder zei altijd dat Sandburg zo klein was dat aan de achterkant van het bord met WELKOM IN SANDBURG staat TOT ZIENS IN SANDBURG,' zei tante Zipporah lachend.

'Ik vind het niet klein,' zei ik. 'Het was mijn hele wereld.'

Ze knikte begrijpend.

Daarna zwegen we.

Terwijl we verder reden keek ik gespannen voor me uit als een verkenner die op zoek is naar een veelbelovend teken, naar dat Wonderland dat mijn naam me had beloofd.

II

Een thuis buitenshuis

Elke universiteit heeft een unieke eigen energie. Colleges, de studenten en de faculteit worden de levensader. Zoveel bedrijven spelen in op hun behoeften en profiteren van hun bestaan. Ook heerst er die sfeer van constante verjonging, nieuwe studenten die arriveren met hun enthousiasme en hoge verwachtingen. Ik voelde het zelfs in de zomer als het aantal studenten daalde maar niettemin een belangrijk deel aanwezig bleef. Het vormde zo'n dramatische tegenstelling met het rustige, bedaarde leven in Sandburg, dat ik me optimistisch voelde worden op bijna hetzelfde moment dat we de stad binnenreden.

Tante Zipporah en oom Tyler woonden in een huis in de stijl van een Zwitsers chalet, ongeveer acht kilometer buiten de stad, weg van hun café. Oom Tyler had het huis gekocht van een bekende beeldhouwer, die uiteindelijk was teruggekeerd naar Zwitserland. Om zijn afkomst en zijn geboorteland niet helemaal te verloochenen had hij het huis in Zwitserse stijl gebouwd. Erachter stond een klein gebouw dat hij had laten neerzetten om als atelier te gebruiken. Het zou natuurlijk ook een ideale locatie zijn voor mijn atelier. Er was goed licht en er stonden een paar lange, brede houten tafels, een enorme bank en zes stoelen. In de badkamer bevond zich ook een kleine douchecabine. Er was zelfs een klein keukentje, zodat hij zijn atelier niet hoefde te verlaten als hij verdiept was in zijn werk. Voor de rest was het een weinig indrukwekkend gebouwtje zonder enige verfraaiing of iets dat de waarde van het huis zou kunnen verhogen. De binnenmuren leken onafgemaakt, er hingen geen gordijnen voor de ramen en de vloer was van gebarsten beton. Aan het plafond bungelden een paar elektrische draden. Mijn oom had de buitenkant van lichtgrijs stucwerk gelaten zoals hij was.

Oom Tyler was iemand die graag een stapje naar rechts of naar links van de middenmoot deed, wat zowel te zien was aan zijn kleding – gewoonlijk een zwartleren vest, jeans en cowboylaarzen met een nauwsluitend, verschoten T-shirt en een achterstevoren gedragen honkbalpet – als aan de auto waarin hij reed, een gerestaureerde kleine Engelse auto, een Morris Minor. In plaats van knipperlichten had de auto richtingwijzers die uit de zijkant tevoorschijn kwamen als hij naar links of rechts afsloeg. Hij had een heel klein achterbankje en een handgeschakelde versnelling. Vorig jaar had hij hem smaragdgroen laten spuiten.

Het huis zelf, dat ik prachtig vond, had een laag, schuin aflopend dak, een puntgevel en een brede overhangende dakrand. Langs de eerste verdieping liep een balkon met een uitgesneden houten balustrade en lijstwerk. De buitenmuren waren versierd met houten latwerk. De kleur van het huis was mokkabruin. Oom Tyler had een huisschilder gevonden die het huis in dezelfde unieke kleur kon schilderen.

Het huis stond op een stuk grond van iets meer dan achtduizend vierkante meter, een niet aangelegde achtertuin, een klein grasveld aan de voorkant en een ongeplaveide oprit. Noch de vorige bewoner, noch oom Tyler wilde die bestraten of asfalteren. Oom Tyler hield van het rustieke uiterlijk en vond dat het het aanzien van het huis verhoogde, want de enige mensen die zo'n huis zouden kopen waren mensen die van die stijl hielden. En in dergelijke dingen was tante Zipporah het helemaal met zijn beslissingen eens.

De grote slaapkamer was boven. Dat was de enige slaapkamer, met een logeerkamer aan de achterkant beneden. Dat zou mijn kamer worden, zoals hij ook was geweest toen ik er de afgelopen twee zomers had gelogeerd. De logeerkamer had twee ramen die uitkeken op het bos en hoog gras. Aan de linkerkant kon ik het atelier zien.

Toen ik hier vorige jaren was, zag ik vaak herten onbezorgd grazen; ze hieven nu en dan hun kop op om naar het huis te kijken en te luisteren. Op een middag liep ik door de achterdeur naar buiten en naderde een ree tot op drie meter afstand of nog iets minder voordat ze sierlijk wegsprong, het veilige donkere bos in.

Oom Tyler bezwoer me dat hij een beer uit dat bos had zien komen, en de geplunderde en omgekieperde vuilnisbakken en de daarmee gepaard gaande vuile rommel weet hij aan beren en wasberen, die, zoals hij schertsend zei, 'geen respect hebben voor andermans eigendom'. Hij kon er zich niet druk om maken.

Trouwens, ik moest nog iemand tegenkomen die zo kalm en beminnelijk was als mijn oom Tyler. Tante Zipporah vertelde me dat zijn kalme optreden en schijnbaar stoïcijnse aanvaarding van alles en nog wat het resultaat was van zijn meditatie en studie van het oosterse gedachtegoed en hun religies. Hij had een vriendelijke, begrijpende glimlach, die uit zijn ogen en zijn hele gezicht straalde.

Hoewel hij een zachtzinnige, slanke man was van iets meer dan een meter vijfenzeventig, bezat hij een innerlijke kracht en een grenzeloze energie. 'Je moet je niet tegen de stroom verzetten,' vertelde hij me eens. 'Je moet met de stroom meegaan en wachten op de kans om opzij te gaan of hem misschien in een gunstigere richting te buigen.' Hij vatte die filosofie samen met de wet van de fysica, dat elke actie een reactie veroorzaakt in tegenovergestelde richting. 'Stort je nooit halsoverkop in het strijdgewoel of een gevecht,' vermaande hij me. 'Glip en schuifel eromheen, Alice.'

Hij gedroeg zich speciaal zo tegen mij, dacht ik, de coach van mijn leven die altijd een of ander psychologisch advies bij de hand had. Maar hij probeerde me nooit voor te schrijven wat ik moest doen. Hij suggereerde iets, en als ik luisterde, prima. Zo niet, dan had hij een diep vertrouwen en geloof in zichzelf dat hem de troost schonk dat ik me een dezer dagen tot zijn overtuiging zou bekeren, net zoals tante Zipporah vaak deed.

Ik was me gaan realiseren dat tante Zipporah zich om al die redenen tot hem aangetrokken voelde. Hij was niet bepaald knap te noemen. Zijn neus was iets te smal en te lang, en hij had een beetje flaporen, maar zijn innerlijke rust was iets waar ze zelf zo naar verlangde, vooral na de dramatische tijd en de tragedie die ze met mijn moeder had beleefd en het leed en de verwijdering tussen haar grootouders en haarzelf die het gevolg waren geweest. Vergeven wilde niet zeggen vergeten. Uiteindelijk betekende het verantwoordelijkheid en schuld accepteren, maar schandvlekken en littekens waren nooit helemaal uit oog en hart verdwenen. Ze bleven hangen onder de plek waarop haar hart rustte en klopte. Tyler was iemand die wist hoe hij moest leven met teleurstellingen en nederlagen en toch sterk te blijven. Ze werd eerst verliefd op die kant van zijn karakter, en de rest volgde later.

Op bijna dezelfde manier en om dezelfde redenen voelde ik me aangetrokken tot hem en tot de wereld die ze voor zichzelf geschapen hadden. Hier waren geen zolders, geen rondwarende geesten, geen beschuldigende gezichten. Misschien had mijn grootvader gelijk. Ik vluchtte voor dingen waaraan ik nooit kon ontsnappen, maar voorlopig althans kon ik leven in die illusie en misschien zo sterk worden als ik moest zijn om terug te kunnen keren en de confrontatie met de demonen aan te gaan, zoals mijn grootvader had voorgesteld.

Tante Zipporah reed me eerst naar hun huis, zodat ik me kon installeren. Ik pakte een paar dingen uit, legde mijn badkamerspullen in de badkamer beneden, en daarna gingen we naar het café.

'We hebben de zaak dit jaar een maand gesloten tijdens de semestervakantie, om de linkermuur uit te breken en de eetzaal uit te breiden,' vertelde ze me toen we over de rustige landweg reden met hier en daar bescheiden huizen, keurig onderhouden gazons en stenen muren om het grondgebied af te bakenen.

'Ik was vergeten dat jullie dat wilden doen.'

'Nou, we hebben het gedaan, en we hebben er nog tien tafels bij, en dat betekende dat we twee kelners of serveersters extra moesten aannemen voor het drukke seizoen als alle studenten weer terug waren. Tyler is in de afgelopen weken, terwijl jij bezig was te herstellen, nu en dan ingevallen als kelner om jouw baantje veilig te stellen. En ondergetekende speelde van tijd tot tijd voor kok.'

Iedereen offerde zich voor me op, besefte ik. Wanneer zou ik in staat zijn dat te vergelden?

'Dat was lief van hem,' zei ik. 'Ik hoop dat ik aan zijn verwachtingen kan beantwoorden, vooral nu.' Ze wist wat ik bedoelde.

'Je hoeft niet van de ene tafel naar de andere en naar de keuken te rennen, Alice. Het doet er niets toe dat je kreupel loopt, dus maak je daar niet druk over. Bovendien, zoals Tyler altijd zegt, we zijn geen fastfoodrestaurant. Wie die verwachting heeft kan beter de snelste weg naar de uitgang zoeken.'

Ik lachte en luisterde naar haar uitleg van enkele nieuwe gerechten op het menu. Toen vertelde ze over de nieuwe band die ze tijdens het laatste universitaire jaar in de weekends hadden gehuurd – en hoe populair die was geworden. Behalve de traditionele rock, waren ze ook goed in cajunmuziek, de zogenaamde zydéco, die zo speciaal is voor onze regio. En wij hebben de enige liveband die dat kan. Het is een enorme hit. We hebben ze weer geboekt voor september, als alles in een stroomversnelling komt.'

Hoe meer ze over het café vertelde, hoe enthousiaster en hoopvoller ik werd over mijn nieuwe leven hier.

'Ik heb het je nooit eerder gevraagd, tante Zipporah, maar weet iemand hier iets van wat er in Sandburg gebeurd is? Ik bedoel, met mijn moeder?'

'Natuurlijk niet. Hoe zouden ze? Waarom zouden ze? Het is zo lang geleden. Het is zelfs daar geen voorpaginanieuws. Ik praat er beslist nooit over, en Tyler ook niet, en,' ging ze nadrukkelijk verder, 'dat zul jij ook niet doen.'

Ik glimlachte. Nee, dacht ik. Ik had geen waarschuwing nodig. Ik zou het ook niet doen.

Er was nauwelijks tijd voor een begroeting toen we in het restaurant kwamen. Het was al stampvol met klanten, bijna elke tafel was volledig bezet. Twee serveersters, die ik nog nooit had ontmoet, liepen haastig rond om bestellingen op te nemen. Er waren drie hulpkelners, van wie een de rol had van coördinator. Hij bracht de klaargemaakte borden naar de tafels. Alle vijf waren ze studenten van de staatsuniversiteit en volgden zomercolleges. Hun werkrooster was opgesteld aan de hand van hun colleges. Allemaal hadden ze het geld nodig.

Ook mevrouw Mallen was er, een vrouw van in de vijftig, een soort allround employee, soms achter de kassa, soms achter de toonbank en soms als serveerster. Zo lang ik me kon herinneren werkte ze voor Tyler en mijn tante. Ze woonde in de stad in een flatgebouw één straat verder, zodat ze ook vaak belast werd met het openen en sluiten van het café. Ze was al vijf jaar lang weduwe en kinderloos, en had Tyler en tante Zipporah geadopteerd als haar directe familie – of zij hadden haar geadopteerd, ik was er nooit helemaal zeker van.

Met haar donkergrijze krulhaar, lichtbruine ogen en een rond, wat ik noemde mevrouw Kerstman-gezicht, was ze een vrolijke, joviale persoonlijkheid, die de studenten graag bemoederde, ze vertelde dat ze te veel rookten of dronken, ze zei dat ze zich in de winter warmer moesten kleden, had kritiek op het feit dat ze geen schoenen droegen of hun slechte eetgewoonten, maar alles op zo'n vriendelijke, zorgzame manier, dat niemand ooit protesteerde en sommigen haar raad zelfs opvolgden.

Hoewel zij en ik goed met elkaar konden opschieten, voelde ik altijd enige afstand tussen ons, alsof ze nooit zeker wist hoe ze me moest benaderen, hoe close ze kon worden, hoe intiem of bemoeizuchtig. Misschien had mijn tante haar gewaarschuwd niet te dicht bij me te komen, of misschien straalde ik die houding uit. Per slot woonde ik in een plaats op aarde waar alleen mijn grootouders te vertrouwen waren. De enige opmerking over mij die ik me van mevrouw Mallen herinnerde was: 'Soms lijkt ze iemand die in een oorlogsgebied heeft gewoond.'

Ze kon moeilijk weten hoe waar dat was.

Tante Zipporah pakte twee schorten en gooide mij er een toe. Mevrouw Mallen zat achter de kassa, en oom Tyler werkte koortsachtig in de keuken met zijn twee assistenten, twee broers uit de Filippijnen, Tony en Marco Aruego. Tony was vijfentwintig en Marco tweeentwintig, maar ik vond dat ze er allebei uitzagen als tieners. Ook zij hadden een veelvoud van taken in het café: bordenwasser, portier, soms kok voor het snelbuffet en als het nodig was hulpkelner. Er heerste altijd een kameraadschappelijke sfeer in het café. Oom Tyler behandelde nooit iemand als een nederige werknemer. Het respect dat hij hun betoonde was wederzijds, en ik kon me niet voorstellen dat iemand die daar werkte iets zou doen om het café of hem kwaad te doen, zeker niet om iets te stelen.

'Wat moet ik doen?' vroeg ik, terwijl ik het schort opving.

'Pak een blocnote en ga Missy Williams helpen,' zei ze met een knikje naar de slankste, elegantste van de twee serveersters. Ze leek inderdaad een beetje in de war, alsof het haar over het hoofd begon te groeien, dacht ik.

'Maar ik ken het menu nog niet zo goed.'

'Zorg dan maar dat je het kent,' zei tante Zipporah. 'En gauw.'

Gauw? Ik had het gevoel dat ik in het diepe werd gegooid, met de opdracht te leren zwemmen. Ik was nog nooit serveerster geweest, alleen maar hulpserveerster en als hulp achter de toonbank.

'Maar –'

'Vooruit,' zei ze en gebaarde naar de tafels en de klanten.

Zij lachte en oom Tyler zwaaide naar me en glimlachte, maar bleef doorwerken. Ik pakte een blocnote en liep naar de tafels waar de klanten het menu in de hand hielden maar kennelijk nog niet hadden besteld. Het duurde niet lang of ik had het te druk om me zelfs maar af te vragen of iemand mijn gebrek aan ervaring en mijn kreupele loop had opgemerkt. Alles wat hen interesseerde was eten.

'Zie je nou?' zei tante Zipporah toen ik met de twee andere serveersters heen en weer rende, de bestellingen doorgaf en onze coördinator hielp de klaargemaakte borden rond te brengen. 'Je hebt het hier te druk om tijd te hebben voor zelfmedelijden.'

Ze had natuurlijk gelijk. Dit vroege spitsuur liet weinig tijd over voor iets anders dan werk, en ik leerde het menu vrij snel kennen. Slechts een paar klanten merkten dat ik nieuw was in mijn baan, tenminste, dat dacht ik. Missy was blij dat ik haar te hulp was gekomen en hielp mij ook. De andere serveerster, een lange, krachtig uitzien-

de, kortharige blondine met een gezicht van 'maak-geen-gevange-
nen', besteedde nauwelijks enige aandacht aan me en stelde zich niet
voor, tot het even iets rustiger werd. Ze heette Cassie Bernard, en was
eerstejaars studente.

'Ze is goed,' fluisterde tante Zipporah. 'Als de mensen geduld hadden, zou ze dit hele café in haar eentje runnen.'

Missy's verwarde, hulpeloze blik vormde een groot contrast met
Cassies efficiënte en zelfverzekerde optreden. Ik vroeg me af op wie
de klanten zouden denken dat ik leek. Tijdens het spitsuur viel het
me echter op dat, ook al was Missy niet zo'n goede serveerster, de
klanten haar aardig vonden, misschien omdat ze medelijden met
haar hadden of misschien omdat ze vrijmoedig genoeg was om haar
te kunnen plagen. De cynicus in me was benieuwd of het geen komedie van haar was, om hun sympathie te winnen en haar gebrek aan
efficiëntie goed te maken.

Wat het ook was, wat iemands werkelijke verhaal hier ook was, ik
besefte dat er genoeg menselijk drama en activiteit was om me te beletten te veel te denken aan mijzelf, mijn grootouders en de tragische
wereld die ik zojuist vaarwel had gezegd. Ik voelde me als een klein
visje dat alleen in een aquarium had rondgezwommen, voor ieders
ogen zichtbaar, en toen plotseling in de zee werd gegooid met scho-
len andere vissen, en te klein en onbeduidend werd om zelfs maar
een vluchtige blik waard te zijn. Daarvoor was ik oprecht dankbaar.
Als er één ding was waar ik niet op zat te wachten, dan was het aandacht.

Toen het spitsuur eindelijk voorbij was en het rustiger werd in het
café, volgden de begroetingen. Mevrouw Mallen wilde me bij wijze
van welkom omhelzen, maar ze raakte slechts glimlachend mijn
schouder aan. Oom Tyler zoende en knuffelde me. Ik keek even naar
tante Zipporah. Ze had hem nog niet verteld over mijn verzoek bij
hen te komen wonen en hier naar high school te gaan. Ondanks alles wat ze gezegd had en wat ik wist van oom Tyler, wachtte ik toch
zenuwachtig zijn reactie af. Ik wilde beslist niet de oorzaak worden
van spanningen en verdriet van een ander.

Tijdens de rustige periode konden we zelf ook wat eten. Het harde werken had me de meeste eetlust benomen, maar ik was dol op oom Tylers gehakt, dat nog steeds zijn meest populaire gerecht bleef. Ik zat achter in het nieuwe deel van het restaurant met oom Tyler te eten en te praten. Hij maakte zich bezorgd over mij en mijn reacties op het ongeluk en Craigs overlijden.

'Het is niet iets waar je overheen kunt, of misschien hoort te komen, maar zoals met de meeste teleurstellingen en ontberingen in ons bestaan, moet je ermee leren leven, in je hart sluiten. Ja,' ging hij verder, knikkend toen hij mijn verbaasde gezicht zag. 'Zelfs ons verdriet moeten we in ons hart sluiten. Het is een deel van het geheel.'

'Zit je weer je oosterse filosofieën te preken?' vroeg tante Zipporah, terwijl ze een stoel bijschoof en haar bord op tafel zette.

'Preken? Zat ik te preken, Alice?'

We moesten allemaal lachen. Ik keek naar tante Zipporah. Ze wist wat die verwachtingsvolle blik van me te betekenen had.

'Tyler, Alice heeft me iets gevraagd. Ik heb haar verteld hoe ik erover dacht, maar ze zal zich niet gerust voelen voordat ze jouw reactie rechtstreeks uit jouw mond heeft gehoord.'

O? Oké. Je mag je oren piercen maar niet je neus,' zei hij. Ik glimlachte, maar hij zag aan tante Zipporahs ingehouden reactie op zijn grapje en mijn geforceerde glimlach dat het om iets ernstigs ging. 'Wat is het, Alice? Wat wil je?'

'Ik zou graag mijn high school hier willen afmaken, hier het laatste schooljaar volgen.'

Hij keek even naar tante Zipporah en toen weer naar mij.

'Je bedoelt dat je hier bij ons wilt wonen?'

'Ja.'

'Wat vinden je grootouders daarvan?'

'Ze maken geen vreugdedansje, maar ik geloof dat ze het begrijpen.'

'Zipporah?' vroeg hij haar.

'Ze heeft gelijk. Ik had het niet beter kunnen uitdrukken.'

'Dus je wilt weten of ik het goed vind?' Hij leunde achterover, pakte zijn kin beet met de vingers van zijn rechterhand. Hij kneep en wreef erin en zag eruit of hij diep nadacht. Ik wist dat hij komedie speelde.

'Een wijs man heeft eens gezegd dat je thuis is waar ze je moeten opnemen wanneer je erheen gaat. Dus... welkom thuis, Alice!' Hij gaf een klap op de tafel. 'Voorgoed gratis hulp!' riep hij lachend uit. 'Natuurlijk, kom bij ons. Ik heb iemand nodig die mijn grappen weet te waarderen.' Hij stond op en gaf me een zoen op mijn wang. 'Wat jou gelukkig maakt, maakt ons gelukkig, Alice. Geen probleem. Bovendien heeft Zipporah de oefening nodig. We zijn steeds meer toe aan een kind van onszelf, hè, Zipporah?'

'Iets meer,' zei ze zonder zich vast te leggen. Ik vroeg me af wat de bron van twijfel en onzekerheid was waaruit haar tegenzin om kinderen te krijgen voortsproot. Onwillekeurig probeerde ik uit te puzzelen wat zij wist en ik niet, en of het mij met net zoveel tegenzin zou vervullen als haar.

'Zie je?' zei oom Tyler. 'Zie je nou waarom ik hulp nodig heb?' Hij gaf me een klopje op mijn schouder en ging terug naar de keuken.

'Ik hoop dat hij geen komedie opvoert ter wille van mij,' zei ik onmiddellijk.

'Je kent hem langzamerhand goed genoeg om te weten dat dat niet waar is, Alice.'

'Zijn jullie er werkelijk meer aan toe om een kind te krijgen?'

'We zullen zien,' zei ze en wendde haar blik af om te kennen te geven dat het onderwerp was afgehandeld. 'Ik kan hem maar beter gaan helpen. We hebben nog een en ander te doen voor we kunnen sluiten, een paar laatkomers en mensen die zijn blijven hangen. Eet rustig verder.'

Missy was weg, maar Cassie bleef, las in een van haar leerboeken en hielp een enkele klant. Mevrouw Mallen ging naar huis om iets te doen, maar kwam terug om af te sluiten, zoals gewoonlijk. Ik herinnerde me dat in de zomer het café niet echt een bar was waar je bleef hangen, behalve in de weekends als er muziek was. Ik dacht erover om naar Cassie toe te gaan en nog wat met haar te praten, maar bedacht toen dat ze waarschijnlijk blij was met de kans om wat te kunnen lezen. Het zou niet eerlijk zijn haar die tijd te ontnemen met mijn gebabbel.

Terwijl ik daar zat liet ik mijn blik rondgaan in het café, nam de veranderingen in me op en keek waar ik mijn schilderijen zou kunnen hangen. Plotseling – misschien omdat ik me hier zo welkom voelde – verlangde ik er plotseling hevig naar om weer te gaan schilderen, en ik hoopte dat mijn grootvader niet zou vergeten mijn schildergerei mee te nemen als ze kwamen. Ik zou eindelijk het atelier achter het huis van tante Zipporah en oom Tyler in gebruik nemen. Met die gedachte liep ik naar de telefoon.

'Ik ga Doral House bellen,' zei ik tegen tante Zipporah, 'om ze te laten weten dat ik me hier al geïnstalleerd heb.'

'Goed idee,' zei ze.

Mijn vingers trilden toen ik de hoorn oppakte en het nummer intoetste. Mijn grootmoeder antwoordde zo snel dat ik haar in gedachten naast de telefoon zag zitten, wachtend tot ik zou bellen.

'Hoi, oma,' zei ik toen ze opnam. 'We zijn er, en raad eens?'

'Wat?'

'Ik moest meteen aan het werk. Het was stampvol in het café en de serveersters hadden hulp nodig. Ik heb tweeënveertig dollar verdiend aan fooien.'

'Dat is geweldig, Alice,' zei ze, maar niet met veel enthousiasme. Ik wist wat ze wilde horen. 'Hoe gaat het met Tyler?'

'Prima, zoals altijd. Ze hebben het restaurant uitgebreid. Dat was ik vergeten.'

'O, mooi.'

'We hebben er net een ernstig gesprek over gehad, oma. Oom Tyler vindt het niet erg dat ik bij ze woon en hier naar school ga.'

'Werkelijk?' Er lag een wat teleurgestelde, maar ook vermoeide klank in haar stem. Ik kon het haar niet kwalijk nemen dat ze moe werd van al mijn crises. Het werd tijd dat zij en mijn grootvader weer van hun leven gingen genieten.

'Komen jij en opa het volgende weekend?'

'Dat was de bedoeling, ja.'

'Nou, je mag hem vertellen dat ik toch heel blij zal zijn met mijn schilderspullen. Ik weet dat ik een beetje onzeker klonk, maar dat ben ik niet meer.'

'Meen je dat?'

'Ik weet niet of ik iets zal kunnen maken dat goed genoeg is, maar er is meer dan voldoende ruimte op de muren van het café om mijn schilderijen op te hangen.'

'Dat is mooi. Ik ben blij voor je, Alice. Echt waar.'

'Dank je, oma. Waar is opa?'

'Hij is voor me naar de kruidenier. We hebben melk nodig voor morgenochtend. Wil je dat hij je belt als hij thuiskomt?'

'Nee, het is in orde. Doe hem de groeten en –'

'Ja?'

'Dat is alles. Ik spreek je over een paar dagen,' zei ik. 'Dag.'

'Oké, Alice. Pas goed op jezelf.' Haar stem vervaagde, alsof de telefoonlijn langzaam wegstierf of dat ze op een schip stond dat de haven verliet.

Ik ben het schip dat de haven verlaat, dacht ik en hing op. Tante Zipporah keek naar me.

'Alles goed?'

'Ja. Prima.'

'Mooi.'

Ze ging weer aan het werk, hielp een paar dingen op te bergen in de koelkasten.

Ik zag een donkerharige jongen in jeans en een sweatshirt met afgeknipte mouwen binnenkomen en met opzet een tafeltje kiezen in de uiterste rechterhoek van het café. Hij ging zitten en begon te lezen in wat eruitzag als een notitieboek. Ik keek naar Cassie, die even opkeek en zich toen weer in haar boek verdiepte.

Vreemd, dacht ik en liep naar haar toe.

'Zal ík hem nemen?' vroeg ik.

'Neem hem zo ver mogelijk mee hier vandaan,' antwoordde ze. 'Als hij iets bestelt, is het niet meer dan een kop koffie, en hij zal er een uur over doen om die op te drinken, en blijven plakken. Hij zal een stuiver fooi voor je achterlaten.'

Ze ging verder met lezen.

Alle anderen waren bezig en er waren geen andere klanten die op het ogenblik aandacht nodig hadden. De jongen, die er oud genoeg uitzag om een student te kunnen zijn, scheen het niet te deren dat niemand zich haastte om hem te bedienen. Hij bleef met gebogen hoofd in zijn notitieboek schrijven. Toen ik naast hem stond, keek hij niet op, tot ik zei: 'Excuseer me.'

Toen hij zijn hoofd ophief keek ik in de donkerste groene ogen die ik ooit had gezien. Hij had een knap gezicht, met een krachtige mond, een bijna perfecte neus en een sterke kaak. Hij streek een paar lokken haar naar achteren en keek me aan of ik iets heel ongewoons of raars had gezegd.

'U bent geëxcuseerd,' zei hij en keek weer naar zijn notitieboek.

'Ik bedoelde of ik u van dienst kan zijn?'

'O.' Hij keek weer naar me op, deze keer iets aandachtiger. 'Je bent nieuw hier, hè?'

'Nee. Ik heb hier de afgelopen twee jaar in de zomer gewerkt.'

'Zomers,' zei hij minachtend. 'Ik kom hier pas sinds dit voorjaar, dus voor mij ben je nieuw.'

'Hoe dan ook. Wil je iets bestellen?'

Hij keek om zich heen alsof het de eerste keer was dat het hem gevraagd werd en hij niet zeker wist wat het café precies was of wat het te bieden had.

'Koffie,' zei hij. 'Zwart. Heet.'

Hij keerde terug naar zijn notitieboek. Ik keek even naar Cassie, die met een cynische glimlach toekeek. Ze haalde haar schouders op en las verder. Ik ging zijn koffie halen. Hij keek niet op toen ik terugkwam, zelfs niet toen ik zijn kopje op tafel zette, maar juist toen ik weg wilde gaan, vroeg hij: 'Ga je naar de universiteit hier?'

'Nee. Maar ik ga in de herfst naar high school.'

Hij keek weer naar zijn notitieboek, alsof hij geen belangstelling meer voor me had omdat ik geen student was.

'Ik ga bij mijn oom en tante wonen, de eigenaars van dit café,' voegde ik eraan toe, in de behoefte enige indruk op hem te maken. Hij keek me nu met oprechte belangstelling aan.

'Waar zijn je ouders?'

'Ik heb geen ouders om voor me te zorgen,' antwoordde ik.

Hij staarde naar me met enigszins geopende mond. Ik wachtte nog een paar ogenblikken en ging toen terug naar de toonbank. Mevrouw Mallen was terug en begon me uit te vragen over mijn grootouders, mijn schooljaar. Het was duidelijk dat tante Zipporah haar niets verteld had. Ze leek bezorgd over mijn kreupelheid.

'Ik kan me niet herinneren dat je vorige zomer kreupel liep.'

'Ik heb een auto-ongeluk gehad en moest geopereerd worden. Dit is het beste wat ze voor me konden doen.'

'Ach, wat vind ik dat jammer voor je. Maar je lijkt me niet erg gehandicapt,' voegde ze er snel aan toe.

'Nee, niet echt,' zei ik.

Er kwamen een paar nieuwe mensen binnen die nog wat wilden eten, en Cassie stond op om ze te bedienen. Ik keek even naar de jongen, die ik erop betrapte dat hij nu van tijd tot tijd mijn richting uitkeek. Tante Zipporah kwam uit de keuken en vroeg me met haar mee te gaan naar de kruidenier.

'Ze hebben ons hier nu niet meer nodig en ik moet een paar dingen voor onszelf in huis halen.'

Ik knikte, schreef de rekening uit voor de jongen en liep naar zijn tafel.

'Wil je verder nog iets?' vroeg ik. Hij keek op.

'Ja. Wereldvrede.'

'Leuk, hoor. Ik moet weg. Je kunt dit aan de kassa betalen,' zei ik en liet de rekening achter.

'Wacht even.'

'Ja?'

'Ben je altijd kreupel geweest?'

'Nee. Ik heb een auto-ongeluk gehad.'

Hij knikte, alsof hij dat antwoord verwacht had. Wat een onhebbelijke vlerk, dacht ik. De meeste mensen zouden niet zo abrupt zijn tegen iemand met een fysieke handicap.

'Zat jij achter het stuur?'

'Nee.'

'Ben je een proces begonnen?'

'Nee,' zei ik meesmuilend. 'De jongen die reed is dood.'

'Heus?'

'Ja, heus. Heb je nu genoeg voor je artikel?'

'Nog niet, maar ik zal eraan blijven werken.'

'Werk ook aan je manieren,' zei ik en liep weg.

'Waar stond je zo lang over te praten met Duncan Winning?' vroeg mijn tante toen ik mijn schort had afgedaan en we naar buiten liepen.

'Hij was nieuwsgierig en stelde de ene vraag na de andere. Ken je hem?'

'Ik ken hem dankzij mevrouw Mallen, die alle plaatselijke roddels kent en beter op de hoogte is dan de lokale krant. Ze zegt dat zijn moeder erg betrokken is bij haar kerk en de dominee goed kent.' Ze knipoogde. 'Misschien iets té goed volgens mevrouw Mallen.'

'Wat is er met zijn vader gebeurd?'

'Ze zegt dat hij ervandoor is gegaan en hen in de steek heeft gelaten toen Duncan tien of elf was.'

'Gaat hij hier naar de universiteit?'

'Nee. Hij zit nog op high school. Ik hoor dat hij een heel intelligente jongen is, maar vreemd.' Ze zweeg even en voegde er met een flauw glimlachje aan toe: 'Wees voorzichtig, Alice. Je hebt niet nog meer vreemde mensen in je leven nodig. Je hebt aan ons genoeg.'

Ik lachte, maar toen ik door het raam achteromkeek naar Duncan Winning, zag ik dat hij me nakeek.

En hij glimlachte.

12

Een nieuwe kamer

Na tante Zipporah geholpen te hebben met boodschappen doen, wilde ik haar helpen met opbergen, maar ze wilde er niet van horen.

'Ik kan het wel alleen af, Alice. Ga jij wat rusten en neem de tijd om te acclimatiseren. Ik heb je te veel overhaast omdat ik naar het restaurant wilde.'

'Het is niet de eerste keer dat ik hier ben, tante Zipporah. Ik hoef niet te acclimatiseren.'

'Nee, maar je hebt heel wat meer achter de rug dan je je misschien realiseert. En je moet nu wortel schieten in een nieuwe wereld. Je verdient wat tijd voor jezelf, lieverd. Bovendien wil ik dat je gaat bedenken hoe je je kamer wilt inrichten. Je kunt alles veranderen wat je wilt en je moet me laten weten wat je verder nog nodig hebt, lampen, kussens, wat dan ook. De kamer wordt trouwens nooit gebruikt als jij er niet bent. Tylers ouders zijn allebei overleden, en zijn zus woont in Canada, zoals je weet.'

'Ik hoef niks te veranderen,' zei ik.

'Dat moet je rustig bekijken. Je zult nu een hele tijd in die kamer wonen,' zei ze. 'Ik wil dat je je niet alleen op je gemak voelt, maar ook houdt van de plek waar je bent,' voegde ze eraan toe. Het klonk bijna als een waarschuwing.

'Oké, tante Zipporah.'

Ze zweeg even, zette haar handen op haar heupen en keek me aan met half toegeknepen ogen en een flauw lachje.

'Weet je, Alice. Ik weet dat het een teken van respect is en zo, maar je hoeft me niet voortdurend tante Zipporah te noemen. Noem me gewoon Zipporah. Bovendien zou ik graag willen dat we meer vriendinnen dan familie zijn, als je me begrijpt.'

Ik glimlachte. 'Ja, ik begrijp het. Dank je.'

'Dat is prettig om te zien, Alice.'

'Wat?'

'Dat je lacht.' Ze gaf me een zoen op mijn wang en ik ging naar mijn kamer.

Ik pakte verder uit en dacht aan wat tante Zipporah me had gevraagd. Ik wist dat mijn grootmoeder altijd stond te popelen om het interieur van dit huis onder handen te kunnen nemen. Altijd als we hier waren geweest en weer naar huis reden, ratelde ze een lijst van dingen op die ze zou willen doen, van het overschilderen van kamers tot het bekleden van kale houten vloeren, het veranderen van het meubilair, het ophangen van schilderijen en vervangen van de 'oude vermoeide gordijnen die slap voor die ramen hangen. Ik vrees dat mijn dochter nooit veel belangstelling voor haar huis heeft gehad,' zei ze. 'Soms denk ik weleens dat zij en Tyler heel goed in een tent zouden kunnen wonen.'

Mijn grootvader moest er altijd om lachen. 'Het zijn ex-hippies, Elaine.'

'Alsjeblieft, spaar me.'

'Ieder mens is anders,' zei hij.

Mijn grootmoeder bromde dan iets.

Maar ze had gelijk wat de ramen betrof. De gordijnen – een dunne, versleten witte stof, waaruit elk model verdwenen was – leken meer slap en kwijnend dan fraai neer te hangen. Jaren en jaren zon hadden ze veranderd in vergeelde vodden. Waarom zou ik haar niet verrassen door deze kamer op te knappen? dacht ik. En toen besefte ik wat er werkelijk achter tante Zipporahs verzoek stak. Ze wilde zeker weten dat ik hier echt wilde blijven en het niet zomaar een opwelling was. Als mijn grootmoeder de veranderingen zag, zou ook zij overtuigd zijn van mijn bedoelingen.

Ik begon in gedachten een lijst op te stellen.

Behalve de gordijnen, dacht ik, konden we hier en daar een kleed neerleggen. De vloer was verouderd en grauw geworden, vooral in de hoeken. Ik wilde niet om een vaste vloerbedekking vragen, maar losse kleden zouden helpen. En ik zou vrolijker beddengoed willen. De vaalbruine sprei was geen aanwinst voor het kingsize bed. Het had een zwart hoofdeinde, niet meer dan een glad stuk hout, en geen voeteneind. Het moest een beetje gepimpt worden. En er moest een betere verlichting komen. Op z'n minst een staande lamp naast het kleine bureautje in de hoek – dat zou al helpen, vooral als ik naar school ging en hier mijn huiswerk zou maken.

Ik keek naar de grote en de kleine ladekast. Van beide moesten de handvatten en het hout eens goed worden gewreven. Ze zagen eruit als winkeldochters in een tweedehandswinkel. Waarschijnlijk waren ze dat ook, dacht ik. Terwijl tante Zipporah met andere dingen bezig was in huis, liep ik de gang door naar de bijkeuken, waar ik schoonmaakmiddelen, een emmer en een mop vond, en ging in mijn kamer aan de slag. Omdat de gordijnen niet veel deden om de zon tegen te houden, haalde ik ze eraf en vouwde ze op. Mijn schoonmaken en gepoets maakten niet veel, maar toch wel enig verschil.

Tante Zipporah kwam binnen en keek om zich heen.

'Dus je hebt mijn raad opgevolgd en bent vast begonnen. Mooi zo. Wat wil je er nog meer aan doen?'

Ik dreunde mijn lijst op en ze stemde ermee in.

'Allemaal goede ideeën. We zullen ons er morgenochtend mee bezighouden. Tyler heeft ons pas voor de lunch nodig. Het zal leuk worden,' ging ze verder terwijl ze om zich heen keek. 'Ik heb al een tijd niets meer aan het huis gedaan. Zoals mijn moeder je ongetwijfeld vaak genoeg verteld zal hebben,' zei ze met een knipoog.

Ik lachte. Het had geen zin het te ontkennen. We kenden oma te goed.

'Ik ben moe en Tyler kan elk moment thuiskomen. Ik ga boven wat lezen. Heb je nog iets nodig?'

'Nee, dank je, tan... Zipporah.'

'Oké,' zei ze. 'Welkom terug, lieverd. Ik hoop dat het je goed zal doen. Je hebt een rustperiode verdiend.'

'Dank je,' zei ik weer. Ze gaf me een knuffel en ging naar boven.

Al had ik hier al zo vaak geslapen, het besef dat dit voor minstens een jaar, zo niet langer, mijn thuis zou zijn, begon nu pas goed tot me door te dringen. Als ik hier in de zomer kwam, leek het meer een lang weekend. Halverwege beide zomers ging ik terug naar Doral House voor de verjaardag van mijn grootvader. Ik voelde me nooit ver van hem of van mijn grootmoeder verwijderd, maar na het ongeluk en de nasleep ervan en de uitwerking van mijn nieuwe plannen, kreeg tante Zipporah gelijk: dit voelde anders aan.

Om te beginnen was hier niets dat me in enig opzicht deed denken aan mijn moeder. Misschien begreep mijn grootmoeder het niet, of misschien was het juist omdat ze het zo goed begreep, dat ze altijd bang was voor mijn verlangen zo vaak naar zolder te gaan, maar ik wilde daar zijn omdat ik me dan dicht bij mijn moeder voelde. Daar kon ik me haar voorstellen, haar schilderen, me gedragen zoals zij zich zou hebben gedragen en door dat te doen, me dicht bij haar voelen.

Soms, als ik thuiskwam uit school en naar de zolder ging, verbeeldde ik me dat ze op me wachtte. Ze zou, zoals elke moeder, me uitvragen over school, mijn vriendinnen, mijn interesses en activiteiten. Ik fantaseerde dat ze er was, want zelfs al was het alleen maar in mijn verbeelding, toch was er iemand die naar mijn klaagzangen luisterde.

Zonder de zolder was hier geen mogelijkheid tot fantaseren. Ik was eindelijk op mezelf aangewezen, en dat was goed. Ik besefte dat ik zonder die onafhankelijkheid altijd in meer dan alleen fysiek opzicht gehandicapt zou zijn.

Ik hield van mijn oom en tante en vond het echt heerlijk om bij hen te zijn, maar toen ik me uitkleedde om naar bed te gaan en de lampen uitdraaide, leken zelfs de sterren die ik door het raam zag, triest en eenzaam, knipperden hun tranen weg, huilden om mij. Er heerste hier ook een andere stilte. Dit huis kraakte niet zoals Doral House, en ik sliep beneden, niet boven. Alle geluiden die mijn oom en tante maakten gingen een andere richting uit, behalve natuurlijk hun voetstappen.

Eén keer in de afgelopen zomers werd ik midden in de nacht wakker en hoorde hun voetstappen. Ik was vergeten waar ik was en ging met bonzend hart rechtop zitten, omdat ik dacht dat ik in Doral House was en mijn moeder boven me op zolder heen en weer hoorde lopen. Ik dacht dat ik het me niet verbeeldde, maar toen besefte ik dat ik in het huis was van mijn oom en tante en dat zij heen en weer liepen. Maar ik zal nooit de teleurstelling vergeten die ik ook voelde.

Nu lag ik met mijn hoofd op het kussen en luisterde met open ogen. Ik bedacht dat ergens daarbuiten, ergens heel ver weg, mijn moeder lag te slapen of net zoals ik wakker in bed lag. Misschien lag zij ook met open ogen, en misschien, heel misschien, herinnerde ze zich dat ze mij op de wereld had gezet en vroeg ze zich af hoe ik nu was, hoe ik er nu uitzag, en dacht ze aan wat ze tegen me zou zeggen als we elkaar ooit zouden ontmoeten.

Ik had meer medelijden met haar dan met mijzelf.

Stel dat je je niet herinnerde dat je iets heel kostbaars, een heel dierbaar iemand, verloren had en dat op een dag tot je doordrong.

Het zou aankomen als een donderslag bij heldere hemel. Het moest ongelooflijk angstaanjagend zijn. Hoe kon je iets dat zo traumatisch en zo belangrijk voor je was vergeten?

Misschien was ze begonnen te schreeuwen en hadden ze haar iets gegeven om haar te kalmeren.

En misschien was dat de oorzaak dat ze het weer vergat, en ik als een zeepbel die uiteenspat, verdwenen was naar die plek waar alles zich bevindt wat vergeten is en nooit opgehaald, ergens zo diep weggestopt in het duister dat zelfs God het bestaan ervan was vergeten.

Ik rilde en sloot mijn ogen.

De slaap overviel me zoals regendruppels het oppervlak van een meer overvallen.

Tyler was altijd vroeg op, nog vóór het opgaan van de zon. In de zomers dat ik hier logeerde, had ik ontdekt dat hij een perfecte wekker was, want je kon hem horen lopen en hij moest koffie hebben voor hij naar het café ging. Tante Zipporah vertelde me dat hij dat half en half deed uit een behoefte om hun keuken noodzakelijk te maken.

'Hij gelooft dat dingen als mensen zijn. Als ze niet nodig zijn of er geen gebruik van wordt gemaakt, takelen ze sneller af.'

De kakofonie van geluiden in de keuken, kopjes die rinkelden, kastdeuren die werden dichtgeslagen, stoelen die krasten als ze over de vloer werden geschoven, en de koffiepot die met een klap op het fornuis werd gezet, zou iedereen doen denken dat er een aap was losgelaten in huis. Tante Zipporah mopperde op hem, herinnerde hem eraan dat ik beneden lag te slapen, en hij beloofde het de volgende keer rustiger aan te doen, maar ik denk dat hij altijd te veel verdiept was in zijn eigen gedachten om zich aan die belofte te houden.

Ik zag trouwens toch geen reden om in bed te blijven, dus stond ik op, waste me en kleedde me aan voor hij wegging. Hij zat zijn koffie te drinken toen ik in de keuken kwam. De zon begon net boven de horizon uit te komen en de eerste stralen gaven de wereld een vage rode kleur. De slapende vogels begonnen zich te roeren; ik kon ze vlak bij de geopende ramen horen sjilpen.

Oom Tyler keek verbaasd op.

'Hallo. Ben je al op? O, nee, ik heb te veel lawaai gemaakt.'

'Ik ben blij dat je dat hebt gedaan,' zei ik en schonk een kop koffie in.

'De ochtend is voor mij de beste tijd. Zipporah leest zichzelf graag in slaap en zou tot in de kleinste uurtjes op kunnen blijven. Ik? Ik leg mijn hoofd op het kussen en ben vertrokken. Dat ergert haar enorm. Soms probeer ik wakker te blijven om haar een plezier te doen, maar mijn oogleden hebben een eigen wil.'

Lachend ging ik tegenover hem zitten.

'En,' zei hij, 'vertel eens. Dat ongeluk, alles ervan, was verschrikkelijk voor je, hè? Ik denk niet dat je die details wilt oprakelen.'

'Ach, er is voldoende tijd overheen gegaan.' Ik vertelde hem over Craigs ouders en dat ik dacht dat zijn woede hem ertoe gebracht had zo roekeloos te zijn.

'Wat ze ook hebben gedaan, ze zullen er nu diepe spijt van hebben en ze zullen het de rest van hun leven berouwen,' zei oom Tyler.

'Dat brengt hem niet terug,' zei ik.

'Nee. Soms vraag ik me weleens af of het niet allemaal stom geluk is. Toen ik zo oud was als jij heb ik een paar heel stomme dingen gedaan; het was op het nippertje. Je weet wat ze zeggen: Ware het niet bij de gratie Gods...'

Hij nam me even aandachtig op en zette toen zijn kopje neer en streek met zijn vinger langs de rand. Ik had me al lang geleden gerealiseerd dat het de voorbode was van een diepzinnige opmerking of een heel indringende vraag, dus ik vermande me.

'Ik zou me niet gelukkiger kunnen voelen over je wens om je laatste schooljaar bij ons te komen wonen,' begon hij en keek me toen diep in de ogen, 'maar ik vind het een afschuwelijke gedachte dat onze instemming je grootouders verdriet kan hebben gedaan.'

'Dat weet ik.'

'En ik zou het heel erg vinden als je gelooft dat dit de oplossing is van al je problemen. Die oplossingen kun je alleen in jezelf vinden, Alice. Ongeacht waar je woont.'

Ik dacht even na. Hij keek of hij zijn adem inhield. Ik wist dat hij niets wilde doen of zeggen dat Zipporah van streek zou kunnen brengen.

'Ik denk dat het in mijn geval wel van belang is, oom Tyler. Zie je, waar ik woon, in Sandburg, is mijn moeder nog in leven. Ze spookt rond in dat dorp en in de hoofden van de mensen. Ze willen het niet loslaten en dat werpt een schaduw over mijn leven en belet me de oplossingen te vinden waarover je het had.'

Hij knikte. 'Goed,' zei hij en sloeg op de tafel. Toen stond hij op. 'Je oom Tyler legt hierbij de plechtige gelofte af zijn grote mond te houden en te stoppen met zijn filosofische gemompel.'

'Nee, niet doen,' zei ik lachend. 'Ik kwam hier juist voor die parels van je wijsheid.'

Hij lachte en omhelsde me op hetzelfde moment dat tante Zipporah op de drempel verscheen, nog in haar nachthemd en met ogen die vol spinnenwebben leken.

'Wat is hier aan de hand? Het is midden in de nacht.'

'Niet helemaal, Zipporah. Alice en ik zijn bezig de wereldproblemen op te lossen. We dachten dat als we dat vóór het ontbijt deden, we van de lunch konden genieten.'

'Heeft hij je wakker gemaakt?'

'Nee, ik was al op,' zei ik. Ze hield haar hoofd schuin. 'Een leugentje om bestwil. Ik volg je raad op.' Ze vrolijkte weer wat op.

'Ik ga naar boven om te douchen en me aan te kleden. Nu jullie mijn slaap toch verstoord hebben, kan ik net zo goed aan de dag beginnen.'

'Zie jullie straks,' zei oom Tyler en liep naar de deur.

'We gaan vanmorgen wat shoppen. Dat heb ik je verteld, weet je nog?' riep tante Zipporah hem na.

'Ja. Geen probleem. Wij redden het prima. Neem alle tijd die je wilt,' zei hij en ging weg.

'Ik kom zo beneden,' zei tante Zipporah. 'Ga vast wat eten. Wacht niet op mij.'

Haastig ging ze weer naar boven.

Na de koffie en wat ontbijtgranen gingen we op weg naar de warenhuizen. Hoewel het gezellig was om met haar te winkelen, deed het me toch denken aan de keer dat ik met haar, mijn grootmoeder en Rachel mijn jurk en schoenen voor het schoolbal was gaan kopen. Die herinnering belette me ervan te genieten en tante Zipporah was opmerkzaam genoeg om te merken dat me iets dwarszat. Ik vertelde haar wat het was en ze knikte.

'Alice, ik heb niets gezegd toen ik naar je grootouders ging en zag dat je weer die oude kleren was gaan dragen en niets aan je haar en gezicht deed, maar ik zou het prettig vinden als je het weer wilde proberen.'

Ik haalde mijn schouders op. 'Wat maakt het uit?'

'Ik denk dat, net als toen, het je zelfbeeld zal verbeteren, en bovendien zal het goed zijn voor het restaurant,' zei ze half schertsend.

'Je denkt dat de klanten zullen afknappen op iemand die kreupel loopt en er zo uitziet als ik?' vroeg ik, misschien iets te scherp.

Ze keek me strak aan en toen begon ze te lachen.

'Tyler heeft niet helemaal ongelijk met alles waarin hij gelooft, Alice. Hij zegt altijd dat je, als je niet blij bent met jezelf, niet kunt verwachten dat anderen blij met je zullen zijn, weet je nog? Het is niet kwaad bedoeld, en ik wil niet zeggen dat we je niet lief vinden en niet bij ons willen houden, wat je ook besluit, maar wil je er alsjeblieft eens over nadenken? Ik wil dolgraag wat kleren met je gaan kopen. Misschien zal ik zelfs wat hippere kleren kopen en Rachel van me af- schudden,' ging ze verder.

'Als je dat doet, zeg ik ja,' daagde ik haar uit.

'Afgesproken. Laten we dit eerst thuisbrengen; onderweg kunnen we zien hoe het gaat in het café.'

We reden in de richting van huis. Ongeveer drie kilometer buiten het dorp zagen we de jongen die in het café was geweest. Hij liep met gebogen hoofd. Hij had hetzelfde notitieboek bij zich en – over kle- ren gesproken – droeg precies dezelfde dingen als de vorige dag.

'Dat lijkt Duncan Winning wel,' zei tante Zipporah en ging lang- zamer rijden.

Hij keek op toen we naast hem stopten.

'Hoi, Duncan,' zei ze. 'Wil je een lift naar het dorp?'

Hij keek naar mij en schudde toen zijn hoofd.

'Nee, dank u. Ik heb geen haast,' zei hij, liet zijn hoofd weer zak- ken en liep door.

'Vreemde vogel,' zei tante Zipporah, 'maar toch heb ik medelijden met hem. Hij kijkt altijd zo verloren.'

'Ik weet zeker dat de mensen in ons dorp net zo over mij dachten,' zei ik.

'Het verschil is dat jij een familie hebt die om je geeft, Alice.'

'Dat weet ik.'

Tante Zipporah keek naar Duncan. 'Iemand heeft me verteld dat hij gedichten schrijft. Misschien was het Cassie.'

'Doet hij dat als hij in het café zit?'

'Ik denk het. Ik heb nu net zoveel woorden met hem gewisseld als in al die tijd dat hij in het café komt.'

'Heeft hij geen vrienden?'

'Ik heb hem nooit met iemand anders gezien, maar ik weet verder niet veel over hem. Zijn moeder en hij woonden in wat vroeger een kippenfarm was. Alweer volgens mevrouw Mallen, die van iedereen iets weet, had Duncans moeder wat geld toen zijn vader ervandoor ging, en ze heeft een postorderbedrijf vanuit huis. Voornamelijk religieuze dingen. Ze hebben ook wat van hun land verkocht aan een projectontwikkelaar.' Ze glimlachte. 'Kleine steden, grote roddels.'

We reden door. Ik keek nog even naar hem toen we voorbijreden. Hij hield zijn hoofd gebogen, maar toen we een eindje verder waren, keek hij op en staarde ons na tot we om een bocht verdwenen.

'Heeft hij een baan in de zomer?'

'Dat weet ik niet, lieverd. Ik denk niet dat hij een gemakkelijke werknemer is. Zelfs Tyler, de oppergoeroe, zou moeite hebben met iemand die zo introvert is,' zei ze glimlachend.

Ik glimlachte niet. Ik dacht bij mezelf: zonder mijn oom en tante zou ik waarschijnlijk ook geen baan hebben in de zomer.

Om de een of andere reden was het minder vol in het café dan de dag ervoor, zodat we door konden rijden naar huis om alles naar mijn kamer te brengen. Toen het nieuwe beddengoed op het bed lag, de kleedjes op de grond waren gelegd, de nieuwe gordijnen opgehangen en de lamp op zijn plaats gezet, stonden we naast elkaar te kijken.

'Weet je wat je verder nog zou kunnen doen?'

'Wat dan?'

'Die muren een vrolijker tintje geven. Of ze behangen. Iets. Misschien,' ging ze verder, 'als je de kamer opvrolijkt, vrolijk je zelf van binnen ook op.'

'Misschien,' gaf ik toe, en we maakten plannen wanneer we op verf of behang uit zouden gaan.

Nadat we een lunch hadden klaargemaakt en zaten te eten, vertrouwde ik haar toe dat ik een van de modieuze rokken en blouses had meegebracht die ik had gekocht tijdens onze winkeltocht voor het schoolbal. Na het eten trok ik ze aan, terwijl ze glimlachend toekeek.

'Ga nu je haar doen en doe wat lippenstift op, Alice.'

Ik deed wat ze zei en toen reden we naar het café om te helpen met het opruimen na de lunch en de voorbereidingen voor het avondeten. De menigte was uitgedund tot er nog maar twee vierpersoonstafels bezet waren. Het was Missy's beurt om te blijven. Cassie was vertrokken en mevrouw Mallen was naar de bank om geld te storten voor oom Tyler. Zodra we binnenkwamen keek ik naar de tafel in de hoek, en ja hoor, daar zat hij, Duncan Winning, met gebogen hoofd in zijn notitieboek te schrijven, een kop koffie op de tafel.

Tante Zipporah trok haar wenkbrauwen op en keek naar mij.

'Meestal komt hij niet twee dagen achter elkaar,' zei ze.

Ik hielp bij het opruimen en de voorbereidingen, maar van tijd tot tijd keek ik naar hem. Tante Zipporah mompelde weer dat ze medelijden met hem had. Ten slotte ging ik naar hem toe. Ik wist dat hij me zag, maar hij hief zijn hoofd niet op.

'Wat schrijf je zo ingespannen?' vroeg ik.

Ik dacht dat hij geen antwoord zou geven, maar ik verroerde me niet. Ik was niet van plan me door hem te laten negeren.

Hij keek langzaam op.

'Ik houd een soort dagboek bij,' zei hij, 'maar dan in dichtvorm.'

'Echt waar?'

'Nee, ik verzin het omdat ik in werkelijkheid een spion ben van een andere planeet, die het menselijk gedrag observeert. Wat geloof je liever?'

'Grappig, hoor. Waarom weigerde je de lift die mijn tante je aanbood?'

'Ik wil niemand iets verschuldigd zijn.'

'Een lift? Vind je dat zo belangrijk?'

'Je geeft toe in kleine dingen en voor je het weet...'

'Wat?'

'Doe je afstand van je ziel.' Ik weet dat ik grijnsde. Hij haalde zijn schouders op. 'Je vroeg het en ik heb geantwoord. Omdat jij zo nieuwsgierig bent, wil ik jou ook een paar dingen vragen.'

'Ga je gang.'

'Wat bedoelde je dat je geen ouders hebt om voor je te zorgen? Zijn ze dood?'

'Nee, ze zijn niet dood,' antwoordde ik, maar deed er verder het zwijgen toe.

'Ik denk dat je het me niet zult vertellen. Oké. Ik kan zonder die informatie leven,' zei hij en sloeg een pagina in zijn notitieboek om.

'Mijn ouders zijn nooit getrouwd,' zei ik. Ik wist niet zeker waarom ik hem iets wilde vertellen, maar plotseling voelde ik de behoefte daartoe. Hij ergerde me verschrikkelijk, en ik moest stoom afblazen, anders zou ik ontploffen.

'Aha, een onverwacht bundeltje van vreugde, hè? Hoe oud waren ze?'

'Tieners.'

'Bij wie woonde je dan voordat je hier kwam?'

'De ouders van mijn vader.'

'O. Die hebben een grote verantwoordelijkheid genomen. En nu worden ze te oud om je aan te kunnen?'

'Nee, ze zijn nog heel jong.'

'Waarom wil je dan hier naar school?'

'Ik heb behoefte aan verandering,' zei ik. 'Vind jij het leuk om hier naar school te gaan?'

'Ik denk er niet over na. Ik ga gewoon.'

'Heb je een baantje voor de zomer?'

'Ik doe alles rond ons huis. Zorg voor de tuin, repareer dingen. Dat houdt me bezig. Ik woon alleen met mijn moeder.'

'Wat is er met je vader gebeurd?' Ik herinnerde me wat tante Zipporah me verteld had, maar ik wilde weten wat hij zou antwoorden.

'Weet ik niet. Misschien is hij ontvoerd door aliens.'

'Grappig.'

'Hysterisch.'

'Wil je nog koffie?'

'Nee.' Hij sloeg zijn notitieboek dicht en keek uit het raam. 'Zal je vriend je niet missen?'

'Ik heb geen vriend en voor je het vraagt, ik heb ook geen vriendinnen die me zullen missen.'

'Waarom niet?'

'Ik spreek niet dezelfde taal.' Eindelijk glimlachte hij. Hij had een heel aantrekkelijke glimlach, vond ik, als een straal van licht en

warmte. Ik begreep waarom mijn tante wilde dat ik vaker zou glimlachen.

'Werk je vanavond hier?'

'Ja.'

'Ik ben bezig mijn scooter op te lappen. Hij stelt niet veel voor,
maar het is vervoer. Ik ga naar huis met wat onderdelen die ik heb gekocht en ik denk dat hij het over een paar uur wel weer doet. Als je na
je werk een lift naar huis wilt...'

'Je wilt dat ik een lift accepteer en het risico loop mijn ziel kwijt te
raken?'

Hij lachte zowaar en stond op.

'Touché,' zei hij en wilde weglopen.

'Weet je wat,' zei ik. Hij bleef staan en draaide zich naar me om.

'Ja?'

'Je mag me naar huis brengen als je me een paar van je gedichten
laat lezen.'

Hij overwoog het.

'Op die manier lopen we allebei een risico,' voegde ik eraan toe, en
hij knikte.

'Oké. Ik ben terug om ongeveer...'

'Om halftien,' zei ik.

Hij knikte en liep naar buiten. Tante Zipporah kwam snel naast me
staan.

'Lijkt op een doorbraak. Ik kan me niet herinneren dat iemand ooit
zo lang met hem gepraat heeft.'

'Hij valt wel mee,' zei ik. 'Wel interessant, op een vreemde manier.'

'Vreemd?'

'Anders.' Ik keek haar aan. 'Net als ik.'

Ze glimlachte.

'Hij wil me na het werk een lift naar huis geven. Ik heb gezegd dat
hij om halftien kan komen. Oké?'

'Heeft hij een eigen auto? Waarom loopt hij dan overal naartoe?'

'Hij zei dat hij een scooter heeft die hij aan het opknappen is en die
vanavond klaar zou zijn.'

Ze keek bezorgd.

'Als hij te hard rijdt, zal ik hem laten stoppen en ga ik lopen.'

'Als jou hier iets overkomt, word ik voor de leeuwen gegooid.'

'Er zal niets gebeuren. Niets ergs tenminste.'

'Goed. Ik zal eraan gewend moeten raken dat ik een tiener onder mijn hoede heb. Zoals je grootvader me al heeft gewaarschuwd.'

'Het is heus in orde, Zipporah.'

Ze gaf me een knuffel.

'Dat weet ik. Laten we weer aan het werk gaan.'

Ik deed het met een nieuwe stoot energie die me zelf het meest verbaasde.

Omdat we het niet al te druk hadden en ik tijd had om wat te lanterfanten, bleef ik naar buiten kijken of Duncan misschien wat vroeger was gekomen. Waarschijnlijk zou ik toch aan hem hebben lopen denken. Tante Zipporah zag dat ik de voorkant van het café in de gaten hield en glimlachte heimelijk. Ik wist zeker dat zij en Tyler er samen al over gesproken hadden dat Duncan me naar huis zou brengen.

Even na negenen zag ik dat hij zijn scooter voor het café parkeerde, maar hij kwam niet meteen binnen. Hij bleef op de scooter zitten, sloeg zijn armen over elkaar en keek in de tegenovergestelde richting, alsof hij geen speciale reden had om hier te zijn en het hem koud liet of ik naar buiten kwam of niet.

'Je kunt nu wel gaan, Alice,' zei tante Zipporah. 'Er is niet veel meer te doen. We zijn over een paar uur thuis.'

'Oké.'

'Wees alsjeblieft voorzichtig,' zei ze en moest toen lachen. 'Alsof ik me er ooit iets van aantrok als mijn ouders dat tegen me zeiden.'

'Ik zal voorzichtig zijn,' zei ik nadrukkelijk. 'Helaas weet ik maar al te goed wat het betekent om dat niet te zijn.'

Ze knikte. 'Inderdaad, ja.'

Ik deed mijn schort af en ging naar buiten. Ik wist dat hij uit zijn ooghoek naar me keek, al probeerde hij zich nog zo koel en onverschillig voor te doen, want zodra ik buiten kwam draaide hij zich om.

'Vroeg vrijaf gekregen wegens goed gedrag?'

'Zoiets,' zei ik. 'Weet je zeker dat dat ding veilig is?'

Het was een flink gedeukte scooter met wat roestplekken.

'Hij heeft een topsnelheid van vijftig kilometer per uur heuvel-afwaarts. Maak je niet bezorgd.' Hij ging zitten en wachtte. Ik keek achterom door het raam van het café en zag mijn tante met een on-geruste uitdrukking op haar gezicht naar ons kijken. Toen stapte ik achter Duncan op de scooter.

'Je kunt je vasthouden door je armen om me heen te slaan,' zei hij en trapte op de starter. De motor sputterde. Hij draaide zich glimla-chend om. 'Moet je dat horen, je brengt hem aan het stotteren.'

'Leuk, hoor.'

We reden weg.

'Hoe weet je waar ik woon?' vroeg ik toen hij de stad uitreed.

'Je woont toch bij je oom en tante?'

'Ja.'

'Iedereen kent dat huis. Het is uniek hier in de buurt.'

Hoewel we niet hard reden, sloeg de wind fel genoeg tegen mijn gezicht om met mijn linkerwang tegen zijn rug te leunen. Zwijgend reden we door het donker, met alleen het vrij zwakke licht van zijn koplamp om ons de weg te wijzen. Er was geen maanlicht en de be-wolkte lucht verborg elk schijnsel van de sterren.

We zeiden niets tot we bij het huis van mijn oom en tante waren. Hij reed de oprit op en stopte.

Ik stapte af. Hij bleef zitten, zonder de motor af te zetten.

'Ik ben mijn deel van de afspraak nagekomen,' zei ik. 'Waar zijn je gedichten?'

'Wil je ze werkelijk lezen?' vroeg hij sceptisch.

'Dat was de afspraak. Nou?'

Hij zette de motor af, stak zijn hand in zijn jack en haalde het no-titieboek eruit.

'Je kunt beter binnenkomen,' zei ik. 'In het donker kan ik ze niet lezen.'

Hij keek naar het huis alsof iets hem angst aanjoeg en maakte geen aanstalten om af te stappen.

'Nou?'

'Het is goed. Ik moet naar huis.'

'Echt waar?'

'Je kunt het notitieboek bewaren tot morgen. Ik kom langs in het café om het op te halen.'

Hij trapte de motor aan.

'Ik wilde je niet afschrikken,' zei ik ironisch.

'Je schrikt me niet af. Ik wil alleen niet naar je kijken terwijl je mijn gedichten leest.' Zijn stem klonk bijna strijdlustig.

Ik had de neiging het notitieboek naar zijn hoofd te gooien.

'Als ik erbij zat, zou je je verplicht voelen om aardige dingen te zeggen.' Zijn stem klonk wat minder kwaad.

'Dat zou ik niet. Ik zou zeggen wat ik denk.'

'Mooi. Dan hoor ik het morgen wel,' zei hij en keerde de scooter.

Hij zei zelfs niet goedenavond. Hij schoot weg, de donkere avond in. Het kleine achterlicht leek op een rood oog dat dichtging en verdween. Woedend bleef ik staan.

Hij was de meest irritante, onbeschofte, arrogante jongen op de hele planeet, dacht ik, om maar niet te zeggen verwarrend. Waarom vond hij het zo belangrijk om me naar huis te brengen om me dan te negeren?

Tante Zipporah had gelijk. Ik had geen behoefte aan iemand met net zoveel, zo niet meer, emotionele en psychologische problemen, hield ik me voor. Ik kon me al nauwelijks in evenwicht houden op het slappe koord.

En toch was het juist dat gevaar en het gevaar dat om hem heen hing dat ik zo teleurgesteld en gefrustreerd was over het feit dat hij me zonder meer liet staan op de donkere oprit.

Ik keek naar zijn notitieboek. Hoe hij zich ook had gedragen, ik was nieuwsgierig en geïnteresseerd in wat hij had geschreven.

Ik ben geen haar beter dan die eeuwige mot rond de kaarsvlam, riskerend me in brand te steken en op te gaan in rook, dacht ik, en ging toen naar binnen om zijn gedichten te lezen.

13

Mijn diepste, duisterste geheim

Ik nam het notitieboek mee naar mijn kamer en ging op bed liggen. Het was als het openmaken van een schatkist zonder te weten wat je zou vinden. Zijn naam, adres en telefoonnummer stonden op de binnenkant van het voorblad. Duncans handschrift was niet gemakkelijk te ontcijferen, maar na een tijdje begreep ik hoe hij zijn letters vormde en kon ik gemakkelijk lezen wat hij had geschreven.

Onder zijn naam, adres en telefoonnummer stond: *Voor het geval dit boek wordt gevonden, bel s.v.p. of stuur het terug. Hoge beloning. Ingeval u niet belt of het boek retourneert, zal een vloek worden uitgesproken over u en uw familie.*

Ik lachte zachtjes, sloeg de pagina om en begon te lezen.

Duncan maakte geen gekheid toen hij me vertelde dat dit notitieboek zijn dagboek was. Het was geen dagelijks verslag van zijn leven als zodanig maar het ging over al zijn waarnemingen en dingen die met hem en om hem heen gebeurden. Soms had ik weleens overwogen ook een dagboek bij te houden, maar nooit zoals dit. Hij schreef geen verzen. Niets rijmde, maar toch was het dichtkunst, vol verrassende ideeën en gedachten en beeldspraak. Soms klonk hij als iemand die zichzelf intens haatte en soms als iemand die vond dat hij boven alle anderen stond; ieder ander was minderwaardig. Hij vergeleek de meeste mensen met werkmieren of hommels, die gedachteloos elke dag hun werk deden en zich nooit afvroegen waarom. Hij was vooral kritisch op zijn medeleerlingen, die, zei hij, gezichten hadden als spiegels.

Ik vond veel van zijn ideeën goed, maar sommige dingen waren verontrustend, vooral zijn opvatting over zijn eigen ouders. Hij sprak nooit over *mijn moeder* en *mijn vader*, maar het was duidelijk wie hij bedoelde.

Reeds op de eerste pagina schreef hij:

Als een vogel spreidt ze haar vleugels over me uit.
Ze wil me beschermen tegen het kwaad,
Maar ze beseft niet dat ze me gevangen houdt in het duister,
En ze verstikt me met te veel liefde.
Kan ik op die manier gelukkig sterven?

Sommige dingen die hij schreef brachten bijna de tranen in mijn ogen, maar er waren een paar gedichten bij die me deden glimlachen en ook hardop lachen, zoals het gedicht dat naar ik meende over zijn Engelse lerares ging.

Tussen de banken loopt ze heen en weer,
Ontplooit haar klinkers en medeklinkers
Zo scherp dat ze in haar eigen tong bijt.
Als ze kon, zou ze ons met een vuurpeloton naar buiten laten
  marcheren
Voor het verkeerde gebruik van een bepaling of tijdsvorm.
Ik verbeeld me dat de muren in haar huis
Bedekt zijn met de strafregels van haar man.
Duizend keer schreef hij
Ik zal geen taalfouten meer maken.

En over zichzelf schreef hij:

Te veel nachten zie ik sterren achteruitwijken de duisternis in
En verdwijnen.
Ook de vogels blijven op een afstand.
Zelfs de regendruppels vermijden me.
Ik leef in mijn eigen schaduw

En altijd wanneer ik me omdraai om te zien waar ik ben geweest,
Ontdek ik dat ik me niet heb bewogen.
Ik ben gevangen in het web dat ik zelf om me heen heb gesponnen,
Gevangen in mijn eigen naam.

Was het mogelijk iemands gedachten te lezen en het gevoel te krijgen dat je hem al je leven lang kent? Sommige dingen die hij schreef, voelde en dacht ik ook, maar niet zo sterk en zo levendig. Wat ik tegen mezelf fluisterde, schreeuwde hij uit opdat de hele wereld het zou horen.

Ik zat nog steeds te lezen toen mijn oom en tante thuiskwamen uit het café. Tante Zipporah kwam bij me langs.

'Ik had half en half verwacht dat Duncan hier zou zijn,' zei ze.

'Dat is hij ook.'

'Hoezo? Waar?'

'Hier.' Ik liet haar het notitieboek zien.

'Is dat het boek waarin hij altijd zit te schrijven in het café? Zijn gedichten?'

'Ja.'

'Nou, waar is hij dan?'

'Hij heeft me hier afgezet en is toen naar huis gegaan, denk ik.'

'Het verbaast me dat hij je dat heeft gegeven.'

'We hadden een afspraak. Hij mocht me thuisbrengen als ik zijn gedichten mocht lezen.'

'Dat was alles? Het enige wat hij wilde was je naar huis brengen?' vroeg ze achterdochtig.

Ik knikte en haalde mijn schouders op.

Lachend vroeg ze: 'En, hoe zijn zijn gedichten?'

'Interessant.'

Ze trok haar wenkbrauwen op. 'Ja hoor.'

'Nee. Ik probeer niet mijn oordeel te verhullen of ze goed of slecht zijn. Ze zijn echt interessant.'

'Oké. Wil je dat ik er een paar lees?'

'Nee,' zei ik snel. 'Ik denk niet dat dat kan zonder zijn toestemming.'

Ze glimlachte.

'Je hebt gelijk, Alice. Tot morgenochtend, als je oom jou en mij weer wakker maakt,' zei ze, en liep lachend de trap op.

Ik las zijn notitieboek uit voordat ik ging slapen. Aan het eind voelde ik me triest en gedeprimeerd. Ik had niet gedacht dat het mogelijk was iemand tegen te komen die nog somberder was over zijn leven, zijn familie en zijn toekomst dan ik, maar in dat opzicht was Duncan Winning nummer één. Eigenlijk wilde ik hem zijn gedichten teruggeven en zo hard ik kon bij hem vandaan lopen. In de geestesgesteldheid waarin ik verkeerde, kon iemand die zo zwartgallig en depressief was, me net over de rand van de afgrond duwen. Ik moest me omringen met gelukkige, tevreden mensen, jonge mensen van mijn leeftijd die meer waren zoals Zipporah en Tyler. Per slot werd dit geacht de tijd van ons leven te zijn, waarin we meenden alles te kunnen en eeuwig te leven, en niet te blijven stilstaan bij dood, mislukkingen en teleurstellingen.

Maar toen bedacht ik dat als ik hem opgaf als hopeloos, ik mezelf ook als hopeloos beschouwde. Misschien kon de blinde de blinde leiden. Misschien waren we bondgenoten die vochten tegen dezelfde demonen. Misschien moest ik vriendelijker, begripvoller zijn en hem op die manier ertoe brengen mij op dezelfde manier te behandelen.

Ik kwam al snel tot de ontdekking dat het niet de manier was om zijn vertrouwen en vriendschap te winnen.

De volgende dag na het spitsuur van de lunch verscheen hij in het café en ging zitten aan wat bij Cassie en Missy algauw bekendstond als Duncans tafel. Ik ging naar de achterkant van het restaurant, waar ik zijn notitieboek had opgeborgen en bracht het hem. 'Sommige gedichten zijn echt heel mooi,' zei ik toen ik hem het boek overhandigde.

Hij pakte het aan zonder iets te zeggen.

'Een hoop ervan is triest,' ging ik verder. 'Er zijn grappige gedichten, maar de meeste zijn droevig. Ik kan begrijpen waarom, maar –'

'Maar er staat een pot met goud aan het eind van de regenboog? Achter de wolken schijnt de zon? Welke van die twee kies je?' vroeg hij met een sarcastisch lachje. 'Ik heb alle uitspraken verzameld zoals een eekhoorn noten verzamelt.'

'Ik was niet van plan daarmee aan te komen. Ik wilde net zeggen dat ze goed zijn, ook al zijn ze triest.'

'Oké, ze zijn goed.'

'Dat zijn ze! Heb je er weleens één aan je docenten laten zien?'

Hij keek me aan alsof ik iets ongelooflijks stoms had gezegd. 'Waarom zou ik?'

'Ik vind dat sommige gepubliceerd horen te worden.'

'Dat zijn ze al. Hierin.' Hij hield het boek omhoog.

'Maar dat is niet publiceren. Publiceren is ze andere mensen te laten lezen.'

'En hun stomme meningen afwachten? Nee, dankjewel.'

'Niet iedereen is stom, Duncan.'

'Wat mij betreft wel.'

Hij legde het boek neer en sloeg langzaam de pagina's om, controleerde ze stuk voor stuk.

'Je hoeft niet bang te zijn. Ik heb er niet in geschreven of er een bladzij uitgescheurd.'

Hij bleef controleren. 'Koffie,' zei hij zonder me aan te kijken. 'Zwart.'

Ik keek hem woedend aan, draaide me toen om en liep naar de toonbank. Tante Zipporah keek op van het aanrecht in de keuken. Ze zag dat ik de koffie inschonk.

'Is er iets mis?'

'Nee,' zei ik, blijkbaar te snel. 'Niet met mij.'

Ik bracht hem de koffie en zette het kopje zo hard op tafel dat ik iets van de inhoud op het schoteltje morste. Hij keek op.

'Je bent niet de enige die zich zo voelt en er in een of andere kunstzinnige vorm uiting aan geeft,' zei ik.

'Je meent het.'

'Ja, ik meen het. Ik ben geen dichter, maar ik kan toevallig wél schilderen en daar leg ik mijn gevoelens en diepere gedachten in. Mijn grootouders komen dit weekend en mijn grootvader neemt mijn schildergerei voor me mee. Ik richt het atelier in achter het huis van mijn oom en tante, dat van de beeldhouwer was.'

Zijn gezicht verzachtte en stond belangstellend.

'Heus?'

'Ja, heus, Duncan, heus. Misschien, als je een raam openzet, waait er wat frisse lucht je hoofd binnen.' Ik liep woedend weg naar de andere kant van het restaurant.

'Waarom breng je zoveel tijd met hem door?' vroeg Missy.

'Dat is mijn boetedoening.'

'Je wat?'

'Mijn boetedoening. Weet je niet wat dat betekent? Ik straf mezelf om boete te doen voor mijn zonden.'

'Hè?'

Verward vertrok ze haar gezicht, waardoor haar lippen op smalle reepjes rubber leken. Ik moest glimlachen, wat me kalmeerde.

'Ondanks de manier waarop hij met anderen praat, is hij toch een interessante jongen, Missy. Hij heeft een paar heel mooie gedichten geschreven.'

'Heb je ze gelezen?'

'Hoe zou ik anders weten dat ze goed zijn?'

Ze keek naar hem en toen weer naar mij.

'Maar waarom doe je moeite voor iemand als hij? Waarom verspil je je tijd aan hem?'

'Daar heb ik tonnen van geërfd. Ik kan er een hele hoop van verspillen,' antwoordde ik en ze keek me weer met een spottende blik aan.

'Je klinkt nog gekker dan hij.'

'Zie je nou? Je hebt je eigen vraag beantwoord. We zijn als twee erwten in een peul. Wil je erbij komen?'

'Nee, dank je. Ik blijf liever in de verstandige wereld.'

'Je weet niet wat je mist,' riep ik toen ze wegliep. Ze draaide zich om en grijnsde spottend naar me voor ze naar een paar nieuwe klanten ging.

Er drentelden weer een stuk of zes klanten binnen en ik nam hun bestellingen op en was een tijdje druk aan het werk. Ik had niet gezien dat Duncan weg was, maar toen ik het merkte had ik geen tijd om erover na te denken, omdat we begonnen het eten klaar te maken voor de avond. Het was Missy's vrije avond, dus ging ze weg na het drukke lunchuur, en ook Cassie verdween. Tante Zipporah en ik namen alle bedieningstaken op ons, terwijl mevrouw Mallen gereedstond om zo nodig in te vallen.

Volgens Tyler waren er veel gasten voor halverwege de week. Hij was er blij om. Hij had bijna niet geadverteerd, dus het café begon populair te worden op de best mogelijke manier – door mond-tot-mondreclame. Als het op eten aankwam en de restaurants waar je dat het best kon doen, werden mensen erg beïnvloed door de mening van anderen, zelfs van vrijwel onbekenden.

'Een tevreden klant is honderd advertenties waard,' preekte Tyler van tijd tot tijd tegen zijn personeel. 'Blijf glimlachen en zorg voor een goede service. Geef hun het gevoel dat ze speciale gasten zijn. Het eten zorgt voor de rest,' beloofde hij, en naar wat ik ervan kon zien in de paar dagen dat ik er was, had hij gelijk. Het was een goed gevoel om deel uit te maken van iets dat succes had.

Ik was moe toen het stiller begon te worden en er nog maar een paar mensen over waren. Iedereen hielp met het opruimen. Eindelijk, tegen halftien, kreeg ik de gelegenheid om even op adem te komen. Ik wilde het niet zeggen, maar mijn slechte heup deed pijn. Als mijn oom en tante het niet zo druk hadden gehad, zouden ze beslist hebben gezien hoeveel last ik had met lopen.

Maar, te zien aan tante Zipporahs gezicht toen ze naar me toekwam terwijl ik aan de toonbank zat, dacht ik dat ze het misschien toch gemerkt had en op dit moment had gewacht voor ze iets zei. Ik bereidde me erop voor haar te vertellen dat ik niet meer zo hard kon werken.

'Je hebt niet gezegd dat hij vanavond weer hier zou zijn, Alice.'

'Wat? Wie?'

Ze knikte naar de voorkant van het café. Duncan Winning zat op zijn scooter en keek net zo quasi-achteloos als de vorige avond.

'Dat wist ik zelf niet,' zei ik.

'Weet je zeker dat je niet hebt toegestemd in een paar extra ritjes op dat ding om zijn gedichten te kunnen lezen?' vroeg ze glimlachend.

'Ja,' zei ik. 'Heel zeker. Geloof me, ik ben verbaasder dan jij, Zipporah.'

'Dat zou ik maar eens gaan informeren wat hij wil.' En met die woorden ging ze terug naar de keuken.

Ik liet me van de kruk glijden en liep naar buiten.

'Wat doe jij hier?' vroeg ik.

'Ik hang een beetje rond om te zien of je nog een lift wilt.'

'Je hebt me niet verteld dat je zou komen.'

'Dat wist ik zelf niet. Het ging toch goed gisteravond? Ik ben niet roekeloos of zo.'

'Dat heb ik niet gezegd.'

'Dus?'

Ik keek achterom naar het café. Hoewel ze bezig waren met opruimen, keken mijn oom en tante naar ons.

'Ik moet ze vragen of ze het goedvinden.'

'Als ze het gisteravond goedvonden, waarom dan vanavond niet?'

'Ik zeg niet dat ze dat niet doen,' antwoordde ik net zo bits als hij tegen mij had gesproken. 'Maar ik moet het vragen. Zij zijn nu verantwoordelijk voor me.'

Hij haalde zijn schouders op en wendde zijn blik af.

Was ik een idioot? Ik had gewoon moeten zeggen dat hij moest maken dat hij wegkwam, maar dat had ik niet gedaan. Ik ging naar binnen om met mijn oom en tante te overleggen.

'En wat krijg je deze keer voor de rit?' vroeg tante Zipporah plagend.

'Voorraad voor een week van eenlettergrepige woorden,' zei ik. Ze moest hartelijk lachen.

'Wees –'

'Voorzichtig. Ik weet het, ik weet het,' zei ik en deed mijn schort af. 'Tot straks.'

'Bedankt, Alice. Je hebt uitstekend gewerkt vanavond,' zei oom Tyler.

'Ik heb meer dan vijfenzeventig dollar verdiend,' schepte ik op.

Duncan wachtte zelfverzekerd op zijn scooter, zonder ook maar een seconde eraan te twijfelen dat ik met hem mee zou gaan. Ik werd gek van zijn omschakeling van arrogantie naar zelfmedelijden.

'Moet je rechtstreeks naar huis?' vroeg hij toen ik naar buiten kwam.

'Niet rechtstreeks, maar wel gauw. Waarom?'

'Ik wil je graag een van mijn lievelingsplekjes laten zien hier in de buurt. Het ligt min of meer op onze weg.'

'Oké,' zei ik en ging achterop zitten. Hij startte de motor en we reden weg.

Net als de vorige keer zeiden we bijna niets tegen elkaar tot hij een zijweg nam die ik kende en een andere, smallere weg volgde die uiteindelijk overging in een grindpad. Na ongeveer tien meter stopte hij.

'De rest kunnen we beter lopen, dat is veiliger dan over het grind te rijden. Het is hier links.'

Hij zette de motor af en parkeerde de scooter. Toen haalde hij een kleine lantaarn uit zijn zak om me bij te lichten door het struikgewas, tot we op een kleine open plek kwamen bij een rivier, die zo zacht en geluidloos stroomde dat het bijna stilstaand water leek.

'Welke rivier is dit?'

'De Walkill. Hij komt samen met de Rondout Creek en stroomt bij Kingston in de Hudson,' legde hij uit. 'Er zijn meer van dit soort plekjes hier, maar dit is mijn privéplek. Ik heb het hier opgeruimd en schoongemaakt en ik hou het bij. In de zomer neem ik 's avonds een plaid mee en spreid die uit op de grond, soms met iets te drinken. Mijn moeder weet dat niet,' ging hij haastig verder. 'Ik heb ontdekt dat mijn vader zijn flessen bewaarde in het souterrain van ons huis. Het goede van whisky is dat hij beter wordt naarmate hij ouder wordt.'

'Waarom moet je iets drinken? Het is toch voldoende om naar het landschap te kijken?'

'Misschien. Als je niet alleen bent. Een paar keer heb ik een stelletje betrapt een eindje verderop aan de oever.'

'Waarop?'

'Op seks,' zei hij met een onderliggende toon van misprijzen, zelfs van afkeer.

'Hoe wist je dat ze dat deden?'

'Ik heb ze gezien!'

'Dus je bespiedde ze, maakte inbreuk op hun privacy?'

'Niet echt. Zij maakten inbreuk op mijn privacy en mijn rust met hun gelach en gekreun. Ik gooide een paar stenen in het water om ze af te schrikken. Soms hielp het en gingen ze weg; soms waren ze zo verdiept in hun gevrij dat ik een bom had kunnen laten ontploffen zonder dat het ze iets kon schelen.'

'Mij zou het kunnen schelen,' zei ik. 'Vooral als ik wist dat iemand toekeek.'

'Ik keek niet echt toe. Ik hoef niet toe te kijken,' zei hij fel. 'Toen ik zag wat er aan de hand was, ging ik weg.'

'Goed van je,' zei ik.

Hij keek me aan en een tijdje stonden we zwijgend naast elkaar, luisterend naar het water dat zacht over een paar stenen stroomde.

'Wat ik zo mooi vind van de rivier is...' begon hij.

'Ik weet het,' zei ik snel.

'O, ja? Wat dan?'

'De kracht van de rivier komt voort uit zijn constante beweging. Hij herhaalt zichzelf nooit. Zoals ze zeggen, je kunt niet twee keer in dezelfde rivier stappen. Zo zou ik willen dat ons leven was.'

'Heb je dat uit je hoofd geleerd?'

'Ik heb het je gezegd. Ik hou van een groot deel van je werk. Ik wilde niet alleen maar vriendelijk zijn of zo.'

Ik kon zijn verbazing voelen, al kon ik zijn gezicht niet goed zien in het donker.

'Waarom benijd je de rivier? Geloof je niet dat er veel voor te zeggen is om lange periodes, zo niet je hele leven, op dezelfde plek te blijven?' vroeg ik hem.

'Een bewegend doelwit is moeilijker te raken,' antwoordde hij.

'Je hoeft niet altijd een doelwit te zijn, Duncan.'

'In deze wereld?' Hij lachte spottend. 'Als het niet het één is, is het het ander, geloof me. Kijk maar naar jou. Jij hebt toch ook voor beweging gekozen? Jij wilde niet op dezelfde plaats blijven.'

'Dat is iets anders.'

'Waarom? Waarom wilde je verhuizen? Waarom is dat iets anders?'

'Het is gecompliceerd.'

'Dat zeggen mensen altijd als ze ergens geen antwoord op willen geven. Het is een gemakkelijke uitweg.'

'Is dat zo, meneer Betweter?'

Hij zweeg.

Ik ging op het gras zitten. Hij keek naar me en volgde mijn voorbeeld. Weer zwegen we; beiden staarden we naar de rivier.

'Hoor eens,' begon ik, 'we zijn allemaal geboren met een familiegeschiedenis. Die van mij maakte het toevallig heel erg moeilijk om nog veel langer in dat dorp te blijven wonen.'

Ik wachtte tot hij zou vragen waarom, maar hij pakte een steentje en gooide het in het water. Als ik verder praatte, wist ik dat ik me niet aan de afspraak zou houden die ik met tante Zipporah had gemaakt. Ik zou het verhaal vertellen, het met me meenemen hierheen. Ik zou de slang zijn die de zondige kennis het paradijs binnensmokkelde. Elke plaats waar mijn verleden niet bekend was, was voor mij het paradijs, en ik stond op het punt dat te verwoesten.

'Het is een heel klein dorp, misschien twee straten van deze stad.'

'Dus iedereen weet alles van elkaar,' was zijn conclusie.

'Dat kun je wel zeggen.'

'Waarom is dat zo erg? Hopen mensen kennen mijn familie, weten dat mijn vader ons in de steek heeft gelaten. Dat is niet genoeg ons te doen verkassen. Er zijn andere dingen die dat zouden kunnen. Wie maakt zich trouwens druk over wat andere mensen denken?'

Ik aarzelde. Waarom ik zelfs maar zou wíllen hem mijn diepste geheimen toe te vertrouwen, wist ik niet. Zo vreemd als iemand als Missy of Cassie het zou vinden, ik zou zeggen dat de reden te vinden was in zijn gedichten. Er moest iets zijn dat hem zo'n vertrouwen in mij had geschonken. Ik voelde dat hij me het meest innerlijke en intieme deel van hemzelf had onthuld. We hadden grapjes gemaakt over risico's nemen. Dat was precies wat het was voor hem en voor mij, want geen van beiden hadden we veel ervaring met onbekenden die we om de een of ander reden konden geloven en op wie we konden vertrouwen. Het leek op dat spelletje dat vrienden spelen, als iemand achter je staat en je je achterover laat vallen in de verwachting dat hij je zal opvangen voor je op de grond terechtkomt. We waren allebei bezig achterover te vallen.

Ik haalde diep adem voor ik verderging. In de ware zin van het woord kwam ik van de zolder af.

'Meer dan zestien jaar geleden heeft mijn moeder mijn stiefvader vermoord.'

Eindelijk draaide hij zich naar me om.

'Vermoord?'

'Ze beweerde dat hij misbruik van haar maakte en haar moeder er geen aandacht aan schonk. Toen ze het gedaan had, vluchtte ze en verborg zich op de zolder van mijn grootouders waar zij en mijn vader, de broer van tante Zipporah –'

'Het wonder schiepen van jou?'

'Zoiets.'

'Wat is er met je moeder gebeurd? Zit ze in de gevangenis?'

'Nee, ze is in een kliniek. Ze kan zich zelfs niet meer herinneren dat ze van mij bevallen is. Tenminste, dat hebben ze me verteld.'

'Dus je hebt haar nooit gezien?'

'En nooit haar stem gehoord.'

Mijn stem sloeg over van emotie, en mijn borst deed pijn van de inspanning om mijn tranen in te houden.

Hij wendde zich af, gooide nog een steentje in het water en boog toen zo diep zijn hoofd dat ik bijna niet hoorde wat hij zei.

'Dank je.'

Ik moest hem vragen het te herhalen om zeker te weten dat ik het goed gehoord had.

'Ik zei dank je. Dank je dat je me dat hebt toevertrouwd. Ik weet hoe moeilijk het is iemand dat soort dingen te vertellen.'

Hij leunde op zijn handen achterover. Ik was blij met wat hij had gezegd. Blij met de sympathie en oprechtheid in zijn stem.

'Er is nog meer,' zei ik en vertelde hem over Craigs ouders, het huis, het schoolbal en een paar details van het ongeluk.

'En daarom geven ze jou de schuld en de mensen in het dorp ook,' concludeerde hij.

'Ja. Je weet dat ze zeggen dat de appel niet ver van de boom valt. Daar ben ik de appel.'

'Gek, dat mensen altijd een manier vinden om anderen de schuld te geven. Ouders geven ook de schuld aan hun kinderen. In ieder geval weet ik dat mijn moeder dat doet. Ze zegt het niet ronduit, maar toch is alleen al het feit dat ik besta de bron van haar moeilijkheden.'

'Waarom vindt ze dat?'

'Ik ben er niet helemaal zeker van, maar ik weet het.' Hij gooide weer met een steen. 'Ze houdt van me en toch...'

'Haat ze je?'

'Nee. Ze is bang voor me.'

'Hoe kan ze nou bang voor je zijn?'

'Misschien lijk ik te veel op mijn vader.'

'Je hoort te weten of je dat wel of niet doet.'

'Mijn uiterlijk is veranderd sinds ik een kind was. Ik heb hem al een tijd niet meer gezien – jaren feitelijk.'

'O? Heb je geen foto's van hem?'

'Nee. Ze heeft ze allemaal verscheurd. Zelfs hun trouwfoto.'

'O. Ik had nooit foto's van mijn moeder gezien tot mijn tante ze me liet zien. Haat je moeder je vader zo erg?'

Hij dacht even na en stond toen op, alsof hij besefte dat hij te ver was gegaan met het vertellen van wat hij me al had verteld. 'We moeten gaan. Je oom en tante zullen al wel thuis zijn en zich afvragen of ik je heb ontvoerd of zoiets.'

'Ik betwijfel of ze zo gauw zijn weggegaan,' zei ik, maar ik stond eveneens op. 'Bedankt dat je me hebt meegenomen hiernaartoe. Het is prachtig hier. Het was aardig van je om daaraan te denken, me deelgenoot ervan wilde maken.'

De wind rukte zachtjes aan de wolken, die precies op dat moment uiteendreven, zodat de gloed van een nieuwe maan ertussendoor kon schijnen. Het licht weerkaatste op het oppervlak van de rivier en verlichtte zijn gezicht en dat van mij. Hij staarde me met een vriendelijkere blik in zijn ogen aan.

'Ja, nou ja, je bent niet alleen het eerste meisje dat ik hier heb gebracht. Je bent de eerste mens.'

'Daar ben ik blij om, Duncan.'

Hij pakte mijn hand, liet hem toen los en streek langzaam met zijn hand langs mijn arm naar mijn schouder. Hij deed hetzelfde met zijn andere hand en plotseling, als twee standbeelden die tot leven kwamen, bogen we ons naar elkaar toe tot onze lippen elkaar raakten en we konden zoenen.

Ik voelde het aan als een goedkeuring, een klik, een stempel om iets te bevestigen. Hij trok zich terug, maar ik verroerde me niet, en na een ogenblik zoende hij me opnieuw, drukte zich stevig tegen me aan. Deze zoen was hartstochtelijk, hunkerend en vastberaden.

'We moeten gaan,' zei hij. Het klonk meer als een waarschuwing, alsof hij zijn beheersing zou kunnen verliezen. Hij pakte mijn hand en voerde me langzaam weg van zijn privéplekje aan de rivier. Geen van beiden zeiden we iets tot we bij de scooter waren.

'Als je grootvader je schildergerei heeft gebracht, zal ik je graag helpen met het inrichten van je atelier,' zei hij, terwijl hij op de scooter stapte. Blijkbaar reageerde ik niet snel genoeg. 'Maar het kan me niet schelen als je mijn hulp niet nodig hebt,' ging hij verder, alsof het blijk geven van enige interesse in mij een zwaktebod was.

'Dat zou ik leuk vinden. Je weet dat het vroeger het atelier van een beroemde beeldhouwer was?'

'Ja. Ik heb er alles over gehoord. Stap op,' beval hij en ik gehoorzaamde. Langzaam reed hij weg.

'Hoe ver is jouw huis bij ons vandaan?'

'Ver genoeg,' zei hij, reed de asfaltweg op en gaf gas. We zeiden niets meer tot we bij tante Zipporahs huis waren.

'Nogmaals bedankt dat je me je eigen speciale plekje hebt laten zien.'

'Het is eigenlijk niemands eigen plek. We leven in een vrij land,' zei hij.

Alle warmte en oprechtheid die ik eerder had gehoord waren uit zijn stem verdwenen. Ik voelde de spanning en frustratie in me opborrelen.

'Wat is je probleem? Mag niemand aardig tegen je zijn? En kom me niet met die shit aan dat het betekent dat je afstand moet doen van je ziel.'

'Welke ziel?' antwoordde hij. Hij keerde zijn scooter en reed weg. Ik zag hem weer verdwijnen in de duisternis.

Hij doet me denken aan een hond die zo vaak geschopt en geslagen is dat hij begint te grommen als je hem wilt aanhalen, dacht ik.

Maar net toen ik bij de deur was hoorde ik zijn scooter terugkomen. Ik wachtte tot hij op de oprit was. Hij bleef met draaiende motor op de scooter zitten, die sputterend naar adem leek te snakken.

'Ben je wat vergeten?' vroeg ik terwijl ik naar hem toeliep.

'Ja.'

'Wat?'

'Ik ben vergeten je welterusten te wensen. Sorry.'

'Vertel me niet dat je wilt proberen menselijk te zijn.'

Hij lachte. 'Nee, zover zal ik niet gaan.'

Hij staarde me even aan en toen bukte hij zich om me een zoen te geven, maar hij deed alsof hij werkelijk een kus van me stal. Toen draaide hij weer om met zijn scooter en reed weg. Ik zag hem weer verdwijnen.

Hij is als het warme en koude water in een gootsteen of bad of douche, dacht ik.

14

Kinderen van de zonde

De komende paar dagen zag ik Duncan niet. Hij kwam niet naar het café of ging naar me op zoek bij het huis van mijn oom en tante. Hij belde me zelfs niet. Ik was teleurgesteld, maar probeerde niet hem te bellen. Maar omdat ik me zo abrupt en vol verwachting omdraaide telkens als de deur van het café openging, besefte tante Zipporah dat ik erop wachtte en hoopte hem te zien.

'Ging het niet zo goed tussen jou en Duncan?' vroeg ze met een ironisch lachje.

'Eerlijk gezegd, weet ik het niet zeker,' antwoordde ik. Mevrouw Mallen hoorde het.

'Het hoeft je niet te verbazen dat die jongen niet komt,' zei ze. 'Hij is dol op zijn moeder. Hij heeft sinds hij tien was het werk van een man moeten doen in en rond dat huis. Zijn hele jeugd is erbij ingeschoten.'

'Het interesseert me niet of hij komt of niet,' zei ik, nogal pijnlijk getroffen omdat mijn teleurstelling zo duidelijk was voor iedereen in het café.

Tante Zipporah glimlachte naar me alsof ze wilde zeggen: 'Ja, ja...' Maar verder werd er geen woord meer over gesproken.

In het weekend kwamen mijn grootouders. Mijn grootvader had de kofferbak volgeladen met zoveel van mijn schildergerei als hij er maar in kon stouwen. Hij begon alles naar het atelier te brengen, terwijl mijn grootmoeder de verbeteringen in mijn slaapkamer kwam bewonderen. Ik had haar aan de telefoon erover verteld.

'Het ziet er bijna bewoonbaar uit,' was haar commentaar. Tante

Zipporah en ik wisselden een glimlach. 'Ik heb de meeste van je nieuwe kleren meegebracht, Alice, maar als je meer nodig hebt, moeten we dat kopen terwijl ik hier ben.'

'O, ik heb genoeg,' antwoordde ik.

'Die schoenen van je zijn niet zo geweldig als je de hele dag moet staan in het restaurant,' ging ze verder met een blik op mijn voeten. Ze zei nog net niet: 'Voor iemand als jij, met jouw handicap.'

'Ik heb er geen probleem mee. Zo lang werk ik niet.'

Ze keek naar tante Zipporah voor een bevestiging.

'Als ze enig teken van vermoeidheid geeft, zit ik er bovenop, mam. Ik beloof het.' Ze stak haar rechterhand op.

Mijn grootmoeder liet een sceptisch gebrom horen.

'Kijk, oma,' zei ik en hield een vel papier op met titels erop geprint.

'Wat is dat?'

'Tante Zipporah is naar de school gegaan en heeft de boekenlijst gekregen voor het laatste studiejaar. Een van de boeken heb ik al.'

Ze keek even naar de lijst en gaf hem toen aan mij terug voor ze zich tot mijn tante richtte.

'Hoe ver is de school van jullie huis? Hoe wil je het organiseren om haar naar school te brengen en in je café te zijn? Het ontbijt is toch belangrijk voor jou en Tyler? Moet jij er dan niet ook zijn? Of gaat ze met de schoolbus? Heb je dat allemaal geregeld, Zipporah?'

'Ze hoeft niet met de schoolbus. Er is geen enkel probleem. De school is niet ver van het café, en ze moet er vroeg zijn, dus zal het prima gaan. En vaak kan ze zelfs mijn auto gebruiken.'

'Ze heeft niet veel gereden sinds ze haar rijbewijs heeft gehaald,' zei mijn grootmoeder. Ze deed het klinken als een compliment.

'Dan rijdt ze hier in de buurt wat rond. Maak je toch niet zoveel zorgen.'

Mijn grootmoeder knikte en keek naar mij.

'Heeft je vader je gebeld?'

Ik schudde mijn hoofd maar keek naar tante Zipporah.

'Hij heeft niet naar het restaurant gebeld,' zei ze. 'Jesse weet dat we daar te bereiken zijn.'

'Hij zei dat hij je zou bellen om te praten over je beslissing ten aanzien van haar laatste schooljaar,' zei ze, met woede en teleurstelling in haar stem. Ik voelde me ook teleurgesteld. Ik wilde dat mijn vader meer belangstelling zou krijgen voor mij en mijn toekomst.

Mijn grootvader kwam achter ons staan.

'Dat is een mooi atelier, Zipporah. Ik heb het vroeger nooit zo goed bekeken. Licht en luchtig, met een eigen kitchenette en wc. Ik durf te wedden dat die beeldhouwer er dagen doorbracht zonder naar buiten te komen.'

'Ik hoop niet dat Alice dat zal doen,' zei mijn grootmoeder bits.

'Ze zal in ieder geval de privacy hebben die ze nodig heeft,' zei hij glimlachend. 'Is het geen tijd om naar het café te gaan? Ik verheug me op de lunch.' Hij wreef in zijn handen. 'Wat is die specialiteit ook weer, Zipporah? Die is er toch nog, hè?'

'Ja,' zei tante Zipporah lachend. 'Tylers beroemde gehakt, pap.'

Mijn grootmoeder schudde haar hoofd en keek naar mij. Ik kon zien dat ze half en half hoopte dat ik van gedachten was veranderd, maar de verbeteringen in mijn kamer en nu ook de schildersspullen in wat mijn atelier zou worden, deden haar beseffen dat mijn besluit vaststond.

'Ik zal het hier naar mijn zin hebben, oma. En volgend jaar zou ik toch naar de universiteit gaan,' zei ik.

'Sommige vogels gooien hun jongen het nest uit,' merkte mijn grootvader op.

Ik keek even naar tante Zipporah. Zij en ik hadden een geheim. Ik wist dat zij en mijn moeder de zolder Het Nest van de Weeskinderen hadden gedoopt, en sinds ik dat wist kon ik het woord *nest* nooit horen zonder daaraan te denken, te denken aan de twee meisjes die hun privacy, hun fantasiewereld, hun kostbare geheimen koesterden.

'Als je je gedrag wilt baseren op dieren en insecten, Michael – zwarte weduwen doden hun partners.' Mijn grootmoeder gooide het hoofd in de nek en mijn grootvader bulderde van het lachen.

We gingen in twee auto's naar het café omdat mijn grootouders na de lunch zouden vertrekken. Tante Zipporah vond dat ik met hen mee moest rijden om zoveel mogelijk tijd met hen door te brengen.

Het gaf mijn grootmoeder ook de kans me nog een paar extra vragen te stellen die tante Zipporah konden ergeren of in verlegenheid brengen als zij ze hoorde.

'Weet je zeker dat Tyler tevreden is over deze nieuwe regeling, Alice?' vroeg ze zodra we wegreden. 'Dat huis is niet erg groot. Jullie lopen elkaar waarschijnlijk voor de voeten, en ik weet zeker dat ze prijs stellen op hun privacy.'

'Hij lijkt er heel tevreden mee. Ze hébben hun privacy, oma. Ik slaap beneden en nu krijg ik ook het atelier en loop ik ze nog minder in de weg.'

'Bovendien zal ze nieuwe vrienden krijgen en deelnemen aan een paar nieuwe activiteiten hier,' zei mijn grootvader. 'Ze zal buitenshuis genoeg te doen hebben.'

Nieuwe vrienden? dacht ik. Ik had niet eens oude vrienden.

'Zipporah en Tyler hebben het erg druk met dat café. Ze zullen niet veel tijd aan je kunnen besteden, Alice,' waarschuwde mijn grootmoeder.

'Ik heb geen babysitter nodig, oma. Ik ben bijna zeventien.'

'Ze heeft gelijk, Elaine. Hou op met dat gezeur.'

'Voel je je goed?' vroeg ze me, hem zoals gewoonlijk negerend. 'Geen pijn? Geen hoofdpijn?'

'Ik voel me prima,' zei ik. 'Als er iets is, ben jij de eerste die het te horen krijgt.'

Ontevreden over mijn antwoorden, maar niet in staat mijn vaste voornemen om te blijven aan het wankelen te brengen, ontspande ze zich ten slotte. We hadden een heel gezellige lunch samen. Onwillekeurig keek ik elke keer naar de deur als er iemand binnenkwam, zoals gewoonlijk half verwachtend, half hopend, Duncan te zien, vooral vandaag, zodat hij mijn grootouders kon ontmoeten, maar hij kwam niet. Op een gegeven moment kwam Missy even naast me staan en fluisterde in mijn oor.

'Waar blijft onze engerd, tegenwoordig? Heb je hem het bos ingestuurd?'

'Ik weet het niet,' antwoordde ik.

'Bof jij even.'

Waarom genoten mensen zo van de narigheid van anderen? Was het alleen omdat het niet hún narigheid was, of waren we in ons hart allemaal sadisten? Of kon het jaloezie zijn? Voor zover ik het kon beoordelen had Missy geen vaste vriend en zelfs geen goede vrienden en vriendinnen.

Deze keer leek het afscheid voor mijn grootmoeder nog moeilijker dan de vorige keer in Doral House. Daar had ze zich vastgeklampt aan de gedachte dat ik tot bezinning zou komen zodra ik hier was. Ik zou inzien dat het er niet toe deed waar ik was, en ik zou haar verzekeren dat ik na de zomer terug zou komen. Nu nam ze echt afscheid, en dat wist ze.

'We gaan zelf met vakantie deze zomer,' zei mijn grootvader tegen Zipporah en mij toen we weer buiten stonden. 'Volgende week gaan we twee weken naar Cape Cod. We weten het nu pas zeker, hè, Elaine?' vroeg hij nadrukkelijk.

Het was duidelijk dat ze gewacht had met toe te stemmen tot ze met eigen ogen had gezien dat het me goed ging en ik veilig was.

'Ja,' zei ze. 'Maar we zijn telefonisch natuurlijk altijd te bereiken,' ging ze verder.

'Geniet gewoon van je vakantie, mam,' zei tante Zipporah. 'Hier gaat alles goed. Alice zal het heel druk hebben met het café en haar schilderen.'

'Hm,' zei mijn grootmoeder. Ze keek naar mij. 'Werk je niet over de kop,' zei ze.

'Oké,' antwoordde ik en omhelsde en kuste haar.

Mijn grootvader sloeg zijn arm om mijn schouders en stopte me vijfhonderd dollar toe.

'Voor het geval de fooien wat tegenvallen,' zei hij. 'Ik ben trots op je, lieverd. Je hebt lef. Je zult het er heel goed afbrengen.'

Hij gaf me een zoen, en toen stapten mijn grootouders in de auto en reden weg. Wij stonden aan de kant en keken hen na.

'Eindelijk vrij! Eindelijk vrij!' Zipporah omarmde me en schudde me zachtjes door elkaar.

Ik lachte naar haar, maar bleef uit mijn ooghoek kijken naar de bocht waarachter ze waren verdwenen. Ondanks mijn brandende verlangen een nieuwe weg en mijn onafhankelijkheid te vinden, miste ik ze verschrikkelijk. Zij waren de schouders waarop ik kon leunen, de handen die ik vast kon grijpen, de mensen bij wie ik een veilige haven vond. Het was niet gemakkelijk de banden door te snijden en hen uit te zwaaien.

Ik was werkelijk de vogel die uit het nest viel.

Zou ik kunnen vliegen?

Tante Zipporah was ervan overtuigd dat ik het kon. Toch deed ze haar best me de rest van de dag op te vrolijken, stond erop dat we de kleren gingen kopen die we elkaar beloofd hadden. Ik vond het leuk om haar te helpen stijlvolle kleren te vinden in plaats van wat mijn stiefmoeder Rachel 'Zipporahs rebellenuniform' noemde. Ze overwoog zelfs naar de schoonheidssalon te gaan en haar haar in een andere, modernere stijl te laten knippen.

'Dat moet je beslist doen,' zei ik. Toen, beseffend dat ik haar bekritiseerde op de manier van Rachel, voegde ik er snel aan toe: 'Ik bedoel, het zal je een beter gevoel geven.'

'Moet je horen wie dat zegt. Ik zal je wat vertellen,' ging ze verder. 'Als jij gaat, ga ik ook. We laten alles doen, de hele reutemeteut – nagels, pedicure, schoonheidsbehandeling. Wat vind je?'

Ik knikte lachend. We konden onmiddellijk terecht, dus maakte ze de afspraken en lieten we ons de rest van de dag verwennen. Toen we terugkwamen in het café, keek Tyler geamuseerd op en was zelfs onder de indruk van tante Zipporahs en mijn nieuwe uiterlijk.

'Waarschijnlijk krijg ik nu nieuwe klanten door jullie. Die vrachtwagenchauffeurs die ons te veel jaren zestig vinden en ons wantrouwen, zullen nu beslist komen.'

We moesten alle drie lachen. Mijn oom en tante waren een tegengif voor droefheid. Het was onmogelijk om lang ongelukkig of gedeprimeerd te zijn in hun nabijheid. De vragen van mijn grootmoeder hadden me een beetje aan het twijfelen gebracht, maar dit was een goed besluit van me geweest, dacht ik.

Zaterdagavond was het heel druk en had ik weinig tijd om aan Duncan te denken. Ik keek wel van tijd tot tijd of ik hem zag. Ik vond het vreemd dat ik hem de hele dag, en nu ook de hele avond, niet had gezien. We werkten tot sluitingstijd en toen we thuis waren, gingen we meteen naar bed.

'Alice,' zei Tyler de zondag daarop, 'ik wil dat je maandag en dinsdag de hele dag vrij neemt om te schilderen. Die dagen is het niet druk in het café en het zou zonde zijn van je tijd als je daar rond bleef hangen.'

'Weet je het zeker?'

'Heel zeker. Missy en Cassie kunnen het extra geld ook goed gebruiken.'

'Bovendien,' zei tante Zipporah, 'moet je nog een groot schilderij maken voor het café.'

'Zo goed ben ik nog niet.'

'Dat zullen we de klanten laten beoordelen. We zullen er zelfs een prijskaartje aan hangen; misschien wil iemand het kopen,' zei oom Tyler.

Ik kon niet ontkennen dat het idee dat ik daadwerkelijk iets zou verkopen wat ik geschilderd had, intrigerend was. Later op de dag, toen het stil begon te worden in het café, mocht ik met tante Zipporahs auto naar huis om vast te beginnen het atelier aan kant te maken.

'Vergeet niet iets te eten klaar te maken voor vanavond. Ik zal de keuken controleren of je het echt gedaan hebt.'

Zodra ik thuis was liep ik haastig naar het atelier.

Mijn grootvader had niet geweten waar ik alles wilde hebben, dus had hij alles maar in één hoek gezet. Ik wilde zo dicht mogelijk bij de twee ramen werken aan de oostkant van het gebouw. Ze keken uit op het bos en het hoge, wilde gras. Het verschilde niet zo heel veel van het uitzicht door de zolderramen van Doral House.

Ik moest eerst opruimen voor ik kon beginnen met schilderen. Er stond nog steeds een stuk graniet dat de beeldhouwer had gebruikt, en de vloer was bezaaid met steensplinters die ik moest opvegen. Ik ging bezem, een mop, emmer, dweilen en zeeppoeder halen en ook iets om de ramen schoon te maken. Omdat het atelier jarenlang niet gebruikt was, zag ik overal spinnenwebben en in sommige hoeken kleine takjes en hooi, waar veldmuizen hun nest hadden gemaakt. Toen ik het licht probeerde, bleken er twee gloeilampen te ontbreken, terwijl de meeste kapot waren. Dat zou ik allemaal in orde moeten maken voordat het te donker werd.

Hoewel er stromend water was in de kitchenette en het gasstel werkte, was veel ervan geroest en vuil. Ik besefte algauw dat het heel wat tijd in beslag zou nemen om het atelier in bruikbare toestand te brengen. Ik waardeerde het nu des te meer dat oom Tyler me vrij had gegeven. Ik begon zo gauw ik kon en ging zo op in mijn werk dat ik niets hoorde.

Plotseling draaide ik me om en zag Duncan, alsof hij een geest was, met zijn handen op zijn heupen in de deuropening staan. Hij droeg een spijkerbroek, zwarte laarzen en een strak, donkerblauw shirt met korte mouwen. Hij leek langer en breder, meer een volwassen man dan een puber. Hij keek om zich heen in het atelier en knikte.

'Mooi,' zei hij.

'Hoe lang sta je daar al?'

'Even maar, niet lang.'

'Waar was je?'

'Ik had dingen te doen op de farm,' antwoordde hij snel. 'Ik zie dat je je haar veranderd hebt. Leuk.'

'Dank je.'

'Het lijkt me dat hier wel het een en ander te doen is,' zei hij en liep naar mijn schildersspullen. Mijn grootvader had een paar van de schilderijen die af waren tegen de muur gestapeld. Duncan bekeek ze. 'Allemaal jouw werk?'

'Ja.'

'Heel goed.'

'Echt waar?'

Hij glimlachte. 'Oké, ik ben geen expert, maar ze lijken mij heel goed. Heb je ze aan je tekenleraar laten zien?' vroeg hij met een sarcastisch lachje.

'Deze doeken niet, maar hij heeft mijn werk op school gezien.'

'Heeft iemand anders ze gezien?'

'Nee.'

'Je moet ze voor het publiek tentoonstellen. Je weet wel, net zoals je gedichten moet publiceren.'

'Oké, nu weet ik het wel, wijsneus.'

Hij lachte en liep naar de tafel, sorteerde het schoonmaakmateriaal.

'Ik zal met de ramen beginnen, van binnen en van buiten, oké?'

'Ja, dank je.'

'Laten we opschieten,' zei hij en ging aan het werk.

We werkten zo hard dat we nauwelijks iets tegen elkaar zeiden. Nu en dan keek ik even naar hem en zag hoe ingespannen en zelfverzekerd hij bezig was. Toen hij de ramen had gedaan, zocht hij het gereedschap van oom Tyler in de gereedschapsschuur, haalde het gasstel uit elkaar en maakte het zorgvuldig schoon. Hij verving de kapotte lampen, controleerde de elektriciteit en maakte de afvoer in de gootsteen open en reinigde die grondig. Hij moest de wc ook repareren, want na het doortrekken bleef het water stromen. Hij repareerde ook een lekkende kraan.

'Je bent loodgieter, elektricien en timmerman in één,' zei ik. 'Heb je dit werk wel eens voor iemand gedaan?'

'Dat heb ik je gezegd. Ik zorg voor het onderhoud van ons huis. Ik moest al die dingen leren omdat mijn vader ons in de steek liet. Gedeeltelijk heb ik het geleerd van de loodgieters en elektriciens die kwamen voordat ik het zelf kon, en gedeeltelijk haalde ik het uit handboeken. Ons huis is een van de oudste hier in de omtrek, dus er gaat veel kapot.'

'Ik heb gehoord dat het vroeger een kippenfarm was?'

'Geen kippen, eieren. De hokken staan er nog, maar we gebruiken ze niet. Het is een groot stuk grond aan Dunn Road, om de bocht bij Stark. We houden alleen het huis in orde.'

'Nou, dat hoeft toch niet zoveel werk te zijn.'

Hij glimlachte. 'Soms denk ik weleens dat mijn moeder met opzet dingen kapotmaakt, zodat ik thuis moet blijven om ze te maken.'

'Heus? Waarom zou ze dat doen?'

'Misschien is ze gewoon eenzaam.'

'Heeft ze geen vrienden?'

'Alleen mensen die met de kerk te maken hebben, maar dat zijn geen echte vrienden, niet wat jij en ik daaronder verstaan.'

'Heeft ze nooit iemand anders leren kennen? Een andere man?' vroeg ik. Ik herinnerde me wat tante Zipporah me had verteld over zijn moeder en de dominee.

Hij schudde zijn hoofd. Als het waar was, wilde hij zichzelf dat niet bekennen, dacht ik.

'Misschien gebeurt dat nog,' opperde ik.

'Ik betwijfel het. Ze had non moeten worden. Zo leeft ze in ieder geval.'

Ik wilde zeggen dat het me speet, maar ik wist niet of dat juist was. Als hij over haar sprak, klonk hij niet kwaad maar meer berustend. Dit was zijn moeder; dit was zijn leven. Er viel niets aan te veranderen.

Ik keek op de klok en zag dat we uren gewerkt hadden.

'Ik moet iets te eten maken, anders wordt mijn tante kwaad. Kun je blijven eten?'

Hij keek me nogal verward aan, alsof een dergelijke mogelijkheid niet alleen nooit bij hem was opgekomen, maar ook niet bestond in de reële wereld. Hij bekende me waarom.

'Ik heb nog nooit ergens anders gegeten dan bij ons thuis.'

'Nooit?'

'Nou ja, behalve bij de dominee, maar als we daar zijn, kookt mijn moeder meestal. Ze gaat niet graag naar het huis van andere leden van de kerk. Mijn moeder voelt zich niet op haar gemak als ze aan andermans tafel moet eten, en ze klaagt altijd over het koken en bakken dat sommige vrouwen doen voor de kerk.'

'Nou, wil je met mij eten?'

'Ja,' zei hij. 'Ja,' herhaalde hij nog eens krachtig, alsof hij met zichzelf had staan argumenteren. Ik moest lachen. 'Wat is er?' vroeg hij.

'Je hebt niet eens gevraagd wat we eten.'

'Nou, wat krijgen we dan te eten?'

'Ik weet het niet. Laten we in de keuken gaan kijken.' We liepen naar buiten en naar het huis.

Ik ging hem voor naar binnen en de gang door, langs mijn kamer. De deur stond open, dus bleef ik even staan.

'Hier slaap ik,' zei ik met een knikje naar de deur.

Hij liep erheen en keek naar binnen, maar bleef op de drempel staan.

'Mooie, grote kamer.'

'We hebben een paar dingen gekocht sinds ik hier ben komen wonen – omdat ik het hele volgende schooljaar hier blijf. Mijn tante wil dat ik erover nadenk wat er met de muren gedaan moet worden, schilderen of behangen, om het allemaal wat lichter en vrolijker te maken.'

Hij knikte. 'Schilderen zal gemakkelijk zijn.'

'Zou je me daarbij willen helpen?'

Hij sperde zijn ogen open. 'Jouw slaapkamer schilderen?'

'Je zei toch dat het gemakkelijk zou zijn?'

'Ja, maar... het is je slaapkamer.'

'Nou, en? Mag ik er daarom niemand anders aan laten werken? Dat is stom.'

Hij keek weer naar binnen, maar bleef angstvallig buiten de kamer. Hij boog zich zelfs onhandig naar voren om naar links en naar rechts te kijken.

'Je kunt wel naar binnen gaan en rondkijken.'

'Nee, ik heb genoeg gezien,' zei hij. Hij keek een beetje angstig.

'Denk je dat het een slechte invloed op je zal hebben als je in een meisjeskamer komt?'

Hij draaide zich met een ruk om, alsof hij een klap in zijn gezicht had gekregen. 'Hou je me voor de gek?'

'Nee, maar je doet zo –'

'Vreemd?' zei hij. 'Oké, ik ben vreemd. Dat was ik vergeten.' Hij liep terug naar de deur.

'Duncan, hou op! Ik heb niet gezegd dat je vreemd doet.'

'Het is in orde. Het doet er niet toe. Ik bedacht net dat ik toch niet kan blijven eten. Mijn moeder heeft een vleesschotel in de oven staan, zie je.' Voor ik nog iets kon zeggen, was hij al de deur uit.

Toch liep ik achter hem aan. Hij holde bijna naar zijn scooter, die voor het huis geparkeerd stond.

'Duncan,' riep ik toen hij de scooter omdraaide en wegreed over de oprit. Hij reed door. 'Bedankt voor je hulp met het atelier,' riep ik.

Hij hief slechts zijn hand op om te kennen te geven dat hij me gehoord had en ging harder rijden.

'Verrek maar!' schreeuwde ik hem achterna. 'Je hebt me meegenomen naar de rivier. Je hebt me gezoend. Als ik je zo vreemd vond, waarom zou ik dat dan goedvinden? Waarom loop je nu weg?'

Natuurlijk kon hij me niet horen. Hij was te ver weg, maar ik voelde de behoefte tegen hem te schreeuwen. Lang nadat hij verdwenen was bleef ik daar nog staan; het duizelde me van al zijn abrupte stemmingswisselingen. Na een tijdje ging ik weer naar binnen en bleef bij de deur van mijn slaapkamer staan. Wat kon hem in vredesnaam zo bang hebben gemaakt voor die kamer? En toen zag ik een slipje over de rugleuning van een stoel en een beha die ernaast bungelde. Ik had vergeten ze in de wasmand te doen. Afgezien van de sierlijke gordijnen was er verder niets dat dit tot een uitgesproken meisjeskamer maakte. Ik kon me niet voorstellen waarom het zien van een slipje en een beha een jongen die zo oud was als Duncan zou afschrikken.

Plotseling besefte ik hoe moe en vuil ik was na het urenlang schoonmaken van het atelier. Ik had behoefte aan een warme douche, misschien minder door al het gedane werk dan door de frustratie. Het warme water dat neer plensde op mijn hoofd en schouders deed me weer opleven. Later wikkelde ik een handdoek om me heen en droogde mijn haar met een andere handdoek. Ik weet dat ik al die tijd hardop tegen mezelf stond te mopperen. Iedereen die me hoorde zou denken dat ik stapelgek was. Toen ik uit de badkamer kwam en terugliep naar mijn slaapkamer schrok ik me een ongeluk.

Hij zat voorovergebogen achter mijn kleine bureautje en staarde naar de grond.

'Verdomme!' gilde ik. 'Je jaagt me de stuipen op het lijf, Duncan!'

'Het spijt me,' zei hij en hief langzaam zijn hoofd op. Het feit dat ik slechts in een grote badhanddoek gewikkeld was, had zijn volle aandacht, maar ik dacht er niet bij na. Ik was te kwaad.

'Waarom liep je als een gek hier weg?' Hij reageerde niet. 'Het was niet erg aardig van je om je zo te gedragen. Je bent soms net een voetzoeker. Ik ben al bang om te snel langs je te lopen, laat staan om iets te zeggen. Nou? Waarom liep je weg?'

'Ik durfde niet langer te blijven,' zei hij, door het raam naar buiten kijkend.

'Waarom niet?'

'Ik was gewoon bang.'

'Je praat onzin, Duncan. Waar was je bang voor? Voor mij?'

'Meer voor mezelf dan voor jou.'

Ik staarde hem even aan. Wat probeerde hij me duidelijk te maken? Was hij in staat iemand kwaad te doen? Had hij dat al eens gedaan? Ik kon me niets uit zijn gedichten herinneren dat daarop wees.

'Kun je dat alsjeblieft uitleggen?'

'Ik heb haar verteld dat ik je gezoend heb.' Hij keek nog steeds uit het raam en niet naar mij.

'Wat? Wie heb je verteld dat je me gezoend hebt? Je moeder?'

Hij knikte en ik trok een vies gezicht alsof ik net een slok zure melk had genomen.

'Waarom heb je haar dat verteld?'

'Ik heb haar altijd verteld wat ik doe. Sinds...' Hij draaide zich weer naar me om. Zijn gezicht had een hardere uitdrukking – een beetje als het graniet in het atelier. 'Een zonde gebeurt niet zomaar, weet je. Het moet in je etteren, groeien, houvast vinden. Je moet het stoppen als het net begint, als het nog een zaadje is in je hart. De manier om dat te doen is het onthullen, opbiechten, blootleggen,' declameerde hij. 'Als je dat doet, beroof je het van zijn kracht, zijn macht over je.'

Hij klonk als een hel en verdoemenis prekende dominee.

'Wat wil je daarmee zeggen? Dat het een zonde was om me te zoenen?'

'Het kan leiden tot een zonde.'

'Dat is belachelijk. Dan kan alleen kijken naar iemand ook al leiden tot een zonde.'

'Dat kan het ook.'

'Duncan, wees eens reëel. Het enige wat we gedaan hebben is elkaar zoenen, en als twee mensen iets voor elkaar voelen, is dat geen zonde of zelfs maar de aanloop ertoe.'

Hij staarde me aan en ik sloeg de handdoek wat steviger om me heen.

'Ik wilde meer doen dan alleen zoenen,' zei hij. 'Dat wil ik nog steeds. Daarom liep ik weg.'

'Nou, en? Het mocht wat. Als je dat niet wilde, zou ik denken dat je geen enkele belangstelling voor me had, en als ík het niet wilde, zou ik je dat wel laten weten. En gauw!'

Hij sperde zijn ogen open.

'Waar haal je die maffe ideeën vandaan?'

'Ze zijn niet maf!' viel hij uit.

'Als je het mij vraagt,' zei ik, 'maakt je moeder je gek. Je hebt me al verteld dat ze met opzet een manier zoekt om je thuis te houden. Wacht eens...' Er drong plotseling iets tot me door. 'Is dat de reden waarom ik je dagenlang niet gezien heb? Omdat je haar verteld had dat je mij gezoend had?'

Hij wendde zijn blik af.

'Dat is ziekelijk, Duncan. Je bent oud genoeg om te weten wat je wel en niet moet doen, en ik ook. We zijn geen kinderen meer. Zo hoort ze je niet te behandelen.'

'Ze behandelt me niet als een kind.'

'Echt niet?'

'Ze wil niet moeilijk doen. Ze is bang.'

'Waarom? Ik begrijp het niet. Waarom is ze zo bang voor je? Heb je iets verschrikkelijks gedaan?'

'Nee. Nog niet.'

'Nog niet?' Ik moest bijna hardop lachen. 'Waarom zeg je dat? Denk je dat je dat zult doen?'

'Ik ben...'

'Wat, Duncan? Wat ben je?'

'Ik ben een kind van de zonde.'

Hij sloeg zijn ogen neer. Ik bleef even staan, liep toen naar mijn bed en ging zitten.

'Een kind van de zonde?'

'Ja. Dat is de reden dat jij je tot mij aangetrokken voelde en ik mij tot jou,' ging hij verder, alsof hij een ongelooflijke ontdekking had gedaan. 'We zijn elkaars gelijken. Snap je dat niet?'

'Nee, dat snap ik niet, Duncan. Hoezo ben jij een kind van de zonde en ben ik net als jij?'

Hij keek op.

'Net als jouw ouders waren mijn vader en moeder niet getrouwd toen ze mij verwekten. Ze zijn later pas getrouwd. Niemand weet dat.'

'En daarom zijn we kinderen van de zonde?'

Hij knikte.

'Wie heeft je dat verteld? Je moeder? Nou?'

'Ze probeert alleen maar me te helpen,' protesteerde hij. 'Ze heeft haar hele leven aan mij gewijd. Ze werkt voor God opdat God me genadig zal zijn.'

'En dat geloof je? Je gelooft, omdat sommige mensen een buitenechtelijk kind krijgen, hun kinderen ook zondig zijn?'

'Het staat in de Heilige Schrift. "En wie van u overgebleven zijn, zullen in de landen hunner vijanden wegkwijnen vanwege hun ongerechtigheid en ook vanwege de ongerechtigheden hunner vaderen, zullen zij, evenals dezen, wegkwijnen." Leviticus 26:39.'

'Heb je dat van je moeder uit je hoofd moeten leren?'

'We lezen elke avond in de Bijbel. Bovendien geloof jij het zelf ook.'

'Dat is niet waar!'

'O, jawel. Dat was toen ik wist dat jij en ik zo op elkaar lijken. Toen je me vertelde dat de mensen uit je dorp je slecht vonden, wist ik dat jij dat zelf ook vond. Je hebt het geërfd, net als ik. Blijf maar niet zo verbaasd zitten omdat ik denk dat wij hetzelfde zijn.'

'En vertel me niet dat je er niet over hebt nagedacht. Heel veel,' voegde hij eraan toe. 'Vertel me niet dat je in de spiegel kijkt en niet hetzelfde ziet wat ik zie als ik in de spiegel kijk. Vergeet niet dat je me vertelde dat je dezelfde gevoelens en gedachten had als die in mijn gedichten, en je zei dat jij er uitdrukking aan gaf via je schilderkunst.

'Je hebt het niet gezegd, maar je vertelde me min of meer dat de tragedie die je hebt doorgemaakt, de dood van die jongen, door je hoofd spookt alsof het eigenlijk jouw schuld was, dat je alleen maar moeilijkheden en verdriet veroorzaakt en zal veroorzaken voor iedereen die om je geeft of bij je betrokken raakt. Nou?' vroeg hij schril. 'Nou?' schreeuwde hij bijna.

Ik huiverde. Hij was geen woord, helemaal niets ervan vergeten, en ik kon het niet ontkennen.

'Ja,' riep ik uit. 'Dat denk ik.'

Hij knikte glimlachend.

'Maar het verschil tussen ons is dat ik er niet aan herinnerd hoef te worden, vooral niet door mijn familie. Of door mijn moeder!'

'Of een vader die net doet of hij niet je vader is?' vroeg hij zelfvoldaan.

De tranen die uit mijn ogen rolden voelden zo heet aan dat ik dacht dat ze mijn wangen zouden verbranden toen ze naar mijn kin rolden.

'Dat is gemeen, Duncan.'

Hij knikte. 'Het spijt me. Het is gemeen om het te zeggen, maar het benadrukt hoeveel jij en ik op elkaar lijken.'

Ik veegde de tranen van mijn wangen en hield mijn adem in. 'Waarom ben je dan teruggekomen als je er zo over denkt? Waarom ben je überhaupt hier gekomen vandaag? Waarom zou je blijven rondhangen bij een zondaar of iemand die jou tot zondaar zou kunnen maken?'

Het duurde even voor hij antwoord gaf. Eerst keek hij weer uit het raam. Toen naar zijn handen en de grond, en toen naar mij.

'Omdat ik, net als jij, ook al zeg ik het, niet in dat alles wil geloven en bovendien... Ik kan er niks aan doen dat ik graag bij je ben. Meestal, zoals je gelezen hebt in mijn gedichten, heb ik het gevoel dat ik in een kooi leef, maar als ik bij jou ben, voel ik me vrij, ook al is het een roekeloos gevoel, een roekeloze vrijheid, maar toch... toch is het een goed gevoel.'

'Dan kan het niet slecht zijn, Duncan, en je mag je moeder, of wie ook, niet toestaan je in die waan te brengen. En sla jezelf niet om te oren met de Bijbel.'

'Ik weet het,' zei hij zacht. 'Ik weet het.' Hij keek me weer aan en deze keer meende ik ook tranen te bespeuren in zijn ogen. 'Wil je me helpen dat idee van me af te zetten?'

'Ja,' zei ik. 'We zullen elkaar helpen.'

Hij lachte zacht. Ik stak mijn hand uit en hij nam die langzaam aan. Even was dat het enige wat we deden, elkaars hand vasthouden. Toen werd zijn greep krachtiger en hij stond op en kwam naar me toe. Hij knielde voor me en legde zijn hoofd in mijn schoot. Ik streek over zijn haar, en zo bleven we een tijdje zitten in een eenstemmig zwijgen.

Hij heeft gelijk wat ons betreft, dacht ik. We zijn hetzelfde. Naar wat hij me vertelde, was hij bang dat hij net als zijn vader zou worden, en ik was weggelopen uit Sandburg en van mijn grootouders omdat ik in mijn hart bang was dat ik net zo zou worden als mijn moeder. Die gedachten drongen me in dezelfde donkere hoek. Alleen leek hij op het ogenblik hulpelozer, meer gedreven. Ik probeerde tenminste aan mezelf te ontkomen.

'O, Duncan,' kermde ik.

Toen hij deze keer zijn hoofd ophief en me in de ogen keek, boog ik me onwillekeurig voorover en dwong zijn lippen naar me toe. In zekere zin gooiden we elkaar een reddingslijn toe, trokken elkaar weg uit het duister.

Het was een zachte, tedere, maar lange kus. Ik kon hem voelen beven, en dat was niet omdat ik hem had opgewonden. Hij beefde van angst. Het ergerde me en maakte me tegelijk kwaad, en ik wist zeker dat hij het in mijn ogen zag.

'Je gaat niet naar de hel vanwege je gevoelens voor mij, Duncan. Het kan me niet schelen wat je moeder of wie dan ook je heeft verteld of hoe je geleerd hebt te interpreteren wat je in de Bijbel leest.'

Hij keek een beetje beschaamd omdat hij zo doorzichtig was. Ik raakte zijn wang aan.

'Wie weet? Misschien vind je wel een stukje van de hemel bij mij,' zei ik.

'Jij bent goed,' zei hij vol vertrouwen. 'Ik weet dat je goed voor me bent.'

'We zijn goed voor elkaar.'

'Ja, ja. Je hebt gelijk.'

Hij zoende me weer en ik hield mijn handen op zijn schouders. Ik trok hem naar me toe tot hij naast me op bed lag.

'Niet bang zijn,' fluisterde ik om zijn aarzeling te verdrijven. 'Niet voor mij, niet voor jezelf.'

Hij keek me aan en begon toen, als een kleine jongen die een kerstcadeautje uitpakt, mijn handdoek los te wikkelen.

15

Twee druppels water

Eerst leek het of het enige wat hij zou doen was naar me staren, zich met zijn ogen aan me verlustigen, me weer in mijn handdoek wikkelen en dan weghollen. Ik verwachtte het. Ik hield mijn adem in. Was het verkeerd van me om zijn gezicht te observeren terwijl hij naar me keek? Het fascineerde me hoe hij op me reageerde, welke macht ik over hem scheen te hebben. Ik kon bijna zien hoe hij zijn best deed om te kijken maar niet aan te raken.

'Ik ben nog nooit zo met een meisje samen geweest,' fluisterde hij schor.

'Dat zou ik nooit geloofd hebben.'

Hij moest even glimlachen en bukte zich weer om mijn mond, mijn borsten te kussen. Toen legde hij langzaam zijn wang op mijn lichaam, vlak onder mijn borsten.

'Ik kan je hart horen bonzen,' zei hij.

'Ik ook.'

Hij zoende mijn buik en ademloos wachtte ik af waar hij vervolgens met zijn mond naartoe zou gaan, maar hij sloot zijn ogen, liet zich omrollen en bleef naast me liggen en staarde omhoog naar het plafond. Deels was ik teleurgesteld en deels was ik nieuwsgierig. Hoe kon hij ophouden, zich zo beheersen?

'We mogen niet te ver gaan,' zei hij. 'Verbeeld je dat we hetzelfde zouden doen als onze ouders hebben gedaan! Ik ben niet... erop voorbereid om verder te gaan.' Hij klonk verlegen.

Ik keerde me om en sloeg mijn arm om hem heen om zijn gezicht naar me toe te draaien.

'Je hebt gelijk,' zei ik. 'En je hoeft je daar niet voor te schamen. Dat is niet onmannelijk of stom. Ik vind je er heus niet minder om. We erven geen zonde,' zei ik vastberaden.

Hij bukte zich om me een zoen te geven, en we klemden ons aan elkaar vast. 'Maar dat betekent niet dat we niet naar elkaar kunnen verlangen en elkaar nodig hebben, niet van elkaar kunnen houden,' voegde ik eraan toe.

Hij lachte en zoende me weer voor hij ging liggen en nadacht. Zijn blik ging langzaam door de kamer, alsof hij elke centimeter ervan en elke seconde van ons samenzijn voorgoed in zijn geheugen wilde prenten.

'Ik ben nog nooit in de kamer van een meisje geweest,' zei hij.

'Ik heb gelezen dat je degene met wie je de eerste dingen in je leven doet, nooit vergeet,' merkte ik op.

'Ik zou jou hoe dan ook niet kunnen vergeten.'

'Wil je daarmee zeggen dat je me gaat helpen met het schilderen van mijn kamer?'

Hij lachte. 'Oké, oké, ik ben een eikel.'

'Nee, dat ben je niet, Duncan. En je moet niet denken dat ik zoveel meer weet dan jij op dit gebied. Ik heb één vriend gehad, een onderdeel van een seconde.'

'Een onderdeel van een seconde?'

'Zo leek het mij.'

Ik streek zijn haar uit zijn gezicht.

'Nu heb ik er twee.'

'Jij bent het eerste meisje dat me voortdurend verbaasd doet staan,' zei hij lachend.

'Vind je dat leuk?'

'O, ja, heel erg leuk.'

'Wil je overwegen samen met me te eten?'

'Ze zal kwaad op me zijn, maar dat is oké,' zei hij met nieuwe beslistheid.

'Goed. Ik begin honger te krijgen. Ga eens kijken wat je in de keuken kunt vinden terwijl ik me aankleed.'

Hij zoende me weer, stond op en ging de kamer uit.

Was het gek van me dat ik het toch nog met hem probeerde na wat hij me zojuist allemaal verteld had? vroeg ik me af terwijl ik me aankleedde en mijn haar borstelde. Was het arrogant van me te denken dat ik hem kon helpen terwijl ik nog zoekende was hoe ik mijzelf kon helpen? Hoe ver konden twee emotioneel en psychologisch gehandicapten met elkaar gaan? Naar welke innerlijke stem moest ik beter luisteren, de stem die me zei dat ik heel hard bij hem vandaan moest lopen of de stem die me vertelde dat hij en ik elkaar nodig hadden?

'Ik kan de salade maken,' zei hij toen ik in de keuken kwam. Hij had een grote kom klaargezet en de ingrediënten uitgespreid op het aanrecht. 'Er liggen een paar pakken pasta in de bijkeuken, en in de koelkast zag ik de pastasaus die jullie in het café hebben. Ik heb gezien dat mensen die naar binnen schrokten; ze waren er verrukt over.'

Ik ging de pasta klaarmaken terwijl hij bezig was met de salade. Hij deed het heel goed, was heel precies met het snijden van groentes en tomaten en uien. Hij maakte zelfs een dressing van olie en azijn en een paar kruiden die hij had ontdekt. Hij zag dat ik vol verbazing naar hem keek.

'Wat is er?' vroeg hij lachend.

'Hoe weet je welke hoeveelheid je van elk ingrediënt moet nemen?'

'Een jarenlange ervaring.' Hij zweeg even en dacht na. 'Ik denk dat ze me wel een moederskindje zullen noemen omdat ik zo vaak met haar in de keuken sta.'

'Mijn oom is een geweldige kok en niemand noemt hem een moederskindje.'

'Laten we de salade eten terwijl de pasta gaar wordt,' stelde hij voor, en we gingen aan tafel zitten. Tante Zipporah bewaarde een paar knoflookbroodjes van het café in de vriezer. Ik had ze in de oven opgewarmd, en we aten ze bij de salade.

'Echt een feestmaal,' zei Duncan.

Hij bleek beter te weten dan ik hoe lang de pasta moest koken; hij legde uit dat de meeste mensen die te gaar lieten worden. Hij ontfermde zich ook over de pasta en mengde de saus erdoor.

'Ik moet mijn oom over je vertellen, Duncan. Je zou best parttime in het café kunnen werken. Je bent hier erg goed in. Jij bent degene die vol verrassingen zit, Duncan, niet ik.'

'Ik zou zelfs voor een parttimebaan geen tijd hebben. Ik doe heel wat meer dan thuis kranen repareren. Mijn moeder heeft het erg druk met haar postorders voor de kerk, dus maak ik vaak het hele huis schoon, maak de bedden op en doe de meeste boodschappen, terwijl zij op een vergadering van de kerk is of zoiets. Alleen daarvoor mag ik de auto nemen,' ging hij verder.

'Ze vindt het heel erg dat ik mijn scooter heb opgelapt. Ze wilde me het geld niet geven voor de verzekering en de registratie. Dat heb ik zelf bij elkaar moeten schrapen.'

'Hoe ben je aan die scooter gekomen?'

'Mijn vader had die gekregen voor een of ander karwei en had hem in een van de kippenhokken laten staan.'

'Hoe lang is je vader al weg?'

'Bijna tien jaar.'

'Is hij gewoon op een dag vertrokken zonder het iemand te zeggen?'

'Dat heeft mijn moeder me verteld, ja. Ik heb nooit een afscheidsbriefje gezien, als je dat soms bedoelt.'

'En hij heeft nooit gebeld of een brief gestuurd, niets?'

Hij dacht even na, at nog wat en knikte. 'Toen ik een jaar of acht, negen was, had ik een paar keer de indruk dat hij haar belde, maar dat gaf ze nooit openlijk toe en als ik naar hem vroeg ging ze alleen maar ontzettend tekeer. Soms werd ze zo woedend, dat ik doodsbang was. Bijna onmiddellijk nadat hij ons in de steek had gelaten, nam ze haar meisjesnaam weer aan, Simon.'

'Hoe komt het dat jouw naam niet veranderd werd?'

'Dat werd hij wél, maar ik weigerde. Dat is de enige uitdaging in mijn leven. Tot nu toe tenminste,' voegde hij er glimlachend aan toe, om me duidelijk te maken dat ik de tweede uitdaging was. 'Gelukkig is ze opgehouden met erover te zeuren, maar ze verbetert iedereen die haar Edna Winning noemt, en als iemand mij Duncan Winning noemt, verbetert ze hem of haar ook. Het is een tijdje een probleem geweest op school, maar nu niet meer. Ze bemoeit zich toch weinig met mijn opleiding. Ze is nooit naar een ouderavond geweest, en mijn cijfers zijn goed genoeg om er niet veel aandacht aan te hoeven schenken.'

'Je hebt je nooit in de nesten gewerkt op school, nooit een reden gegeven om haar op te bellen?'

'Je hebt geen idee wat dat tot gevolg zou hebben gehad. Ik ben me altijd bewust geweest van haar verwachting dat ik in moeilijkheden zou komen, en daardoor sta ik waarschijnlijk bekend als een heilig boontje of zoiets. Ik ben de enige die de docenten meneer en mevrouw noemt. Een van mijn docenten, Donna Balm, staat erop om Miz Balm te worden genoemd.'

Hij ging verder met eten en zei toen: 'Je zult het wel merken als je naar onze school gaat.'

'Wat merken?'

'Dat de andere leerlingen me niet vertrouwen omdat ik niet rook op het toilet, geen hasj met ze rook of een paar van die pillen slik die ze soms rond laten gaan. Ze denken dat ik een soort spion ben voor het bestuur of zo. Als je met mij omgaat, zullen ze jou ook als een paria behandelen.'

'Dat ben ik gewend,' zei ik.

'Ja, maar je kwam hier om dat alles de rug toe te keren, toch? Je denkt dat, omdat niemand je kent, ze je zullen accepteren en vriendschap met je zullen sluiten. Ik kan het je alleen maar moeilijk maken.'

'Laat me zelf maar beslissen met wie ik wel en niet bevriend wil zijn, Duncan.'

'Ik waarschuw je maar.'

Misschien deed hij dat inderdaad, en misschien had hij gelijk. Ik zette die gedachte van me af. Had Craig per slot niet hetzelfde probleem gehad en was hij toch achter me blijven staan? Op de een of andere manier moesten we de kracht zien te vinden anderen te beletten ons voor te schrijven hoe we moesten leven. Hij en ik werden in zekere zin met dezelfde uitdagingen geconfronteerd. We leken echt op elkaar. Ironisch genoeg komen vaak totaal verschillende mensen bij elkaar, maar komen daar pas achter als het te laat is, dacht ik. Zijn ouders beantwoordden beslist aan die omschrijving.

'Waar hebben je ouders elkaar leren kennen?' vroeg ik.

'Zij ging op een meisjesschool in de buurt en hij was conciërge, een manusje-van-alles. Uit het weinige dat ze daarover – over hem – vertelde, leidde ik af dat hij zoals zij het noemt dominant was. Dat is het netste woord dat ze ervoor gebruikt. Soms,' ging hij zo zacht verder dat het leek of hij bang was dat iemand ons zou kunnen afluisteren, 'geloof ik dat ze denkt dat hij de duivel zelf was die haar verleidde. In ieder geval, toen ze trouwden, kochten ze deze farm en een tijdlang was die heel succesvol. Ze zei dat hij begon te drinken en dat het toen misging, zo erg, zegt ze, dat hij zich niet langer iets aantrok van haar of van mij.'

Hij legde zijn vork neer en keek peinzend voor zich uit.

'Wat is er?'

'Misschien was het een vrome wens, een ijdele hoop, maar er waren momenten – zij het niet de laatste tijd – dat ik het gevoel had dat hij dichtbij was, me gadesloeg. Ik droomde vaak dat hij langs zou komen als ik naar de stad of naar school liep. Hij zou stoppen om me een lift aan te bieden, en ik zou onmiddellijk weten dat hij mijn vader was. Ik begon elke bestuurder in elke auto die langsreed te observeren. Soms ging ik voor het raam zitten en keek ik naar buiten in de hoop dat hij ergens zou staan en naar ons huis keek, wachtend tot ik naar buiten zou komen. Ik ging wel eens naar buiten en liep dan doelloos rond, hopend dat het waar was.

'Mijn moeder wist het. Ik kon het merken, en het maakte haar woedend. Op den duur durfde ik zelfs niet meer aan hem te denken als zij erbij was, bang dat ze het aan mijn gezicht zou zien. Ze schijnt dwars door iemand heen te kijken en zijn of haar gedachten en intiemste gevoelens te raden.'

'O, Duncan, ik denk niet dat ze die gave heeft.'

'Het ís zo. Altijd als we naar de kerk gaan of een paar mensen ontmoeten, mompelt ze over deze of gene, vertelt me dingen waarvan ik me niet kon voorstellen hoe ze die wist.'

'Misschien neemt ze gewoon maar dingen aan, raadt ernaar.'

'Geloof me. Ze kan het,' hield hij vol. 'Op haar manier is ze erg sterk. Andere vrouwen zouden misschien zijn ingestort of naar hun ouders of familie zijn gevlucht, smekend om hulp of zo. Zij schijnt met elke tegenslag sterker, harder, te worden. Ze vertelt me altijd dat God ons voortdurend op de proef stelt. Ik ben ervan overtuigd dat ik nu op de proef word gesteld.'

'Omdat je bij mij bent?'

'Ja, maar ik zal niet weer bij je weglopen,' beloofde hij. 'Tenminste, dat hoop ik.'

'Ik zou het maar niet doen. In ieder geval niet voordat je me hebt geholpen met het schilderen van mijn kamer.'

Hij grijnsde. 'Als ze je ziet, je echt leert kennen, zal ze inzien dat je een goed mens bent, Alice.'

'Ik hoop het. Ik hoop dat ik dat ben.'

'En jouw ouders? Je vader?'

'Hij heeft een andere vrouw en kinderen en woont in Californië. Ik heb ze onlangs gezien en hij was aardiger voor me dan hij ooit geweest is. Toen hij wegging had ik het gevoel dat hij vaker bij me zou zijn of meer om me zou gaan geven, maar dat is nog niet gebeurd. Zijn vrouw wil ten koste van alles haar kinderen, een tweeling, beschermen, en ze hebben mijn bestaan, mijn relatie met hem, geheimgehouden voor de tweeling en hun vrienden.'

'En je hebt je moeder echt nog nooit gezien?'

'Nee. Misschien gebeurt dat nog eens. Ik doe vaak wat jij zegt dat je doet, stel me voor dat ze in de buurt is.'

'We zijn maar een stelletje zielenpoten,' mompelde hij.

'De jury is nog niet terug met de uitspraak,' zei ik, denkend aan een van de geliefde opmerkingen van mijn grootvader.

Ik stond op en begon de tafel af te ruimen en hij begon snel te helpen. Naast elkaar deden we de afwas, droogden borden, schalen, bestek, maakten het aanrecht en de tafel schoon en zetten alles op zijn plaats. Toen we klaar waren, zou zelfs Sherlock Holmes moeite hebben met te bewijzen dat hier iemand had gegeten.

'Mijn tante zal nog denken dat ik het eten heb overgeslagen. Ik zal het haar moeten bewijzen.'

'Ga je haar vertellen dat ik hier geweest ben?'

'Waarom niet?'

'Misschien vindt je oom dat niet prettig.'

'Ze hebben niet gezegd dat ik hier niemand mag ontvangen. En ze weten dat ik met je omga. Mijn tante vertrouwt me en wil dat ik gelukkig ben.' Maar plotseling vroeg ik me af of ze niet zou denken dat ik achterbaks was geweest, dat ik net had gedaan of ik alle belangstelling voor hem verloren had en afspraakjes voor haar geheim had gehouden. Ik besloot haar alles uit te leggen.

'Misschien verbieden ze je me weer te zien. Ik zou het ze niet kwalijk kunnen nemen.'

'Hou op, Duncan. Mijn tante weet wie je bent. Ze heeft nooit zoiets tegen me gezegd.'

Hij haalde zijn schouders op.

Ik herinnerde me een van oom Tylers favoriete retorische, filosofische uitspraken. 'Als je niet van jezelf houdt, Duncan, waarom zou een ander dan van je houden?'

'Ik weet niet of ik van mezelf hou of niet,' antwoordde hij. Hij keek me gespannen aan, met half toegeknepen ogen en een strak gezicht. 'Net als jij, probeer ik nog steeds te ontdekken wie ik ben.'

Altijd als hij zo gespannen werd, voelde ik dat ik begon te trillen. 'Laten we het gewoon blijven proberen.'

Hij zei niets.

Ik liep met hem mee naar zijn scooter. De lucht was helemaal bewolkt en rook naar regen. In de verte zag ik een bliksemstraal.

'Ik zou maar gauw naar huis gaan voor het begint te gieten,' zei ik.

Hij knikte en stapte op zijn scooter.

'Heb je al een idee wat je eerste schilderij zal worden?'

'Ja, ik geloof van wel. Iets met een ree die ik eens aan de achterkant van het huis heb gezien. Dat weet ik al, maar de rest weet ik pas als ik eraan begin.'

'Klinkt veelbelovend.' Hij startte de motor. Ik voelde de eerste druppel.

'Het begint al, Duncan. Hoe lang doe je erover om thuis te komen?'

'Hoogstens twintig minuten. Ik heb wel vaker in de regen gereden. Maak je maar niet ongerust.'

'Maar nooit nadat je bij mij bent geweest.' De woorden waren eruit voor ik het wist.

Hij staarde me even aan. 'Ik dacht dat je geloofde dat we daar allebei mee op moesten houden,' zei hij toen.

'Waarmee?'

Hij keerde de scooter.

'Denken dat we iedereen die iets met ons te maken heeft ongeluk brengen.'

'Je hebt gelijk. Sorry. Dat was stom.'

'Het geeft niet. Maak je niet druk. Werk je morgen in het café?'

'Nee, ik heb vrij. Mijn oom wil dat ik aan een schilderij begin.'

'Goed.'

Hij boog zich naar me toe en gaf me een zoen, en toen was hij weg.

Als een gordijn dat werd neergelaten begon de regen te vallen. De druppels kletterden op de bladeren en het wegdek, net zo heftig als mijn hart bonsde. Haastig liep ik weer naar binnen. Ongeveer twintig minuten later ging de telefoon. Ik vloog erop af, in de hoop dat het Duncan was die me vertelde dat hij veilig thuis was gekomen. Misschien had hij toch de bezorgdheid gezien in mijn ogen en gehoord in mijn stem.

Het was Duncan niet. Het was mijn vader.

'Hallo,' zei hij. 'Hoe gaat het daar bij jullie?'

'Cool.' Ik wilde hem vragen of mijn grootmoeder hem had gebeld en geklaagd dat ik niets van hem gehoord had, maar dat leek me niet aardig. En het zou natuurlijk zijn eigen initiatief kunnen zijn.

'Je grootmoeder heeft het me verteld. Weet je zeker dat je het juiste besluit hebt genomen? Van je eigen school afgaan aan het begin van het laatste jaar om op een nieuwe school te beginnen –'

'Ik heb nooit het gevoel gehad dat ik daar thuishoorde,' zei ik.

Hij zweeg even. 'Ja, dat begrijp ik wel. Goed, aarzel niet om me te bellen als je erover wilt praten. Ik zal jou van tijd tot tijd bellen om te horen hoe het gaat.'

'Oké.'

'Doe Zipporah de groeten van me.'

'Zal ik doen.'

Hij wenste me geluk en nam afscheid. Ik schaamde me dat ik niet wat spraakzamer was geweest, maar ik kon er niets aan doen dat ik aan Duncan dacht. Ik had spijt dat ik hem niet gevraagd had me te bellen als hij thuis was. Eindelijk besloot ik hém te bellen. Het duurde even voor ik zijn telefoonnummer had gevonden omdat zijn moeder niet in het telefoonboek stond onder Winning. Eindelijk herinnerde ik me dat hij had verteld dat ze haar meisjesnaam weer had aangenomen, Simon. Ik vond het nummer, maar aarzelde om de telefoon op te pakken.

Zou ik hem in moeilijkheden brengen als ik belde? Ik probeerde te lezen en televisie te kijken, maar niets hielp.

De regen viel nu bij bakken uit de hemel en ik hoorde donderslagen en zag de bliksemflitsen. Het was al bijna een uur geleden sinds hij was vertrokken. Ik móést weten of hij veilig thuis was. Anders zou ik niet kunnen slapen. Beelden van mijn auto-ongeluk flitsten voor mijn ogen en lieten rillingen over mijn rug gaan. Zou ik weer de oorzaak zijn van iemands dood, iemand die het gewaagd had dicht bij me te komen?

Ik liep te ijsberen en dacht dat ik steeds kreupeler begon te lopen, alsof het een waarschuwing was – of misschien een voorspelling. In mijn verbeelding zag ik hem liggen op een of andere weg, terwijl de regen op zijn gezicht en hand kletterde, zijn lichaam gedraaid en gebroken. En toen kwam zijn moeder en schreeuwde tegen de politie en het ambulancepersoneel: 'Het is haar schuld! Mijn zoon is dood omdat hij haar heeft leren kennen!'

Ten slotte hield ik het niet langer uit. Met trillende vingers draaide ik het nummer. De telefoon ging nauwelijks één keer over.

'Het gaat me prima,' hoorde ik hem schor fluisteren en toen hing hij op. Hij zei niet eens hallo, zo was hij ervan overtuigd dat ik het was. Of misschien, misschien wist zijn moeder het, kon ze iedereen doorzien zoals hij had gezegd. Misschien had hij het haar weer verteld, alle details opgebiecht.

Het was alsof de bliksem die de lucht buiten sissend doorkliefde, door het raam naar binnen schoot en ook mijn hart doorkliefde. Ik hield de hoorn vast en luisterde naar de zoemtoon. Toen hing ik langzaam op, juist toen mijn oom en tante thuiskwamen. Ik hoorde dat tante Zipporah me riep.

'Wauw!' riep ze uit. 'Een echte zomerse bui.' Ze schudde haar haren uit.

'Het is een goede nacht voor de heksen van Macbeth,' zei oom Tyler lachend. 'Hoe gaat het met het atelier?'

'We hebben een hoop gedaan.'

'We?' vroeg tante Zipporah, en ik vertelde haar alles over Duncans onverwachte bezoek, zijn hulp met het atelier en toen met het klaarmaken van het eten.

Zij en oom Tyler keken elkaar met openlijke verbazing aan.

'Ik hoop dat het goed was,' zei ik haastig.

'Natuurlijk,' antwoordde tante Zipporah.

'Ik hoop dat hij vóór deze bui thuis was,' zei oom Tyler.

'Ternauwernood.'

'Verder alles in orde?' Er klonk nieuwsgierigheid en enig wantrouwen in haar stem.

'Voor zover ik weet wel,' antwoordde ik.

'Nou, dit zal een goeie test zijn voor het dak dat we dit jaar hebben laten repareren,' zei oom Tyler en liep de trap op.

Tante Zipporah bleef nog beneden en hield zich bezig in de keuken. Ik wist dat ze nog steeds bezorgd was. Ze kwam de zitkamer binnen waar ik probeerde een van de boeken te lezen die op mijn lectuurlijst stonden voor het komende leerjaar. Mijn ogen dwaalden voortdurend af en mijn gedachten zweefden zo vaak weg van het verhaal en de personen erin dat ik me niet kon herinneren wat ik net had gelezen.

'En, nu je meer tijd hebt doorgebracht met Duncan,' begon ze, 'hoe is hij nu echt?'

Ik vertelde haar meer bijzonderheden over alles wat hij in het atelier had gedaan en dat hij zo goed geholpen had met het klaarmaken van het eten. Hoe langer ik sprak, hoe breder haar grijns werd.

'Je klinkt alsof je hem erg aardig vindt, Alice.'

'Dat vind ik ook,' gaf ik toe.

'Mooi. Ik weet dat zijn moeder erg op zichzelf is. Ik zie haar nooit hier in de buurt, niet in winkels, met boodschappen doen –'

'Hij doet de boodschappen,' zei ik snel.

'O. Ik denk dat mevrouw Mallen gelijk heeft. Zijn jeugd is hem ontnomen. Het moet niet gemakkelijk voor hem zijn om nieuwe vriendschappen te sluiten.'

'Dat is het voor mij ook niet.'

Ze dacht even na. Ik kon de gedachten en vragen bijna zien rondtollen in haar hoofd.

'Tja, vind je dat hij op het moment de meest geschikte jongeman voor je is? Ik wil niet negatief zijn, maar we weten allebei dat jij zelf je problemen hebt. Het is misschien niet verstandig je eigen last nog te verzwaren.'

'Dacht je ook zo toen je bevriend was met mijn moeder?'

'Dat was iets anders, Alice. Ik had weinig of geen bagage te torsen, en Karens moeder en stiefvader hadden een drukke zaak in het dorp. Er waren mensen die vonden dat haar moeder op zijn geld uit was, maar dat was de grootste kritiek die ze op hen hadden. Ik zeg je alleen dat je voorzichtig moet zijn, dat is alles. Ik wil je niet verstikken of kortwieken, maar ik zou mijn plicht niet doen als ik geen uiting gaf aan mijn bezorgdheid, wel?'

'Nee. Ik begrijp het. Ik waardeer het,' zei ik. 'Het spijt me. Ik wilde niet tegen je snauwen. Ik stel je bezorgdheid echt op prijs.'

'Goed. Het is lief dat je om hem geeft, Alice, maar wees voorzichtig.' En toen, in een poging om uit te leggen wat ze bedoelde, ging ze verder. 'Soms, als je in iemand investeert, ben je net als een gokker die verliest en blijft gokken om het terug te winnen, maar nog meer verliest. Ik kan het weten.'

Ik dacht even na. 'Je hebt me verteld hoe geweldig het was om de vriendin van mijn moeder te worden. Dacht zij net zo over jou?'

'Ik geloof het wel. Zoveel vriendinnen had ze niet toen ik haar leerde kennen. Feitelijk had ze geen intieme vriendinnen, maar ik vond haar het interessantste en opwindendste meisje dat ik ooit had ontmoet en het kon me niet schelen of we hopen vriendinnen hadden of niet. Afgezien van al het andere, was ik een mooi publiek voor haar, en ik gaf haar een goed gevoel over zichzelf.'

'Ik denk dat ik dat in zekere zin voor Duncan ben.'

'Ja. Maar wees voorzichtig, schat. Een van Tylers favoriete uitspraken is: Neem niet te veel hooi op je vork. Het mooie van al die adagia is dat ze met het verstrijken van de tijd standhouden.' Ze glimlachte en keek naar mijn boek. 'Tyler houdt van die roman. Als je je boek uit hebt, zal hij er graag met je over praten.'

'Dat zou ik fijn vinden.'

'Ik ben békaf. Tot morgen.' Ze liep de trap op om naar bed te gaan.

Ik zat te luisteren naar de regen die maar niet scheen te willen bedaren. Ik voelde mijn oogleden zwaar worden en besloot zelf ook te gaan slapen. Er ging van alles door mijn hoofd, zoveel vragen en gedachten, na wat tante Zipporah had gezegd. Ik lag zo erg te woelen en te draaien dat ik pas in de kleine uurtjes in slaap viel.

De volgende ochtend was ik zo moe dat ik niet opstond toen ik Tyler hoorde. Ik viel weer in slaap. Toen ik eindelijk opstond, zag ik dat er een briefje voor me op de koelkast lag. Mijn tante herinnerde me eraan dat ze wilden dat ik de dag in mijn atelier doorbracht en niet in het café kwam werken.

Ik nam een douche om goed wakker te worden en ging toen mijn ontbijt klaarmaken. Tante Zipporah belde om te horen of ik het briefje gevonden had en alles goed ging.

'Ik hoop dat ik je niet van streek heb gemaakt gisteravond, Alice.'

'Nee. Maak je daar geen zorgen over.'

'Bel het café als je wat nodig hebt.'

Ik bedankte haar. Ik had nog niet opgehangen of de telefoon ging weer over. Deze keer was het Duncan en fluisterde hij niet.

'Het spijt me dat ik gisteravond zo kortaf was toen je belde, maar ze stond vlak achter me. Ze was erg kwaad dat ik niet gebeld had en gezegd dat ik niet thuis zou komen eten.'

'Dus nu haat ze me, hè?'

'Nee, ze vroeg niet eens waarom ik niet gebeld had of waar ik was. Zo is ze. Ze weet het.'

'Duncan –'

'Nee, ze weet het,' hield hij vol. 'In ieder geval straft ze me door me vandaag niet mee te nemen naar de kerk.'

'Is dat een straf?' vroeg ik lachend.

'Ze zegt dat ik Gods genade niet verdien voordat ik oprecht berouw toon. Ze is net weg.'

'Nou, ik vind niet –'

'Ze zal bijna de hele dag wegblijven,' viel hij me snel in de rede. 'Ik weet dat je wilt schilderen, maar misschien kunnen we elkaar later zien, als je dat goedvindt.'

'Natuurlijk vind ik dat goed. Je kunt een verrukkelijke lunch voor me klaarmaken.'

Hij lachte niet. Hij zei niets.

'Duncan?'

'Ik zal het proberen. Er zijn een hoop dingen die ik beloofd heb te doen.'

'Ik ga vandaag nergens naartoe,' zei ik. Hij zweeg weer. 'Gaat het goed met je?'

'Ja, alleen... ja, het gaat goed. Vergeet wat ik heb gezegd. Ik weet zeker dat ik hier een hele tijd mee bezig ben. We hebben een serieus probleem met de afvoer. Onze ondergrondse bron.'

'Misschien kun je dan beter iemand bellen.'

'Ik kan het zelf wel,' protesteerde hij. 'Vergeet dat ik gebeld heb. Sorry.' De verbinding werd verbroken.

'Duncan? Verdomme,' mompelde ik en hing op. Hij was zo gecompliceerd. Het ene ogenblik was hij gloeiend heet en dan weer ijskoud en het was bijna onmogelijk te voorspellen wanneer en waarom hij van stemming wisselde. Erger nog, ik had geen idee wat hem zou kunnen doen veranderen. Het had niets met mij te maken of met wat ik zei. Misschien hoorde hij stemmen die alleen hij kon horen. Ik kon het weten.

Ik dacht aan mijn gesprek met tante Zipporah. Ze had volkomen gelijk. Ik moest wat meer aan mijzelf gaan denken. Ik raakte te veel betrokken bij iemand die net zo veel – misschien wel meer – problemen had als ik.

Neem niet te veel hooi op je vork.

Het was een goede raad.

Als je te veel hooi op je vork nam, zou je eronder bezwijken.

Ik kwam hier om vrij en gelukkig te zijn, de baby te zijn die de ooievaar op de drempel had achtergelaten, om mijzelf te zijn.

Misschien was het niet aardig, maar ik hoopte dat hij niet zou komen.

Om mijn geweten te sussen, legde ik me toe op mijn tekenen en schilderen. Gelukkig raakte ik algauw verdiept in mijn eigen fantasiewereld.

Mijn grootmoeder vermoedde het niet toen ze mij mijn naam gaf, maar ik was Alice, en mijn schilderkunst was mijn Wonderland.

16

Gluurder

Duncan kwam niet rond lunchtijd. Ik was trouwens zo verdiept in mijn werk dat ik de lunch vergat en er pas aan dacht toen ik een hol gevoel in mijn maag kreeg en besefte dat ik honger had en niet had gegeten. Het was halverwege de middag. Ik onderbrak mijn werk en ging naar het huis om iets te eten. Ik besloot mijn kleine keukentje in het atelier van de nodige proviand te voorzien om lange onderbrekingen te voorkomen. Snel at ik een halve boterham met pindakaas en keerde terug naar het atelier.

Omdat er geen telefoon was in het atelier, kon noch mijn tante, noch Duncan me bereiken. Het drong pas tot mijn tante door toen ze belde om te vragen hoe het met me ging, in de verwachting dat ik rond lunchtijd in de keuken zou zijn. Ze maakte Tyler zo gek met haar ongerustheid dat hij haar ten slotte laat in de middag naar huis stuurde om te zien of alles in orde was. Toen ik voetstappen achter me hoorde, dacht ik dat het Duncan was. Ik wist zeker dat de teleurstelling op mijn gezicht te lezen stond.

'Ben je al de hele dag aan het schilderen?' vroeg ze met een glimlach die haar bezorgdheid moest camoufleren.

'Ja. Maar ik heb wel wat gegeten,' voegde ik er haastig aan toe.

'Mag ik zien wat je gedaan hebt?'

'Het stelt nog bijna niets voor.'

Ik deed een stap bij mijn ezel vandaan en ze staarde naar mijn schilderij in wording.

'Dat is interessant, Alice. Je ree heeft een bijna menselijk gezicht.'

Ik keek er zelf ook naar. Ik had het me niet gerealiseerd.

'Het zal mooi worden,' zei ze. Ze keek om zich heen. 'Ben je hier al mee bezig sinds je vanmorgen bent opgestaan?'

'Ja.'

'Begin je niet moe te worden?'

'Eigenlijk wel. Maar meestal merk ik het pas als ik stop.'

Ze lachte en vroeg toen: 'Heb je zin om met me mee te gaan naar het café? Je hoeft niet te werken, maar Tyler heeft een verrukkelijke lasagne gemaakt, en je moet er beslist wat van eten voor hij uitverkocht is.'

'Oké.' Ik begon mijn spullen op te ruimen.

'Is Duncan Winning hier vandaag geweest?' vroeg ze ten slotte. Ik wist dat die vraag op het puntje van haar tong had gelegen.

'Nee. Hij heeft gebeld. Zijn moeder was kwaad op hem omdat hij gisteravond hier had gegeten.' Ik vertelde over de straf die hij had gekregen. 'Gek, hè? Waarom denkt ze dat hij zich dat zo zou aantrekken?'

'Ik weet zeker dat het moeilijk voor hem is.'

'Hij is in zoveel opzichten begaafd,' zei ik toen we naar buiten liepen. 'Hij heeft verstand van techniek, hij schrijft mooie gedichten. Waarom kan zijn moeder dat niet waarderen en hem met rust laten?'

'Je doet me heel erg aan je moeder denken,' zei ze. 'Ze werd altijd zo kwaad over de manier waarop sommige ouders hun kinderen behandelen, naar dan deed ze net of ze een heks was en sprak een banvloek over ze uit.'

'Misschien heeft ze ook een vloek uitgesproken over haar eigen moeder,' zei ik. Tante Zipporah keek me bevreemd aan. Maar ze zei er geen woord over.

Het was stil in het café, zoals oom Tyler al voorspeld had. Het grootste deel van de tijd zat ik te praten met tante Zipporah of Cassie die plotseling heel openhartig was en me vertelde over haar sociale leven en haar knipperlichtrelatie met een jongen die Johnny Skyler heette. Ze zei dat, zodra hij voelde dat het te serieus werd met haar, hij zich terugtrok, uit angst dat hij iets mis zou lopen.

'En het is zo overduidelijk. Hij kan heel slecht liegen.'

'Waarom blijf je bij hem?' vroeg ik. Ik wilde niet laten merken hoe ik ernaar snakte om met meisjes van mijn leeftijd te praten, maar ik vond het moeilijk om niet aan hun lippen te hangen. Ik wilde dolgraag weten hoe andere meisjes over hun vriend dachten en hoe ze omgingen met conflicten en problemen.

Ze haalde haar schouders op en trok een gezicht alsof ik de eerste was die dat vroeg.

'Om me te amuseren, denk ik.'

'Hoe kunnen die gevoelens, die relaties, alleen maar amusant zijn?' Ze nam me snel op, om te zien of ik het serieus meende.

'Wat wil je? Ware liefde en huwelijk voordat je achttien bent? Geen date hebben als die niet van eeuwige duur is? Misschien in de tijd van onze grootmoeders, Alice, maar heb je niet gehoord dat we geëmancipeerd zijn? Meisjes kunnen net zo nonchalant omgaan met de jongens die ze daten als de jongens altijd deden,' zei ze een beetje verbitterd.

Hoe zal ze met die houding ooit de ware liefde vinden? vroeg ik me af. Maar toen dacht ik: misschien heeft ze gelijk. Misschien was dat de manier om nooit gekwetst te raken. Ik was in de stemming om dat te geloven. Duncan had niet gebeld, en zelfs al verkeerde ik in tweestrijd of ik me iets van hem moest blijven aantrekken of niet, toch kon ik niet nalaten op te kijken als er iemand binnenkwam, half en half verwachtend dat ik hem buiten zou zien met zijn scooter.

Ze ving mijn blik op en misschien ook mijn teleurstelling.

'Ga je met Duncan Winning?'

'Min of meer.'

'Min of meer?'

'We hebben nooit een officiële date gehad.'

'Wat is een officiële date?' vroeg ze lachend. 'Tegenwoordig is dat met iemand samen zijn op de achterbank van een auto.'

'Ik bedoelde dat we niet zoveel dingen samen hebben gedaan.'

'Je hoeft niet zoveel dingen te doen – één ding maar,' zei ze plagend. Ik begon me aan haar te ergeren. 'Nou ja, ik moet toegeven dat hij wel sexy is. Maar ik denk niet dat ik iets met hem zou willen,' voegde ze er haastig aan toe.

Hij zeker niet met jou, dacht ik, maar zei niets. Ze keek naar me met een veelbetekenende, wellustige glimlach, alsof we nu intieme geheimen met elkaar deelden. Toen ging ze een paar studenten, drie jongens en twee meisjes, bedienen. Ik keek naar ze, terwijl ze met elkaar lachten en gekheid maakten. Ze leken zo zorgeloos, ontspannen en gelukkig. Hoe zou hun leven zijn? Hoe waren hun ouders? Zou ik ooit op ze lijken?

Ik deed mijn best om niet te opvallend naar hun gesprekken te luisteren. Net als Cassie zag ik ze als jonge mensen zonder zorgen over morgen. Ja, straalden ze uit, de toekomst lag te wachten met alle verantwoordelijkheden, maar daar hadden ze nú toch geen behoefte aan? Terwijl ik ze hoorde praten en een paar brokjes informatie opving over elk van hen, kreeg ik de indruk dat ze, als ze konden, hun universitaire opleiding het liefst nog jaren en jaren zouden voortzetten. Eén jongen zei zelfs dat hij zijn eindexamen wilde ontlopen, alleen om nog geen eind te hoeven maken aan zijn studentenleven.

'Je bent maar één keer voor eeuwig jong,' zei een van de jongens, en iedereen lachte.

Naar hen kijkend en luisterend, voelde ik me als het verschoppelingetje dat voor het raam van het restaurant staat en andere mensen van hun eten ziet genieten. Ik ging zo op in hun conversatie dat ik tante Zipporah niet hoorde roepen. Ze moest naar me toekomen en me aanstoten om mijn aandacht te trekken.

'Hé, ik riep je. Gaat het wel?'

'O, sorry. Ik zat te dromen.'

'Ik wil een beetje vroeg naar huis,' zei ze. 'Tyler heeft ons niet nodig, en ik verlang naar een warm bad en een beetje rust voor de verandering.'

'Oké.'

We vertrokken en reden naar huis. Toen we over de weg reden waaraan het huis van mijn oom en tante stond, wist ik zeker dat ik Duncan aan de zijkant zag staan, half in en half buiten de donkere schaduw, leunend op zijn scooter, zoals hij ook altijd deed buiten het café. Ik zei niets, maar mijn hart bonsde. Waarom stond hij daar?

Waarom had hij niet gebeld of was hij niet naar het café gekomen?

Ik zei niets tegen mijn tante, ten eerste omdat ik niet absoluut zeker wist dat ik hem had gezien, en ten tweede omdat ik zijn gedrag niet nog vreemder wilde maken dan het al was, wat haar ertoe zou kunnen brengen me de omgang met hem te verbieden.

'Weet je zeker dat je je goed voelt?' vroeg tante Zipporah.

'Heel zeker.'

'Je bent zo stil,' zei ze toen we bij het huis waren.

'Misschien heb ik vandaag echt een beetje te hard gewerkt aan dat nieuwe schilderij. Ik raak er zo in verdiept, dat ik niet besef hoe erg het me emotioneel kan uitputten.'

Ze knikte. 'Ik begrijp het. Het maakt me altijd een beetje nerveus. Ik was altijd bang als je moeder te stil werd.'

'Waarom?'

'Ik had het gevoel dat ze zichzelf in een of andere duistere afgrond liet zakken waaruit ze niet meer tevoorschijn zou komen, zich in zichzelf terugtrok, opsloot. Dan deed en zei ik alles wat ik maar kon bedenken om haar weer in een vrolijke stemming te brengen. Het was of ik iemand een reddingslijn toegooide.'

'En je bent bang dat ik dat van haar geërfd heb, hè? Jij en mijn grootmoeder zijn er allebei bang voor. Ik weet het,' zei ik voor ze het kon ontkennen. 'Ik weet dat depressiviteit erfelijk kan zijn.'

'Je weet meer dan goed voor je is,' zei ze lachend. 'Ik kan niet eens subtiel zijn tegen jou.'

'Dat hoef je niet te zijn, Zipporah. Ik kan tegen de waarheid.'

'Dat weet ik, Alice, maar ik wou dat het niet zo was.'

'Waarom?'

'Ik wou dat je nog het jonge meisje kon zijn dat je het recht hebt te zijn. Ik wou dat je in staat was terug te vallen op je fantasie en aan de harde werkelijkheid te ontsnappen, zoals je moeder en ik dat konden.'

'Ja,' zei ik toen de garagedeur omhoogging, 'ik ook.'

Ik verwachtte Duncan elk moment te zien en was verbaasd toen hij niet op de deur klopte of aanbelde. Ik zat in de zitkamer te wachten terwijl tante Zipporah in bad ging. Ze stak een paar wierookkaarsen aan en speelde een van Tylers platen met gregoriaans gezang, uitgevoerd door monniken. Ze wilde dat ik dat ook deed, verzekerde me dat het me zou helpen te slapen en ik me een stuk beter zou voelen. Ze wist de gunstige effecten zo overtuigend te beschrijven dat ik haar raad opvolgde en het bad liet vollopen, de kaarsen weer aanstak en dezelfde muziek opzette. Ik had de hoop opgegeven dat Duncan zou komen.

Na me te hebben uitgekleed bekeek ik de littekens op mijn heup. Altijd als ik dat deed, leek het of ik naar het lichaam van een ander keek, alsof ik uit mijn eigen lichaam was getreden. Op dat moment wenste ik echt dat ik kon wat tante Zipporah had verteld dat zij en mijn moeder konden. Misschien dat ik dan naar mezelf kon kijken zonder het letsel te zien. Maar als ik ooit had gehoopt en gedroomd dat het gebeurde niet meer dan een nachtmerrie was geweest, waren de littekens er om de waarheid uit te schreeuwen en te beletten dat ik het verleden zou vergeten of negeren. Mijn fantasie was gewoon niet tegen die taak opgewassen.

Voorzichtig liet ik me in het bad zakken en sloot mijn ogen. Het warme water sloot zich als een handschoen om mijn lichaam. Het gezang was net zo kalmerend als het water, en ik hield van wierook. Kon ik zo maar eeuwig blijven liggen, peinsde ik, leven in een cocon die geweven was door het warme water, de muziek en de geur van de wierook. Ik zou mijn ziel er bijna voor verkopen. Maar plotseling had ik het gevoel dat ik niet langer alleen was. Ik opende mijn ogen.

De deur was dicht. Tante Zipporah was naar boven en naar bed. Er was niemand in de badkamer. Maar het gevoel bleef. Ik ging rechtop zitten en keek omhoog naar het raam. Duncans gezicht werd erdoor omlijst. Hij staarde naar binnen. Hij glimlachte niet. Hij keek zelfs alsof hij pijn had.

'Duncan!' riep ik.

Hij knipperde even met zijn ogen en was toen zo snel verdwenen, dat ik niet wist of ik het me niet verbeeld had. Per slot, waarom zou hij plotseling een gluurder worden? Waarom was hij niet gewoon naar de voordeur gekomen? Hij had me gezien zonder kleren. We hadden gezoend en warm en intiem bij elkaar gelegen. Wat voor bevrediging kon hij in vredesnaam vinden door naar me te staren terwijl ik in bad lag?

Ik stapte snel uit het water, doofde de kaarsen en zette de muziek af. Toen sloeg ik een badhanddoek om me heen, trok mijn slippers aan en liep nat en wel naar de voordeur. Ik deed open en liep naar buiten, luisterend en turend in het donker.

'Duncan!' riep ik. 'Ben je daar? Duncan!'

Geen reactie. Met druipende haren bleef ik wachten, en toen wist ik zeker dat ik verderop het geluid van zijn scooter hoorde. Het verdween snel in de verte. Hij was hier, dacht ik. Hij was er.

De ervaring deed me rillen, afgezien van het feit dat ik kletsnat was. Ik wreef mezelf met de handdoek en ging toen naar binnen. Tante Zipporah had me horen roepen. Ze stond boven aan de trap.

'Alice? Is er iets?'

'Nee,' zei ik snel. 'Ik dacht iemand bij de voordeur te horen, dat is alles. Er was niemand,' ging ik verder voordat ze iets kon vragen.

'O. Was je al klaar met je bad?'

'Bijna,' jokte ik. 'Het was net zo fijn als jij gezegd had. Dank je.'

'Oké.' Ze klonk niet helemaal overtuigd. 'Welterusten.'

'Slaap lekker.'

Ik liep terug naar de badkamer en droogde het natte spoor dat ik had achtergelaten. Toen liet ik het bad leeglopen en maakte het schoon voordat ik mijn nachthemd aantrok en naar mijn kamer ging. Ik rilde nog steeds een beetje. Een tijdje bleef ik voor het raam staan en staarde naar het bos en de velden, me afvragend of hij nog steeds ergens daar buiten was of dat hij terug was gegaan naar huis. Ik wist zeker dat ik hem in dat raam had gezien en zijn scooter had gehoord. Ik meende het weer te horen, maar het geluid stierf weg.

Het was erg verontrustend.

Ik bleef eraan denken en besloot toen hem te bellen en hem te vragen of hij hier was geweest en waarom hij dat had gedaan. De telefoon bleef overgaan en ik wilde juist ophangen toen ik besefte dat iemand de hoorn had opgepakt.

'Hallo?'

Ik wachtte maar hoorde niets.

'Is Duncan thuis?' vroeg ik.

Er viel een lange stilte en toen hoorde ik iemand met een schorre, schraperige stem, die als een ijskoude dolk in mijn borst stak, een stem die klonk alsof iemand moeite had met ademhalen, zeggen: 'Ga heen van mij, satan.'

De verbinding werd verbroken.

Als ik eerder onderweg was naar een nachtmerrie, stortte ik er nu halsoverkop in. Lange tijd kon ik me niet bewegen; ik kon niet ophangen. Mijn vingers waren rond de telefoon geklemd, alsof mijn leven ervan afhing. Toen ik had opgehangen liep ik zo snel bij de telefoon vandaan dat als iemand me zag, ze zouden denken dat ik bang was dat hij zou exploderen. Langzaam weer op adem komend liep ik terug naar mijn kamer en ging zitten, versuft, verward en nog steeds bang. Dat moet zijn moeder zijn geweest, dacht ik. Haar stem was zo kil, zo vol haat. Hoe wist ze dat ik het was die belde? Ik vermoedde dat ik het enige meisje was dat hem ooit gebeld had.

Ik hoorde Tyler thuiskomen en liep naar de deur van mijn kamer. Toen hij naar de trap liep, zag hij me.

'Hé, ben je nog op?'

Ik had bijna al snikkend alles eruit geflapt, maar ik slikte het in en forceerde een glimlach.

'Ik wilde net gaan slapen,' zei ik.

'Ik ook. Droom zacht.' En hij liep de trap op.

Voorzichtig deed ik mijn deur dicht. Ook al probeerde ik het niet te doen, toch luisterde ik naar mijn herinnering. Weer hoorde ik het schorre gefluister van Duncans moeder die me noemde wat ik mijn leven lang gevreesd had... slecht als de duivel zelf.

In slaap vallen was bijna onmogelijk. Telkens als ik indommelde werd ik met een schok wakker, in de verwachting Duncans gezicht achter een van de ramen te zien. Ik droomde zelfs dat ik het gezicht van zijn moeder achter een ervan zag. Ik had geen idee hoe ze eruitzag. Toen ik erover nadacht, besefte ik dat het gezicht dat ik me verbeeld had dat van Craigs moeder was, mevrouw Harrison.

Welk ander gezicht hoorde er per slot thuis in die nachtmerrie? Wie zou me meer kunnen haten?

Had ik iemand gevonden die dat kon en deed?

Ondanks de slapeloze nacht stond ik ongeveer gelijk met Tyler op.

'Hallo,' zei hij, toen ik de keuken binnenkwam. Hij lachte toen hij naar me keek. 'Weet je zeker dat je niet loopt te slaapwandelen?'

'Ik kon niet meer slapen,' zei ik.

Hij knikte bezorgd.

'Ja. Ik begrijp het. Je hebt te veel aan je hoofd, Alice. Ik zou je een paar lessen in meditatie moeten geven.'

'Misschien,' zei ik terwijl ik een kop koffie inschonk.

'Ik wilde je vragen of je met een handgeschakelde auto kunt rijden.'

'Nee. Ik heb rijles gehad op school, mijn rijbewijs was onderdeel van het examen, maar we reden altijd in een automaat. Feitelijk heb ik in geen enkel soort auto veel gereden. Opa probeerde me altijd achter het stuur te krijgen, maar het interesseerde me nooit zo erg. Weer iets wat mijn klasgenoten vreemd zullen vinden, denk ik. Opa zou waarschijnlijk een auto voor me kopen als ik wat meer belangstelling toonde.'

'Ik zag met hoeveel tegenzin je laatst Zipporahs auto nam. Komt dat door dat ongeluk?'

'Zoiets.'

'Je weet wat ze zeggen. Als je van een fiets valt, moet je er meteen weer op gaan zitten. Ik wil je graag een paar lessen geven in het schakelen. Het is een leuke auto om in te rijden.'

'Ik zou toch niet weten waar ik naar toe zou willen.'

'Nou, als je je bedenkt, geef me dan een seintje. Mijn auto wordt de hele dag en het grootste deel van de avond niet gebruikt omdat ik aan het café gebonden ben. Met een paar lessen zou je er eens in rond kunnen rijden.' Hij boog zich naar haar toe en fluisterde: 'Zipporah rijdt er niet graag in, dus zal ze met meer tegenzin haar auto afstaan.'

'Bedankt voor het aanbod,' zei ik glimlachend. 'Misschien laat ik me wel een paar lessen door je geven!'

'Zo mag ik het horen. Je bent nog te jong om niet graag iets nieuws te willen uitproberen.' Hij nam een slok koffie. 'Zipporah vertelde me over je schilderij. Klinkt interessant.'

'Ik weet het niet. Ik rommel nog maar wat aan.'

'Zo doen de meeste schilders het, denk ik. Kom ik moet er vandoor. Zipporah slaapt nog,' fluisterde hij. 'Er zat haar iets dwars gisteravond. Ze lag zo te woelen dat ik dacht dat ze me uit bed zou duwen.'

'O?'

'Ik weet zeker dat het niets ernstigs is,' ging hij snel verder. 'Ze heeft wel eerder van die nachten gehad. Maak je geen zorgen.' Maar toch vroeg ik me af of ze meer had gezien of gehoord dan ze gisteravond had laten merken en zich ongerust maakte over me.

Ik wilde haar niet wakker maken, maar ging een tijdlang niet naar het atelier, in de hoop dat ze beneden zou komen. Ten slotte ging ik er toch heen en probeerde verder te werken aan mijn schilderij, maar er was te veel dat me afleidde. Ik was nog maar weinig opgeschoten toen ik tante Zipporah in de deuropening hoorde roepen.

'Goeiemorgen,' zei ik.

'Goeiemorgen. Ik wil je niet storen, ik ga er gauw vandoor. Ik heb me verslapen. Alles in orde?'

'Ja. Weet je zeker dat ik niet naar het café moet?'

'Tyler staat erop dat je tijd vrijmaakt om te schilderen. In de weekends is het veel drukker. Geen zorgen. Bel me als je iets nodig hebt, oké?'

'Zal ik doen. Bedankt,' riep ik haar achterna.

Ik liep naar de deur en hoorde haar wegrijden. Toen ik me weer omdraaide, stond Duncan in de deuropening van de wc in het atelier. Hij zag eruit of hij zelf net wakker was geworden. Zijn haar zat in de war en zijn ogen waren nog slaperig. Hij zag er versuft uit.

'Hoe kom jij hier?' vroeg ik verbijsterd. 'Hoe lang ben je hier al?'

Hij staarde me aan en wreef toen verwoed in zijn ogen.

'Ik ben op de grond in slaap gevallen,' antwoordde hij.

'Wanneer?'

'Gisteravond. Op een gegeven ogenblik.'

'Waarom?'

Hij zei niets. Hij liep naar mijn schilderij en keek ernaar.

'Duncan? Wat voer je uit? Waarom keek je gisteravond door het raam van onze badkamer?' vroeg ik. Hij draaide zich om.

'Hè? Dat heb ik niet gedaan. Zeg dat niet.'

'Ik heb gezien dat je naar binnen keek.'

Hij schudde zijn hoofd. 'Nee, dat heb ik niet gedaan.'

'Je maakt me bang, Duncan. Ik weet dat jij het was. Ik heb je scooter ook gehoord. Ik zag je in het donker staan wachten toen mijn tante en ik thuiskwamen.'

'Dat is niet waar. Dat is allemaal niet waar.' Hij wees naar mijn schilderij. 'Jij staat erop. Jij bent die ree en je beseft niet eens waarom,' zei hij kwaad en liep naar de deur.

'Duncan!'

Hij draaide zich om. 'Ik moet weg. Het spijt me dat ik je liet schrikken, maar ik wilde gisteravond niet naar huis. Mijn moeder is nog steeds erg kwaad op me omdat ik laatst hier heb gegeten zonder haar te vertellen waar ik was en nu zal ze nog woester zijn omdat ik vannacht niet ben thuisgekomen.'

'Je geeft dus toe dat je hier was. Je zegt toch dat je hier was?'

'Ik was hier binnen. Dat is alles. Dat heb ik je verteld. Ik had ruzie met haar en ben het huis uitgelopen. Ik wist niet waar ik anders naartoe moest. Ik ben in slaap gevallen op de vloer van de wc. Dat is alles,' zei hij, en vertrok.

Ik liep langzaam naar de deur en keek hem na toen hij met gebogen hoofd door het hoge gras liep, alsof hij zo snel mogelijk moest maken dat hij wegkwam. Waarschijnlijk schaamt hij zich, dacht ik. Maar om de hele nacht weg te blijven alleen om je moeder te ontlopen... Ik had onwillekeurig medelijden met hem.

Plotseling, voordat hij bij de weg was, bleef hij staan. Na een ogenblik draaide hij zich om, keek naar mij en liep langzaam terug. Ik sloeg mijn armen over elkaar en liep hem tegemoet.

'Waar ben je mee bezig, Duncan?'

Hij hield zijn hoofd gebogen.

'Het spijt me,' zei hij op heel andere toon. Ik wil... ik wil bij jou zijn, maar ik ben bang voor wat er zal gebeuren.'

'Wat zal er dan gebeuren?'

Hij keek met glazige ogen op, maar zei niets.

'Ik dacht dat we hadden besloten dat ons dat niet zou overkomen,' zei ik. 'Ik dacht dat we besloten hadden dat we ons ertegen zouden verzetten, tegen het hele idee dat we de zonde geërfd zouden hebben.'

'Nee, ik vergiste me. Er zal waarschijnlijk iets verschrikkelijks gebeuren met ons of met de mensen van wie we houden of die van ons houden.' Hij wendde zijn blik af.

'Hoe weet je dat?'

Hij schudde zijn hoofd maar vermeed het me aan te kijken.

'Dat vertelt je moeder je, hè? Zij is degene die al die dingen zegt. Ik heb gisteravond je huis gebeld toen ik zeker wist dat je hier was.'

Hij draaide zich snel weer om. 'Je hebt haar gesproken?'

'Zo ongeveer. Je kunt het nauwelijks met haar spreken noemen. Ik vroeg naar jou en ze zei iets vreselijks tegen me.'

'Wat dan?'

'Ze noemde me satan.'

'Het spijt me,' zei hij.

'Wat mankeert haar? Wat is haar probleem? Ze weet helemaal niets over mij. Hoe kan ze zoiets vreselijks tegen me zeggen?'

Hij gaf geen antwoord maar keek me doordringend aan. 'Ik heb nog nooit zo graag met een meisje samen willen zijn als met jou, Alice. Ik heb naar andere meisjes gekeken en aan ze gedacht, maar ik ben met geen van allen zo close geweest en heb nog nooit dag en nacht aan ook maar één meisje gedacht zoals ik aan jou denk.'

Ik glimlachte. 'Dat is goed, Duncan. Dat is helemaal niet erg. Laat je niet door haar wijsmaken dat het wél erg is.'

Zijn gezicht verzachtte en hij ontspande zich enigszins.

'Je zult wel honger hebben. Kom, ik zal een ontbijt voor je maken.'

'Doe geen moeite. Ik zal koffie zetten. Wil je roereieren? Daar ben ik goed in. Zelfs jij kunt die niet verbeteren.'

Hij glimlachte even en keek toen achterom naar het grasveld alsof iemand daar op hem stond te wachten.

'Je bent de hele nacht weggeweest, Duncan. Een uur of zo langer zal toch geen verschil maken?'

Mijn logica overtuigde hem. Hij knikte en volgde me naar het huis. Hij zat in de keuken terwijl ik een glas sinaasappelsap voor hem inschonk.

'Hoe wil je je eieren?'

'Alleen koffie. En misschien een toastje.'

Ik begon koffie te zetten. Ik kon voelen dat hij strak naar me keek, al mijn bewegingen observeerde. Ik voelde ook een innerlijke huivering. Toen ik naar hem keek, staarde hij terug. Hij had zijn sap nauwelijks aangeraakt.

'Hoor eens, Duncan, ik ben niet de aangewezen persoon om iemand advies te geven hoe hij zijn leven moet leiden, maar je kunt je dit niet door je moeder laten aandoen. Je loopt rond als iemand met onzichtbare ketenen rond zijn polsen en enkels.'

'Ik weet het.' Hij wendde even zijn blik af en keek toen weer naar mij met een meer zelfverzekerde – bijna nijdig zelfverzekerde – uitdrukking. 'Het spijt me dat ik zonet gelogen heb,' zei hij. 'Ik heb wél door het raam van je badkamer gekeken. Eerst zag ik je tante toen ik naar binnen keek.'

'O, Duncan.'

'Dus ben ik weggelopen en ging terug naar de voordeur om me te verontschuldigen en toen zag ik jou naar de badkamer gaan. Ik liep naar het raam van de badkamer om erop te tikken en je aandacht te trekken, maar –'

'Maar wat?'

'Ik wilde naar je blijven kijken. Ik wilde zien hoe je je uitkleedde en in het bad stapte. Ik wilde je zien zoals je daar met gesloten ogen in het water zat.'

Ik had een vreemde reactie op zijn bekentenis. Aan de ene kant wilde ik kwaad zijn, woedend, tegen hem schreeuwen, hem zeggen dat hij weg moest en bij me vandaan moest blijven, maar aan de andere kant voelde ik me geprikkeld, opgewonden en gefascineerd door zijn openhartige bekentenis. Zijn gevoelens waren net zo naakt als ikzelf in dat bad. Zelfs nu nog kon ik het erotische genot op zijn gezicht, in zijn ogen, zien bij de herinnering.

'Maar... je had niet naar me hoeven kijken door een raam, Duncan. Je was bij me in mijn slaapkamer.'

'Het was het verbodene, naar je kijken zonder dat je het wist. Dat was opwindender,' bekende hij. 'En toen besefte ik dat het verkeerd was en vluchtte weg.'

'Maar je ging niet naar huis.'

'Nee.' Hij sperde zijn ogen open. 'Ik kon niet naar huis. Zodra ze me zag zou ze weten wat ik had gedaan. Ze zou hebben gezien hoe de wellust in me etterde.'

'O, Duncan, je doet net alsof ze –'

'Ze zou het hebben geweten,' hield hij vol. 'Dus ben ik naar jouw atelier gegaan en ben in de wc in slaap gevallen. Ik hoorde je in het atelier komen en ik schaamde me en wilde niet laten merken dat ik daar was. Ik kon me niet verroeren, deed mijn best om een aannemelijke verklaring te vinden, en toen kwam je tante om te zeggen dat ze wegging en vond ik dat ik weg moest.

'Maar ik wilde niet weg,' voegde hij er snel aan toe.

Hij stond op. 'En nu wil je natuurlijk dat ik vertrek en uit je buurt blijf. Ik kan het je niet kwalijk nemen.'

'Nee,' zei ik vastberaden. 'Dat wil ik niet. Ik zou je niet gevraagd hebben te blijven als ik er zo over dacht.'

Hij zweeg en keek me aan, zocht naar een aanwijzing dat ik het meende.

'Ik ben niet kwaad op je, Duncan. Ik begrijp waarom je zo in de war bent, waarom je twijfelt aan je gevoelens en aan alles wat je doet.' Ik glimlachte. 'We zijn twee erwten in een peul.'

Er verscheen een licht in zijn ogen dat ik er nog niet eerder in had gezien. Zijn ogen begonnen zo te stralen dat het leek of zijn hele lichaam straalde.

'Ik ben blij dat je dat zegt, Alice. Ik weet niet precies wat liefde is.

Ik ben allesbehalve deskundig op dat gebied maar ik kan me niet voorstellen dat ik om welk meisje dan ook meer zou kunnen geven dan om jou.'

'Ik weet ook niet wat het is, Duncan, maar ik ben blij dat je zo over me denkt.'

Zijn stralende glimlach bleef nog even, maar begon toen te vervagen. Hij keek alsof hij iemand hoorde praten en hij luisterde. Even vroeg ik me af of het waar was. Ik luisterde ingespannen, maar hoorde niets.

'Wat is er?' vroeg ik, toen ik zag dat hij zijn ogen neersloeg en zijn lichaam verslapte.

'Het zal haar niet bevallen, niets hiervan.'

'Waarom niet? Het is niet normaal wat ze voelt en jou aandoet. Je moet zorgen dat ze ophoudt je te kwellen. Je moet flink zijn, een flinke houding aannemen. Hoor je me, Duncan? Hoor je me?'

Hij knikte. 'Ja. Ik weet precies wat ik moet doen. Ik zal de oversteek moeten maken.'

'De oversteek, wat dan ook... doe alles wat je moet doen om haar aan het verstand te brengen dat je een zelfstandig mens bent en je recht hebt op je eigen geluk.'

'Ja,' zei hij, 'dat wil ik doen. Ik wil te ver gaan om terug te kunnen, zo ver dat zij me niet terug kan halen.'

'Goed. Misschien zal ze dan ophouden met je te kwellen en je de schuld te geven van zonden die je niet hebt begaan.'

'Dus je wilt me helpen, je wilt bij me zijn?'

'Ja. We zullen elkaar helpen. Dat heb ik je al eerder gezegd, Duncan.'

Hij wilde weer glimlachen en stopte toen. Op zijn gezicht verscheen weer dezelfde uitdrukking als toen hij door het raam van de badkamer had gekeken.

'Wat is er?' vroeg ik toen hij niets zei.

'Deze keer ben ik voorbereid,' zei hij en haalde iets uit zijn zak om me te laten zien.

Even was ik verbluft toen ik zag wat er in de palm van zijn hand lag.

'Nu hoeven we ons geen zorgen te maken,' zei hij. 'We zullen niet

dezelfde fout maken als onze ouders. Geen ongelukjes, geen onge-
wenste kinderen.'

Ik staarde hem sprakeloos aan.

Zijn glimlach keerde terug. 'Snap je het niet, Alice? Zo zullen we allebei de oversteek maken. En wanneer ik dat doe, zal ik zo ver weg
zijn dat ze me niet kan bereiken. Wat is er?' vroeg hij toen ik geen antwoord gaf.

'Dat is niet de goede reden om dit te doen, Duncan. Ik wist niet dat
je dat bedoelde toen je het over de oversteek had. Ik wil van je houden
en bij je zijn, maar ik wil dat het gebeurt omdat ons gevoel dat zegt
en niet als een truc gebruiken om je moeder te verslaan.'

Hij staarde me even zwijgend aan. Zijn ogen werden glazig en
vochtig toen zijn glimlach verdween.

'Ja, goed,' zei hij en stak het condoom weer in zijn zak.

'Begrijp het alsjeblieft, Duncan. Op deze manier geeft het me het
gevoel...'

'Dat het verkeerd is?' Zijn glimlach was cynisch, wrang.

'Niet verkeerd, maar werktuiglijk, bijna meer een procedure dan
een liefdesspel. Dat wil jij toch ook niet?' vroeg ik zachtjes.

Hij knikte langzaam en wendde zich toen af.

'Ik ben blij dat je hier bent. Eigenlijk zou ik je elke dag willen zien,'
zei ik, maar hij draaide zich niet meer naar me om.

Hij leek te mokken, dacht ik. Een kleine jongen die niet krijgt waar
hij om zeurde.

'Ik moet weg,' zei hij.

'En je ontbijt dan?'

'Ik eet later wel wat. Ik moet terug. Het zal alles alleen maar erger
maken.'

'Weet je het zeker?'

'Ja.'

'Je bent toch niet kwaad op me?' vroeg ik.

Hij keek me eindelijk weer aan.

'Nee,' zei hij. Hij forceerde een vriendelijkere glimlach. 'Nee, ik
ben niet kwaad op je. Ik ben kwaad op mezelf. Ik ben een idioot.'

'Nee, dat ben je niet. Je bent een van de intelligentste, talentvolste jongens die ik ooit heb gekend.'

'Ik dacht dat je er niet veel gekend had,' reageerde hij onmiddellijk.

Ik lachte. 'Dat heb ik ook niet. Niet zoals jij suggereert, maar ik ben niet van steen, Duncan. Ik luister, zie, begrijp de mensen om me heen. Jij bent een bijzonder mens.'

Hij scheen zich te ontspannen. 'Oké,' zei hij. 'Maar ik moet echt weg.'

Ik liep met hem mee naar de voordeur.

'Waar is je scooter?'

'Die staat iets verderop. Niet ver.'

Samen liepen we naar buiten.

'Weet je heel zeker dat je niets wilt eten?'

'Ja. Ik zie je later.'

'Goed.'

Hij aarzelde en gaf me toen een zoen. We hielden elkaar even vast, maar plotseling trok hij zich terug en draaide zich met een ruk om, alsof hij inderdaad iets gehoord had. Ik tuurde in de richting waarin hij keek.

Geparkeerd op de weg tegenover het huis van mijn oom en tante, zat een vrouw in een oude blauwe sedan. Ze keek naar ons. Ik zag dat ze een sjaal droeg. Ik kon haar gezicht nauwelijks onderscheiden omdat ze geparkeerd stond onder een grote eikenboom. Ik zag dat ze een kruis sloeg en toen de auto startte en wegreed.

Hij hoefde me niet te vertellen wie het was.

17

Het kwaad erven

Hij liep de oprit af.

Ik riep hem.

Hij stak zijn hand op maar keek niet achterom. Ik bleef staan en keek hem na toen hij zich aan het eind van de oprit omdraaide en in de richting keek waarin zijn moeder verdwenen was. Toen liep hij naar de plek waar zijn scooter stond.

'Bel me later!' riep ik hem na. 'Duncan, heb je me gehoord? Bel!'

Hij gaf geen antwoord. Ik bleef hem nakijken tot hij om een bocht in de weg verdwenen was, zonder zijn hoofd op te heffen, zonder om te kijken.

De rest van de dag had ik moeite me ergens op te concentreren. Ik ging geregeld terug naar het huis om te horen of Duncan zou bellen. Ik zette een van de telefoons zelfs zo dicht mogelijk bij een raam en luisterde gespannen of ik hem hoorde overgaan.

Ik kon me alleen maar voorstellen wat hij nu thuis zou doormaken. Was ik opnieuw de bron van moeilijkheden voor iemand anders, iemand om wie ik gaf, met wie ik te intiem was geworden? Ik moest me wel afvragen of dit alles het bewijs was dat ik de paria was die ik altijd gemeend had te zijn. De herinnering kwam weer terug aan de moeders van andere meisjes en zelfs jongens, die de hand van hun kinderen steviger vastgrepen als ik in de buurt was. Ik zag de angst in hun gezicht. Het was bijna middeleeuws zo'n abjecte angst te zien, zo'n geloof dat het kwaad school in iemand die zo klein en hulpeloos was als ik. Hoe kon ik anders dan opgroeien met de gedachte dat ik andere kinderen iets kon aandoen als de volwassenen daar zo overtuigd van waren? Waarom zou dat gevoel niet wortel schieten in mijn hart? Steeds weer haalde ik het beeld voor mijn ogen van Duncans moeder die een kruis sloeg alsof ze zich wilde beschermen tegen welk duister kwaad ook dat ik op haar pad kon sturen en waarmee ik haar zoon misschien al besmet had.

Toen ik een stap achteruit deed en naar de ree keek, die nu gestalte begon aan te nemen op het doek, zag ik inderdaad mijzelf. Duncan had gelijk. Dit was geen hulpeloze, geschrokken ree. Het was een nijdig klein wezen dat uit het donkere bos tevoorschijn kwam om de buitenwereld uit te dagen. Er lag een grijns om de lippen en vuur in de ogen. Het lijf was strak, gespannen, meer het lijf van een kleine luipaard dan dat van een onschuldige ree.

Vol afkeer duwde ik het doek van de ezel. Het kwam met een bons op de betonnen vloer terecht, een hoek ervan werd verbrijzeld. Ik gaf er een schop tegen, wat een gat maakte in het midden. Ik gooide mijn penselen opzij en verliet het atelier. Een tijdje dwaalde ik kreupel over het terrein, mompelend in mezelf. Ik wist zeker dat als iemand me kon zien, hij of zij zou denken dat ik een dol geworden krankzinnige was. Ik zwaaide met mijn armen in het rond terwijl ik voortstrompelde, maar dat was voornamelijk om de muggen van mijn nek en gezicht te slaan.

Ik had hem niet weg moeten sturen, dacht ik. Ik had hem bij de hand moeten nemen en hem naar mijn slaapkamer brengen. Dat zou haar leren, hun allemaal, alle boosaardige, gemene en ongevoelige moeders die een kruis sloegen of snel hun ogen afwendden als ze mij tegenkwamen en ik in de buurt van hun kinderen kwam. Ik had de oversteek moeten maken, te ver moeten gaan en de kleren, het gezicht, de ziel aannemen van degene voor wie ze me met beschuldigende ogen aanzagen. Misschien zou ik me dan eindelijk op mijn gemak voelen in deze wereld. Misschien ben ik inderdaad de ree die ik schilderde. Misschien moest ik die niet meer opzij gooien.

Ik bleef staan voor het huis. Ik staarde slechts woedend, met ogen die vuur schoten, naar de plek onder de eik waar zijn moeder had geparkeerd en gewacht, om zichzelf te bewijzen dat hij de nacht met me had doorgebracht, zondigend en zijn ziel verkopend voor wellust en genot met deze dochter van het kwaad.

'Je bent gewoon jaloers!' schreeuwde ik tegen de schaduw onder de eik. 'Je bent jaloers omdat je geest te verwrongen is om van iemand te kunnen houden, of er nog van te kunnen genieten met iemand samen te zijn. Je zult nooit toegeven dat je het fijn vond om Duncan te verwekken. Je liegt tegen jezelf. Ik haat jou en iedereen die is zoals jij. Je hebt het recht niet me beschuldigend aan te kijken. Kijk naar jezelf. Haat jezelf!'

De tranen stroomden over mijn wangen. Ik duwde mijn gebalde vuisten tegen mijn heupen en merkte dat ik snakte naar adem. Op dat moment ging de telefoon. Ik kon hem horen in het open raam. Ik draaide me om en hobbelde zo gauw ik kon terug naar het huis, in de hoop dat wie het ook was niet zou ophangen voor ik kon antwoorden.

Dat deed hij niet.

Het was Duncan, maar zijn stem klonk zo vreemd.

'Ik zei het je toch.' Hij sprak alsof hij heel ver weg stond in een tunnel. 'Ik zei je dat ze het zou weten.'

'Wat weten? We hebben niets gedaan, Duncan.'

Hij lachte. 'Ze denkt dat we het hebben gedaan. Ze weet wat er in mijn hart school, dus dat is hetzelfde. Ik kan je niet zeggen hoe vaak in het verleden ze de Bijbel heeft geciteerd: "Want alles wat er in de wereld is, de wellust van het vlees, de wellust van de ogen, en de hoogmoed van het leven, is niet van de Vader maar van deze wereld."'

'Duncan, ze heeft het recht niet je dit aan te doen. Luister naar me.'

'Nee, nee. Het is goed. Snap je het niet? Zij denkt dat ik de oversteek heb gemaakt. Ze denkt dat ze me niet langer in haar macht heeft. Dat het te laat is en ik voorgoed verloren ben. Misschien zal ze me nu met rust laten.'

'Heeft ze dat gezegd?'

'Dat hoefde ze niet te zeggen. Ik weet het. Ze is boven, ze heeft zich opgesloten in haar kamer, vraagt beslist om vergeving, geeft zichzelf de schuld, maakt zichzelf verwijten. Dank je, dank je, dank je.'

'Waarvoor, Duncan? We hebben niks gedaan,' zei ik nadrukkelijk. 'Ik heb niks gedaan. Ik begrijp dit niet.'

'Ja, we hebben het wél gedaan. Ik zie je later. Ik voel me als iemand die net uit de gevangenis komt. Ik ga er een gedicht over schrijven. Dank je.'

'Duncan.'

Hij lachte en hing op.

Ik probeerde onmiddellijk hem terug te bellen. De telefoon bleef overgaan, maar hij nam niet op. Het maakte me doodsbang. Ik ging naar mijn slaapkamer om te gaan liggen en na te denken. Emotioneel uitgeput viel ik in slaap en werd pas wakker toen de telefoon weer ging. Haastig liep ik erheen.

'Hallo,' zei tante Zipporah. 'Wat doe je?'

'Ik lag wat te rusten.' Ik kon mijn teleurstelling niet verhelen.

'Heb je jezelf weer te moe gemaakt?'

Ik aarzelde, bedwong met moeite de stroom woorden en tranen, die ze vast zou beschouwen als een mentale instorting. Hoe zou ik het ooit moeten uitleggen, uitleggen dat Duncan door het raam van de badkamer had gekeken, de hele nacht in het atelier had geslapen en toen werd achtervolgd door zijn moeder, die hij nu meende te hebben overwonnen?

'Ja,' was het enige wat ik kon uitbrengen.

'Zal ik je komen halen? Het is hier stil op het ogenblik. Mevrouw Mallen en ik hangen een beetje rond.'

Ik greep het aanbod met beide handen aan. Ik wilde niet alleen zijn.

'Oké, ik kom zo,' zei ze met haar opgewekte stem, de stem die ik zo graag zou willen hebben.

Ik ging naar de badkamer, borstelde mijn haar en maakte me wat op. Toen trok ik een van mijn aantrekkelijke, fleurige outfits aan en ging naar buiten om op haar te wachten. Natuurlijk vroeg ik me af of Duncan weer zou bellen, misschien wat zinnigers zou zeggen, maar ik dacht dat als ik zo laat op de dag niet zou opnemen, hij zou vermoeden dat ik naar het café was en me daar zou bellen of erheen gaan.

Zodra tante Zipporah kwam aanrijden, liep ik haastig naar buiten om in haar auto te stappen.

'En hoe gaat het met je schilderij?'

'Niet zo best. Het wordt niet wat ik wil. Ik zal opnieuw beginnen, misschien met iets anders, een nieuw project.'

'O, wat jammer.'

Ik wist zeker dat ze dacht dat mijn sombere blik en ingetogen stemming het gevolg waren van mijn teleurstelling over mijn werk. Ze vertelde het ene verhaal na het andere over de klanten en Missy en Cassie, met allerlei amusante incidenten, om me af te leiden en op te vrolijken. Toen we stopten voor het café was ze erin geslaagd me aan het lachen te krijgen. Maar ik voelde me schuldig omdat ik haar niet alles had verteld over Duncan en wat er gebeurd was.

Misschien vertel ik het later, dacht ik, en ging toen het café binnen om me te amuseren in het gezelschap van haar en oom Tyler. Een paar uur lang zou ik tenminste alle bizarre dingen van me af kunnen zetten, dacht ik. Ik wilde hen er niet mee belasten. Dan zouden ze ongetwijfeld spijt krijgen dat ze me hadden toegestaan bij hen te komen wonen, en dat zou ik ze niet kwalijk kunnen nemen.

Ten slotte informeerde tante Zipporah naar Duncan. Ze vroeg zich af waarom hij niet kwam.

Ik aarzelde even en bedacht toen dat zij degene was die het idee voor een enkel leugentje om bestwil in mijn hoofd had geplant. Dit leek het juiste moment ervoor.

'Hij heeft een keer gebeld. Ik was toevallig in huis en hoorde de telefoon. Hij had het erg druk met zijn karweitjes.'

Ze knikte, onderdrukte een flauw glimlachje.

Ze weet dat ik lieg, dacht ik. Ik ben daar niet goed in. Opa zei altijd dat ik er zo aan gewend was de waarheid te vertellen, precies te zeggen wat ik dacht, dat een leugen of zelfs een halve leugen zo zichtbaar zou zijn als een puist op mijn neus. Hij zei altijd dat ik de kleindochter was van mijn grootmoeder.

'Advocaten zijn bedreven in het verdraaien van een zin, het verbuigen van de realiteit, om die te kunnen gebruiken in een conclusie, maar verpleegsters moeten het precies zo zeggen als het is,' zei hij eens.

'Dat geldt niet voor Rachel,' antwoordde ik. Hij lachte.

'Rachel is een ander soort advocaat. Ze had chirurg moeten worden. Als je blindedarm eruit moet zal ze er niet omheen draaien en je vertellen waar het op staat. Ze zal hem eruit halen.'

Ik zou liever zoals Rachel zijn, dacht ik en haatte mezelf dat ik nu niet zo was.

Duncan belde die dag niet meer en kwam ook niet naar het café. Ik was ongerust, maar verheimelijkte dat zoveel mogelijk en stelde alles in het werk om mijn oom en tante niets te laten merken. Ik forceerde een glimlach, praatte met mevrouw Mallen, hield mezelf bezig. Hoewel ik niet veel honger had, at ik meer dan gewoonlijk. De schijn die ik ophield leek succes te hebben.

Toen we na sluitingstijd allemaal naar huis gingen, verwachtte ik dat Duncan zou bellen. Ik bleef luisteren naar de telefoon, maar die bleef stil, en ten slotte viel ik in slaap. Ik sliep slecht. Ik werd midden in de nacht wakker en lag urenlang te draaien en te woelen, stond op en ging voor het raam staan om naar het grasveld en het atelier te kijken, in de hoop dat ik hem in het donker zou zien staan. Ik zag hem niet en viel eindelijk weer in slaap. Ik sliep tot in de ochtend en toen ik eindelijk wakker werd, zag ik dat mijn oom en tante een briefje voor me hadden achtergelaten om me te vertellen dat ze vroeger in de ochtend samen naar het café waren gegaan en tante Zipporah de auto had achterlaten zodat ik zelf naar het café kon rijden als ik op was.

Ik zette koffie en dacht na, vroeg me weer af of Duncan zou bellen. Ik besloot hem te bellen en probeerde het, maar de lijn was bezet. Ik probeerde het steeds opnieuw, maar kreeg alleen de ingesprektoon. Ten slotte vroeg ik de telefoniste of er een storing was op de lijn. Ze controleerde het en zei dat het niet het geval was.

'Misschien heeft iemand de hoorn van de haak laten liggen,' opperde ze. Ze zei ook dat ze er niets aan kon doen.

Zou zijn moeder dat met opzet doen? vroeg ik me af. Belt niemand haar? Zou ze niet ongerust zijn als ze hem van de haak liet liggen?

Toen ik naar de auto liep, bleef ik even staan en keek de weg af, denkend aan Duncan en de vreemde dingen die hij aan de telefoon tegen me had gezegd. Ik nam een impulsief besluit, stapte in tante Zipporahs auto, reed in de tegenovergestelde richting van het café en probeerde me te herinneren waar Duncan had verteld dat de oude kippenfarm precies lag. Ik herinnerde me de zijwegen, maar verdwaalde toen ik ernaar zocht, en ten slotte moest ik bij een benzinestation stoppen om de weg te vragen. Het was niet veel verder.

Er was niets om te bewijzen dat het Duncans huis was, maar ik zag een klein madonnabeeldje aan het begin van de oprit. De kippenhokken lagen aan de rechterkant. Het waren lange, grijze gebouwen die er zelfs van deze afstand donker en leeg uitzagen. Ik zag een tractor staan naast een ervan, maar er was niemand te zien.

Het huis zelf was een laag Queen Anne-gebouw van twee verdiepingen met een dak met torentjes boven de veranda beneden en een veranda langs de eerste verdieping. De buitenmuren waren bekleed met een patroon van houten panelen, en het steile, onregelmatig gevormde, schuin aflopende dak had een hoge puntgevel. Een korte trap leidde naar de veranda aan de voorkant. Het was duidelijk een klassiek oud huis, en als er behoorlijk wat geld in geïnvesteerd werd, zou het een prachtig bezit zijn, dacht ik.

Op het eerste gezicht leek het verlaten. Alle ramen waren donker. Ik reed een eindje verder over de oprit en toen ik naar links leunde zag ik aan de achterkant van het huis een waslijn met lakens, shirts, rokken en jurken. De ramen glinsterden in de late ochtendzon en weerspiegelden de blauwe lucht.

Ik bleef daar staan, peinzend en starend naar het huis. Ik zag de auto van Duncans moeder voor het huis geparkeerd staan, maar zijn scooter was nergens te bekennen. Moet ik er gewoon naartoe rijden en aankloppen? Wat kon ze doen, behalve tegen me schreeuwen, wat Bijbelcitaten brabbelen? In ieder geval zou ik weten dat alles in orde was met hem.

Toch aarzelde ik. Ik had nog geen andere auto gezien op deze zijweg. Een eind hiervandaan, rechts van me, werd land ontgonnen.

Er stond een bulldozer, maar er was niemand aan het werk. Ik hoopte dat ik elk moment Duncan rond het huis zou zien lopen, of dat hij mijn auto hier zag staan en naar me toe komen, maar niets bewoog. Zelfs de wilde grassprieten rechts en links van me leken roerloos.

Langzaam reed ik verder over de grindweg, hoorde slechts het geknars van banden op de kleine steentjes. Toen ik bij haar auto was stopte ik en bleef een paar ogenblikken zitten. Ik verwachtte dat zij of Duncan nu wel naar buiten zou komen. Er kwam niemand. Ik zette de motor af en stapte langzaam uit, klapte het portier met opzet hard achter me dicht zodat iemand me zou horen. Weer wachtte ik en keek naar de deur. Niemand vertoonde zich.

Een innerlijke stem drong erop aan dat ik zou omkeren, in de auto stappen en wegrijden. Ik overwoog het serieus, tot ik iets hoorde dat klonk als het gejammer van een vrouw ergens in het huis. Mijn hart begon te bonzen. Ik luisterde weer, maar hoorde niets. Was het de wind? Er stond nauwelijks een briesje. Zelfs de paar wolken in de blauwe lucht leken erop geschilderd en bewogen niet.

Waarom zou ik verdergaan? vroeg ik me af. Waarom zou ik me er iets van aantrekken? Ik verkeerde in tweestrijd.

Tenslotte waren het niet alleen de overeenkomsten tussen Duncan en mij – die angst om het kwaad te erven, dat hinderlijke en deprimerende idee dat niemand iets goeds in ons zou zien – die me ertoe brachten naar die voordeur te lopen. Ik had gezien dat er iets zachts school in Duncan, iets beminnelijks, en een wanhopige behoefte aan liefde. In zijn ogen zag ik zijn oprechte genegenheid voor me. Ik was zijn hoop en toeverlaat geworden, zijn terugkeer van datzelfde kronkelige pad dat ze mij hadden laten nemen. We zouden de handen in elkaar kunnen slaan. We zouden de schaduwen en de duisternis overwinnen. We zouden geweldig kunnen zijn samen.

Gesterkt door mijn hoop liep ik naar voren en de kleine trap op. Ik hoorde nauwelijks mijn eigen voetstappen en keek omlaag om te zien of ik op mijn tenen of op wolken liep. Even later stond ik voor de grote eikenhouten deur en zocht naar een deurbel. Geen bel, zelfs geen klopper. Kwam hier nooit iemand? Het deed me denken aan een gezicht zonder ogen.

Ik keek om me heen, staarde achterom over de lege oprit naar de stille straat, en klopte toen op de deur en wachtte. Ik hoorde niets, geen stem die vroeg wie er was, geen voetstappen. Ik klopte weer, deze keer luider, en toen ging de deur open. Hij was niet stevig gesloten geweest.

Dat had ik natuurlijk niet verwacht. Even leek het of een onzichtbaar iemand, een geest, de deur had geopend. Het geluid van de opengaande deur zou Duncan of zijn moeder toch wel waarschuwen, dacht ik, en ik wachtte of ik voetstappen of stemmen zou horen. Geen geluid, maar dezelfde intense, galmende stilte.

'Duncan?' riep ik. 'Ben je thuis? Ik ben het, Alice. Duncan?'

Ik wachtte en luisterde. Aanvankelijk hoorde ik niets en ik dacht dat ik me maar beter om kon draaien en naar het café gaan. Mijn tante zou zich langzamerhand wel afvragen waar ik bleef. Maar plotseling hoorde ik duidelijk iemand huilen. Het was niet Duncan. Het was een vrouw, dus ik nam aan dat het zijn moeder was. Waarom huilde ze?

Ik liep verder het huis in. Het was al laat in de ochtend, maar binnen was het pikdonker. Alle gordijnen voor alle ramen die ik kon zien waren dichtgetrokken en binnen brandde nergens licht. Er hing een doordringende geur, de geur van een sterk ontsmettingsmiddel. Voor zover ik kon zien lag er geen tapijt of kleedje. De doffe houten vloeren waren ongetwijfeld oorspronkelijk. Alle meubels die ik zag toen ik door de hal naar de benedenverdieping liep zagen er net zo oud uit als het huis.

De dreunende slag van een staande klok vlak naast me maakte dat ik me met een ruk omdraaide. Hijgend luisterde ik terwijl hij galmend door het huis het uur aangaf.

'Duncan?' riep ik weer.

Het gesnik kwam van boven.

Langzaam liep ik naar de trap. Daar aangekomen hoorde ik een monotoon gezoem. Ik zag een klein tafeltje in de gang, waarop een telefoon stond, de hoorn van de haak.

'Hallo?' riep ik omhoog langs de trap. 'Ik zoek Duncan. Is daar iemand?'

Het gesnik hield op. Ik keek achterom naar de nog openstaande deur om er zeker van te zijn dat ik snel kon vluchten als en wanneer ik dat wilde. Ik kon de planken van de vloer boven me horen kraken. Ik hield mijn adem in en wachtte, en toen verscheen ze boven aan de trap. Het haar van Duncans moeder was strak naar achteren getrokken in een knot. Ze droeg een lichtblauwe badjas maar was op blote voeten. Ze leek nauwelijks een meter zestig lang en heel tenger in haar badjas, die een maat te groot leek of misschien zelfs voor een man bestemd was. Toen ze naar voren liep verdween de donkere schaduw van haar gezicht, alsof ze een masker had afgezet.

'Wat wil je?' vroeg ze.

'Ik zoek Duncan,' zei ik. 'Ik ben Alice –'

'Ik weet wie je bent. Je bent familie van die mensen die dat café in de stad hebben, waar hij naartoe gaat.'

'Ja. Is hij thuis?'

'Nee,' zei ze en veegde haar wangen met een papieren zakdoekje af. Ze liep de trap af maar bleef halverwege staan. 'Hij is weg,' zei ze.

Ik kan me voorstellen waarom, dacht ik, maar durfde het toch te vragen.

'Waarom?'

Ze glimlachte zwakjes.

Nu komt het, dacht ik. Ze zal het allemaal op mij afreageren, de verwijten langs de trap omlaag sturen, in de hoop dat ik zal verdrinken in schuldbesef.

'Hij geeft mij de schuld,' zei ze in plaats daarvan.

'Dat mag hij ook wel,' viel ik uit. 'Waarom hebt u me zo afschuwelijk afgeschilderd? Waarom was u zo wreed? U weet helemaal niets van me.'

Ze staarde me aan en liep verder de trap af. Toen ze dichterbij kwam, zag ik dat ze een aantrekkelijk gezicht had, met fijne gelaatstrekken die haar erg jong maakten. Ook in haar ogen was geen harde of onaangename blik te bekennen. Ze hadden een zachte tint lichtbruin.

'Ik begrijp niet wat je bedoelt,' zei ze. 'Ik vond het niet prettig dat hij de hele nacht bij je familie bleef zonder zelfs maar even te bellen om het me te vertellen, maar ik was blij dat hij eindelijk een vriendin had gevonden.'

Ik deinsde achteruit alsof ze naar me gespuwd had.

'Wat?'

'Heel lang heb ik me erg veel zorgen over Duncan gemaakt. Ik heb geprobeerd hem met jonge mensen van onze kerk in contact te brengen, maar dat weigerde hij. Hij wilde niet eens met ze praten, en hij wilde met niemand van school omgaan. Daarom was ik zo ongerust toen hij de hele nacht wegbleef en niet belde om me tenminste te laten weten waar hij was. Ik gunde hem zijn vriendin, maar hij had niet zo onverantwoordelijk mogen handelen.

'Je hebt gelijk. Ik weet niets van jou, maar ik weet wie je familie is. Het zijn aardige, hardwerkende mensen.'

Ik schudde mijn hoofd. Wat zei ze allemaal? 'Maar toen ik hem laatst hier belde, noemde u me satan. U zei: "Ga heen van mij, satan", en toen hing u op.'

'O, God, wees me genadig,' zei ze met een onderdrukte snik. 'Ik heb nooit met je gesproken, meisje.'

'U liegt. Dacht u niet... was u niet bang dat hij eerder een zondaar zou worden als hij bij mij was? Hebt u hem dat niet verteld? Hebt u hem niet gestraft omdat hij bij mij was, geweigerd hem mee te nemen naar de kerk?'

'O, God, wees me genadig,' zei ze weer. 'Heeft hij je dat verteld?'

Ik knikte.

De tranen sprongen weer in haar ogen. Wat was dat voor komedie die ze voor me opvoerde? Hoopte ze daardoor van schuld te worden vrijgepleit?

'Waarom is hij dan weggelopen? Omdat u hem een slecht gevoel gaf, toch?'

Ze begon haar hoofd te schudden, maar plotseling vertegenwoordigde ze in mijn ogen al die mensen in Sandburg die me veroordeelden. Ik zag alle ogen strak en kwaad naar me kijken, hoorde al hun gefluister.

'Wat gaf u dat recht? Ik weet ook wel iets van de Bijbel. Ik herinner me iets over "Wie uwer zonder zonde is, werpe de eerste steen."'

Ze deed weer een stap naar me toe.

'Hij is niet weggelopen om mij,' zei ze met vaste stem. 'Het enige wat ik hem verbood was mijn auto te gebruiken.'

'Waarom is hij dan weggegaan? Waar is hij?'

'Hij is naar zijn vader,' zei ze. Ze wankelde even en klampte zich vast aan de leuning en ging toen op een tree zitten.

Haar woorden sloegen als hagel in mijn gezicht.

'Zijn vader? Maar ik dacht... ik dacht dat hij niet wist waar zijn vader was, dat hij hem in jaren niet had gezien.'

'Dat heeft hij ook niet. Hij heeft hem niet gezien. Niemand van ons. We hebben nooit iets van hem gehoord. Dat is allemaal waar. Maar gisteren kregen we een telefoontje van een ziekenhuis in Albany. Zijn vader was daar met een ambulance gebracht. Voor zover ik het heb begrepen was hij bewusteloos aangetroffen in een of ander smerig krot waar hij woonde. Zijn drankzucht was de laatste nagel aan zijn doodkist. Op de een of andere manier wist hij de informatie over ons door te geven aan de verpleegster of de arts.

'Duncan was woedend omdat ik niet halsoverkop daarnaartoe ging. Hij had gelijk dat hij kwaad was. Ik hoor vergiffenis te kunnen vinden in mijn hart, maar ik kon het gewoon niet opbrengen. God vergeve me,' zei ze. Ze nam me van top tot teen op, haar gezicht vertrokken van bezorgdheid.

'Maar hij is niet zo haastig naar hem toegegaan uit liefde of respect of plichtsbetrachting, maar uit woede. Hij wil het hem laten weten vóór hij sterft. Hij wilde dat ik naast hem zou staan en we hem allebei zouden overladen met onze kwaadheid. Ik zei tegen Duncan dat het verkeerd was, dat het verschrikkelijk zou zijn om zoiets te doen, maar hij is verbitterd.

'Ik heb hem gezegd dat het verkeerd was om zijn vader de schuld te geven van alles wat onaangenaam was of van al zijn eigen fouten en mislukkingen. Ik heb geprobeerd hem te leren verantwoordelijkheid te nemen voor zichzelf, hem te overtuigen dat als hij die op zijn vader blijft afschuiven en nooit de verantwoordelijkheid accepteert voor wat hij doet of niet doet, hij nooit vooruit zal gaan. Zonder berouw is er geen vergiffenis. Dat heb ik hem geleerd, maar ik heb hem nooit geleerd stenen naar iemand te werpen.'

Ze haalde diep adem. Ik kon zien hoe moeilijk het haar viel dat alles te zeggen. Ze keek alsof haar eigen woorden haar vergiftigden. Ik kreeg het benauwd.

'Het spijt me,' zei ik. 'Maar ik ben op het ogenblik nogal in de war.'

Ze knikte en veegde haar ogen weer af met haar zakdoekje.

'Ik maak me ongerust over hem,' zei ze. 'Ik heb hem nog nooit zo gezien als toen hij wegging. Dat was een tweede reden waarom ik probeerde hem tegen te houden. Hij klonk zo verward, brabbelde dat hij de oversteek had gemaakt en dat hij ontsnapte. Ontsnapte waaruit, aan wie? Ik probeerde het te begrijpen, maar hij was manisch en praatte onzin.

'Ik denk,' zei ze na een korte pauze en een zucht, 'dat hij ontsnapt aan zichzelf. Alleen weet ik niet waar hem dat naartoe zal leiden, waarheen hij zal gaan of wat hij zal doen.'

Ze bleef zachtjes huilen.

Ik zocht steun bij de trapleuning.

'Het spijt me dat ik die dingen tegen u heb gezegd.'

Ze glimlachte flauwtjes. 'Je bent een mooi meisje. Het verbaast me niets dat hij bij je wilde zijn, en alles wat hij over je zei was altijd heel complimenteus. Hij scheen je te vertrouwen.'

'Hij heeft me zijn gedichten laten lezen.'

'O ja?' Ze schudde haar hoofd. 'Hij wilde ze mij nooit laten lezen. Ik dacht altijd, oké, als hij er klaar voor is, zal hij dat wel doen.'

Ik wilde haar niet vertellen hoeveel van zijn gedichten erover gingen dat hij in een kooi leefde, een kooi waarvan hij duidelijk suggereerde dat zij die om hem heen had opgetrokken.

'Kan hij werkelijk helemaal naar Albany op die scooter?'

'Dat weet ik niet,' zei ze. 'Het verbaasde me dat hij er plotseling aandacht voor had en hem weer heeft gerepareerd.'

'Hij zei dat hij uw auto niet mocht gebruiken.'

'We hebben er maar één, dus moest ik het gebruik ervan beperken. Ik heb altijd een hekel gehad aan dat hulpeloze gevoel dat we zo afgelegen wonen, zonder naaste buren. Maar ik hoopte binnen niet al te lange tijd voldoende geld te hebben om voor hem een tweedehands auto te kopen.'

'Als hij een zomerbaantje had...'

'O, ik heb geprobeerd hem zover te krijgen, maar hij wil per se dicht bij huis blijven. Hij zorgt goed voor het huis en de grond. Ik maak me nu zo ongerust over hem. Zo ongerust.'

'Wat gaat u doen?' vroeg ik.

'Ik was juist bezig moed te verzamelen om erheen te rijden, de kracht ervoor te vinden. Ik dacht dat ik hem misschien onderweg tegen zou komen als hij daar helemaal naartoe wilde op die scooter. Maar hij kan ook naar het busstation in de stad zijn gegaan.'

'Dat kan ik wel voor u controleren,' zei ik. 'Ik ga naar het café en ik weet dat het busstation daar in de buurt is. Als ik zijn scooter ergens zie...'

'O, alsjeblieft. Bel me als je die ziet. Ik zal in ieder geval wachten tot ik dat weet.'

'Dat zal ik doen. De hoorn ligt van de haak, dus leg die weer terug.'

'O?'

'Misschien wilde hij me niet spreken. Misschien was hij bang dat ik net zo zou reageren als u en proberen hem over te halen niet naar het ziekenhuis te gaan om iets gemeens te doen.'

Glimlachend stond ze op.

'Je bent een verstandige jongedame. Ik ken niet veel meisjes van jouw leeftijd behalve die ik via de kerk ontmoet, maar jij lijkt veel ouder.'

'Dat is niet altijd een voordeel,' zei ik en ging weg. Ik wist dat als ze zag dat ik kreupel was, ze nieuwsgierig zou zijn. Het stond in haar ogen te lezen. 'Ik heb dit jaar een ernstig auto-ongeluk gehad,' zei ik toen ik bij de deur was.

'O, wat erg voor je. Wees voorzichtig.'

'Ik zal u zo gauw mogelijk bellen,' zei ik en liep door. Maar toen ik achteromkeek naar de telefoon in de gang, zag ik een grote ingelijste foto en bleef even staan om die te bekijken.

'Bent u dat... met uw man?' vroeg ik.

'Toen we net getrouwd waren. Zoals je ziet, was hij een knappe man. Duncan lijkt op hem, vind je niet?'

Ik was even sprakeloos.

'Wanneer... wanneer is Duncan geboren?'

'Pas twee jaar later. We maakten ons zorgen of we wel genoeg geld hadden om een gezin te stichten. We hadden problemen met het krijgen van een tweede kind. Ze is tijdens de geboorte gestorven. We praten er nooit over, als je je soms afvraagt waarom Duncan er nooit iets over gezegd heeft.'

'Ja,' zei ik knikkend. Toen draaide ik me om en liep naar buiten.

Op de veranda bleef ik een ogenblik staan en staarde naar de oprit. Het duizelde me. Alles wat ze me verteld had, haar hele gedrag, was in tegenspraak met wat ik had gemeend te begrijpen. Waarom had Duncan me bepaalde dingen verteld en andere niet? Allerlei emoties gingen door me heen – woede en teleurstelling, maar ook nieuwsgierigheid.

Ik stapte in de auto van mijn tante en reed naar de stad. Ik was zo versuft, dat ik niet weet hoe ik er gekomen ben zonder een ongeluk te krijgen. Op de een of andere manier nam ik alle juiste afslagen en eindigde bij het busstation. Ernaast was een parkeerterrein en daar zag ik Duncans scooter staan.

Ik ging naar binnen en vroeg aan de man achter de balie wanneer de laatste bus naar Albany was vertrokken. Dat was twee uur geleden, antwoordde hij, en de bus zou nu in Albany zijn. Duncan was beslist al in het ziekenhuis, dacht ik.

Zo snel ik kon reed ik naar het café. Zonder mijn oom en tante zelfs maar te begroeten, liep ik naar de telefoon en belde Duncans moeder. Ze moest ernaast hebben gezeten. Hij ging nog niet over of ze nam al op.

'Zijn scooter stond er. Hij is met de bus gegaan en die is kortgeleden aangekomen. Hij zal nu wel in het ziekenhuis zijn,' zei ik.

'Dank je, lieverd. Ik ga er meteen naartoe. Ik zal hem mee naar huis nemen.'

'Ik ben in het café,' zei ik.

Mijn tante stond naast me, met een vragende en bezorgde blik. Ik hing op en bleef even zwijgend staan, draaide me toen naar haar om.

'Ik moet met je praten,' zei ik.

Ze knikte en ging me voor naar de bijkeuken, waar we wat privacy hadden.

Daar vertelde ik haar alles. Ze luisterde zonder me in de rede te vallen.

Toen barstte ik in tranen uit.

'Er rust een vloek op me,' zei ik. 'Ik trek alleen maar onheil en slechte dingen aan.'

'Alice.'

'Nee. Ik ben de dochter van mijn moeder. Opa had gelijk. Het doet er niet toe waar ik naartoe ga of wat ik doe.'

'Dat is volstrekt belachelijk, Alice,' zei tante Zipporah. Ze omhelsde me. 'Hou daarmee op. Je kunt niet de problemen van alle anderen op je nemen, en je hebt jezelf niets te verwijten. Er was duidelijk een hele geschiedenis aan voorafgegaan, vóór jouw komst. Je bent er toevallig in terechtgekomen. Dat is alles.'

Ik schudde mijn hoofd. Niets wat ze zei kon me van gedachten doen veranderen.

'Misschien kun je beter naar huis gaan,' zei ze. 'Je bent vandaag emotioneel niet tegen het werk opgewassen.'

'Nee, alsjeblieft,' zei ik. 'Ik moet bezig zijn, anders word ik gek. Bovendien heb ik tegen Duncans moeder gezegd dat ze me later hier moet bellen.'

'Oké, Alice. Het spijt me dat je hier zo gauw in moeilijkheden bent geraakt.'

'Mij ook.'

'Moet ik je grootouders bellen?'

'Nee. Oma zal haar vakantie annuleren en halsoverkop hierheen komen om me naar huis te brengen.'

Ze knikte. 'Waarschijnlijk wel, ja. Het komt allemaal in orde. Help Missy maar.' Met haar arm om mijn schouders liepen we terug.

Tyler keek ons met een bezorgde blik aan, maar tante Zipporahs blik stelde hem gerust en hij bleef aan het werk. Het lunchuur was druk. Ik ging mijn schort halen en stortte me in het werk. Ik klampte de klanten bijna aan om het hun maar naar de zin te maken.

De tijd vloog voorbij zonder dat ik het besefte, waar ik blij om was. Uren later tikte mevrouw Mallen me op de schouder om me te vertellen dat er telefoon voor me was.

Ik keek naar tante Zipporah. Ze was bezig met een paar bestellingen voor het snelbuffet en had het niet gehoord. Met trillende hand pakte ik de telefoon op.

'Met Alice,' zei ik.

Met schorre, sombere stem zei Duncans moeder: 'Hij was al gestorven voordat Duncan er was.'

'O,' zei ik. 'Hoe is het met Duncan?'

'Hij was er niet toen ik kwam. De dienstdoende verpleegster vertelde me dat hij erg overstuur was en meteen weer was vertrokken. Ik ging naar het busstation om te proberen hem te pakken te krijgen voordat de bus weer terugging, maar hij was er niet en kwam ook niet toen de volgende bus vertrok. Misschien dwaalt hij rond in de stad of waar dan ook.' Haar stem sloeg over. 'Er zit niets anders op dan weer naar huis te gaan en te hopen dat hij gauw thuiskomt.'

'Dat doet hij vast wel,' zei ik, al had ik weinig vertrouwen meer in wat ik dacht.

'Als hij je belt, laat het me dan alsjeblieft weten. Alsjeblieft.'

'Ik beloof het.'

'Dank je, lieverd. God zegene je.'

'God zegene ons allemaal,' antwoordde ik en hing op, me afvragend of we niet allebei naar God belden en dezelfde ingesprektoon kregen.

18

Verbroken beloftes

Ondanks de drukte hield tante Zipporah haar ogen en oren op me gericht. Zodra ze even de tijd had kwam ze naar me toe om te informeren naar het telefoontje. Toen ik haar verteld had wat Duncans moeder had gezegd, raadde ze me aan er niet te veel bij betrokken te raken.

'Dit probleem is te gecompliceerd, Alice. Duncan en zijn moeder moeten het samen oplossen. Jij bent te kwetsbaar voor iets dat zo zwaar is.'

Ik knikte instemmend, maar ze was niet overtuigd.

'Wil je me beloven niets zelf te ondernemen? Beloof je me dat?'

Ik haatte beloftes. Mensen deden beloftes om een eind te maken aan een onenigheid of zichzelf beter te voelen, of, wat mij vaak gebeurde, iemand hoop te geven over iets dat er op dat moment vrij hopeloos uitzag. Mijn hele leven was gevestigd op een grote belofte, de belofte dat ik op een goede dag, op de een of andere manier, hoe dan ook, zou begrijpen wie ik was, dat ik me eindelijk zou bevrijden van alle schaduwen en geheimen die me omringden, mijn dromen en gedachten binnendrongen, dat glimlach en lach zich vlak om de hoek bevonden. Ik zou geduld moeten oefenen en optimistisch blijven en geloven in de belofte.

Mijn grootouders, die emotioneel beschadigd waren, wier eigen geloof en optimisme bijna op fatale wijze op de proef waren gesteld, deden hun best hun droefheid en teleurstelling te verbergen, maar helaas was ik geboren met dat derde oog dat mijn grootvader beschreef. Ik kon door een glimlach en door woorden heen zien, ik kon de stroming van inktzwarte duisternis onder onze voeten horen. Ik wist instinctief dat beloftes een valse uitweg boden.

Landen hielden zich niet aan verdragen, families vergaten hun trouw, minnaars verzaakten een heilige eed, zakenlieden verbraken contracten. Waarom werd er ooit iets geschreven of gezegd om ons te binden aan beloftes? We zijn er al het slachtoffer van sinds het paradijs. Wat mij betrof, altijd wanneer iemand een belofte deed, loog hij of zij niet alleen tegen degene aan wie de belofte was gedaan, maar ook, belangrijker nog, tegen zichzelf.

Zowel mijn vader als mijn moeder verbrak de belofte die elk kind aflegt tegen zijn of haar ouders – de belofte om trouw te zijn en lief- devol en niets te doen om hen te kwetsen. Zowel mijn vader als mijn tante verbrak de belofte aan mijn moeder, de belofte om haar te be- schermen en te helpen. En mijn moeder? Of ze in staat was te begrij- pen wat ze had gedaan of niet, ze verbrak de belangrijkste belofte van een moeder aan haar kind – de belofte haar moeder te zijn, haar lief te hebben en haar te koesteren.

Ik schudde mijn hoofd. 'Het heeft geen zin om je iets te beloven, Zipporah. Ik ben het met je eens, maar of ik het met bloed of inkt schrijf, ik kan je niet zeggen wat er morgen zal gebeuren.'

'O, Alice. Ik vind het zo erg dat er hier zo gauw iets gebeurd is. Ik wilde dat je een geweldige nieuwe start zou krijgen. Ik had een slecht gevoel over hem. Ik heb je gewaarschuwd. Ik heb je gezegd dat je voorzichtig moest zijn.'

'Ik zal je door niemand iets laten verwijten,' zei ik, wat verkeerd was. Ik zag onmiddellijk het verdriet in haar gezicht.

'Daar maak ik me geen zorgen over, Alice. Dat bedoelde ik niet. Denk je dat ik mijn ouders of jouw vader zal toestaan me verwijten te maken?'

'Het spijt me.' De tranen sprongen in mijn ogen. 'Zo wilde ik het niet laten overkomen.'

'Dat weet ik.' Ze sloeg haar arm om me heen en trok me dichter te- gen zich aan. 'Je bent overstuur. Ik vind dat je nu beter naar huis kunt gaan, Alice. Ga wat rusten. Je kunt hier verder toch niet veel meer doen.'

Op het moment dat ze dat zei kwam er een tiental studenten van het zomercollege het restaurant binnen, opgewonden pratend, lachend en plagend. Ze liepen op de twee lange tafels af. Hoe moet ik een van hen worden? dacht ik. Wanneer zal ik op een zorgeloze manier kunnen leven en lachend wakker worden?

Tyler keek verbaasd op in de keuken. We zouden een recorddrukte krijgen vandaag. Een andere, kleinere groep volgde de studenten en ging aan naburige tafels zitten. Missy keek onmiddellijk doodzenuwachtig. Cassie was bezig met vier tafels waaraan oudere mensen zaten die waren binnengekomen voor een de specialiteiten.

'Ik kan beter blijven,' zei ik.

'Je ziet er erg vermoeid uit, kindlief. Ga naar huis. Ik doe een schort voor en neem je plaats in. Vooruit,' drong ze aan.

Ik keek even naar de aangroeiende menigte. Mijn heup deed inderdaad pijn en de gedachte dat ik zou moeten ronddraven, leek me plotseling onoverkomelijk.

'Morgen ziet alles er weer beter uit. Je zult het zien,' zei tante Zipporah. 'Kom, wegwezen jij.'

Ik glimlachte en knikte en maakte mijn schort los. Ze pakte het snel om te voorkomen dat ik me zou bedenken.

'Tyler zal denken dat ik jullie op precies het verkeerde moment in de steek laat.'

'Tyler niet. Cassie misschien,' zei ze lachend.

Ik liep naar de deur maar bleef toen staan.

'Als er telefoon voor me is –'

'Dan zal ik het je laten weten. Ik beloof het.'

Het woord stortte neer als een vogel die een hartaanval krijgt. Maar ik knikte en liep naar buiten naar haar auto om naar huis te rijden, waar ik hoopte te kunnen gaan liggen en slapen. Ik had absoluut geen honger. Ik zou meteen naar bed gaan.

Toen ik wegreed, kwam er plotseling een gedachte bij me op en ik sloeg de richting in naar het busstation. Toen ik naar het parkeerterrein keek, zag ik dat Duncans scooter verdwenen was. Hij had dus een manier gevonden om thuis te komen. Goed zo, dacht ik. Misschien kunnen hij en zijn moeder vrede sluiten en opnieuw beginnen. Was dat een dwaas idee? Misschien, maar misschien ook niet.

Het vinden en overlijden van zijn vader moest toch wel een serieus effect op hem hebben. Misschien zou hij een paar van zijn eigen demonen kunnen begraven. Ik was zelfs een beetje jaloers.

Natuurlijk vroeg ik me af of hij zou bellen. Ik haastte me naar huis om te wachten. Ik was bang dat als hij eerst het café belde, tante Zipporah het me óf niet zou laten weten óf iets tegen hem zou zeggen om hem te beletten me hier te bellen. Ik had geen rust. Het had geen zin om te proberen te slapen. Ik knabbelde op wat brood met boter en probeerde televisie te kijken, maar ik zag en hoorde niets van de uitzending. Mijn geest scheen mijn lichaam te hebben verlaten.

Eindelijk, na twee uur wachten, waagde ik een telefoontje naar het café. Ik kon het rumoer op de achtergrond horen toen mevrouw Mallen antwoordde. Ik wilde juist ophangen, maar tante Zipporah hoorde dat ik het was en kwam aan de telefoon.

'Gaat het goed met je?' vroeg ze gauw.

'Ja. Ik hoor dat het erg druk is. Dat maakt dat ik me schuldig voel.'

'We hebben alles onder controle, Alice. Maak je geen zorgen.'

'Oké.' Zou ik het haar durven vragen? Ik kon er niets aan doen. 'Heeft iemand... heb je iets gehoord...'

'Hij heeft je hier niet gebeld, Alice. Ga alsjeblieft wat slapen.'

'Goed. Ik zie je straks.'

'Ik hoop van niet. Ik hoop dat je dan in een diepe slaap ligt.'

Ik moest lachen om haar vrome wens. Toch ging ik naar bed toen ik haar gesproken had.

Maar terwijl ik mijn tanden poetste, dacht ik aan Duncans moeder. Ondanks mijn halve belofte aan tante Zipporah kon ik zijn moeder niet uit mijn gedachten zetten. Ik had informatie voor haar. Ik wist dat hij terug was. Zij moest inmiddels ook thuis zijn, dacht ik. Een telefoontje om haar te laten weten dat ik aan haar dacht kon toch geen kwaad? En misschien zou Duncan de telefoon opnemen. Ik zou niet proberen een lang gesprek met hem aan te knopen, maar ik wilde hem toch laten weten dat ik ongerust was over hem en de dingen die hij me verteld had.

Twee keer liep ik naar de telefoon en twee keer ging ik weer terug.

Dit is stom, dacht ik en pakte de telefoon de derde keer met zo'n verwoede kracht op dat ik de draad bijna uit de muur rukte. Langzaam toetste ik het nummer in, aarzelde bij het laatste cijfer, deed toen mijn ogen dicht en zette door.

Hij bleef overgaan. Bij de vierde bel gaf Duncans moeder antwoord.

'Met Alice,' zei ik.

Voor ik verder iets kon zeggen, vroeg ze: 'Is hij nu bij jou thuis? Gaat het goed met hem?'

'Nee, hij is niet hier. Is hij nog niet thuis?'

'Nee, maar hij is wel thuis geweest. Ik heb hem verteld dat je hier was en dat jij en ik een prettig gesprek hadden en jij me hielp, maar dat scheen hem nog meer van streek te brengen. Ik wist niet wat ik moest zeggen. Waar zou hij naartoe zijn?'

'Ik weet het niet,' zei ik. 'Als hij hier komt zal ik hem naar huis sturen.'

'Ja, hij moet thuiskomen. Het beste ermee, kindlief,' zei ze en hing snel op.

Waarschijnlijk wilde ze haar telefoon niet bezet houden, voor het geval hij of iemand anders belde.

Bijvoorbeeld de politie, dacht ik, en plotseling kwam de herinnering aan Craigs woede op zijn moeder in alle hevigheid bij me terug. Hoe ik in die auto zat en probeerde hem tot bedaren te brengen en hoe hij gevangen was in die bittere, suïcidale razernij. Zo zou hij nooit geworden zijn als hij zich niet met mij had ingelaten.

Waar was Duncan?

Op welke weg van verbittering en zelfvernietiging bevond hij zich? Ik stond erover na te denken en besloot toen het atelier te inspecteren. Per slot had hij zich daar al eerder verborgen.

Door de zwaarbewolkte lucht was het nu pikdonker aan de achterkant. Het weinige licht dat door de achterramen naar buiten scheen omlijnde het atelier, maar als hij daar was had hij geen licht gemaakt. Alles leek nog precies zoals ik het had achtergelaten. Mijn schilderij van de ree lag nog ondersteboven op de grond.

'Duncan?' riep ik, en keek naar de wc. 'Ben je daar?'

Ik hoorde slechts het bonzen van mijn eigen hart. Toch liep ik erheen en keek naar binnen. Leeg. Ik deed het licht uit en ging terug naar het huis. Daar liep ik naar de voordeur en tuurde links en rechts de weg af, luisterde naar het geluid van zijn scooter. Ik voelde de dreiging van naderende regen in de toenemende wind uit het zuidoosten. Bladeren ritselden en de wind blies fluitend over en door de dakgoten die spoedig het overtollige regenwater zouden lozen. De ondoordringbare duisternis en een gevoel van leegte deden me denken aan een regel uit een stuk van Shakespeare – 'Als graven gapen.'

Ik sloeg mijn armen beschermend om me heen. Het was een goed moment voor spoken en geesten om tevoorschijn te komen en de levenden te bezoeken en hen te herinneren aan wat hun wachtte na de laatste hartslag. Het was niet het moment om alleen en overstuur te zijn. Ergens daarbuiten bevond Duncan zich, gekweld en verontrust en ongetwijfeld bezocht door dezelfde gevoelens en voortekenen die ik zelf om me heen bespeurde. Mijn woede en nieuwsgierigheid maakten plaats voor sympathie en medeleven en begrip. Ik kon niet anders dan denken aan al die nachten die ik eenzaam en alleen had doorgebracht, duizelend van verwarring en onrust en verdriet, me afvragend waarom ik op deze wereld was gezet. Ondanks de leugens die hij had verteld, ondanks de redenen die hij gehad mocht hebben om die te vertellen, bleven we elkaars gelijke.

Plotseling kreeg ik een idee, een visioen dat zo helder en krachtig was, dat ik me wel móést afvragen of die niet was ingegeven door een hogere macht. Toch aarzelde ik, onwillig om in actie komen omdat mijn tante Zipporah zoveel vertrouwen in me stelde. Ze voelde zich opgelucht in de wetenschap dat ik thuis was en waarschijnlijk al lag te slapen, maar ten slotte gaf ik de strijd op. Ik moest gaan. Wat me dreef om het te doen was veel krachtiger dan wat ook. Ik moest er gevolg aan geven.

Hoe ijdel en nietswaardig zou een belofte zijn geweest me niet te veel te laten meeslepen!

Ik stapte weer in haar auto, startte de motor, dacht er nog even over na en reed toen weg. Ik wist niet eens zeker of ik wist waar ik naartoe ging of dat ik zou vinden wat ik hoopte te vinden. Ik was als een blinde die zijn weg zoekt in het donker, slechts geleid door wilskracht en vertrouwen in de macht die me voortdreef.

Ik reed snel door, en toen heel, heel langzaam, zoekend naar die smalle, bijna onmogelijk te ontdekken opening. Auto's suisden voorbij. Bestuurders achter me ergerden zich aan mijn trage tempo en toeterden luid, maar ik was hardnekkig. Eindelijk vond ik de gezochte opening en draaide de smalle weg op, die, zoals ik me herinnerde, overging in een grindpad en daarna in struikgewas. Het duister van de avond omhulde me, verzwakte en vervaagde het licht van mijn koplampen. Een van diepe schaduwen geweven, gitzwarte inktvis wikkelde zich rond de auto van mijn tante. Ik raakte in paniek toen ik besefte hoe moeilijk het zou zijn hier om te keren en weer terug te rijden. Ik zou heel voorzichtig achteruit moeten rijden, en als ik hier vast kwam te zitten, zouden mijn oom en tante erg van streek raken als ze mijn uitleg hoorden.

Ik was juist van plan het op te geven en te proberen voorzichtig achteruit te rijden, toen de koplampen door de duisternis boorden en Duncans scooter belichtten. Een golf van blijdschap en voldoening ging door me heen. Wat het ook was dat me hierheen had gebracht – mijn intuïtie, derde oog, een geest, wat dan ook – had me niet teleurgesteld. Ik liet de motor draaien en de koplampen aan en stapte uit.

'Duncan!' riep ik en wachtte. 'Ik ben het, Alice. Waar ben je? Duncan!'

Behalve het geluid van de motor hoorde ik niets. Hij zit te mokken, dacht ik. Hij wil geen antwoord geven en dat na al die moeite die ik heb gedaan om hem te vinden. Het maakte me weer kwaad.

'Duncan, verdomme, geef antwoord!'

Ik deed een paar stappen naar het struikgewas en luisterde. Ik kon de rivier langs de oever horen stromen rond stenen en rotsen, maar verder niets. Hij heeft me gehoord, dacht ik. Hij moet me gehoord hebben. Ik overwoog terug te keren naar de auto en de claxon in te drukken tot hij tevoorschijn kwam. Toen we hier de eerste keer waren, had hij zelf een lantaarn nodig gehad om zijn weg te vinden tussen de struiken.

Hoor eens, Alice, hield ik me voor, als hij je niet wil zien, dan wil hij je niet zien. Waarom zou je je aan hem opdringen? Laat het los. Luister naar de raad van je tante. Ga terug en ga slapen. Je hebt je eigen problemen.

Ik begon al terug te lopen naar de auto, maar aarzelde weer en luisterde of ik hem hoorde. Ik hoorde inderdaad iets. Was het geritsel in de struiken? Had hij eindelijk besloten me toch onder ogen te komen? Het geluid werd zwakker toen het naar rechts ging. Het had een dier kunnen zijn, een wasbeer of zo, dacht ik.

Gefrustreerd draaide ik me weer om naar de struiken. Met behulp van het licht van de koplampen, vond ik wat ik meende dat het begin was van een opening in de dichte begroeiing. Pas toen ik verderging merkte ik dat het een bedrieglijke opening was. Het struikgewas werd nog dichter. De takken bleven aan mijn kleren hangen en ik voelde een kras op mijn linkeronderarm. Ik gaf een kreet van pijn, vloekte en gilde van woede tegen hem.

'Ik ben geen bergbeklimmer of rugzaktoerist, Duncan. Je bent niet bepaald een heer dat je me hier in de steek laat. Waar ben je? Ik heb je nodig om me de weg te wijzen. Duncan!'

Er glibberde iets langs mijn voeten en ik gaf weer een gil. Waren hier giftige slangen?

Ik draaide me om en wilde teruggaan, maar merkte dat de struiken me hadden ingesloten. Ik wist niet welke kant ik op moest, en ik was te ver van de koplampen vandaan om te kunnen profiteren van het licht. Zo voorzichtig en behoedzaam mogelijk duwde ik de takken uiteen in een poging te voorkomen dat ze zich aan mijn kleren hechtten en mijn armen, mijn hals en gezicht schramden. Hoe langer ik worstelde, hoe meer ik verward raakte in het struikgewas. Ik probeerde kalm te blijven. Ik wist dat als ik in de duisternis in deze wilde begroeiing in paniek raakte, ik mezelf nog meer letsel zou toebrengen en misschien onontwarbaar erin verstrikt zou raken.

Het begon te regenen, eerst heel langzaam; druppels vormden zich uit de mist en gingen toen over in een motregen. Bliksem werd de donkere lucht doorkliefd en een donderslag dreunde boven de rivier. Mijn haar was algauw doornat.

Ik vroeg me af hoe ik hierin terecht was gekomen. Hoe had ik zo eigenwijs en stom kunnen zijn? Het is je verdiende loon, dacht ik. Misschien is het een goede les voor je.

Ik bleef de takken uiteen duwen en kleine openingen zoeken in het struikgewas. Ik had geen idee of ik ook maar enigszins in de buurt was van de open plek die Duncan me had laten zien toen hij me hier mee naartoe nam, maar ik vocht me een weg naar voren tot ik me eindelijk realiseerde dat ik aan de rand stond van die bewuste open plek. Ik kwam uit de struiken tevoorschijn, wreef de regen van mijn voorhoofd en uit mijn ogen, en probeerde iets te zien in het donker, zijn silhouet ergens te ontwaren.

Ik zag hem niet en plotseling bedacht ik dat hij, terwijl ik me moeizaam een weg baande door de dichte begroeiing, misschien zijn boeltje had gepakt en vertrokken was. Weer schold ik mezelf uit voor een stomme idioot. Ik liep over het open terrein en staarde naar de rivier. De regendruppels kletterden neer op het water. Gelukkig was het een warme regen, maar het zou niet lang duren voor ik tot op mijn huid doorweekt was.

'Duncan,' riep ik. 'Ben je er nog? Duncan?'

Ik luisterde en wachtte, hoorde slechts het geluid van de regen die door de bomen en op het water viel. Ik wilde me juist omdraaien en proberen terug te komen bij de auto toen een felle bliksemflits, veel dichterbij, iemand in het water belichtte, iemand die op Duncan leek. Ik slaakte een kreet van afschuw en liep naar de oever van de rivier.

Een volgende bliksemstraal schoot door de donkere lucht, en ik kon hem zien, deinend tegen een paar rotsblokken nog geen meter van de oever.

'Duncan!' schreeuwde ik.

Verblind door de nu neerstromende regen zwaaide ik met mijn handen heen en weer voor mijn ogen als een soort menselijke ruitenwisser. Zonder zelfs maar mijn schoenen uit te trekken liep ik de rivier in en waadde naar de plek waar ik hem had gezien tussen de rotsen.

Toen ik dichterbij kwam, zag ik dat hij op zijn rug lag. Zijn hoofd lag boven het water omdat zijn lichaam gevangenzat tussen een paar rotsen. Zijn onderbenen en voeten waren onder water. Zijn ogen waren gesloten, maar zijn mond was enigszins geopend. Ik rilde, zowel door het koude water als door de vondst van Duncans lichaam.

'Duncan!' gilde ik. Ik raakte zijn gezicht aan. Door het water voelde zijn huid ijskoud aan.

Was hij dood?

Ik ging zo staan dat ik mijn beide armen onder zijn bovenlichaam kon leggen en greep hem vast onder zijn arm. Toen trok ik hem met alle kracht waarover ik beschikte tussen de rotsen vandaan. Hij was erg zwaar, wat me verbaasde, want ik wist dat als iemand in het water lag, hij of zij veel lichter werd. Ik deed mijn uiterste best hem mee te sleuren, maar kon hem nauwelijks boven water houden. Zijn hoofd lag tegen mijn schouder, en ik ging zo voorzichtig mogelijk achteruit, bang dat als ik struikelde en viel, hij zou zinken en ik hem niet meer omhoog zou kunnen krijgen.

De regen sloeg op ons neer, maar ik concentreerde me erop de oever te bereiken, tot ik voelde dat de grond omhoogliep. Toen ik aan land stapte, trok ik uit alle macht en sleepte hem uit het water. Toen liet ik me eindelijk vallen om even bij te komen.

Mijn ogen waren inmiddels voldoende aan het donker gewend geraakt om hem goed te kunnen zien. Zijn ogen waren nog gesloten. Zwaar hijgend trok ik hem voorzichtig op mijn schoot. Op dat moment zag ik het, en mijn hart stond even stil.

Een brede, zware buis was aan zijn enkels gebonden, kennelijk bestemd om hem onder water te houden. Maar de stroming van de rivier had hem naar de rotsen gestuwd, waar hij vast was komen te zitten. Snel onderzocht ik zijn hoofd of ik een wond kon vinden en voelde het warme bloed.

Ik hoorde hem niet ademen, dus paste ik snel kunstmatige ademhaling toe, zoals ik op school had geleerd. Ik blies twee keer in zijn mond en begon snel pompende bewegingen te maken op zijn borst. Ik wachtte en deed het nog eens. Er gebeurde niets. Was ik te laat? Ik probeerde het nog een keer, en toen hoorde ik hem wat water op-geven en daarna begon hij naar adem te snakken.

De natuur had hem lang genoeg voor me gespaard om hem te kun-nen redden, dacht ik.

De dood had hem teruggestuurd.

Ik werkte aan de knoop waarmee hij de buis aan zijn benen had ge-bonden, terwijl hij lag te kreunen en te steunen en de regen steeds harder op ons neerstroomde. Ik wilde wegrennen om hulp te halen, maar ik was bang dat als ik hem alleen liet en hij ontdekte dat hij nog leefde en uit het water was, hij misschien weer het water in zou gaan, en met de buis nog steeds aan hem vastgebonden, zou hij deze keer ongetwijfeld verdrinken. Ik bleef worstelen met de knoop. Door het water was het bijna onmogelijk hem los te krijgen. In de plenzende regen, met Duncans bloedende hoofd en mijn eigen lichaam dat overal pijn deed, begon ik snel in paniek te raken.

Ten slotte gaf ik het op om de knoop te ontwarren en zwoegde om het touw van zijn enkels af te krijgen, duwend en trekkend tot het over zijn voeten heen was. Ik was bijna volledig uitgeput. Ik vond nog de kracht om de zware buis naar de rivier te slepen en in het water te duwen, zo-dat hij diep genoeg zou zinken om niet te kunnen worden opgehaald. In deze duisternis zou hij hem toch niet kunnen vinden, dacht ik.

Ik ging naar hem terug. Hij kreunde en was in de war. Ik moest nu zien dat we hulp kregen. Ik kon hem onmogelijk door het struikge-was naar de auto brengen.

'Ik kom direct terug, Duncan. Probeer je niet te bewegen of iets te doen.'

Maar ik was er vrij zeker van dat hij me niet hoorde.

Deze keer kon ik het pad vinden dat Duncan voor zichzelf had uit-gehakt en waarover hij me de eerste keer had meegenomen. Mijn heup deed meer pijn dan sinds mijn verblijf in het ziekenhuis. Ik wist zeker dat al die inspanning en het koude water de oude wond geen goed hadden gedaan. Ik negeerde de pijn en ging terug naar de auto, die nog steeds met draaiende motor stond. Maar toen ik instapte en schakelde, zag ik hoe moeilijk het was om achteruit over het grindpad te rijden zonder in het struikgewas terecht te komen. Ik kon achter me geen hand voor ogen zien. Ik deed het portier open en leunde naar buiten en probeerde tegelijk te sturen, maar het was te moeilijk om vol te houden, en ik raakte van het grindpad af in het struikgewas. Ik voelde de auto rechts omlaagzakken, en mijn hart zonk mee. En inderdaad, toen ik probeerde naar voren te gaan, draaiden de wielen rond in de modder. Ik zat vast.

Misschien had de dood hem uiteindelijk toch niet teruggestuurd, dacht ik. Misschien speelde de dood slechts met ons, kwelde ons.

Ik stapte uit en liep over het grindpad. Het geluid van de stenen onder mijn voeten was voldoende om me op het pad te houden, en ten slotte bereikte ik het harde plaveisel en kon ik nu en dan een auto zien op de weg. Zo snel mogelijk voortstrompelend liep ik de weg op en wachtte op de volgende auto. De bestuurder zag of hoorde me niet of was gewoon te bang om te stoppen. De auto suisde voorbij. Ik overwoog midden op de weg te gaan staan en mijn armen uit te breiden. In deze regen en op deze glibberige donkere weg was dat uiterst riskant, vooral voor een meisje met een slecht been, maar ik was wanhopig. Ik kon niet anders. Het moest.

De auto die op me afkwam was duidelijk een vrachtwagen. Toen hij dichterbij kwam, schreeuwde ik en zwaaide en deed een schietgebedje. De chauffeur trapte op de rem, zwenkte om me te vermijden en stopte iets verderop.

'Wat voer jij daar uit, verdomme?' schreeuwde hij.

'Alstublieft, help ons. Alstublieft.'

Hij reed achteruit naar me toe.

'Wat doe je hier? Wat is er aan de hand? Ben je gestoord?'

'Mijn vriend ligt ernstig gewond bij de rivier. Hij is bijna verdronken. Ik kan hem niet hiernaartoe krijgen. Helpt u ons alstublieft.'

'Hè? Wat zeg je allemaal?'

'Ik zal het u laten zien. Alstublieft,' zei ik en liep terug naar de zijweg. Hij keek me even na.

'O, nee, geen denken aan!' schreeuwde hij. 'Ik ken die trucjes. Mij beroof je niet!' Hij schakelde en reed weg.

'NEEEE! gilde ik. Ik holde achter hem aan. 'Het is geen truc. Help ons alstublieft!'

Ik zag zijn achterlichten om een bocht verdwijnen.

Het was weer stil op de weg. De regen bleef omlaag kletteren op het asfalt en mijn gezicht; de druppels vermengden zich met mijn tranen, ze waren niet van elkaar te onderscheiden. De hoop sijpelde weg uit mijn hart als bloed uit een wond. Ik bleef met gebogen hoofd staan.

Misschien moeten we allebei op deze manier eindigen, dacht ik. Misschien is dit de laatste klap van het noodlot.

De gloed van naderende koplampen verlichtte me, maar ik draaide me niet om. Ik bleef midden op de weg staan, verwachtend dat een auto me zou overrijden. Ik hoorde remmen en toen stopte de auto.

Deze keer, toen ik me omdraaide, zag ik het zwaailicht op de auto.

Een agent van de verkeerspolitie stapte uit. Ik viel bijna flauw in zijn armen voor ik erin slaagde voldoende uitleg te geven om mij in zijn auto te laten stappen, waarna hij de zijweg opreed, terwijl hij belde om een ambulance. Hij pakte zijn zuurstoftank en zei dat ik rustig moest blijven zitten. Ik glimlachte bij mezelf. Alsof ik iets anders zou kunnen.

Duncan leek half bewusteloos toen ze hem wegdroegen op een stretcher. Even later verschenen mijn oom en tante. Ik was gewikkeld in een dikke deken die de politieagent me had gegeven. Er viel een iets minder harde maar nog gestage regen. Oom Tyler praatte met de politieagent. Voor tante Zipporahs auto werd een sleepwagen besteld, en toen brachten ze me naar huis.

Ik bleef me verontschuldigen tegen tante Zipporah. Ze was heel zwijgzaam, wat het nog erger maakte. Oom Tyler wilde dat ik hem alles vertelde, dus deed ik mijn best.

'Ze heeft zijn leven gered, Zipporah,' zei hij toen ik uitgesproken was.

'Ik weet het,' zei ze. 'We zullen zorgen dat ze weer warm wordt en haar dan in bed stoppen.'

Hij ging sneller rijden en zodra we thuis waren, maakte ze een warm bad voor me klaar. Ze hielp me mijn doorweekte kleren uit te trekken. Oom Tyler moest terug naar het café om af te sluiten, maar ik hoorde hem tegen haar zeggen dat ze niet tegen me moest schreeuwen. Weer zei hij: 'Ze heeft het leven van die jongen gered.'

Niets voelde zo heerlijk als het warme water toen ik in het bad stapte. Tante Zipporah bracht me hete thee met wat whisky erin terwijl ik in het bad zat.

'Het spijt me van je auto,' zei ik.

Ze staarde me aan.

'Dat is het minste, Alice.'

'Ga je opa en oma bellen om het ze te vertellen?'

'Wil je dat ik dat doe?'

'Nee,' zei ik snel.

Ze glimlachte. 'Bedoel je dat je hun niet de waarheid wilt vertellen?'

Ik boog mijn hoofd. Ze sloeg me met mijn eigen woorden om de oren, maar ik verdiende het.

'Het is goed,' zei ze. 'Het is goed dat je niet zo flink bent als je dacht. We zullen hun vertellen wat er verteld moet worden als de tijd rijp is. Niet nodig om hun vakantie te bederven.'

'Oké,' zei ik. 'Bedankt.'

'Hoe kwam je erop om daarnaartoe te gaan?' vroeg ze.

Ik schudde mijn hoofd. 'Het kwam gewoon bij me op. Alsof het zo bedoeld was.'

'Misschien was het dat wel,' zei ze. 'Ik ben trots op je, liever, net zo trots als je moeder zou zijn,' voegde ze eraan toe, en eindelijk brak de dam die mijn tranen had tegengehouden sinds de politieagent me op die weg had gevonden.

Later zonk ik net zo gemakkelijk weg in een diepe slaap als Duncan in die rivier zou zijn gezonken.

Ik droomde zelfs niet.

Zo uitgeput was ik.

19

Weer in het ziekenhuis

Ik bezocht Duncan niet eerder in het ziekenhuis dan laat in de volgende middag. Om te beginnen stond ik pas tegen twaalf uur op, en vervolgens wilde tante Zipporah zeker weten dat Duncans moeder het goed vond dat hij bezoek kreeg. Iedereen die naar het ziekenhuis werd gebracht na een poging tot zelfmoord werd naar de psychiatrische afdeling verwezen, en tante Zipporah was er niet van overtuigd of ze wel wilden dat hij al bezoek kreeg – speciaal van mij. Ze zei dat ze het zou informeren en ze belde me vroeg in de middag om het te vertellen.

'Duncans moeder heeft zojuist naar het café gebeld, Alice. De dokters vinden het goed dat je hem bezoekt. Ik breng je om een uur of vier, oké?'

'Dank je, Zipporah.'

'Ik breng je liever naar Disneyland,' grapte ze.

'Misschien een volgende keer,' antwoordde ik lachend, en bereidde me voor op het ziekenhuisbezoek.

Hoewel ze met me naar binnen ging, wachtte tante Zipporah in de receptieruimte. Ik had haar gezegd dat ze me niet hoefde te brengen, dat ik er zelf naartoe kon, maar ze was niet te overreden. Toen ik bleef aandringen, bekende ze dat ze zich bezorgd maakte over de confrontatie. Wie kon zeggen hoe ik op Duncan zou reageren en wat ik als gevolg daarvan zou kunnen doen? Ik was te onvoorspelbaar, en ik wist dat zij en oom Tyler de schok van het gebeurde en van wat ik allemaal had gedaan, nog niet hadden verwerkt.

Ik kon haar niet kwalijk nemen dat ze ongerust was. We wisten allebei dat het niet eenvoudig zou zijn mijn grootouders dit alles uit te leggen als ze terugkwamen van hun vakantie. We waren overeengekomen dat het geen zin had ze nu te bellen. 'Je grootmoeder zal wel kwaad zijn dat ik haar niet meteen heb gebeld, maar het zou hun vakantie hebben bedorven. Hopelijk zullen de resterende weken van deze zomer wat minder enerverend zijn.' Het klonk meer als een bede.

Ik ging met de lift naar de psychiatrische afdeling en liep de gang door naar Duncans kamer. Voor ik naar binnenging bleef ik staan bij de zusterkamer om me te melden. De hoofdzuster zag me en gaf met een knikje haar toestemming. Ik had een paar speciale instructies verwacht, maar niemand zei iets. Ik haalde diep adem en liep zijn kamer in.

Duncan lag achterover in bed. Zijn hoofd zat in het verband en zijn ogen waren gesloten. Even bleef ik doodstil staan om naar hem te kijken. Ik wilde hem niet storen als hij sliep. Na een tijdje opende hij langzaam zijn ogen. Hij staarde me uitdrukkingsloos aan, alsof hij trachtte vast te stellen of ik het echt was of niet.

'Hoi,' zei ik. 'Hoe voel je je?'

'Ik geloof niet dat ik me ooit zo moe heb gevoeld. Ik voer een heel debat met mezelf als ik mijn arm wil optillen. De inspanning lijkt bijna te veel.'

Ik had hem zoveel te vragen. Waarom schilderde hij zijn moeder af als een monster? Waarom had hij me al die foute dingen verteld? Waarom wilde hij naar zijn vader om hem uit te schelden voor hij stierf? Waarom had hij zichzelf willen verdrinken?

Ik zweeg. Ik was bang dat als ik over iets begon, dat nog grotere problemen zou veroorzaken. Nu ik hier in de kamer was, had ik het gevoel dat ik me op glad ijs begaf. Moest ik verdergaan, pas op de plaats maken, me terugtrekken? Wat moest ik doen?

'Ik heb begrepen dat jij mijn leven hebt gered,' zei hij. 'Verwacht niet dat ik je dankbaar ben,' ging hij verder, voordat ik zelfs maar aan een vage glimlach kon denken.

'Ik ben hier niet gekomen om je bedankje te horen. Ik zou niet weten waarom je nu hartelijker zou zijn dan toen ik je die eerste keer in het café ontmoette.' Zijn gezicht ontspande zich enigszins.

'Ik durf niet te lachen,' zei hij. 'Dat doet te veel pijn.'

'Hoe erg was je hoofdletsel?'

'Ze hebben me verteld dat er bijna vijftig hechtingen nodig waren. Je bloedt hevig in het geval van een hoofdwond, maar blijkbaar heb ik geen hersenschudding. Ik krijg pijnstillers, dus zak ik nu en dan weg.'

'Dat herinner ik me nog, dat deed ik ook toen ik bijkwam uit de operatie,' zei ik. Ik ging op de stoel naast het bed zitten. 'Ik vond het vreselijk en zou haast liever pijn hebben geleden, maar de dokter zei dat het beter was als ik niet gestrest was, dat ik dan sneller zou genezen.'

'Ja,' zei hij nogal verbitterd. 'Ik ben op weg om mezelf te genezen.'

'Herinner je je iets ervan?'

'Niet veel, nee.'

'Mag ik vragen waarom je het hebt gedaan?'

'Waarom niet? Alle anderen hier vragen het. Ik snap niet waarom ze een bevredigend antwoord van me verwachten.'

'Het antwoord dat je bevredigt is het antwoord dat je wilt horen.'

'Wauw. Diepzinnig, hoor. Misschien kun je een laboratoriumschort voorbinden en hier voor dokter spelen.'

'Misschien doe ik dat nog wel, eikel.' Hij moest onwillekeurig lachen, maar toen vertrok zijn gezicht en hij bracht zijn hand naar zijn achterhoofd.

'Au.'

Hij keek me aan; zijn lach verdween snel. Hij wendde zijn blik af.

'Ik ben geen psychiater, Duncan, zelfs geen amateurpsychiater. En ik ben zeker niet iemand die een ander raad kan geven. Ik kan niet ontkennen dat er momenten zijn geweest dat ik overwoog hetzelfde te doen wat jij hebt geprobeerd. Ik ben in depressies en in een donker gat terechtgekomen waaruit ik nooit meer omhoog dacht te kunnen krabbelen. Ik kwam op het punt waarop ik geen tranen meer had en alleen met droge ogen kon huilen. Ik vroeg me altijd weer af waarom ik was geboren als mijn geboorte de mensen die geacht werden van me te houden zoveel verdriet en onheil bezorgde.'

'Misschien kun je je in de kamer hiernaast laten opnemen,' zei hij zonder me aan te kijken.

'Misschien, maar daar gaat het nu niet om, hè? Jij en ik hebben elkaar zoveel toevertrouwd, intimiteiten, pijn en verdriet en ons verlangen naar geluk. Ik verdien beter dan wat je me hebt gegeven,' zei ik. 'Beter dan wat je me nu geeft.'

Ik hield mijn adem in en wachtte. Zou hij tegen me tekeergaan, een woedeaanval krijgen, of zou hij blijven mokken en zwijgen, me noodzaken het op te geven en te vertrekken? Langzaam draaide hij zich weer naar me om.

'Je hebt gelijk,' zei hij. 'Sorry. Ik mag het niet op jou afreageren, zeker niet op jou.'

'Geef me dan een paar antwoorden,' zei ik vastberaden. Ik gooide alle voorzichtigheid overboord. 'Waarom loog je over je moeder? Waarom zei je dat ze alle foto's van je vader had vernietigd? Waarom deed je net of je ongewenst was, bracht je me in de waan dat je moeder je beschouwde als een kind van de zonde, zoals jij het noemde? Al die citaten uit de Bijbel, dat verhaal over het erven van de zonde... waarom?'

'Omdat ik je graag mocht. Ik mocht je heel erg graag. Jij bent het eerste meisje bij wie ik me op mijn gemak voel, met wie ik kan praten.'

'Je mocht me graag? Hoe verklaart dat waarom je tegen me loog?'

'Ik zag hoe belangrijk het was dat ik net zo zou zijn als jij. Jij had hetzelfde wantrouwen tegen mensen als ik. Toen je zei dat we gelijken waren, wilde ik die relatie in stand houden. Ik wilde het idee vasthouden dat we elkaar hielpen, er voor elkaar waren. We zeiden zoveel van dat soort dingen tegen elkaar.

'Bovendien was het niet allemaal gelogen. Ik heb altijd een wrok gekoesterd tegen mijn vader omdat hij ons in de steek heeft gelaten. Ik geloofde echt dat hij niet de verantwoordelijkheid wilde hebben van een gezin.'

'Hij was alcoholist, hè?'

'Ja, en ik hield ook van drank. Mijn moeder weet nog steeds niet hoeveel ik dronk als ik de kans kreeg. Herinner je je dat ik je vertelde dat ik zijn voorraad whisky in het souterrain had gevonden?'

'Dat betekende niet dat jij net zo zou worden als hij.'

'Mij leek het van wel. Ik heb geen echte vrienden en daar zat ik niet over in. Ik weet dat iedereen op school me een rare vogel vindt en ik laat het zo. Misschien heb ik het zelfs wel aangemoedigd. Toen je me vertelde dat jou hetzelfde was overkomen, dacht ik weer dat je me aardig vond omdat ik op jou leek, omdat we dezelfde dingen ondervonden.'

'Maar je maakte me wijs dat je moeder me slecht vond. Ze maakte zich gewoon zorgen over je zoals iedere moeder bezorgd is voor haar kind. Waarom deed je net of je bang was met mij te zondigen, of dat een kus een godslastering was of zo?'

'Ik was verlegen,' zei hij bits. 'Ik was nog nooit zo close met een meisje geweest. Jij leek zoveel meer ervaring te hebben. Ik wilde niet zo naïef, zo onervaren lijken.'

'Je hebt een keer de telefoon opgenomen en toen deed je net of je je moeder was, niet? Jij was degene die me satan noemde, niet zij.'

'Dat hoorde er allemaal bij. Het spijt me dat ik dat heb gedaan, maar ik dacht dat als je medelijden met me bleef houden, je misschien meer om me zou gaan geven, misschien zelfs van me zou gaan houden.'

'Liefde komt niet voort uit medelijden, Duncan. Sympathie is geen liefde. Medeleven is niet het soort liefde dat je verlangde. Het is niet voldoende. Als dat alles is wat je voor iemand voelt, dan ga je verder met je leven als hij of zij beter wordt. Er is geen verbintenis, geen reden om te blijven.'

'Je hebt gelijk. Het spijt me. Als je hier kwam voor een verontschuldiging, dan bij deze.'

Hij wendde zich weer af.

'Ik kwam hier niet voor een verontschuldiging, Duncan. Ik kwam voor opheldering, begrip. Ja, ik was in de war toen ik je moeder bezocht en de waarheid hoorde. Niemand vindt het prettig om voor de gek te worden gehouden, Duncan. Ik voelde me verraden.'

Hij knikte, nog steeds met afgewend gezicht, toen draaide hij zich langzaam weer om.

'Ik wist dat je je zo zou voelen. Ik dacht dat je me nu zou haten, denken dat ik echt zo gek was als iedereen vindt en dat je niets meer met me te maken zou willen hebben.'

'Vertel me niet dat dat de reden was waarom je probeerde je te verdrinken in die rivier. Vertel me niet dat ik indirect verantwoordelijk ben. Je weet hoe ik daarover denk, welk gevoel dat bij me wekt.'

'Ik denk dat het voor een deel de reden was, weer een nagel aan mijn doodkist, maar niet jouw schuld, nee. Ik had er gewoon genoeg van, en ik wilde je daarna niet onder ogen komen.'

'Maar nu doe je dat,' zei ik, 'en je bent ook eerlijk. Wil je liever dood?'

'Ik weet het niet. Ik heb nog niet de gelegenheid gehad om te vergelijken.'

'Ja, nou ik kan je één ding vertellen, Duncan, die heerlijke pastasaus van mijn oom wordt niet geserveerd op een kerkhof.'

Hij lachte weer.

'Au, maar een goeie au,' zei hij.

'Hoor eens,' zei ik. 'Ik wil niet zeggen dat ik niet woedend op je was, maar nu ik je reden hoor voor dat alles, voel ik me ook blij, zelfs gevleid, dat je zover wilde gaan om bij mij in de gunst te komen.'

'Meen je dat?'

'Ja, maar toch vind ik je een malloot.'

Hij knikte. 'Jij vindt me een malloot. Geloof me, als het bekend wordt wat ik gedaan heb, zal het hier nog erger voor me worden.'

'O? Wil je genomineerd worden voor klassenvoorzitter?'

Glimlachend schudde hij zijn hoofd. 'Je hebt gelijk. Ik zou jou gemist hebben en ook de saus van je oom. Maar voornamelijk jou.'

'Ik heb geen idee hoe de weg terug eruit zal zien voor ons, Duncan, maar je zult er serieus je best voor moeten doen en ook je moeder moeten helpen het allemaal te begrijpen. En je moet je ook tegenover haar verontschuldigen. Geen moeder wil doormaken wat zij net heeft doorgemaakt.'

'Goed.' Hij zuchtte diep. 'Ik denk dat ik je zal moeten bedanken dat je mijn leven gered hebt. Hoe is het je gelukt daar op tijd te komen?'

'Ik weet het niet. Het kwam gewoon in me op dat ik daarheen moest toen ik je niet vond in het atelier.'

Hij knikte naar het verband om mijn arm.

'Jij bent er ook niet helemaal zonder kleerscheuren afgekomen. Je hebt een hoop moed en kracht, Alice.'

'Misschien, maar ik kan wel zeven miljoen andere dingen bedenken die ik liever zou hebben gedaan en plaatsen waar ik liever zou zijn geweest.'

'Wat zeggen je oom en tante ervan? Zijn ze erg van streek?'

'Mijn oom en tante maken zich erg bezorgd over ons allebei. Mijn tante heeft je moeder gesproken om te vragen of ik je kon bezoeken. Ze heeft me hierheen gebracht.'

'Werkelijk?'

'Nogmaals, ik ben de laatste om je raad te geven, Duncan, maar je moet toch leren een klein beetje vertrouwen te hebben in andere mensen.'

'Kun jij nog vertrouwen hebben in mij?'

'Het is de enige manier om vertrouwen te kunnen hebben in mijzelf,' antwoordde ik. Zijn ogen begonnen te stralen en hij vergat medicatie en pijn.

'Dus je gaat niet terug om weer bij je grootouders te gaan wonen?'

'Er is maar één richting voor ons die we kunnen volgen, Duncan, en dat is vooruit, dus verman je en zorg dat je hier wegkomt.'

Hij glimlachte, maar keek toen weer serieus, bijna kwaad.

'Ik was teleurgesteld dat mijn vader gestorven was voordat ik de kans had op een confrontatie met hem.'

'Je weet niet wat je zou hebben gedaan, maar ik denk dat ik het kan raden,' zei ik. 'Je zou niet zo hard en stoer zijn geweest tegen hem. Je zou hem gezien hebben als een ernstig gewond mens, met zijn eigen pijn en verdriet, en met evenveel spijt over zijn leven en zijn einde als jij voor hem kon hebben gehad. Hij zou je misschien zelfs om vergeving hebben gevraagd. Wat zou je dan hebben gedaan?'

'Dat weet ik niet.'

'Ik had een hekel aan mijn vader tot hij me zijn eigen zwakte en falen bekende. Daarom kon ik hem niet haten.'

'En je moeder?'

'Ik weet het niet. Ik heb nooit de gelegenheid gehad om erachter te komen.'

'Misschien komt dat nog.'

'Ja. Misschien.'

Ik stond op en liep naar de rand van zijn bed. Hij keek naar me op en ik pakte zijn hand en hield die even vast.

'Blijf hier niet te lang,' zei ik. 'Ik heb een lekkende kraan ontdekt in het keukentje van het atelier.'

'Oké. Ik kom zo gauw ik kan.'

'Liever eerder,' zei ik. Ik gaf hem een zoen op zijn wang en liep naar de deur.

'Hé,' zei hij.

'Wat is er?'

'Ik moet je nog helpen je slaapkamer te schilderen.'

'Eerlijk gezegd, zie ik niet hoe je veel tijd kan hebben voor iets anders.'

Ik hoorde hem 'Au' roepen als gevolg van zijn gelach.

Tante Zipporah keek verwachtingsvol naar me op zodra ik in de receptie kwam.

'Het is oké,' zei ik. 'Het komt dik in orde.'

'Dat is geweldig, Alice. Ik weet dat je alle reden hebt om de schaduwzijde van de dingen te zien, maar mag ik zeggen dat uiteindelijk alles toch nog goed zal komen?'

'Nee.'

'Nee? Waarom niet?'

'Omdat er nog één ding is dat ik moet doen voordat ik ophoud die donkere kant te zien, als jij het samen met me doet.'

'En dat is?'

'Breng me naar de kliniek om mijn moeder te ontmoeten.'

Ze begon haar hoofd te schudden.

'Je grootouders – vooral je grootmoeder – zouden –'

'Het wordt tijd dat we het allebei doen, Zipporah, en dat weet je. In je hart weet je het.'

Ze perste haar lippen op elkaar. Ik hield mijn blik strak op haar gevestigd.

'Je kunt niet blijven doen alsof je niet hebt gedaan wat je gedaan hebt, Zipporah. Mijn grootouders moeten je ook vergeven. Je moet vrede sluiten met het verleden.'

'Je hebt dat derde oog,' zei ze en dacht toen even na.

'Ik weet niet zeker of het een vloek of een zegen is,' antwoordde ik.

'Het is een zegen, Alice. Oké, waarschijnlijk heb je gelijk. Het wordt ook voor mij tijd haar op te zoeken.'

Mijn hart bonsde hevig toen ze toestemde.

Mijn grootvader zei altijd: Wees voorzichtig met wat je wenst, want je zou het weleens kunnen krijgen.

Ik wist zeker dat hij dat nu zou zeggen.

En zelfs al zou hij dat niet doen, dan zou ík het zeggen.

20

Kennismaking met mijn moeder

Dagen gingen voorbij zonder dat tante Zipporah de naam van mijn moeder noemde. Ik begon al te denken dat ze alleen maar had toegestemd om me kalm te houden, me tevreden te stellen, en dat ze, als ik het haar weer zou vragen, een of ander excuus zou verzinnen. Ik stond op het punt het te vragen toen ze tegen Tyler zei dat zij en ik de volgende dag vrij zouden nemen.

'Waar gaan jullie naartoe? Gaan jullie shoppen?' vroeg hij.

Ze keek naar mij en knipoogde.

'Nee, we gaan bij iemand op bezoek.'

Het verbaasde me dat ze het niet met hem had besproken, maar dit zou echt ons geheim worden, onze eigen bijzondere ervaring. Of we het al dan niet ooit aan iemand zouden vertellen, vooral aan mijn grootouders, zouden we later wel beslissen. Er waren zoveel jaren verstreken, dat we geen van beiden konden voorspellen hoe dit zou eindigen. We wisten niet of het een zegen zou zijn of een grote blunder.

Voor tante Zipporah betekende dit het openrijten van oude wonden. En voor mij het risico van een diepe teleurstelling die alle verschrikkelijke dingen die ik over mijzelf had gedacht, kon of zou versterken. Beiden zouden we depressief kunnen terugkomen en niet alleen onszelf maar ook de mensen van wie we hielden grote schade toebrengen.

Ik geloofde niet dat ik me ooit over iets zenuwachtiger had gemaakt dan over het bezoek aan mijn eigen moeder. Die ochtend verkleedde ik me drie keer. Moest ik veel make-up gebruiken, me zo oud mogelijk maken? Moest ik de foto's van mijn moeder bekijken die tante Zipporah had en proberen de overeenkomsten te benadrukken?

En als we daar waren en ik stond oog in oog met haar, moest ik er dan onmiddellijk mee voor de dag komen wie ik was? Zou Zipporah dat doen? Zou dat mijn moeder psychologisch kunnen beschadigen en nieuwe problemen veroorzaken? Als dat er haar eens toe bracht ook een poging tot zelfmoord te doen? Dat zou alles zijn wat ik nodig heb, dacht ik, weer een reden om te geloven dat ik mensen alleen maar slechte dingen aandoe.

Eindelijk besloot ik tot een blauwe rok en lichtlauwe blouse. Ik borstelde mijn haar op de manier die Rachel me had geleerd en deed een beetje lippenstift op. Tante Zipporah droeg ook een nieuwe rok en blouse, en had haar haar opgestoken. Ze droeg geen haarband of een van haar Indiaanse sieraden. We waren zo eenvoudig mogelijk gekleed.

'Klaar?' vroeg ze, toen ik uit mijn kamer kwam. Ze stond in de keuken te wachten terwijl ze koffiedronk en uit het raam keek.

Ik knikte. 'Zie ik er goed uit?'

'Prima.' Ze zette haar kopje in de gootsteen en keek me glimlachend aan. Ik volgde haar naar buiten naar de auto.

Het was een perfecte dag om te rijden – zonnig, met slechts een paar verspreide wolken die vastgelijmd leken aan een turkooizen lucht. Het heldere licht deed het frisse groen van de bladeren goed uitkomen en gaf het bos en het hoge gras een stralende gloed die suggereerde dat de natuur vibreerde van nieuw leven. Zelfs de schaduw leek geïntimideerd en trok zich terug.

Zwijgend reden we verder. De rit zou meer dan twee uur duren.

'Ik wil niet dat je denkt dat ik in de afgelopen tien jaar of zo nooit naar je moeder geïnformeerd heb. Ik wilde me graag op de hoogte stellen van haar toestand na... nadat alles zijn beslag had gekregen, maar ik wilde er niet te veel bij betrokken raken omdat ik mijn ouders niet nog meer overstuur wilde maken dan ze al waren.'

'Ik begrijp het,' zei ik.

Ze keek me aan. 'Echt waar? Ik voelde me zo ontzettend schuldig. Ik wist dat ik mijn ouders groot verdriet had gedaan, vooral mijn vader, want hij had me verdedigd toen de politie wel heel erg nieuwsgierig werd. Toen de waarheid bekend werd, was dat een enorme klap voor zijn juridische reputatie. Je grootvader was, en is, een veel te beminnelijk mens om me nog meer schuldgevoelens te geven dan ik al had, maar ik hoefde zijn gezicht maar te zien om te weten hoeveel verdriet Jesse en ik hem hadden berokkend. De naam van je moeder stond daarna bijna gelijk aan een vloek. De geringste belangstelling voor haar tonen was zout in de wond strooien, dus zocht ik zo snel mogelijk nieuwe vrienden, vooral op de universiteit, en probeerde aan zoveel mogelijk dingen, alle mogelijke activiteiten, deel te nemen.

'Op den duur zag ik er tegenop om naar huis te gaan omdat ik dan aan Karen, aan je moeder, zou denken en me weer alles zou herinneren over die tijd met haar op zolder. Het zweet brak me al uit als ik er maar aan dacht.

'Soms vraag ik me weleens af of ik niet zo gauw getrouwd ben om te vermijden naar huis terug te gaan. Zeg dat nooit tegen Tyler,' ging ze haastig verder. 'Ik bedoel, ik hou ontzettend veel van hem en hij heeft me volmaakt gelukkig gemaakt, maar er zijn zoveel redenen, diepgaande redenen soms, waarom we serieuze dingen doen in ons leven. Niets is domweg zwart-wit. Maar,' vervolgde ze met een glimlach, 'dat hoef ik jou niet te vertellen.'

Ik knikte slechts. Ik wilde niet dat ze zou ophouden met praten. Om te beginnen werkte het kalmerend op me, en verder vertelde ze meer over een tijd die verboden terrein voor me was geweest.

'In ieder geval heb ik van tijd tot tijd geprobeerd te weten te komen hoe het met je moeder ging. Omdat ik geen direct familielid van haar was viel dat niet mee, maar op een dag, jaren later... ik was al getrouwd en woonde hier... vertelde je grootvader me over haar. Zonder dat ik, of zelfs Jesse, het wist, had hij regelmatig op discrete wijze naar haar geïnformeerd. Je grootmoeder heeft dat nooit geweten en weet dat nog niet, geloof ik. Ik bedoel, ze wist de belangrijkste dingen die we allemaal wisten, maar voor zover ik weet heeft ze nooit informatie ingewonnen, ook al had ze, als verpleegster, gemakkelijker dingen te weten kunnen komen dan wij.'

'Het was altijd moeilijk voor me om oma zover te krijgen dat ze me iets over haar vertelde, en dat is het nog steeds,' merkte ik op.

'Ja, ik weet het. Ik hoorde pas jaren later dat een onderdeel van de afspraak die mijn vader maakte toen hij en je grootmoeder jou in huis namen was dat hij zou betalen voor het verblijf en de behandeling van je moeder in de kliniek. Het betere verblijf was een deel van de schikking die je grootvader trof met de officier van justitie. Karen zou een veel moeilijker bestaan hebben gehad als je grootvader haar zaak niet op zich had genomen.

'Ik ben daar natuurlijk nooit geweest, maar naar wat ik erover gehoord heb is het er heel aangenaam en doet het in geen enkel opzicht aan een gekkenhuis denken. De patiënten komen uit gegoede families; sommigen lijden aan een verslaving en anderen aan psychologische afwijkingen. Je grootvader was er dus veel meer bij betrokken dan de mensen wisten, dan zelfs ik toen wist.'

'Dat heb ik altijd al vermoed,' zei ik.

'Voor zover ik weet,' ging ze na een kort stilzwijgen verder, 'is er bij Karen niet veel vooruitgang geboekt. Ze is gestrand in de tijd en verzet zich tegen alle pogingen om haar te doen accepteren waar ze is en wat er met haar gebeurd is. Ze is een beetje als *Baby Jane*. Heb je die oude film wel eens gezien met Bette Davis en Joan Crawford?'

'Ik geloof het wel.'

'Nou, je zou dat niet alleen maar geloven als je die film echt gezien had,' zei ze glimlachend. 'Bette Davis is min of meer gestrand in de tijd toen ze een kinderster was.

'Ik denk dat je moeder in zekere zin ook een ster was als kind. Als ik aan ons terugdenk, realiseer ik me dat ze eigenlijk altijd min of meer komedie speelde. Ik heb je verteld dat we onze eigen wereld creëerden op die zolder en dat ook deden in het dorp en op school. Dat liet ze bijna nooit los. Ze verliet zelden het toneel, en als ze het deed, toen ze zich op onze zolder verstopte, bleef zij in de coulissen en duwde mij het toneel op om haar vervangster te zijn, zodat ze via mij haar leven kon blijven leiden terwijl zij zich schuilhield.

'Ze houdt zich nog steeds schuil, Alice. In zekere zin heeft ze die zolder nooit verlaten.'

'Misschien herinnert ze zich mij daarom niet, wil ze zich mij niet herinneren,' zei ik.

Tante Zipporah hield haar hoofd schuin.

'Hoe bedoel je? Hoe houdt dat er verband mee?'

'Als ze zich mij herinnert, zich mijn geboorte herinnert, zich alles herinnert wat er daarna is gebeurd, dan verlaat ze die zolder.'

Tante Zipporah knikte.

'Misschien wel, ja. Ik verbaas me altijd weer over je, Alice. Net als ik me altijd verbaasde over haar.' Lange tijd reden we zwijgend verder, verdiept in onze eigen gedachten, gefocust en geconcentreerd als twee toegewijde atleten die vastbesloten waren het Kanaal over te zwemmen.

Ik wist niet dat we in de buurt van de psychiatrische inrichting waren toen hij in zicht kwam. Tante Zipporah had het adres en de routebeschrijving, dus we wisten dat we er bijna waren, maar ze had gelijk toen ze het beschreef als allesbehalve een krankzinnigengesticht. Het hoofdgebouw stond op een groot terrein in een parkachtige omgeving, en we konden een aantal tuinlieden aan het werk zien met grasvelden, struiken en tuinen.

De inrichting zelf was een groot gebouw in tudorstijl met bakstenen muren en twee grote, fraai bewerkte schoorstenen. Toen we over de oprijlaan reden zag ik gebeeldhouwde tegels in het omringende metselwerk. De ingang was boogvormig.

'Indrukwekkend,' zei ik.

'Een heel rijke vrouw heeft dit huis geschonken om er een psychiatrische inrichting van te maken,' legde tante Zipporah uit. 'Omdat haar eigen zoon een geestesziekte had.'

'Hoe heeft opa dit gevonden?'

'Zoals dat meestal gaat... hij kende iemand die iemand kende. Dat is alles wat ik erover weet. Ik heb gebeld en een afspraak gemaakt met een zekere dr. Simons, een vrouw die tevens directeur is.'

'Ik vraag me af of Darlene Pearson hier ooit weleens op bezoek is geweest,' zei ik.

'Ik zou het niet weten. Dr. Simons liet doorschemeren dat er al een tijdlang niemand voor je moeder is geweest. Maar ik heb zo'n idee dat je grootvader een manier weet te vinden om hier van tijd tot tijd te komen. Hij trekt zich het lot aan van de moeder van zijn kleinkind.'

Was dit het juiste moment om haar te vertellen over het bezoek van mijn vader? Hij had het me in vertrouwen verteld en het was zijn geheim. Zou het enig verschil maken voor tante Zipporah als ze het wist? Bovendien had hij gezegd dat het misschien niet meer zo nodig was het geheim te houden.

'Mijn vader is hier eens geweest,' zei ik.

'Wát? Wanneer?'

'Niet lang nadat het gebeurd was. Hij heeft het me verteld tijdens zijn laatste bezoek.'

Ze vond een plek op het parkeerterrein en keek me aan voor ze de motor afzette.

'Dat heeft hij me nooit verteld.'

'Hij heeft het niemand ooit verteld. Hij zei dat ze zich gedroeg alsof er niets gebeurd was en hem vertelde dat ze hier eigenlijk was om de dokters een plezier te doen. Hij zei dat ze er heel goed uitzag, maar met geen woord erover sprak dat ze mij op de wereld had gebracht. Hij zei dat hij zich beter voelde na dat bezoek, maar dat hij nooit meer terug is geweest.'

'Ik ben blij dat hij dat gedaan heeft,' zei tante Zipporah. 'Ik vond het erg egoïstisch en zelfs laf van hem om zich niet meer om haar te bekommeren. Bedankt dat je het me verteld hebt. De volgende keer dat ik hem zie, geef ik hem een stomp tegen zijn neus.'

Ze zette de motor af.

'Vooruit dan maar,' zei ze, en we stapten uit.

Binnen zag de kliniek er meer uit als een psychiatrische inrichting dan aan de buitenkant. De lobby was klein, maar er stonden een paar bij elkaar passende banken, stoelen en tafels met lampen, vazen met bloemen en ingelijste schilderijen en foto's van mooie landelijke taferelen op de heel lichtbruin geschilderde muren, die een warme gloed gaven aan de ruimte. Op de kalkstenen vloer lag een lichtbruin tapijt.

Een lange, gezette vrouw in een blauwe jurk stond te stoffen en te poetsen. Ze keek even naar ons maar ging door met haar werk. Haar gezicht stond zo strak dat het bijna een masker leek. Ik vroeg me af of ze lid van het personeel was of een van de patiënten.

Een paar seconden later kwam een elegante vrouw van waarschijnlijk midden tot achter in de veertig tevoorschijn, wat erop wees dat er een bel of zoemer was gegaan om aan te geven dat er iemand binnenkwam. Snel en glimlachend liep ze naar ons toe. Haar korte rode haar had een amberkleurige gloed. Ze was iets langer dan ik en droeg een donkerblauw mantelpakje met een witte blouse.

'Zipporah James?' vroeg ze met uitgestoken hand.

'Ja.'

'Mooi. U bent precies op tijd. Ik ben dr. Simons,' zei ze, naar mij kijkend.

'Dit is Alice Stein,' zei tante Zipporah. Dr. Simons knikte.

'Ik zie de gelijkenis,' zei ze, en mijn hart begon sneller te kloppen. 'Karen is buiten,' ging ze verder tegen tante Zipporah. 'Ze schildert, ziet u, en dat doet ze graag buiten.'

'Schildert?' vroeg ik snel.

'We moedigen onze patiënten aan een of andere vorm van kunst, creativiteit, te beoefenen. Karen is daar boven verwachting in geslaagd. Ze schildert uitstekend. Iemand was zelfs in een van haar schilderijen geïnteresseerd, een familielid van een van mijn andere patiënten, maar Karen wilde geen afstand doen van haar werk. Alleen al bij de suggestie begon ze te huilen.'

Tante Zipporah glimlachte naar mij.

'Dat klinkt me bekend in de oren,' zei ze tegen dr. Simons.

'Ik moet terug, want ik heb straks een therapeutische sessie, maar ik wil u graag nog even spreken voor u weggaat. U kunt lunchen met Karen als u wilt.' Ze keek even op haar horloge. 'De lunch wordt over ongeveer een uur opgediend.'

'Dank u,' zei tante Zipporah.

'Ik zal u de weg wijzen. We gaan de gang door naar een zijdeur.'

Ze liep terug naar dezelfde deur waardoor ze de hal was binnengekomen en we volgden haar.

'Hoeveel patiënten hebt u hier?' vroeg tante Zipporah.

'Dat varieert natuurlijk, maar op het ogenblik hebben we er twaalf. Maar niemand is al zo lang hier als Karen.' Bij de deur bleef ze staan. 'Ik neem aan dat u dat al weet.'

'Ja, natuurlijk,' zei tante Zipporah.

'Ze is een schat van een vrouw. Ik denk niet dat er ook maar één greintje slechtheid in haar schuilt.' Ze boog zich naar ons toe. 'Wat ik niet van iedereen hier kan zeggen.'

'Is er iets dat we moeten of niet moeten zeggen?' vroeg tante Zipporah.

'Tja, ik zou liever niet willen dat u de gebeurtenissen aanroert die Karen hier hebben gebracht.'

'Er is geen kans dat zij daar zelf over begint?' vroeg tante Zipporah, die eindelijk ook wat nervositeit liet blijken.

'Niets is zeker, maar het is hoogstonwaarschijnlijk. Zoals ik aan de telefoon al uitlegde, is Karen gestrand in de tijd, iemand voor wie de klok is stilgezet, zo zou je het kunnen uitdrukken, en die is gestopt voordat die tragische gebeurtenissen zich voordeden. Ze leeft in haar eigen werkelijkheid. U zult het wel zien. Zet haar niet onder druk en spreek haar niet tegen. Natuurlijk ben ik erg benieuwd naar het effect dat uw bezoek op haar zal hebben. Misschien zien we dat effect pas een tijdje nadat u vertrokken bent, misschien wel dagen later, als het ooit gebeurt.'

We volgden haar een klein eindje de gang door en toen door een deur naar buiten. Een paar honderd meter voor ons stonden twee treurwilgen, en daartussen in de schaduw, konden we mijn moeder voor een ezel zien zitten schilderen. Ze zat met haar rug naar ons toe.

'Ik zal iemand naar buiten sturen om u te halen voor de lunch, waarschijnlijk mijn hoofdzuster, Lila Mills,' zei ze terwijl we naar de bomen liepen.

'Het is hier zo vreedzaam, heel mooi,' zei tante Zipporah.

'Ja. Meditatief, bevorderlijk voor de geestelijke gezondheid,' voegde ze er met een speels lachje aan toe. Ze knipoogde naar me en bleef toen staan.

'Is er iets?' vroeg tante Zipporah.

'Nee. Ik wilde me even rechtstreeks tot jou richten, Alice. Het zal misschien moeilijk voor je te begrijpen zijn, maar het is mogelijk dat ze niet veel aandacht aan je besteedt. Hetzelfde wat haar geheugen blokkeert, kan ook haar bewustzijn ten aanzien van jou blokkeren. Maak je niet overstuur als ze je volledig negeert.'

'Oké,' zei ik, en voegde er na een ogenblik, misschien iets te scherp, aan toe: 'Ze heeft me mijn leven lang genegeerd. Waarom zou me dat nu overstuur maken?'

Dr. Simons glimlachte niet. Ze knikte en liep door.

'Karen, lieverd,' riep ze toen we dichterbij kwamen, 'er is bezoek voor je.'

Mijn moeder draaide zich langzaam naar ons om. Het leek of haar geest die de tijd had stilgezet, ook het verouderingsproces had tegengehouden. Ze zag er meer uit als mijn zus dan als mijn moeder. Ik dacht dat ze zo uit een van de foto's gestapt kon zijn die ik van haar en tante Zipporah had gezien. Ze hief haar penseel op, legde die toen neer en stond glimlachend op.

'Zipporah? Ben jij dat?' vroeg ze.

Dr. Simons glimlachte naar ons.

'Het zal uitstekend gaan,' zei ze. 'Veel plezier.'

Ze raakte mijn arm even aan voor ze terugliep naar het gebouw en ons alleen liet.

'Ja, Karen. Hoe gaat het met je?' vroeg tante Zipporah.

'Prima. Maar jij ziet er moe uit, Zipporah. Heb je weer de hele nacht opgezeten om een of ander stom proefwerk te leren?'

Ze draaide zich om naar mij en bleef glimlachen. Ze liet haar blik over mijn gezicht glijden en richtte zich toen weer tot Zipporah.

'Je moet me alles vertellen wat er gebeurd is. Laat geen detail achterwege, al is het nog zo gering of onbelangrijk. Jij zag trouwens nooit het belang van de kleine dingen, zoals ik. O, ik heb geen stoelen hier. Vind je het erg als we op het gras gaan zitten? Het is zulk mooi gras. Ze zorgen zo goed voor alles hier. Nou?' ging ze verder voordat tante Zipporah kon reageren. De verbale energie van mijn moeder overweldigde ons. We konden haar alleen maar aanstaren. Ik herinnerde me een gesprek dat ik vorig jaar had gehad met mijn natuurkundeleraar. We hadden het over het geheugen en wat daarover bekend was, en hij vertelde over honden, hoe hun eigenaren ze dagen, zelfs jaren, alleen konden laten, en de hond zich als ze terugkwamen gedroeg alsof ze maar een paar minuten weg waren geweest. 'Ze hebben niet het gevoel voor tijd, voor het verstrijken ervan, dat wij hebben,' had hij gezegd.

Was dat wat mijn moeder was kwijtgeraakt, het gevoel voor het verstrijken van de tijd? Kon ze niet zien hoeveel ouder tante Zipporah eruitzag? Hoe kon ze in vredesnaam denken dat ze net uit school kwam? En ik? Waar bleef ik dan?

'Karen, ik zou je aan iemand willen voorstellen. Dit is Alice,' zei tante Zipporah. Mijn moeder knikte naar me, niet zozeer met achterdocht, dacht ik, dan wel met tegenzin.

Dacht ze dat ik haar had vervangen als tante Zipporahs beste vriendin?

'Ik herinner me niet dat je schilderde, Karen,' zei tante Zipporah toen we op het gras zaten.

Mijn moeder leunde achterover, steunend op haar handen, en sloot haar ogen om de zon welkom te heten op haar gezicht. Ze had een prachtige huid, perzikkleurig zonder één rimpel of oneffenheid.

We hebben dezelfde mond, dacht ik, en voor het eerst in mijn leven overwoog ik de mogelijkheid dat ik echt aantrekkelijk was.

Ze deed plotseling haar ogen open en keek naar mij.

'Hoe lang woon je hier al?' vroeg ze op scherpe toon.

'Mijn leven lang,' antwoordde ik.

Ze staarde me zo lang aan dat ik mijn blik moest afwenden. Ik keek naar tante Zipporah om hulp te vragen.

'Alice schildert ook, Karen.'

'O? Ja, ik geloof dat ik me je herinner. Misschien. Jij zat achter in het tekenlokaal. Je was verlegen. Hoe noemen we die verlegen meiden ook weer, Zipporah?' vroeg ze.

'Schildpadden.'

'Precies. Schildpadden. Ze trekken hun kop terug en kruipen in hun schild en hopen dat de wereld zal verdwijnen.'

Zo was ik vroeger, dacht ik. Ze had geen idee dat ze dat de spijker op zijn kop had geslagen.

'Alice is niet verlegen meer, Karen,' zei tante Zipporah. 'Daarom heb ik haar kunnen overhalen om met me mee te gaan en jou te bezoeken.'

'O, goed zo. Hoe vind je mijn landhuis? Ik heb je toch gezegd dat ik op een dag in een landhuis zou wonen? Weet je nog? Een landhuis dat twee keer zo groot is als Doral House, met tien keer zoveel meer grond. En hier zijn geen geesten,' voegde ze er lachend aan toe.

Tante Zipporah lachte ook.

Ik zag dat mijn moeder voortdurend naar me keek, en ik probeerde niet terug te kijken om haar niet af te schrikken.

'Hoe gaat het met je ouders, Zipporah?'

'Goed. Iedereen maakt het goed, Karen.'

'Mooi zo. Ik mag je ouders graag. Ik weet dat ik je wel honderd keer heb gezegd dat ik wilde dat ze mijn ouders waren.' Ze boog zich plotseling naar voren. 'Wat schilder je graag?' vroeg ze.

'Alles in de natuur, dieren, vogels, dat soort dingen.'

'Soms schilder ik die dingen ook,' zei ze. 'Deze keer maak ik wat anders.'

Ik keek naar haar ezel. 'Mag ik het zien?'

Ze dacht even na en knikte toen. 'Het is nog niet af,' zei ze toen ik opstond.

Ik liep naar de ezel en keek naar het doek. Mijn hart stond bijna stil en ik moest een kreet onderdrukken. Tante Zipporah keek naar me. Ik legde mijn hart op mijn hart en bleef starend staan.

'Wat is er, Alice?' vroeg ze.

Ik schudde mijn hoofd.

'Het is mooi,' zei ik. 'Erg goed.'

Mijn moeder stond op en kwam naast me staan. We keken allebei naar het schilderij.

Het was een portret van haar, staande bij het zolderraam en naar buiten kijkend, een schilderij dat heel veel leek op het laatste dat ik boven op zolder had gemaakt.

Tante Zipporah kwam naar ons toe.

'Interessant, Karen,' zei ze.

Mijn moeder knikte. 'Ik weet niet waarom ik dat schilderde, maar het was een inspiratie. We hebben daar zoveel tijd doorgebracht, hè, Zipporah?'

'Ja.'

Ik haalde diep adem en zei: 'Dat meisje op het schilderij kijkt alsof ze graag naar buiten wil.'

'Ja,' zei mijn moeder. 'Dat wil ze ook.'

'Ze wil geen schildpad meer zijn,' ging ik verder. Even zei geen van beiden iets, toen lachte mijn moeder en ook tante Zipporah lachte.

Ze legde haar arm om de schouders van mijn moeder en gaf haar een zoen op haar wang.

'Goed je weer te zien, Karen,' zei ze.

'Ook goed om jou te zien. En jou, Alice,' zei ze, en pakte plotseling mijn hand vast. 'Kom hier en vertel me alles over jezelf.'

Ze trok me mee, terug naar het plekje op het grasveld.

'Toe dan,' drong ze aan toen we weer zaten. 'Vertel me over alles waar je van houdt en waar je een hekel aan hebt.' Ze trok haar neus op. 'Vooral die stomme meiden. Daar hebben we er een heleboel van op school, hè, Zipporah?'

'O, ja,' zei tante Zipporah en voegde er toen aan toe: 'Waarom babbelen jullie niet wat met elkaar, zodat jullie elkaar wat beter kunnen leren kennen? Ik wil graag een wandelingetje maken door het park. Goed, Karen?'

Mijn moeder keek naar mij en toen weer naar haar en knikte.

'Nou?' vroeg ze me. 'Wil je over jezelf vertellen?'

'Ja,' zei ik. 'Als je dat wilt, als je wilt luisteren.'

Ze lachte. 'Ik ga nergens naartoe.'

'Ik ook niet,' zei ik.

En de reis naar het verleden begon.

Epiloog

Voor we die dag de kliniek verlieten, lunchten we met mijn moeder. Ze liet ons haar kamer zien en haar andere schilderijen, voornamelijk landschappen en dieren, die veel leken op de doeken die ik zelf had gemaakt. Ze was vrolijk, praatte aan één stuk door en wilde ons alles laten zien. Ze gedroeg zich precies zoals mijn vader had beschreven – deed alsof iedereen in het huis op haar wenken vloog. Daartussendoor zinspeelde ze op dingen die tante Zipporah en zij op school hadden gedaan, vertelde verhalen alsof ze nog op school zaten. Zoals dr. Simons had gezegd, maakte ze geen enkele toespeling op de tragische gebeurtenissen. Als ze het over haar moeder had was het achteloos, terloops. Noch ik, noch tante Zipporah vroeg haar of haar moeder op bezoek was geweest.

Lila Mills, de hoofdzuster, die ons was komen vertellen dat het tijd was voor de lunch, kwam mijn moeder halen voor therapie. Haar tegenzin om ons alleen te laten, verbaasde Lila, maar ze drong vriendelijk aan en toen we beloofd hadden gauw terug te komen, nam mijn moeder afscheid.

'Ik hoop dat jij ook terugkomt,' zei ze tegen mij.

'Dat zal ik zeker doen,' antwoordde ik. Dat was een belofte die ik niet bang was om te doen.

Haar gezicht straalde nog meer. Ze liep weg, bleef staan en kwam toen terug om me te omhelzen.

De tranen prikten in tante Zipporahs ogen, maar ze bedwong ze en we gingen samen terug naar dr. Simons, die me het grootste geschenk gaf wat ik me kon wensen.

Eerst gaven we een verslag van ons bezoek, vooral van mijn gesprek met mijn moeder. Toen ik haar vertelde over het schilderij en waarom ik dat zo interessant vond, toonde ze grote belangstelling. Ze stelde vragen over mijn leven bij mijn grootouders, vroeg dingen die ik liever niet wilde beantwoorden. Maar aan tante Zipporahs gezicht kon ik zien dat ik het moest doen. Na een tijdje echter had ik het gevoel dat ik werd behandeld als een patiënte. Dr. Simons kon het zien of ze hoorde het aan mijn stem.

'Neem me niet kwalijk dat ik zo persoonlijk ben,' zei ze, 'maar het is allemaal een deel van de puzzel die ik moet oplossen.'

Ze leunde achterover in haar stoel en zweeg even, kennelijk overwegend of ze zou zeggen wat ze op het punt stond te zeggen.

'U bent beiden duidelijk zo betrokken bij alles wat er met Karen gebeurt, wat er met haar ís gebeurd, dat ik gemakkelijk het verband kan leggen. Ik weet zoveel maar mogelijk is over haar jeugd, haar relatie met haar moeder en met u, mevrouw James. Ik weet echter nog niet zoveel over haar relatie met uw broer, maar ik voel dat dat nog wel komt.

'Zoals je het zo treffend uitdrukte toen je me het schilderij beschreef, Alice, is je moeder bezig de zolder te verlaten. De eerste stap is dat te willen, verlangend te kijken naar de buitenwereld. Die vindt ze nu nog beangstigend.'

'Dat vond ik ook,' merkte ik op.

Ze glimlachte. 'Ja, dat kan ik begrijpen.' Ze drukte haar vingertoppen tegen elkaar en boog zich naar voren. 'Ik heb geen bewijs, geen absolute garantie, voor een herziening van een wettelijk besluit dat genomen is met betrekking tot Karen, maar ik ben er vast van overtuigd dat ze inderdaad het slachtoffer was van seksueel misbruik en dat haar overdreven fantasieën, als je het zo wilt uitdrukken, deel uitmaakten van haar verdedigingsmechanisme om met dat alles om te gaan en vooral met de dramatische, gewelddadige actie waartoe ze gedwongen werd. Ze was al iemand die zich op haar gemak voelde in haar eigen denkbeeldige wereld. Het was niet moeilijk voor haar om zich daar steeds dieper in te verliezen, tot haar bestaan volledig op die zolder geconcentreerd was.'

Mijn lichaam voelde lichter, mijn hart bonsde opgewonden.

'Waarom is dat allemaal niet naar voren gekomen tijdens de rechtszaak?' vroeg tante Zipporah. Het was de vraag die op het puntje van mijn tong lag.

Dr. Simons haalde haar schouders op. 'Het is moeilijk achteraf kritiek te leveren op een andere forensische psychiater. Misschien was het vroeger niet mogelijk die conclusies te trekken. Misschien komt het door de tijd die is verstreken en de diepgaande en uitgebreide mogelijkheden die ik had om me grondig in dit alles te verdiepen, waarmee ik mijn voordeel heb kunnen doen. Zoals ik zei, dit is mijn conclusie na mijn sessies met haar en psychiatrische afwegingen. Ik ben zeker van plan ze aan de rechter voor te leggen, maar ik kan niet zeggen wat het resultaat daarvan zal zijn.

'Karen heeft nog een heel eind te gaan, maar ik voel me bemoedigd door jullie bezoek en wat jullie hebben gezien. Soms is er iemand van buiten nodig voor een helderder inzicht. Soms zitten we er te dicht bovenop. Dus bedankt.'

'Nee, bedankt voor uw informatie,' zei tante Zipporah.

Toen we die dag naar huis reden bleven we allebei lange tijd zwijgen. We waren te veel verdiept in onze eigen gedachten, onze eigen persoonlijke verwerking. Ik kon bijna voelen hoe de donkere wolk boven ons beiden wegtrok. Ik had over deze dag, deze uitspraak, gedroomd, erom gebeden. Er was niets slechts dat ik kon hebben geerfd. Ik had de macht en de lust niet om een ander ermee te besmetten. Het was de echo van een gil die mijn moeder had geslaakt voordat ik geboren werd. Het was tijd dat die echo wegstierf.

Het was tijd voor uitsluitend gelach en muziek.

Welke schuld en schaamte mijn tante ook gehad mocht hebben, ook die was verdwenen. Ze voelde nog steeds dat ze haar ouders verdriet had gedaan door het geheim voor hen te verzwijgen, maar ook zij voelde zich minder slecht. Ze had me nooit verteld wat haar werkelijk belet had zelf een kind te krijgen, maar het was niet lang na dit eerste bezoek aan mijn moeder dat ze mijn grootouders verkondigde dat ze zwanger was. We hadden natuurlijk besloten hun alles te vertellen. Mijn grootmoeder was er eerst hevig van geschrokken, maar mettertijd accepteerde ze alles en vergezelde ons zelfs op een van onze latere bezoeken aan mijn moeder. Elk bezoek bracht me dichter bij haar. Ik kon de naderende bewustwording voelen, de openbaring en, wat het belangrijkst was, de aanvaarding. Het kwam dichterbij. Het zou zijn als een wedergeboorte.

Intussen hadden Duncan en ik een succesvol laatste schooljaar. We deden mee aan het toneelstuk van school en kregen allebei zelfs een grote rol. Hij was een veel betere leerling dan ik en hielp me vaak met mijn huiswerk. We bleven een stel, maar gingen nooit te ver. Hij deed zijn moeder en mij verbaasd staan door een aanvraag in te dienen bij de Michigan State University; hij wilde Engels studeren om later journalist te worden. Hij zou altijd gedichten blijven schrijven, en hij had het nu al over de grote roman die op stapel stond.

Oom Tyler gaf hem een parttimebaan in het café om hem te helpen geld te verdienen voor zijn studie. Hij werkte als kelner, maar maakte vaak ook gebruik van zijn culinaire talenten om in te vallen als kok voor het snelbuffet. Het café was drukker dan ooit, en met het werk in onze weekends, ons schoolwerk en mijn geregelde bezoeken aan mijn moeder, leek het jaar voorbij te vliegen. Het was het gelukkigste jaar van mijn leven.

Mijn grootouders kwamen zo vaak mogelijk op bezoek. Ik zag er tegenop om terug te gaan, zelfs voor Thanksgiving, maar ik deed het. Mijn grootvader besloot tijdens de kerstvakantie met ons op reis te gaan, dus ging ik met hen naar Florida, maar tijdens de voorjaarsvakantie bleef ik in het café werken. Het was ontzettend druk, want door het mooie weer stroomden de toeristen toe.

Half juni beviel tante Zipporah van een dochter, die zij en Tyler besloten Patience te noemen omdat ze volgens de dokter twee weken te laat geboren werd. Natuurlijk plaagde iedereen hen daarmee, maar ik vond het een mooie en heel toepasselijke naam.

Een week voor de diploma-uitreiking verraste mijn vader me met een telefoontje dat hij en Rachel naar de oostkust kwamen om de plechtigheid bij te wonen. Ze zouden samen met mijn grootouders komen. Er werden kamers voor hen gereserveerd in een nabijgelegen motel. Toen ze er waren stelde ik Duncan aan hen voor, en ze konden allemaal goed met elkaar opschieten. Mijn tante en ik spraken met mijn vader over mijn moeder, terwijl Rachel ging shoppen met mijn grootmoeder, op zoek naar cadeaus voor mij voor de diploma-uitreiking. Hij toonde veel belangstelling voor alles wat we hem vertelden. Hij legde ons uit waarom het voor Rachel moeilijk was geweest, en nog steeds was, maar hij zei ook dat ze het nu meer accepteerde en dat ze binnenkort de tweeling de waarheid over mij zouden vertellen. Hij zei dat Rachel vond dat ze het langzaamaan moesten doen, maar tijdig genoeg om het de kinderen uiteindelijk, als ze ouder werden, goed te doen begrijpen. Mijn vader zei dat hij zich ervan bewust was dat hij een moeilijke taak zou hebben om uit te leggen hoe en waarom het allemaal gebeurd was.

'Weet je, je kinderen zien je altijd als onkwetsbaar, een held, volmaakt,' zei hij.

Later waren hij en ik nog een tijdje alleen. Hij wist dat ik besloten had dicht bij huis te blijven tijdens mijn eerste studiejaar en naar de State University of New York in New Paltz te gaan, maar verraste me met het voorstel om me na dat eerste jaar in te schrijven bij de University of Southern California. Hij zei dat hij en Rachel het hadden besproken en hadden besloten me welkom te heten in hun huis en bij te dragen aan mijn universitaire opleiding. Ik antwoordde dat ik het in gedachten zou houden. Het was opwindend om daaraan te denken. Ik had al besloten psychologie te gaan studeren en iets op dat gebied te gaan doen.

Een paar weken na de diploma-uitreiking keerde ik met tante Zipporah terug naar Doral House om de verjaardag van mijn grootvader te vieren. Ondanks alles wat er gebeurd was, en nog steeds gebeurde, maakte ik me toch zenuwachtig over een verblijf hier. Na het diner en het zingen van 'Happy Birthday' bij de taart, ging ik naar boven naar de zolder. Het was vreemd, maar nu ik er op dit moment rondkeek, leek die me een stuk kleiner – claustrofobisch bijna – en ik ging snel weer naar beneden.

Mijn grootvader knipoogde naar me en stelde me voor een van onze beroemde wandelingen te maken, en mijn tante en mijn grootmoeder samen achter te laten.

We hadden geen mooiere zomeravond voor onze wandeling kunnen uitkiezen. De pittige, koele avondlucht deed de sterren nog helderder stralen, zodat, ook al was er geen maan, we de oude landweg duidelijk voor ons konden zien liggen.

'Wil je me het land laten zien dat je gaat kopen en bebouwen, opa?' vroeg ik plagend.

'Om je nieuwsgierigheid te bevredigen, jongedame,' zei hij, 'ik héb het land gekocht. Samen met een groep investeerders.'

'Ik ben onder de indruk,' zei ik.

'Dat mag ook wel. Je grootvader is een handige jongen.'

Ik lachte en zwijgend liepen we door. Maar het was niet echt zwijgen voor mij. Het naast hem lopen, het voelen van zijn liefde en kracht, sprak boekdelen. Hij was degene die me hier ondanks alles een veilig gevoel had gegeven.

'En?' zei hij, terwijl hij stilstond en naar zijn toekomstige huizenproject keek. 'Heb je al je demonen gedood? Heb je gevonden wat je zocht toen je hier wegging?'

'Ik geloof het wel, opa. Er is hier niets meer wat me nog bang kan maken. Een schaduw is een schaduw en meer niet.'

'En de zolder?'

'Is gewoon een zolder.'

'Mooi. Want ik houd het huis. Met al die kleinkinderen zal ik het nodig hebben.'

'Je bent nooit bang geweest, hè, opa?' vroeg ik.

'Bang? O, jawel. Heel vaak. Maar de truc is om die angst voor je te laten werken. Ik denk dat jij dat hebt gedaan, Alice. Je maakte er gebruik van om sterker te worden.'

'Dan heb ik dat van jou geleerd.'

Hij zei niets. De duisternis omringde ons, trillend, maar bleef op een afstand.

We straalden te helder.

We waren lantaarns die degenen van wie we hielden de weg zouden wijzen zolang het vuur in ons bleef branden.

Een groter geschenk bestond niet.

Beste Virginia Andrews-lezer,

Als u op de hoogte wilt blijven van het boekennieuws rondom Virginia Andrews, dan kunt u een e-mail met uw naam sturen naar info@defonteinbaarn.nl o.v.v. Virginia Andrews (uw gegevens worden uitsluitend voor deze mailinglijst gebruikt).

Uitgeverij De Kern organiseert regelmatig kortingsacties en prijsvragen waaraan u kunt meedoen.

Met vriendelijke groet,
Uitgeverij De Kern